Menghou de
Chuntian

梦后的春天

王启祥　著

北方文艺出版社

图书在版编目（ＣＩＰ）数据

　梦后的春天 / 王启祥著 . -- 哈尔滨：北方文艺出
版社，2022.5
　ISBN 978-7-5317-5488-6

　Ⅰ . ①梦… Ⅱ . ①王… Ⅲ . ①长篇小说－中国－当代
Ⅳ . ① I247.5

中国版本图书馆 CIP 数据核字 (2022) 第 043537 号

梦 后 的 春 天
MENGHOU DE CHUNTIAN

作　者 / 王启祥
责任编辑 / 滕　蕾　　　　　　　　　封面设计 / 叶郝佳

出版发行 / 北方文艺出版社　　　　　邮　编 / 150008
发行电话 /（0451）86825533　　　　经　销 / 新华书店
地　址 / 哈尔滨市南岗区宣庆小区 1 号楼　　网　址 / www.bfwy.com

印　刷 / 三河市嵩川印刷有限公司　　开　本 / 787mm×1092mm　1/16
字　数 / 312 千字　　　　　　　　　印　张 / 17
版　次 / 2022 年 5 月第 1 版　　　　印　次 / 2022 年 5 月第 1 次印刷

书　号 / ISBN 978-7-5317-5488-6　　定　价 / 68.00 元

目录

第一章

塔斗山，又名青螺山，是福建省仙游县枫亭镇的一个风景区，它集自然景观、历史文化、名胜古迹、生态园林和山海河田于一体，是个独具一格的游览胜地。

塔斗山巍峨秀丽，东面是大海，海岸曲线长，系台湾海峡的重要组成部分，也是通往台湾省的重地之一。塔斗山的西、南、北陆地是枫亭镇的辖区，北向有火车站，乘坐动车一小时左右就可以直达福州、厦门等地，它也是联系湄洲湾南北岸的中枢和纽带。塔斗山西面是小平原，小平原上轻轻松松地载有枫亭镇政府、枫亭车站、枫亭中小学以及税务、工商和派出所等重要单位，亦载有多个村庄、多条街道和枫江溪流。

登上塔斗山，朝东的方向望去，烟波浩渺的大海像一面平坦的镜子，水天一色，蔚然壮观。靠近塔斗山的海面上，小岛屿与礁石点缀在万顷碧波之中，错落有致，形象特别，有的如骏马腾跃，有的如仙女婷立，有的如海龟静浮，千姿百态，各有千秋。更有趣的是，旁边的海水一会儿就会戏卷着浪花，扑向这些与它相伴相随的岛屿和礁石，就像在亲切地同它们接吻逗乐，嬉闹打情。

塔斗山的晨曦也极为引人。若想看旭日东升，就得凌晨到达塔斗山顶。俄而，初日瞳瞳，阳熹些小，渐渐地，从海天的相抱之处，就慢慢地诞生出一片白茫茫的光芒，随之颜色就变成橙黄色，微红色，紫靛色。接下去，颜色越变越浓，越变越深，周围也随之向四面扩展，渐渐地，就变成了七彩映霞，有红的，绿的，蓝的，黄的等等，是为绚烂多彩的朝霞。瞬间，一轮喷薄的红日就生气勃勃地露出头来，很快地，就展出天大的笑脸，红的如血，圆的如球，亮呆呆的，这就是日出。然后，太阳就向天上移动，光芒四射，如火如荼，格外庄严。

这时，泱泱的海面上开始沸腾了，打渔的船只开始出发了，千帆竞发，在平静的大海上犁出一条条行迹，迅速地向远处的大海中冲去，渐渐离开了作为航海标志的塔斗山万寿塔。要是在夜晚，登上塔斗山，枫江两岸千家万户灯火辉煌，枫亭镇的全景跃然眼前，变成一片灯火的海洋，街上车马喧阗，人流穿梭，密密麻麻，不知凡几，车灯的闪耀，像银河的流星在飞舞，那时，谁都能感到，祖国之大，令人惊叹，枫亭的热闹，非戏言之词。

登上塔斗山，展望塔斗山的风景，心中自然而然地会产生"野芳发而幽香，佳木秀而繁阴"的诗情画意，青松翠柏把塔斗山点缀得格外肃穆。就是在宽阔的水泥路两旁，也是树木蔼蔼，苍翠墨绿，若从远处看塔斗山，它温敦秀雅，风光旖旎，如黄山一般云蒸霞蔚令人陶醉。若从山脚拾级而上，众鸟翻飞，天上苍鹰盘旋，或长鸣如歌，或轻唱耳边，使人顿生心旷神怡之感。到了最高峰的塔边，鸟瞰山下，就会有一种"会当凌绝顶，一览众山小"的感觉，把碧海青山的景色和枫亭的全景尽收眼底，足以让你荡涤胸襟。

枫亭镇的这座塔斗山，二０一七年政府已定为"枫亭塔斗山公园"，政府投资几千万元已建成户外活动拓展区、宗教朝圣区、登高览胜区和文化休闲区等，建设成了集登山休闲、娱乐活动和城市文化为一体的综合性公园，为市民提供了更加便利的环境条件及配套设施。

塔斗山不高，海拔只有一百一十八米，是枫亭境内海拔最低的山头之一，但由于其地理位置特殊，风景优美而历代闻名天下，其他的，如重峦叠嶂的西崩山、后井山、吊船山和粪箕湖山等，海拔都近六百米。只有大帽山，长度跨过几个村，海拔达六百四十多米。若站在塔斗山上，向西北的方向看去，远处那一叠叠连亘逶迤起伏的山峦中，那座稍高的突兀山头，便是大凤山。大凤山的山下头，依依稀稀可以看到的那个巴掌大的自然村庄，就叫做大么村。

枫亭镇是莆田、仙游和惠安县三县交界的地方。但大么村属于海亭镇，不属于枫亭镇。大么村人由于到达海亭镇街道比到达枫亭镇街道远一点点，所以，大么村人买东西，习惯上常到枫亭镇买，加上大么村人地处交界处，会说闽南话也会说枫亭话（莆仙话），因此人们就误以为大么村也属枫亭镇了。

大么村虽坐山而立，但村前的畴地却与邻村的田地、房屋毗连，形成一个还算平畴的平坦区。平坦区上分布有八个自然村，大么村是其一。八个自然村是八个生产队，同属山顶村委会管理。山顶大队再下去，就一马平川了，土地连着土地，村连着村，房屋连着房屋，直达到海亭镇街道和枫亭镇街道了。

这八个生产队（组）有五个村同用一条小溪的水。这条小溪叫古兰溪。古兰溪的源头滥觞于大凤山。古兰溪的水面不宽，约一根扁担长的宽度，有的地方约有两根扁担长的宽度，水流也不深，平膝盖左右，有的地方深，有的地方浅。古兰溪的水流也不急，雨来了，涨了，混浊了几天，天晴了，水小了，古兰溪的水又恢复幽咽流淌，湛清见底。大么村就在这条古兰溪的最上游。古兰溪的水流，由打大么村才往枫亭镇的大溪，即枫江溪流流去。枫江的溪水则贯穿很多自然村，经过枫亭镇街道旁向东缓缓流入了大海。

大么村到达海亭镇街道，骑脚踏车要一小时左右，几乎都是下坡路，到达枫亭镇街道也是如此。但从镇上到大么村，当然就是上坡路了，要费好大的劲儿。

大么村离山顶村委会的其他队很近，最近的，只要一二十分钟就可以步行到达。大么村所在的山顶村委会中，没有幼儿园，但有小学，小孩读中学，就得到镇中学去读。

改革开放前，大么村和其他自然村一样，世世代代都是以种植水稻和甘薯为主，也种小麦和大麦，但种植数量少。村里农民们年年皆勤于稼穑，日出而作，日落而息，只求一饱肚皮。副业就是自留地和养猪养鸡等，靠副业赚几个零花钱，以维持一家的生活费用。

此时，正是一九七五年农历四月末的下午，这个季节，是种植甘薯的好季节。大么村生产队自"农业学大寨"开始，就在大么村山上开荒了有二十多亩梯田，这时生产队的社员们正忙着整理梯田，准备种植甘薯。突然，天由晴渐渐变成暗色，黑沉沉的云块儿急骤地追撞着，搏击着，翻滚着，紧接着，就是一阵风紧接一阵风，天气由热变凉，刹那间，风云突变，熏天赫地的雷声咕隆地响起来，看来，雷电雨马上就要来临了。大么村队长杨元山看了看老天，顿时喊："雨快来了，歇工，歇工。"一声令下，二十几人正在作业的农民迅速收起了农具，纷纷收工向不远处的大么村跑去。张海也跟着队伍一个劲儿地跑回家中。张海父亲此时手里拿着雨衣站在门口，说："我正准备给你送去。"张海见了，说："不用了。"说着，就把农具放在门后，去洗脸洗澡了。不上一分钟，豆大的雨点就稀里哗啦地倾泻而下，附近的村庄，也都沉浸在一片雨水之中。

张海是他父母亲的唯一抱养儿。张海的养父母不知怎了，没有生育，张海的生父母原是隔壁村的农民，只因生了四个男孩养不起，因此送人。张海的养父亲名张春明，抱养张海时才一岁，张海长到十多岁时，他母亲暴病去世，张春明只好独自辛辛苦苦把张海养大成人。张春明家贫不识字，但张海却很会读书，在小学到高中时，一直是班里的学习委员，奖状贴满了墙壁。张春明见他很能读书，就拼命干活培养他，希望张海能读到大学毕业，给家庭带来幸福。然而，就在临高考前夕，文化大革命开始了，学校停学了，高考被取消了，张海只好回家。从此，家里的一切希望，只好深深埋入土中，痛苦的命运开始折磨张海他那不幸的岁月。

张海虽然村生泊长，但为人温恭直谅，老实宽厚，稳重少语。张春明家庭出身贫农，没有读书，却很懂得世事，只想做一个本分的种田人，安分守己度过一生。因此，文化大革命开始后，张春明管教张海很严，不让张海出头露面，也不让他参加任何派别，深怕自己老了老了家里闹出事端引来灾难，所以，学校里两派打得头破血流时，张海已经在家务农一年了，成了一位与世无争的老实庄稼人，除了出出工，自留地里走走，养养猪，闲时就看看书。

张海洗完澡，无事做做，就拿一只板凳坐在门口，静坐着看着大雨倾泻，思路也随着阵阵洪水的哗哗声向大么村的现状想了起来：

大么村生产队地瘠民贫，户稀人少，户数四十七户，人口不足三百人，可种植的农田有一百零五亩，庶田却占了四十多亩。另外，杂地有十多亩和新开荒的梯田二十多亩。甘蔗，是公社强调要种的，下达了指标任务，不完成不行。水稻，一年种植两季，一个人口一季可分柒拾斤，二季可分一百肆拾斤左右；麦子，一亩只能产二百陆拾斤左右，一个人口一年只能分二十斤左右，虽有或多或少的甘薯和蔗粮来补充，但总的来说，少不了经常吸溜麦糊，一年还要申请由政府补贴粮食一二个月。至于工分，男劳力一天可挣五～六分，女劳力一天可挣三～四分。一分只有两毛多钱。所以，一年忙到头，能顾得上嘴就很好了，荒时暴月就更不用说了。但这里的人，靠山吃山，靠水吃水，像冻不死的葱，饿不死的僧，虽然地处旮旯，地瘦草长，住茅屋，穿破衣，但仍能熬星星，熬月亮地干活，繁衍后代，村里的人口，一年比一年还多着呢！

张海想，文化大革命已近十年了，也就是说自己种了十年田，但至今家里仍是住祖传的旧瓦房，家具一样也没有添。而家里的余钱，只有两百多，如有家事，能敷衍几时呢？但又倒想回来，尽管家中只有两百多元钱，比起村里其他的家庭，算是上等户了。而自己的年龄已二十九岁了，蹉跎至今，形单影只，连女朋友也没有，若建立家庭，女方的聘金现在就要四百元，另外，还需添置衣服、床铺、家具，以及酒席钱等，要到哪儿去拿钱呢？

再想想，如今社会对走资本主义道路控制得很严，昨天，市报上才刚刚发表《坚决打击走资本主义道路》一文，对于镇上来说，所有的店，都是公家的，没有一个私营店，就是做裁缝做木工的，也要联营上交副业金才能开店，卖纽扣的，也要四只眼睛盯着一个店，生怕滋长出资本主义的萌芽来，若扳开竹叶看梅花，这不是叫大家自觉走社会主义康庄大道吗？但也有特别的情况，如近来在农村里，就允许农民种蘑菇，增加些子收入，而且，更可喜的是，厦门罐头厂这几年在国营供销社设点大量收购鲜蘑菇，没有斑点等的好菇，价格一斤一元多一点点，实在是很吸引人的，全县种植的农民多的是，连干牛粪的价格也涨了。但这玩意儿，技术性极强，种不好，忙了半死，也可能颗粒无收，大亏本。去年自己种了十来担牛粪料、堆料、翻堆、进床、下种、复土和浇水等繁重劳动，都由自己一人干，父亲多病，人也老了，只能帮忙采菇、出售。后来算一下，虽然累得够受的，还赚有五十多块钱，如多种点，收入不就多了吗？

这时候，他突然顿开茅塞，想起前两天上镇街道，在新华书店里买了一本《蘑菇栽培技术》。对，今天正闲着，应该看看，别人到底是怎么种的？怎么种才能高产呢？于是，他站起来，到房间去，躺在床上，拿起这本书，细细地看了起来，直到他父亲喊他吃饭了，他才停下来了。

第二章

吃过了晚饭，外面的雨已经打住了。雨过天晴，天气格外清新，空气特别新鲜，万物都沉浸在新奇的欢乐中。太阳的余辉还未散尽，一眼望去，田野上的秧苗刚受雨水沐浴，正长的欢，一片绿油油的可爱，连野花野草也挺胸翘首，笑嘻嘻地看着你。微风吹来，阵阵快意，爽爽的，使人心情更加舒畅。但张海书看了一半，心里愣乎乎的，他没有想到外面去遛遛，而是回到房间，又幽闭家中埋头看起书来。

张海对此书细嚼慢咽一个晚上后，当看到第八章的"菌种生产技术"时，张海的眼睛亮了，怎么蘑菇菌种也可以农家自己生产呢？他觉得十分新鲜，又很兴趣，利益的冲动使他如饥似渴地看了下去。看完后，他如梦方醒地大悟过来，原来蘑菇菌种的的确确自己也能生产！那么，自己为什么不按图索骥试试呢？如能制成的话，即可以减少自己生产蘑菇的成本，也可以把菌种出售给菇农，真是一举两得。

张海想，庄稼人没有别的来路，只能靠副业抓挠俩活钱儿养家糊口，现在蘑菇生产正在兴头上，到处都有农民种植，何不利用这个大好机会，抓紧试一试呢？因此他决定，马上就该动手了。

方向是决定事情成败的关键之一。方向对了，还要拼搏，才能成功；方向错了，一切都错了，都失败了。有了方向，做事起来就有了干劲儿头绪。这一夜，张海整夜不得安眠，一会儿躺，一会儿又起来看书，认真考虑操作方法和步骤，恨不得天马上亮起来。第二天一早，张海不出工了，跟父亲说他要去泉州一趟，就背着提包出去了。

蘑菇种植，在当时刚刚发展二三年，方兴未艾。但农民们懂得种植生产，却还不知道蘑菇菌种是怎样生产出来的。农民们所需要的菌种，都是向科研单位或研究所等单位购买，若能在农村中自己生产出来，确是一件新鲜事儿和赚钱的好事，但有一定难度，首先需要成本，其次要得到菇农们的放心使用，再次需要技术和设备。

别的不说，单是土法生产蘑菇菌种，就是很要劲儿的事，栽培种需要平压灶、瓶子和接种箱等，母种生产的工具，还需要压力锅、保温箱、试管等，更关键的是，还得向可靠单位或研究所购买优良的试管母种进行分离，生产出原种后，再接种扩大培养成栽培种，这在当时的条件下，尤其白手起家或刚欲生产的人来说，就不是一件容易的事了。

张海经过一天的奔波，走了多个化工原料店和药店，还到市场去，虽然买到制作母种培养基的马铃薯、琼脂、葡萄糖、镊子、药等原料和工具，但蘑菇母种从何处购买，不得而知。经过多方打听，终于在科技站得知，惠安县酒厂有从三明真菌研究所引进白木耳、蘑菇和其他食用菌的试管。下午，张海特地从泉州又赶到惠安县酒厂，一打听，真的还有货，这使他欣喜若狂，立即买了两根蘑菇试管母种，然后才匆匆赶回家，到家时，已是晚上八点钟了。

第二天，张海找来了一个大纸箱，用棉布把纸箱包上，在消毒间里采用酒精灯上接种，把两根试管分别接种在已经高压锅消毒的试管培养基上，共分离二十根试管，然后放进纸箱里，内放热水袋进行保温培养。经过二十多天后，张海真的培养出了十多支蘑菇试管母种。

接下去，他叫木工赶制了一个接种箱，在屋前空地上用水泥和机砖制成了一个平压灶，买了五百只玻璃瓶待用，准备生产蘑菇栽培种了。

然后，张海又买来了原料，按书本上介绍的操作方法，循序渐进，终于把十多支试管母种接种在草料配方的原种培养基上，可喜的是，除了杂菌感染得以外，张海又培养出三十多瓶原种，为培养蘑菇栽培种打下了良好的基础。

秋季的时候，他用生产蘑菇的相同方法堆料，晒干发酵的稻草，切碎，配料，装瓶，经过十二小时的平压灭菌后，冷却，然后将原种接种在培养料中，共生产五百瓶，但由于初次生产没有技术经验，导致杂菌的瓶数有三分之一，只剩下三百多瓶发菌到瓶底，但还好，总算栽培种又生产成功了。之后，他利用自产的稻草和购进的干牛粪、过磷酸钙等原料，和其他菇农一样堆料发酵、翻堆，在屋里用木棍搭好菇床，将已发酵成熟的堆料进床、消毒，用自制成的栽培种下种，发菌，复土管理，又把剩余的约二百瓶栽培种送给好邻居，即队长杨元山和会计蔡永福种植。

杨元山，已是天命之年的人了，不识字，人矮且瘦。解放初，镇上的土匪多，政府组织"清剿队"进行追捕。溪中的土匪头目蔡国庆是北村人，化装成乞丐，一个人于傍晚的时候，偷偷跑到大么村后面的大山中去隐蔽，刚好被放牛回家的杨元山发现，杨元山不认识蔡国庆，但他知道这个人不是大么村人，怎么这么晚上跑到山中来？于是就向驻扎在大队部的工作组报告，民兵立即出动追捕，经过三天的侦察和包围，终于把蔡国庆抓到，杨元山因此立功受表扬。从此，即从高级社开始到现在，杨元山就一直担任大么村生产队的队长到现在，算是村里的三朝元老了。杨元山为人诚实，说话算数，脾气和中有刚，因此，凭他们资历和阅历，村上人都爱尊称他为"老队"。

蔡永福，三十好几的人了，已婚，有一孩子。初中毕业后，就在大么村生产队担任会计至今已十来年了。他高高的个子，样子稍瘦削了些，却匀称结实，体格健壮，连感冒都很少。他和大多数农民一样，从外表上看，比实际年龄是老成些，像个不惑之年的中年人，但为人实在，说话简捷，不爱虚文，只图现实。他没有父母，也没有兄弟姐妹，独子。他父亲在他十来岁就病死了，当他二十几岁时，他母亲一次说去田里，不知怎么会掉在离村很远的一个水库里死了，至今仍是一个谜。

老队和蔡永福两人在家都有种植蘑菇，已两年了。听到张海要送菌种给他俩试种，都高兴得合不上嘴，很想张海产的菌种，也能生长出和高价买来的菌种一样的产量出来。

但谁也没有想到，这三家下种后，张海产的菌种比买来的菌种发育更好，不但菌丝蔓延广，而且深，至复土后不久，蘑菇就长出头儿来，比买的菌种早出菇有一星期，而且产量更可喜，这使村上的菇农和外村的菇农，都纷纷想来看个虚实，当看到实际情况后，一传十，十传百，张海的名字，一下子就名扬四处。

但不吉利的事情，也随即发生了。

张海的父亲张春明，已经是五十多岁的人了。在当时的生活条件下，农村里五十多的农民已经算老了，手脚不灵了。这一天，张春明正帮张海采菇，不慎从菇架上摔到地上。照理说，他踩的菇架离地面不到一米，但摔了下来，就爬不起来。张海发现后，马上把他扶上椅，但不能坐，人一直要晕过去。张海马上喊人帮忙，把张春明运到医院，一检查，脚踝了不算，关键是脊梁骨裂断了，病情相当严重。张海随即给他办了住院手续，村里多人在院陪伴，虽说张春明保住了性命，但下半身不能动，半身不遂，卧床不起，连饭都要张海喂。住了几天后，张春明死活不肯再住院，说："这么贵的医疗费，我宁可死在家中。"没有办法，张海只好办理了出院手续回家。

回家后，邻居张大婶、吴大妈和村里人，都来看望。李小双和张海是同班同学，又在大么村插队，听到消息后，也特地从镇上赶来看望。从此，张春明就一直病在床上，由张海换药、熬药和护理，虽说能勉强自己吃饭了，但大小便失禁要人帮。这就意味着，家里的煮饭、洗衣和家务等等都要张海自己做，更不要说到生产队出工了。无奈之下，张海只好把家里养了两个月的猪卖掉，以缓解家务的压力和经济的负担，家里的蘑菇，每天只好托大么村的人代为出售了。

大么村按地理位置来说，大么村的房舍沿古兰溪迤逦摆开，像一条黄瓜中间被纵向划了一刀，分为北向和南向两部分。大么村的北向，原是大跃进时期建的集体房，一顺儿摆开，住了四十户，门面尽是向南的。大么村的南向，只有张海、老队、蔡永福、张大婶和吴大妈五家，门面只能向北或向东的。另外，在大么村的西向，住有两家，所以，和张海居住在同一个地方的这五家，就成了最亲近的邻居了。

因此，自张春明病倒后，邻居吴大妈和张大婶就经常来张海家帮忙煮饭，洗衣服等家务。

张大婶，是张海最近的芳邻，离张海家只有十来米。张大婶已五十二岁，是吴大妈的表姐。张大婶的丈夫在一九六０年的自然灾害时，因水肿兼肝病去世。当时，张大婶才三十七岁，生两个都是女孩子，一个七岁，一个才五岁，是张大婶含辛茹苦把两个女儿拉扯大，生活过得很清苦，到一九七五年，一个女儿二十二岁，一个二十岁。后来，大女儿出嫁在隔壁村，生有一男一女。小女儿长得漂亮，本想招婿进门，但小女儿和镇上的一个小伙子在一九七八年恋爱了，该小伙子也是家中独子，后来，名义上是"两顾"，说好如果生两个孩子，一个姓小伙子的姓，一个姓女方的姓，即姓张。但刚好碰上国家计划生育，提倡"一对夫妇只生一个孩子"，严格限制二胎。因此，所生的一个男孩只好随小伙子的李姓。现在，家中就张大婶一人独立生活，除了分点口粮，赚点工分，就靠鸡鸭和自留地收入过日子了。

吴大妈，是张大婶的表妹，年龄比张大婶少三岁。吴大妈的父亲与张大婶的父亲是同胞兄弟，只因吴大妈的父亲多子女，吴大妈的母亲姓吴，家中又没人接代，吴大妈的父亲就把女儿张秀英（即吴大妈）的姓，改为"吴"，把吴大妈过继给吴家。吴大妈因此招婿入门，子女也随吴姓。吴大妈身体不好，丈夫陈达明是个地道的农民，老实得没有话语，出工时也很少见他说话。吴大妈的两个孩子都已长大结婚，一个名叫吴永富，一个名叫吴永康，孙子也出头了。她为人和善热心，但家庭经济不好，每天来看望张春明时，顺便会带一些菜过来给张海。吴大妈的家，离张海也很近，只有二十多米左右。

而小双，是一九七二年由镇上插队到大么村的知青。自从张海父亲在床后，她经常特地来看望，亦带一些水果或营养品之类的东西给老人吃，张春明很感动，常常暗自叹声道："小双要是我儿媳妇就好了！"

第三章

　　张春明的病，不是急性的，看来，要持久照顾了。但吃饭和家庭开支是每天的事，没有收入一直付出是不行的。迫于家庭生活和经济的压力，第二年，即几个月后的一九七六年，张海又准备一边生产蘑菇菌种出售，一边照顾病人。为了这，张海忙时，就麻烦吴大妈的大儿子吴永富过来看看父亲，帮他大小便，其他的家庭事务，张大婶和吴大妈会经常来家里帮帮忙的。

　　蘑菇菌种生产，不是一件容易的事。它除了需要把稻草和牛粪等按比例堆积发酵，其后至少翻堆三次，待温度合适发酵完去掉牛粪后，还要把熟稻草晒干、切碎、配料完，才能装瓶。这些事务，不用说在太阳强光下的七、八月份堆料、翻堆，单是炎热天下晒干和用铡刀手工切碎，其间流的汗水可能和熟稻草的重量差不了多少。更难的是，装瓶后还要平压大火消毒十几个小时，取出冷却后才能接种，待菌丝长满瓶后方可出售。这又是一件比农田生产更加繁重的体力劳动，还兼有极强的技术操作难关，稍有不慎，已接种的菌种便会感染杂菌或菌丝不能生长，甚至血本无归，全军覆没。单是平压灭菌这一关，通常是白天装瓶，晚上通宵达旦不能睡觉连续大火蒸腾，视生产数量的多少，几个晚上无法睡觉是通常事，真苦！如此繁重的体力劳动，季节性又强，不雇人帮忙是不行的。

　　张海因此需要雇个帮手，他第一个人就想到李小双，对，李小双是女的，手脚轻快，与张海既是同班同学，又合得来，很合适，且经常有来往，很了解张海家里的情况。

　　李小双，天生大胆，活泼，身条儿中等匀称，年轻时，更是天姿国色，桃羞杏让。小双父亲是供销社的职员，母亲早亡，有一个哥哥，已上山下乡。小双小学时也在海亭镇上学。到了中学，特别爱文艺活动，舞台上跳跳，操场上跑跑，总有她的一份，老师对她很器重，同学们都称她为校花。小双歌曲唱得好，动作也很优美，《红灯记》《沙家浜》或《白毛女》等文化大革命中指定的剧曲，她都会表演，而且能从头唱到尾，娓娓动听的，动作又很吸引人，比如，沙家浜里阿庆嫂的脚步要怎么走，多宽踏一步，杯子要怎么拿才好看，举要举多高，她都能熟练地比画着。她是当时学校中出名的文艺队员，表演节目时仿佛变了个人，与其说大家是在看文艺演出，不如说大家是在看她的浓妆艳抹，翩翩起舞的婀娜舞姿和那一幅瘦胖适中、魔鬼般的身材。她还是报幕员，每当她声情并茂地报幕时，台下的学生就会喝起彩来，大声叫好，像被勾魂摄魄似的，这是她一枝独秀的魔力。照理说，中学中的女学生学业一般般，但体型、面貌、为人和文艺能达到如此的水平，已经很不错了，算是圆满了。可惜，突然临高考时，来了文化大革命，她原来准备报考艺术院校的计划破灭了，同样逃脱不了不公平年代的遗弃，回家闲坐了。从此，纯洁的希望，狂暴的激情，如天幕上光芒四射的星辰，突然中了风，一下子堕入到人间的废墟，成了没用的垃圾。无情的命运，迫使她在家过着单调的，无聊的，自生自灭的小城镇生活。

上山下乡那年，她哥哥去了闽北插队，照当时的政策，她可以留城，不必再去上山下乡，照顾年老的父亲。但她爸爸是国营供销社的一名店员，胆小如鼠，自己的家庭成分是工商业，小双的舅舅又在台湾，是国民党兵，按当时是属于"社会关系有问题"的人，因此，当供销社主任呼么喝么地大说上山下乡的重要性时，小双父亲的两条腿就悉悉卒卒地直打颤，加上三天五天的一次阶级斗争教育会，弄得他辗转不眠了好几天，深怕老了老了贾了祸来，或被人钻了牛角尖，保不住一个月三十八元五毛钱的工资。因此，他积极主动报名让李小双插队到山区大么村。这一举动，当然受到上级领导的热烈表扬。从此，小双每个月由粮站供应的二十三斤大米没有了，成了上山下乡的"知识青年"，只能无可奈何地在镇上和大么村之间来回跑跑。

但小双虽说上山下乡了，毕竟是在本镇，各方面都比较方便、熟悉和自由，虽说逃脱不了热辣辣太阳暴晒、重担子负荷的压力和田里活儿的劳累，但毕竟不像人家上山下乡在闽北深沟沟，需天天出工，日日出勤，处处争取，过着与农民比挑担，争重活，同吃苦，接受贫下中农再教育的生活。再说，小双待人接客不错，热情，和人合得来，大么村的农民对她的印象好，也感到大锅里差不了一粒米，往往事事都给予照顾。每每出工的时候，安排最轻的工种，分口粮的时候，又是挑最好的给她，评工分的时候，把她排在照顾的对象。尽管村里的人为了评工分的事常常争争吵吵，但从来没有人把小双拿来比。尽管上面的阶级路线天天讲，阶级批斗会经常开，尽管到处"农业学大寨"，三天一学习五天一改变，但农民们的心里毕竟有自己的主张和看法，他们最重要的事儿仍然不外乎吃、住、穿和繁衍后代四大事。因此，像接受贫下中农再教育的理论，他们也只是嘴巴上说说而已，心里却接受不进去，他们只觉得像小双这样漂亮且有文化的城镇姑娘到农村落户，已经很难得了，不但增加了农村的生活乐趣，改善了村里闷而且单调的生活气氛，也鼓舞了小伙子们的干劲，甚至小双出工时，小伙子们干的也特别起劲。因此，老队打趣说，自从小双一来，队里的稻米丰收了，地瓜增收了，甘蔗也粗了。这时，小伙子们也自享得意地笑开了，干劲更足了，而小双，倒是不好意思地陪着笑笑。

但提起小双的终身大事时，这可不能开玩笑了。乡下人对这点，倒是很敏感的，尽管三天两头没见到小双，小伙子们像若有所失的，也尽管小伙子们总想与小双说两句什么，或者爱在小双面前表现得文明、能干，但小伙子们也自觉得自己没有文化，脸黑黑的，手硬硬的，不是镇上姑娘的选择对象。再说，想到村上的爹娘选儿媳妇，总想挑个能干重活，身体粗壮，脚板最好是九寸长五寸宽的，肩膀厚厚的，能挑二百斤的东西还会跑山路的儿媳妇时，便大失所望，死了这条心。因为，种田人到底还是种田人，一代大媳妇，代代大子孙，以后生的孩子，粗、壮、结实，能多挣点工分还是最理想，最现实，而生得漂亮，白嫩嫩的，有文化的，在当时农村里倒是次要的标准。

而小双当时已二十七八岁了，也该找对象了。易吗？也不易。当年，这里女的挑男的标准，一是当军官的；二是有工作的。当然，能找个当军官的最理想。在那个特殊的年代里，军装是男人俘虏女人芳心最重要的杀手锏。军装一穿，庄严威武，英姿焕发，政治地位高，工资每月发，不愁吃不愁穿。可惜当军官的人数毕竟很少，有时街上偶尔碰见一个，小双总是留恋地回头张望，但人家毕竟走了。有时有个穿四个袋子的年轻军官路过，忽而瞥了一眼小双那美丽的脸蛋，这时，小双总是忙着用手把自己那短短的头发理了一下，但毕竟互不认识，也没有人介绍，也不知对方有了对象没有。

找个有工作的算了，小双虽然这么想过，但仍难于成全。当年有工作的年轻人，除了军官外，就只有工农兵大学生和计划内招工了，但工农兵大学生是选拔"自来红"的人入学，一个镇几年只有一二个，稀贵如珍珠。计划内招工，十来年只招一二次，一次就那么几个人，也寥若晨星。当然，若能找到，是相当不错了。但问题是，人家是吃商品粮的，若找一个农业户口的姑娘，生的孩子只能随女方，在当时称为"黑市孩"，粮食无法由粮站供应。而当年肉一斤才七毛半，高价米一斤却要五毛钱，算一下，一个月的工资还不够买米吃！因此，尽管人家爱你难舍难分，最后还是休了。

这么一来，小双年龄很快跑到二十九岁了，她爸爸老了，无能为力，本着一支草一点露的观点，只好由小双自己安排命运了。这样，在人世沧桑的岁月里，小双就像大海上的一只小船，任其风吹浪打，任其四处漂泊，任其自生自灭了。然而，日月如梭，光阴似箭，小双已由原来"沉鱼落雁"的少女容貌变成了风韵尚存的大龄姑娘，一切的一切，迫切需要她早日找个理想的对象，以成全她的夙愿。

　　而张海当时也已二十九岁了，虽说还没有成家，但家庭简单，只有父子两人。在事业上，也搞得小有名气，不但种植蘑菇，还会生产蘑菇菌种出售，这在当时是吸人眼球的一件事。

　　所以，当张海开口叫小双来帮忙时，小双非常高兴地接受了，第二天早早就来张海家，帮忙煮饭，照顾老人和制作菌种，中午饭和晚饭都在张海家里吃，晚上很迟了才回到大么村的宿舍去。

　　菌种生产是一件十分忙碌的工作，单是装瓶一关，需要的人手就很多，生产季节到时，除了小双、张大婶和吴大妈外，村里也来了六个人帮忙。晚上，张海和村里的男工又得轮流通宵达旦消毒，白天的时候，又得起灶冷却和周而复始地工作，忙得不得了，但大家都很乐意帮忙。

　　小双更是配料、切草、洗瓶、装瓶和接种，培训得样样行，手脚又勤快，像一家子一样。村上的人也夸小双很能干，很吃苦，很想张海和小双能结成夫妻，多好！但张海老实巴交，寡言少语，谈及婚姻之事，虽朝夕相处，却从不敢开口求爱。小双也是情意绵绵，不敢提起，村里的人看在眼里，想在心中，后来，张大婶搭起鹊桥，从中做媒说和，他俩才很快同意结成夫妻。

　　就这样，在生产季节完成后，他俩没有在花前月下卿卿我我，耳鬓厮磨，也没有在坠入情河中热烈的你亲我吻，山盟海誓，过上花哨浪漫的恋爱把戏，就此结成连理了。

　　结婚时，张海给小双爸爸四百元聘金，但小双爸爸连一件衣服都没有给小双陪嫁。他俩自己整理了结婚房间，增添了一床床铺，两人各做了一套新衣，连结婚照也没有拍一张，就结婚了。结婚当晚，张海只请了几个人吃一餐，放了一串鞭炮，贴了门联，分了糖果，就这样"革命化结婚"了。

　　从此，张海和小双，开始在同一条跳板上走路，过上了70年代时的夫妻生活。

　　结婚后，已是一九七六年旧历九月了。张海生产的菌种，已足足一个月满瓶菌丝可以出售了。在张海夫妻的推销和队长杨元山及会计蔡永福的极力宣传下，远、近的菇农都乐意向张海购买，很快就销售一空。

　　此次张海共生产一万多瓶栽培种，实可出售一万瓶，除了固定财产和成本外，净赚两千多元。也就是说，这两千元可以还清所欠的瓶子成本。但赚得了一万只瓶子，可以为第二年的生产打下了良好的基础。张海因此成为全队第一个富起来的农民。

第四章

张海和小双结婚后，两人相处燕好，双宿双飞，琴瑟和谐。小双对张海温存体贴，张海对小双真诚尽意，生活过得乐乐滋滋，若忙时，他俩一起摸爬滚打，桴鼓相应，若闲时，虽没有电视和音响什么的，但两人说说笑笑，日子也过得挺幸福。只是父亲卧床不起，身体一天天衰弱，病痛不断，这成了两个人的共同心痛，但没有什么办法了，他俩只好常常在父亲身边，与老人说说话，洗澡换衣端药，日子就这么一天又一天地过去了。

不久，小双呕吐不久，经医院检查，是怀孕了。但两人都很高兴，因为这意味着，张海和小双就要成为爸爸和妈妈了。

临春节前一个多月，是各家种植的蘑菇的生产期，菇农们普遍反映，今年天气好，温和，菌丝发展的情况良好，大都已经复土了，有的已经开始出菇了，还未出菇的，菇床上已结出了花花点点的菇蕾，张海生产的菌种，和从外地购来菌种对比，长势更健壮，对比一下出菇数量也多。这预示着，张海制造的菌种可以过关，也预示着张海可以在这方面发挥优势，给社会和家庭创造更多的财富。为此，张海和小双打算，若生产的菌种出菇情况良好，明年将扩大生产，准备把菌种推广到更远的村庄去。两人还打算，再发展几年，他们就可以把现在的这座老房子翻掉，建造起更好更大的新楼房。

但他俩万万没有想到的是，这时候，危险就在眼前，灾难就要临头了。这是因为随着张海生产菌种名声的扩散，公社生产组发现了，这就招来了一场大祸！

因为按当时的政策规定，谁都不得从事走资本主义道路的活动，这是绝对禁止的事，连做馒头和炸油条出售也是违法的，若你做了或炸了出售，工商局的人员发现了，就追，就没收，甚至把你家的生产工具也没收了。这是当时的政策，谁也不得违反。谁碰了这条高压线，谁就会倒霉，所以，张海生产蘑菇菌种出售，显然比炸油条和做馒头更严重，招来了这场灾祸就不可避免了。

但胜利冲昏了头脑的张海，却敢在刀尖上翻筋斗，明知政府这么规定又逆道而行。当春节前后，各地的消息传来说张海生产的菌种，比从国营菌种站引进的菌种，其蘑菇产量更高时，张海在高兴之余，竟然还继续生产母种，准备为第二年的大发展而努力。

这样，张海就出事了。

春节过后，即一九七六年四月中旬的一天，突然大队派人通知张海马上到大队部一趟，有事要说。张海向小双说了一声，就去了，一去，就被关进了由公社负责，大队办的学习班中。

在这学习班中，"学习"的人员有十五人，都是一些"走资本主义道路""投机倒把""暴发户"和"不当经营户"的人，张海是其一。

张海的"罪名"是暴发户兼走资本主义道路。按学习班中条条的规定，对这些人先要自己写检查书，交代赚了多少钱，雇工剥削了几个人等等，然后，对"坦白彻底"的人进行退赔、罚款或没收工具。

但问题是，坦白彻底或不彻底，这个认定权在学习班，因此，进学习班的人几乎人人都是"坦白不彻底"，必须经过"教育"。张海进班后，始终承认自己只赚了一万只瓶子，没有现金。因为"坦白不彻底"，张海被关了一个月，还是不肯放人。最后决定下来了，张海要被没收全部瓶子，再罚款两千元才能放人。

张海在学习班期间，小双心头腌臜透了，每天三餐都要送饭给张海。饭必须由学习班的工作人员检查看后，里面确没有字条等东西方可传进去。因此，小双不能见到张海。在接到学习班通知，认定张海被定为"暴发户"，没收瓶子一万只，罚款两千元才能放人后，小双哭了，说："暴发户的标准是什么呢？什么叫暴发户呢？现在家里只有几十块钱，到哪儿去拿两千元罚款呢？"

小双一哭，张春明就知道张海出事了。在得知张海被决定没收瓶子和罚款两千元后，张春明当即饭水不进。张大婶、吴大妈、吴永富和村里人一再劝说，张春明这才喝了点儿水，以至病情更加恶化。

第二天，小双就哭着跟她在镇上的爸爸说了这件事。小双的爸爸是开明人，当即就将张海给他的那四百元聘金还给小双。小双又向镇上好友借钱，五十块、二十块、三十块地集聚，总共才有七百元。

张春明知道张海挨板子后，当天傍晚，他叫来小双，战战栗栗地说："小双啊，我不行了，没几日在世了，依我看，我们就退赔吧，学习班，那是一座过不去的火焰山，往后你们就咬咬牙根，猪多养几头还债，节约点，只能这样了。"

张春明也是一个穷苦无告的老人，他擦了擦眼泪，恹恹无力地又说："咱们家根基差，家底儿薄，上几代都是农民，没留下钱，我这边，没有什么东西了，只有祖传的一个金戒指和一个金手环，近日听说有所涨价，你明天去跑一趟，看能不能一钱卖到二十五元。"

说着，他抖抖颤颤地从枕头底下拿出一个小布袋，从中取金手环，又从手里脱下金戒指，用被单擦了擦，说："小双，别哭了，拿去，拿去，路上要小心！"

小双点了点头，接了，老人又说："我们世世代代是穷苦人，靠种田也能活下去，今后，你们别的什么事都不要干了，还是种田好，将来你们的孩子，书也要读得少一点，能看懂工分簿就行了，书读多了，反而招祸，都怪我让张海读到高中毕业，要不，他也不会整天这本书那本书地翻翻，自学起做菌种来，弄来了这般祸。"

小双倚在床头，仍是一边哭一边点着头。老人又说："小双，别哭了，古语说，大难不死，必有后福。这以后，就希望你们日子过得平平安安，我死了，也安心。还有，你们结婚时买的床铺，也值一百多元，暂时卖掉，改张竹床便宜，我和你娘当年结婚，就这么过，可以睡，今后有钱了，再添置。"

这一夜，老人颗粒不进，小双和众人一直劝他吃一点东西，他说吃不下，最后还是只饮了一点水。

第二天，小双很早就起床煮饭，给老人洗脸洗手后，拿了一点粥给老人吃，但老人还是吃不下，叫小双不要管他了，赶快去金店卖掉金戒指和金手环，尽快把张海放回家。

小双吃了早饭，急急给张海取去饭，就挺着大肚子到镇去了。一切都很顺利，老人的金戒指和金手环，是正品，店里一试就知道了，称了，共付给小双三百五十多元钱。之后，小双就赶回家了。

小双到村里后，见家中有吴永富、张大婶及村里很多人，知道家中发生了什么事，赶紧小跑回家，众人告诉她，张春明去世了。

张春明崎岖坎坷的一生，就这么结束了。

小双发现公公死了，顿时大哭起来。这时，老队和蔡永福等人赶来了。

老队看张春明死了，而张海仍没出班，气从心中来，对小双说："还什么学习班？这简直是在腌臜，赚点劳苦钱，还什么暴发户？走，小双，我陪你一齐去学习班，一定要把张海放出来。"

老队是大么村的耆老，说着，对在场的人说："谁愿意跟我去？"

在场的人齐声允诺要跟队长一齐去。随之，在老队的带领下，十多人都呼哧呼哧地赶到学习班。

到了学习班，小双即找到学习班组长，说父亲死了，要求学习班马上放出张海处理丧事。

其实，文化大革命中，到处都分为两派。这时镇里，一派是贫派；另一派是红派。该阶段，是由贫派占权。山顶大队支部书记张仁明虽是贫派，但一向是快刀切豆腐两面光，不想得罪一个本村人，见来了这么多人，就偷偷溜走了。只剩下公社生产组派出的正、副学习班组长和一些学习班的管理人员。

组长听了小双的话，态度很硬，说："罚款两千元交清楚了，才能放人。"

在这学习班里，组长当然代表公社，相当于一个运动会中，组长既是运动员，又是裁判员，学习班中的条条规定和谁进谁出，都由他一句话了结，权力可大着呢！

小双说："先交一千元，其余欠着，张海父亲今天去世，急需张海马上出来安葬。"

但组长不肯，双方发生了争执。这时，老队出现在组长面前红着脸，说："真佛只说家常话。定作暴发户必须有国家文件规定，请你把文件出示，我们走人，不然今天的责任，由你承担。"

队长像洞庭湖的麻雀，是见过大风浪的，他经历了解放战争、镇反斗地主、三反五反、合作化、公私合营、肃反运动、反右派运动、大跃进运动、三反社教四清及农业学大寨运动等等，深知走资本主义道路等运动的学习班，基本上是程咬金上阵——三板斧，开头是锣鼓喧天，气氛十足，后来就虎头蛇尾，没有后劲了，所以，在这关键时刻，亲向亲，故向故，老队的出现，像旱天下了及时雨，十字路口逢亲人，形势发生了变化。

老队的这句话，是有相当分量的。组长知道国家没有这个规定，也一时记不清哪一本本有规定暴发户的名儿，因此，就转了话题，说："这是政府行政执法，事关走资本主义道路还是走社会主义道路的大事，你想挡横儿，是活腻了，想吃枪子儿了？"

但老队不怕吃枪子儿，勃然大怒道："张海触犯了哪条条哪框框，你说，你说。"说着，睁大了眼球对着组长。

众人听清楚了，于是你一句我一句地怒责组长起来。这时，张仁明不知从哪儿跑出来，见一边是组长，一边是众气荷荷的老百姓，就两边做起了好人，从中调解，对老队眨了几下眼，意思是说做个形式，说："放张海出班吧，由老队他们担保一千元钱以后交给政府。"

组长觉得再闹下去，自己拿不出红头文件，可能自己会没有面子，就答应了张仁明的折中处理办法，草草收兵了。最后，小双交了一千元，张仁明写了一张担保书，由老队盖印，不想到，大家都争着敢于担保，在一张担保书上盖了有十来个人的担保大印。

张海终于出班了。

张海回家后，见父亲死了都发硬了，跪在地上大声地哭了一场。……

张春明成殓用的棺材，是临时购买的。当时，镇上的棺材店，有杉木棺和松木棺两种。松木棺便宜，易生蚂蚁；杉木棺较贵，又分好几等，不易腐朽生虫。张海不忍心用松木棺，多没钱也要买杉木棺，他要他父亲安休在杉木棺中，这才宽慰一点。张春明的坟墓，就建在大么村的山头上。

　　出殡时，虽然一个生产队的劳力几乎全部出动，但没有乐队唢呐助悲，没有歌曲伴哀，没有魂幡飘扬，一路上，只有纸钱飞舞，只有哭声。张海穿着麻衣扶在棺材右边，小双散着头发穿着麻衣随在棺材左边，整个队伍一直向山上走去，没有一圈花圈，那种气氛啊，真叫人肝肠寸断，这就是 20 世纪 70 年代大么村农村普通农民死后的葬礼。

第五章

张海埋葬完父亲后，家里变得冷清多了，特别是张海刚从学习班出来，退赔了一千元，使他的思想负担更重，经常沉浸在心事重重，不言呆坐的痛苦中，好在小双很贤德，劝张海不要心存芥蒂，要面对现实，好好生活。这以后，张海才又重新振作起来。但菌种不能做了，迎接他的，除了锄头，还是锄头，除了安分守规地出工种田，别无他事。特别是近来一直干旱，生产队里少有农活可忙，只能无能为力地等待下雨，更迫使张海只好闲坐门口，看着那火花花的炎热太阳光直射大地。

正值夏季，又遇干旱，空气像燃烧似的，奇热炙人，树上的枝叶，热得垂头丧气，脱掉了绿色的光泽。匍匐伏在滚烫石头上那些不知名的野藤，掉光了枯叶子，只剩下一条条像绳子一样的枝条。到处可见的是，地上的草萎卷软瘫地倒在地上的惨景。阵阵灼人的热风吹来，给人一片火辣辣的感觉。狗耷拉着舌头，鸡张开着翅膀，鸭子喘着气，它们不再到处欢蹦乱跳，而是躲在荫凉树下或屋檐下避暑去了。

农作物这时也是一样的糟糕。梯田上的甘薯和田里的水稻等，有的已经枯萎，茎黄叶蔫，但太阳每天一早就像火盆一样地高悬在天中，使稻田里的土地很多都晒出了缝儿，稻秧被晒得蔫头耷脑的，只能有气无力地挣扎着，睁着眼儿等待外援水流的浇灌。梯田上的甘薯更惨，山高水远，太阳光的照射更加强烈，缺少水分的地瓜叶已经焦黄，萎缩不长了。看来，雨再不来，今年的收成就成大问题了，梯田上的甘薯恐怕连拳头大的块儿也长不出来了，稻田亩产能多少，谁也不敢说了，农民本来就不够吃的口粮，那就势必雪上加霜了。

大么村位在山脚下，本来就缺水，现在祸从天降，农民更加叫苦连天。"大跃进"时期，虽然镇政府组织了几个生产队的全部劳力，日夜猛干了一年，修了一个小型水库，叫大么水坝，但大旱一到，这些水仍然无法解决农业的需要。现在，水坝中的水见底了，等待庄稼人的，只能盼望老天供水。如今，一个月没有下雨了，整个村子已经失去了生气，到处都能听到农民的叹息声，大家的脸上，也都显出了没有笑容的痛苦来。

　　这一段时间里，从省里到地区，从地区到县，从县到公社，从公社到各大队，有关抗旱的文件一个接一个地发下来，号召干部和全体农民与天斗，与地斗，与抗旱斗，看来，这干旱是全省性的事。为此，各个公社派出干部专程下乡到各基层社队鼓气，来大么村的干部甚至设想从溪流中引来一部分水来解救临危的作物，但有那么容易吗？镇上的主溪流的水位，比大么村低得多，要怎么引呢？虽然大家知道上级的心意是好的，但没有切实可行的办法，只能眼睁睁地看着作物枯死，还能有什么办法与天斗、与地斗、与抗旱斗呢？口号毕竟是口号，像那些"农业学大寨"开的梯田，是公社强调生产队开的，不开不行，如今干旱，连各家的自留地里也缺水，这些梯田不是等于闲折腾吗？

　　现在的希望，就寄托在古兰溪上。要算地理位置，大么村在上游，有优先权，但古兰溪的水流，如今只有一个水龙头那么大，只能供应给严重缺水的农田。再说，就是这一水源，还是几个生产队共享，昨天为了古兰溪的水，下面几个生产队还派出劳力，专门盯在古兰溪上，生怕水源被大么村独吞，为此，老队和他们闹了一场，连公社干部也赶来处理矛盾。

　　张海正想着，这时，小双突然从房间里喊："张海，你过来一下。"

　　张海急忙从椅子里站起，匆匆向房间走去。

　　小双说："张海，我肚子一阵痛又一阵痛，可能要生小孩了。"

　　张海说："你等着，我去叫张大婶，我们马上去医院。"

　　说着，张海就去找张大婶。

　　张大婶听了，笑了，说："好事，好事，我叫吴大妈一齐去。"

　　张海赶回家，准备了出生用品，紧接着，张大婶和吴大妈就来了。

　　海亭镇卫生院离大么村有十几公里，又没有车。这时，吴大妈就去找老队，叫老队派手扶拖拉机，四个人就一齐驱车前往卫生院。

　　卫生院规模不大，房屋破破烂烂，有几十个医生和护士，设备也差，但妇产科还行，生孩子，大家都往这里跑。

　　妇产科里冷冷清清，已是傍晚了，病房里只有三个还未出院的产妇。小双经值班医生检查后，说还未到分娩时间，要住院等一天。张海就叫吴大妈、张大婶和司机回去，他一个人在医院里照顾就可以了。张大婶和吴大妈本想也在医院帮忙，但小双何时分娩不知，家里还有家务，就和司机一同回家了。

　　小双第一胎生得确实难，已整整一天了，痛一阵，停一会儿，又痛一阵，又停一会儿，张海见小双这么痛苦，心里很难受，不时抚摸着小双那潮湿的脸儿和头发，说："小双，都是我不好，害了你，使你受苦了。"小双听了，顿时现出痛苦的笑脸，说："你说得真逗，哪有女人不生孩子的，我虽然痛苦，但心里高兴着呢！"说着，她把头靠在张海的腿上，说："夫妻恩爱苦也甜，你在我身边，我胆子就大，你看我多幸福啊！"张海听了，抚摸着小双的肚子，并在她脸上久久地亲了一下。

小双又开始痛了，痛得更厉害了，医生说，"快了，快了！"就把小双送进了手术室，关上门。隔着一扇门，张海还能模模糊糊听到里面的动静。已是上午十点了，张海还没吃早饭，但他不觉得肚子饿，在门外进三步，退三步地踱步着。时间一分钟一分钟过去了，时间一秒钟又一秒钟过去了。当听到屋里小双不时发出痛苦的呻吟声，张海急了，趴在门缝里往里看，但什么也看不清，只好又痛苦地等待着。这时，小双又发出激烈的连续不断的呻吟声，终于灵鹊檐前噪，喜从天上来，片刻，从屋里传出医生模糊的声音："出来了，出来了，再用力！"接着，屋里就传出清脆响亮的婴儿声，似更鼓报时，似公鸡报晓，张海听了，这才放心地坐到椅子上去等了。

一会儿，门开了，小双被用病房车推出来，婴儿则由护士抱着，张海顾不上去看婴儿，赶过去看小双，见小双满身透汗，头发散乱，但疲倦的脸上现出幸福的笑容，张海这才宽心了。这时护士大声说："是个女婴，是个女婴。"并将婴儿抱给张海，张海一脸春风地接着，嘴里不断地说："好，好，我更爱女孩子。"说着，就跟病房车进病房了。

一会儿，张大婶和吴大妈就赶到了……

婴儿挺可爱，长得太像她妈妈了，胖嘟嘟的脸蛋儿，五官端正，眉目清秀，一对大眼睛黑溜溜的，人人看了人人爱。婴儿出生几天后，张海给她取了个名字，叫张萍萍。

这时候的小双，刚刚生过孩子，需卧床一段时间，因此，家里的所有家务，只能全落在张海身上。但累和忙，可以克服，最紧要的是小双坐月子的伙食，总不能像平时一样，草草一天三餐，稀饭配咸菜就敷衍了事，起码一星期也要吃一只鸡，一天之内要有鱼有肉，保证小双奶水充足，但这些营养品，都需要买，都需要花钱，这可急死了张海，要到哪儿弄到钱呢？这时，张海想到了瓶子。对，学习班组长虽宣布没收瓶子，只是口头的，也没有没收单。没有没收单能算数吗？是的，时间已过去了几个月，瓶子没有来没收，就是不再没收了。真像老队所说的，这样的学习班是虎头蛇尾，学习班一过，就没有人去理这件事了。现在，何不把瓶子卖掉，钱用于家庭这次庞大的开支呢？接下去几天，张海就抽空联系到农资公司菌种站。农资公司菌种站是国营的，每年都制菌种出售，每年的瓶子从生产到出售完毕回收瓶子，一年都会消耗瓶子百分二十左右，每年都需要添置，张海就以半价的价格和农资公司达成了协议，将瓶子运到农资公司收购，得到了现金一千多元，总算解决了小双坐月子的经济问题，使小双能放心养身，放心喂宝宝。

张海也很疼宝宝，都说儿女是父母的心头肉，确是如此。小双坐月子后，每当张海出工回家，一放下农具，第一就是先到房间望一眼，看看小双身体如何，看看宝宝乖了没有，然后才去洗澡洗脸，洗完后，又去抱宝宝，逗宝宝，让小双自由一下。这时候的小双，除了照顾孩子，还得煮饭和料理家务，也忙得手脚无闲。闲的时候，她就抱着宝宝到张大婶或吴大妈家坐坐，拉拉家常，生活过得也很幸福。每当说起自己，她就说自己有了托付，已是良家农妇，有了孩子，丈夫温存体贴，一切的辛苦都是值得，心里是乐滋滋的。

在家庭开支方面，小双说，虽然要精打细算，无法买一些高档的食品给小孩吃，给丈夫吃，只能粗衣淡饭，但心里满足了，感到了家庭的幸福和温暖。她常说，家里没脚踏车，走路不方便，要是有一辆脚踏车该多好，争取两年看能不能有钱买。但张海却说，脚踏车是次要的，已习惯了，争取明年买一只手表给小双，因结婚时，张海没有给小双金项链、金戒指，心里很过意不去，结婚后，起码小双也要有一只手表跟跟风。条件允许的话，张海还想带小双和小孩，一齐到厦门鼓浪屿旅游一趟，放松放松心情，看看外面世界的风光。因为在他们结婚时，也没有到什么地方去逛一逛，张海总觉得欠了小双什么的。

张海还打算，再几年有钱了，他还准备买收音机和电唱机，让小双玩玩，听听新闻，享受享受，过上好日子，这多好！这时候，小双听了，"哈"的一声笑出来了，说，你这个鬼男人，蓝图画得太大了，照你这么说，再几年，咱们家就能过上共产主义生活了。

但希望是希望，他们没有想到，家里的经济，不允许他们有多余的存款。因为萍萍出生五个月后，小双因身体出现异常上医院检查，结果又发现小双怀孕了。

张海知道后，眉头聚成一团，说："怎么又怀孕了？干脆打掉。"

但小双却蕴藉地微笑着，说："是啊，我也没有想到又怀孕了，既然孩子争着要从我们肚子里出世，我们就让他到世上走一趟吧！"

张海听了，无可奈何地摇摇头，说："好，听你的话，就让他出生吧！"

但天下不如意，恒十居七八。这一年头，先是抗旱，稻秧严重缺水，稻穗难于成型，到了秋收时，突然又来了大狂风，路边的树，有的整棵倒地，连横穿马路的电线上，也挂着许许多多红的、黑的、黄的塑料袋，里面装满了鼓鼓的风，在上面疲惫不堪地呼叫着。这样又干旱又大风的天时，导致田里有稻穗的水稻，横七竖八地倒地打蔫儿，在歉收的基础上又减产了，这就使大么村的口粮更加紧张了，包括蔗粮，一年一口才分稻谷一百二十斤，麦十八斤，地瓜像拳头那么大，一年一口才分三百多斤，真是哀哉！大家只能以稀溜溜的稀饭和麦糊充饥，小双只好回娘家，向她爸爸开口借了一百元钱，用于解决家庭粮食的不足。

接下去，到九月份，国家突然又发生大事了，不但震惊了整个世界，也震惊了全国各个小小的家庭。这就是一九七六年九月九日，我们伟大的领袖毛主席逝世了。当我国亿万人民还沉浸在无比悲痛之中时，"四人帮"倒台了。这预示着，新的历史发展时期从此开始了。这时期，张海每天必到队部去查看报纸，看一看情况，看一看新的历史时期到底会怎样变动？这是人人关心的问题。

第六章

一九七七年春天，祖国的江山到处草绿花开，在柔和的太阳光照耀下，公园、道路、街道……都披上了一层神奇的色彩。花朵儿散发着香气，空气里散发着清新的气息，鸟雀在欢歌争鸣……千姿百态，共同组成了一幅和谐团结的图画，大地上显现出一派生气勃勃、欣欣向荣的景象。文化大革命的结束，四人帮的倒台，国家向新时代的奋进，社会带来的希望，更使人们载歌载舞，沉浸在一片欢乐清新的气氛中。这年夏天，国家即将恢复高考招生的消息出来了，它像一股温暖的春风，立即吹醒了想上大学的知识青年的心田。

一九七七年九月，振奋人心的消息终于出来了。这就是，中国教育部在北京召开全国高考学校招生工作会议，决定恢复已经停止了十年的全国高等院校招生考试，以统一考试、择优录取的方式选拔人才上大学，学生毕业后由国家统一分配，但高考时间和往年不同，不是秋季，而在冬天举行。考试分文、理两大类，文科类考政治、语文、数学、史地。理科类考政治、语文、数学、理化等等。一九七七年十月二十一日，《人民日报》也在第一版发布了恢复高考的消息。社会顿时沸腾了，被废弃十年的高考制度又峰回路转了，大家怎么不会高兴呢？大家奔走相告，欢喜若狂，只一天，消息就传遍了全国上下。

张海得到这一消息后，急不可待地将这个消息告诉了小双。

小双听后，激动得眼泪都流出来了。是啊，十年，是三千六百五十天，十年，减去孩童时不懂事的时间，差不多要占人生的六分之一，十年，多么久啊！现在终于来了这一天，这是谁也没有想到的事，何况自己已是三十多岁的人了，竟然还有机会和66届以后的中学生，以及一九七七年的应届高中生争夺大学座位了，更是做梦也想不到的是，经历了千辛万苦的66届高中毕业生，已是孩子的爸爸或妈妈了，还能有这么个希望！

小双激动地说："张海，你是我们66届高三班的学习委员，在校的学业成绩名列前茅，我看你复习一下，也去参加考试，是一定能考上的。"

张海笑着说："这么久了，都忘记了，有那么简单吗？你呢？我看也去试一试。"

小双说："我呢？有孩子拖累了，肚子里一个又要出来了，文科理科的基础都差，又忘了，怎么去考呢？再说，有没有收艺校的学生，也不清楚，家中有男人去参加考试，就很好了，我怎么能去呢？"

张海说："你能考上，多好，我去不去都可以，我可以在家赚工分，养小孩，顾家庭。"

小双说："还是你去吧！我去，是丢了两个人的份，你想错了，不过，你应打听一下，除了成绩，还有其他什么条件吗？"

张海想了想，说："还有什么条件呢？论家庭成分，我是贫农，论犯罪，我又没有，论身体，我又没有病，论四人帮爪牙，我又不是，连参加武斗都没有去，还有什么呢？"

小双说："那你就去报考吧，试一试，或许能考上，家里，有我在。"

张海说："好，有机会不去试，太可惜了，我去找旧课本，先复习一下，再一天到镇上或县城去，看能不能买到复习材料。"

小双说："好，你能考上，比我自己考上还高兴呐！"

这样，张海要参加高考的事，就这样决定了。

几天后的一个中午，张海去自留地种菜，小双和萍萍在家，不多久，小双觉得肚子痛，她忍着，但过了一会儿，又是痛，小双立即预感到自己快分娩了。于是，她烦人到自留地里去告诉张海。张海正在忙，得知小双又要坐蓐了，马上就收拾工具回家了，见小双仍是痛，他马上告诉了邻居张大婶和吴大妈，并烦他们一齐陪小双赶去医院，张大婶和吴大妈很乐意地答应了。真是邻居好，赛金宝。张海又赶紧到老队家，烦他派出手扶拖拉机，张海就带了用料物品，抱着萍萍，五个人一同去医院了。

小双第二胎的情况比第一胎好多了。第一胎第是呕吐，不想进食，疲劳，想睡，第二胎却在不知不觉中怀孕，没有呕吐和病态表现，甚至还能干轻的活儿，整天忙于家务都不觉得累，情况比第一胎好多了。他们到了医院，经妇产科医生检查后，说快了，休息几个小时再看看情况。于是，张海办理了住院手续，催吴大妈和张大婶回家，说他一个人陪小双就行了，而萍萍呢，却要跟着爸爸妈妈不肯回家，好说歹说了一大阵，萍萍这才跟张大婶回家去了。

一切都很顺利，到傍晚的时候，小双开始大痛起来，一阵又一阵，医生看了，马上陪小双进了手术室，才进去一会儿，张海在门外就听见婴儿啼哭的声音，张海知道小孩出生了。

不久，护士就开了手术室大门，对张海说："是个男孩，一切正常。"

张海听到了，高兴得合不上嘴。他知道，现在自己已是两个孩子的父亲了。

他顿时感到自己责任的重大，现在，家中一无所有，孩子等着吃、穿、用，这担子，首先就挑在自己作为父亲的肩上，不能放松，拼死拼活也要把孩子培养成人。他知道父责如山的分量，深知如不能在寒冷时给孩子温暖，不能在酷暑时给孩子遮阴，不能在孩子病痛时给予呵护，不能在成长的道路上给孩子提供好的教育，作一个父亲，还有什么价值呢？所以，他决心做一个称职的父亲。

片刻，病房车就把小双送出来了。张海看到小双那憔悴的脸儿，心中怀着无限的爱，用毛巾再给她擦了擦脸上的汗痕，但小双是那么的安静和自豪，显出一脸幸福的笑容。接着，护士又把婴儿抱给张海，张海立即细细地端详着：孩子长得活脱脱是他爸爸，平头正脸的，浑身肉乎乎的，一头茸茸的黑发，一双大眼睛乌黑，如同闪闪发光的星星，真是可爱极了！

随即，护士就把小双送进了病房。张海须在这里照顾一、二天才想出院……

张海给该婴儿取名为张灵灵。灵灵的出生，实际上和萍萍只差五个月。灵灵出生后，给家庭带来更多的欢乐，也增加了大人的责任。张海不但要出工，顾自留地，还得煮饭，做家务和给小双坐月子，除此之外，他还要复习，准备高考。所以，在这段时间里，张海是个大忙人，一有空，他就要拼命地复习。他准备报考文科，也报考了。

张海丢了十年的课本，要经过一段刻苦的回忆、练习、参考和阅读。因离高考的时间只有不到一季度，要复习四门功课，一门功课只允许二十天左右，加上出工、家务和或这或那的事，实际的时间就更少了，这就需要晚上加班。晚上最安静，有时张海点着煤油灯，几乎要读到天亮。这样日以继夜地劳动和刻苦复习，需要有一个健康的身体，幸好张海体力强壮，受得了，不然就很难想象了。是的，人在苦日子里，往往忍受力更强，更能吃苦耐劳。小双很体谅张海的处境和奋斗，凡是自己能做的事儿，都尽量自己做，不打扰张海，看到张海复习到三更半夜，小双很过意不去，总是起床特地煮一点什么东西给张海充饥。张海深知自己责任的重大顾不了劬劳，总是默默地埋头攻读，因为这是千年的铁树难逢开的一次花，机不可失。再说，国家正需要人，为什么不站出来让国家挑选呢？能为国家贡献一份力量，就得尽力而为，哪怕只有一线希望，也要尽量争取，这不但关系到祖国的需要，也关系到自己的家庭。

后来，他接到初试的通知，他参加了，但他不知道为什么要"初试"呢？初试后不久，他又接到正式可以参加考试的通知。

正式考试的那一天，小双比张海还起得早。她为张海准备了早餐。当张海要走时，小双把自己口袋里仅有的十块钱硬塞给张海。她怕张海考试时伙食差，肚子饿，出差错。她一再鼓励张海说，考上考不上不要紧，千万别紧张，如果考不上，我们当农民一辈子，也能活下来，不会饿死。但话是这么说，总归考上比当农民强，因为国家有统一分配毕业生，这点张海是知道的。

考试考了两天，张海在学校时是优秀生，经常考，不会临时紧张。考完后，他不知道自己考得好不好，后来认真核对了标准答案，回忆一下，才觉得自己考得不错，但能不能被录取，这就不知道了。

后来他才知道，一九七七年全国报考的人数达两千万，但管理部门的准备时间短，在物质上和心理准备上都难以适应这场规模空前的场面，因此采用了初试的办法，先淘汰一批人。这样，总共才录取本科生二十一万，专科生六点三万人，共计二十七点三万人，录取率之低在中国教育史上是空前的，只有百分之一点多。而这一年的政审仍按老办法，对阶级啊、家庭成分啊、亲属关系和政治表现等问题还非常重视，对每个考生组成两人以上的"政审调查小组"，要从所在的大队、公社和县盖上好几个大印才能通过，严格审查成绩达线考生的政治表现才能录取。在录取时间上，一九七七年考试是在冬季，入学的时间推迟到一九七八年二月至三月份。所以，名为一九七七级，却是一九七八年入学，名誉上将一九七七级算作八一届，实是一九七八年，这是特殊年代造就的特殊事实。

溜溜儿地等了一个多月后，各个院校的录取通知书就送达了。但等啊，等啊，张海就是没有收到录取通知书。这使张海和小双都急起来，到处询问，只知道今年没有"重点学校"和"非重点学校"之分，也没有公布各人的成绩。张海于是找到县分管文教的干部，才知道自己的政审不过关，原因是"暴发户"，公社里缺少盖章，政审调查小组通不过，没有录取。至于考几分，谁也不知道。

这就意味着，张海的考试成绩合格，才转入到政审一关，因政审不过关，所以没有被录取。

小双知道此事后，一阵感伤，潸然泪下，说："暴发户有标准吗？暴发户是罪吗？我们申诉去。"

但张海是老实人，一句话也没有说，呆呆地坐着，沉思着。他知道，现在连法院、检察院、教育局、劳动局等等许多政府要害部门还没成立，到哪儿去申诉呢？找谁呢？依据是什么？档案谁能查看？说到底，还不如放弃申诉更好。后来，张海得知县里刚成立高等院校招生委员会，就特地去询问，通过查核，结论就是因"暴发户"政审没有通过。但查是查了，有什么用呢？能补充招收吗？不能。因此，张海只能怪自己的命运不善，怪自己当初不知天高地厚，不循规蹈矩，竟敢生产菌种，既没有赚到钱，又引来这个灾祸。但事情已经过去了，怪这怪那，只能增加自己的烦恼和刺激，还能解决问题吗？与其说，此次高考的失利，是张海继菌种生产后的第二次家庭挫折，倒不如说，此次高考的失利，使张海这个家庭像遇上八级地震似的，顿时月缺花残，毁了这个家庭短暂的笑声。

第七章

　　就因高考这件事，多天来，张海吃不能吃，睡不能睡，整天过着颓废的生活，连生产队出工也懒得去，在家里像病了一样，不是苦苦沉思，就是唉声叹气。这时候的小双，很体谅张海的挫折，不但勤于家务，料理两个孩子的起居吃穿，还一再地劝慰张海说，"三十六脚的蜈蚣有饭吃，无脚的蚯蚓也不会饿死，不被录取就算了，别想那么多了，在家无忧无虑当个农民，不是也很好吗？塞翁失马，谁知你考上好还是在家好？俗语说，民是衣食父母，官是管家奴仆，你为什么要去争取当一个官呢？做个衣食父母不是很清闲，没有烦恼吗？何必看着星星想月亮？你想得太多了。"

　　张海听了小双的这番话后，这才开始振作起来，重整旗鼓又去出工了。

　　几天后，小双在家，突然镇街道派人来通知她，她父亲去世了。

　　小双自十多岁母亲就暴病死去，剩下父亲、哥哥和她三人相依为命。好在小双父亲是供销社的职工，虽然工资不高，还能勉强养活一家人。上山下乡那年，小双哥哥李向阳响应国家号召，跟随镇上的百人队伍到闽北插队去了。之后，小双父亲又担心这担心那，把小双又插队到大么村去了。现在，小双出嫁了，她哥哥在闽北，家中就剩下多病的小双父亲一人生活。照理说，小双父亲才六十多岁，有退休金，正是享受晚年的好时光，但想不到的是，小双父亲刚退休一二年，不知怎了，昨天突然无声无息地去世在自己房间里。去世时，家中没有一人，直到死后第二天，老邻居叫喊他没有应，跟街道居委会说了，街道居委会派人破门而入，才发现他死了。之后，街道居委会就马上电告李向阳，也派人通知在大么村的李小双。

　　小双接到其父亲去世的噩信后，就马上告诉了张海。张海和小双就打理行李，跟邻居张大婶说了，就抱着两个孩子急急赶去镇上了。小双到了家，见父亲死在床上，哭了一阵，就和张海、邻居打算收殓、装棺和联系坟地之事，等哥哥李向阳回家。李向阳这时仍在闽北，已三十五岁了，仍单身，还是上山下乡的"知青"，直到小双到镇上老家的第二天，李向阳才赶回家。好在小双父亲胆小怕事，为人好，好多邻居来人帮忙，供销社亦派两个人来协助，这才把小双父亲埋葬在镇上一个生产队的山上。

　　小双埋葬父亲的几个月后，县里就开始着手处理文化大革命期间城镇居民上山下乡遗留的问题，主要是想方设法安排"知青"的工作问题，不再在农村插队了。这是一九七三年李庆霖给毛主席去信，毛主席给李庆霖回信在全国引起轰动的结果。

　　李庆霖是莆田市人。一九六九年，李庆霖的儿子李良模上山下乡后，按政策规定第一年的口粮和生活费用由当地政府发给，可是发了十一个月就停止了。接下去，李庆霖给毛主席的信中说："不久，情况变了样，他一年到头在山区劳动，不仅没有一分钱的分红收入，而且连口粮也成问题，生活费用年年由家里负担，每年还要贴补他好几个月的高价粮，日子才能混过去。"有一次，李庆霖的儿子在临走时两眼挂着泪花，为了弄清原因，李庆霖亲自跑到上山下乡的山区去调查情况，"原来是无米之炊，灶下柴火很多，灶上就是没有粮食下锅。"于是，李庆霖向他儿子上山下乡的公社党委书记反映，"孩子在山区一年到头劳动，口粮不够吃，又没有一分钱报酬，什么都要依靠家里，我们当家长的负担不起，请公社给孩子一条生活出路吧！"而公社党委书记把此事推给副书记，副书记又推给分管知青的干部，李庆霖又找知青的主管单位"四个面向工作室"和地区的民事组，最终都没有回音，结果石沉大海，杳无音讯。因此，李庆霖决定铤而走险，给毛主席写信反映情况。

　　在写信之前，他一直很担心，深怕弄不好会引火烧身。经过反反复复的思想斗争之后，李庆霖终于动笔了，写了两千多字，信中除了说孩子上山下乡的实际情况，还捎带一些干部"走后门"，把子女调回城市的阴暗面。

　　然而，就在贴上邮票，即将把信投进信箱时，李庆霖又犹豫了。正如他以后在知青大会上讲的那样，"知道生死关头和安危抉择在此一举，心情一阵紧张，脊背上渗出汗水来，如果此信被中央退回来，肯定不会有好下场的。"第一次站在邮柜前，信没有投进去，走出邮局，又回到邮局，最后才下定决心把信投进去了。

　　李庆霖给毛主席的信，是直接寄给中共中央办公室转的，信投寄之后，辗转了四个月才转到毛主席的手中。那天下午，毛主席在中南海游泳池办公室处理一些日常事务，无意之中翻阅到李庆霖的信，毛主席看了，情绪从平静到激动，又从激动到酸楚，心情久久难以平静，经过一番深思熟虑之后，毛主席毅然提笔向一个普通的小学教员写了复信：

　　李庆霖同志：寄上 300 元，聊补无米之炊，全国此类事甚多，容当统筹解决。

毛泽东

1973 年 4 月 25 日

对毛主席的回信，最先作出反应的是中央高层领导人。一九七三年四月二十九日，国务院总理周恩来在人民大会堂福建厅主持召开中央高层领导人会议。会议从晚上九时开到翌日凌晨一时十五分，参加会议的有叶剑英、李先念、张春桥、王洪文以及国家计委和财政部等有关部门的领导。会上，周恩来将李庆霖的来信和毛泽东的复信向与会人员进行传达之后，充满激情地说："我们一定要把知识青年上山下乡这项工作做好，不能再让主席操心了，不能让主席把自己的工资再寄出去了。"会上研究了有关统筹解决知识青年上山下乡运动中存在的问题，还着重研究了知识青年的疾病治疗、婚姻、知青点的布局、先进事迹等问题，以及知青的学习与教育、招工、招干、招生、参军等具体问题。会议还特别强调要坚决打击破坏知识青年上山下乡工作的违法乱纪行为，会上还通报了黑龙江省建设兵团16团团长黄砚田和参谋长李耀东两人合伙奸污和猥亵几十名女知青的罪恶行为。

莆田地区接到省委的电话通知后，立即行动起来，认真组织学习和讨论，并对全区知识青年工作制定了一些应急措施。地委还强调各县对知识青年上山下乡后存在的吃、住、用、医等方面的困难要以统筹解决，争取主动，不给党中央毛主席添忧。因问题出在莆田地区，莆田地区先走了一步，共抽调了地、县、社和驻军干部六千九百九人，各县又培训宣传骨干二千五百人开展宣传工作，做到家喻户晓，人人皆知，并拨出粮食五十万斤，专款三十九万一千五百元，以及木材和棉花等，着手解决知青上山下乡存在的一些具体困难，同时还抽调医务人员一百五十一名，对知青进行了一次全面的体检，在首次参加体检的知青二千六百六十三人中，发现重病和其他疾病四百七十九人，对这些人马上给予治疗，还对一些具体困难而倒流的知青，挨家挨户进行走访，将粮和钱送到他们家中。

除此之外，莆田地区还对破坏知青上山下乡的人和事进行了严厉打击。调查发现问题相当严重，截止到一九七三年六月底，全区就发现破坏知青上山下乡的案件三十四起，其中强奸、奸淫女知青有二十三起，逼婚一起，殴打五起，凶杀一起，自杀二起，残害一起，有的犯罪手段非常残忍，如有一名生产队长，多次奸污一名女知青，女知青怀孕后，他惨无人道地用手压，用脚踏女知青的肚子，企图迫使女知青流产，逃脱罪责。另有一位县委委员、公社党委书记，从一九七0年起利用职权，采取多种手段，甚至持枪威胁，先后奸污、调戏女知青二十二人，有的知青点还私设刑堂，私制刑具，用关禁闭，挂狗牌，跪砖渣以及老虎凳捆绑和吊打的手段残害知青。据省委通报，有一名知青被吊在电杆上毒打时，知青管理干部还特地将其母亲双手反绑，跪在她儿子面前看她儿子受挨打，更甚者，还把狗屎塞进被挨打知青的嘴里。

李庆霖给毛主席写信的事件被披露后，在全国也引起了强烈反响，各地有关迫害、殴打、奸污女知青的案件陆续被披露了出来，全国几百万知青心中隐藏的苦难，犹如火山喷发震惊全国。如云南生产建设兵团四师十八团有三十一个单位，其中有二十三个单位发生过捆绑吊打知青的事件，几年间，共关押、捆绑吊打知青1千多人，被奸污女知青达二百多人。辽宁省从一九六九年至一九七三年，共发生摧残知青和奸污女知青的案件三千四百多起。四川省至一九七三年六月止，计发生迫害、殴打、摧残知青和奸污女知青案件多达三千二百九十六起。在这些案件中，河北、内蒙古、黑龙江、辽宁、四川等省奸污女知青案件占全部案件的百分之七十以上，江苏、吉林等省更为严重，竟占百分之八十以上。

周总理看了这些报告后怒不可遏，无比愤怒地说："公安部要派人去，不要手软。"党和国家的其他领导人也纷纷表示，不杀不足以平民愤。于是，无产阶级专政发挥了巨大的威力。如合伙奸污、猥亵女知青几十人的原黑龙江省建设兵团16团团长黄砚田和参谋长李耀东被判死刑，立即执行。云南建设兵团的强奸犯薛小山、张国良也被判处死刑。随后，全国各地对破坏、摧残迫害和奸淫女知青的犯罪分子开始了严厉的打击。

为此，国务院和中央着手对全国知青进行统筹解决。单是一九七三年一年，就发布很多文件，如《关于当前知识青年上山下乡工作中几个问题的解决意见》、104文件、21号《中共中央通知》文件、30号文件和附件《关于知识青年上山下乡若干问题的试行规定草案》等等。

一个普通小学老师的来信，竟引起毛主席、周总理、叶剑英、李先念等中央高层领导人的高度重视，甚至轰动全国，老幼皆知，这在中国历史上还是绝无仅有的事。李庆霖给毛主席写信，在改变全国知青命运的同时，也改变了自己的命运。这以后，李庆霖平步青云，命运出现了重大变化，先后在地方上担任了很多重要职务。一九七五年一月，还当选为全国四届人大常委。然而，人怕出名猪怕壮，李庆霖的人生就像一场戏，"四人帮"倒台后，李庆霖由于出名后参加派别斗争和与"四人帮"有挂钩，而于一九七七年十一月十四日被捕。一九七九年六月十八日，法院判处李庆霖无期徒刑，后来，由于提前释放，李庆霖最终在监狱度过了十八年。二〇〇四年二月十九日，李庆霖去世，享年七十三岁。

但李庆霖确实为上山下乡知识青年办了一件大好事，这是无可争议的，因为他成为了全国上山下乡知识青年的一个命运转折点，从根本上动摇了知识青年上山下乡这场政治运动的根基。尽管由于各方面的原因，知青的招干、招工、上学等工作直到"四人帮"倒台后才得到全面解决，但在当时已向好的方面发展，这是肯定的。

　　正是这个时候，即一九七八年六月，上面来人了，小双才按上山下乡的知识青年正式填表申报，等待政府的统一安排，参加工作。这不但给家庭带来了欢乐和笑声，也给家庭带来了美好的希望。

　　随之，一九七八年的高考招生工作又开始了，对于张海这次要不要报名，这可愁死了张海和小双。照理说，一九七七年张海没有被录取，这次应该再去试试，碰碰运气。但一年被蛇咬，十年怕草绳，张海总觉得七七年因"暴发户"这个政治原因被淘汰，一九七八年如再报考，照样如此过不了政审一关。最后，张海决定不报考了，宁可一辈子当农民，也受不了这种气。

　　但张海错了，完全错了，他至少没有考虑到社会会进步这一因素。这年，即一九七八年，全国考生有六百一拾万人，录取本、专科学生四十点二万，录取率为百分之六点多，虽然非常低，但比一九七七年录取率百分之一是好了很多倍。更重要的是，一九七八年招生和一九七七年不同，有"重点学校"和"非重点学校"之分，且一九七七年考生的分数没有公布，但一九七八年考生的分数就有公布了。一九七七年政审很严很严，还是按照家庭成分的轩轾录取，一九七八年的政审就大大放松了，平等了，再没有高成分子女，如地、富、反、坏、右子女和所谓"暴发户"等"罪名"不能入学的规定，这是时代的一个大进步，但张海却在这最后一次机会上没有报考，坐失良机，变成了终身的遗憾。

　　后来，就到了年尾，即一九七八年十二月十八日，中共十一届三中全会在北京召开了。这是我国建国以来我党历史上具有深远意义的历史大转折，标志着中国开始进入新的历史发展时期。全会认真纠正了"文化大革命"中及其以前的左倾错误，确定了解放思想，开动脑筋，实事求是，团结一致向前看的指导方针，果断地停止使用"以阶级斗争为纲"的口号，作出了把工作的重点转移到社会主义现代化建设上来的战略决策，强调全党的工作应该以经济建设为重点等等伟大的决定。

　　党的十一届三中全会的召开，拨云雾，见青天，我国的社会主义建设，忽如一夜春风来，千树万树梨花来，从此进入了崭新的年代。

　　"暴发户"的名称，随着党十一届三中全会的召开，终成害人的垃圾，自然被消灭了。社会开放了，允许私人创业发展了，张海菌种生产受罚的事，因此偃旗息鼓，成了笑话，也自然取消了。但张海这个实心眼儿的小伙子，就此失去了风云际会的机会，歇心了，脚踏实地地成为一名正儿八经的庄稼人了。

第八章

党的十一届三中全会召开后，便是一九七九年春天了。

在这个春天里，万花草儿苏醒复活了，渐渐地离开了冬天倔强奋力地生长起来了，往年多种随风飘摇下来的草木种子，也在这个温暖的季节里孳殖，露出了它们的生命。到处已是满目春光了，满眼桃红李白，碧绿生青，原野也变绿了。阳光温柔地对着每个人微笑，鸟儿在歌唱着、飞翔着，微风吹荡，清香沁脾，大地显现出一片春天的繁荣景象。气候的温和宜人，加上十一届三中全会带来变化的气息，什么东西都变得和过去不一样，变得新鲜和寄托着美好的希望。毫无疑问，刚刚结束的党的十一届三中全会，是个伟大的全会，创新的全会，胜利的全会，在党的历史上，它是个罕见的全会，希望的全会，是中国人民走向现代化建设的冲锋号。它强调了发展生产力的重要性，为从根本上解决广大人民群众的生存问题和经济发展的潜力，奠定了中国人民走向繁荣富强的牢不可破的基础。彻底的改革开放已迫在眉睫，它需要人们展开一系列新的实践。

这年春天，小双也被招工了。

当时，张海出工还没回家，小双一边陪着两个孩子玩，一边正在料理家务。突然，邮递员送达来了一封信给小双签收。小双签收后看了一下外封，是县供销社的，急忙打开一下，里面是一张"报到通知书"，小双看完后，高兴得就要跳起来，激动得眼泪噗噜噜往下掉。是啊，自己心心念念有出头的机会，今天总算熬到头儿了。经过了这么多年的辛苦付出，就等这一张通知单了，小双怎不高兴呢？报到日期定在三天后。张海一回家，小双就迫不及待地告诉了他。

张海知道后自然也很高兴。当时，能被政府招工的，比现在考上清华、北大更难。张海想，从此，妻子有了工作，比什么都光荣，不但有了工资，名声更好，家庭地位也高了。若人家一问，自己可以大声地告诉他，我家妻子有正式工作了，在国营供销社上班！多骄傲，多体面啊！

当时，全社会还都是国营单位和集体企业，还有团体，没有私营企业，县里只有糖厂、供销社、医院、学院、政府部门等单位是国营的，假如有谁能在国营单位当临时工，比现在考上博士生的家庭还受人尊重。除了国营单位，县里还有冰糖加工厂、豆腐加工厂、合作商店、邮政局、信用社、农技站、医院和兽医站等集体单位,少得可怜,就是部队复员回来,也无法进到这些单位里,只有军官转业才能转入到这些单位中。再就是正规学校毕业的毕业生,由政府统一分配到这些单位里。除此之外,自一九四九年解放后至文化大革命结束前,除了一九七0年一个县上百人的一批"贫下中农子女"特殊照顾被招收外,其他的年月中,一个也没有被招工过,其难度可想而知了,但今天小双作为上山下乡的知青被招工,自然成为人人敬佩的事,也是大么村人值得骄傲的一件事,这使全村人都沸腾了,人们纷纷过来祝福,村里的人,有提鸡鸭的,有提水果的,有提营养品的,接二连三地来张海家祝贺。

临行要去报到时,生产队里又有很多人来送行,队长杨元山和老婆吴美妹也来了。

吴美妹,由于年轻时就胖乎乎的,所以大家都叫她"阿胖子"。有言道,丈夫值一千,妻子值八百。因此,大家尊称杨元山为"老队",也给吴美妹加了"老"字的尊称,叫她"老胖"了。老胖虽说年龄与老队相近,但手灵快,为人爽直,身体比老队还高出近半个头,每当两人站在一起时,一高一矮,一胖一瘦,使人感到直想笑,又觉得他俩的体材实在不相称。然而这一家子生活过得挺和气,两个儿子都已结婚分家,单过,老队和老胖两人独立过日子,靠种种田,养养猪,做做零工,度过了一天又一天,这几年也修了房子。

老队和老胖是在解放初认识结婚的。当时,老队在大么村,老胖在大么村的隔壁村,同为一个大队,由于两人在解放初同为大队的《婚姻法》宣传员,经常在一起,就恋爱了,结婚了。没有聘金,没有嫁妆,是当时风行的要求,老队只请了两家人吃一顿饭,就领取了结婚证。这是国家刚解放后提倡的婚姻自由和做法。没有像现在当地农村男女结婚,聘金要八万,金条要八万,酒菜折作八万,甜食"红团"要八万,中华香烟要八万,给女方私人要八万,男方要花五十万元钱才能把女方娶回家。听说,黄石、东庄一带更贵,要八十万元左右,而且,订婚那天,男方还要给女方买苹果手机一部、衣服若干件、金戒指一枚和私压两千元。

老队和老胖来了,屋里围了一大堆人,充盈着欢快的笑声,很热闹,小双和张海热情地和大家打招呼,请坐。老胖问:"小孩要怎么办呢?"小双指了指张大婶和吴大妈说:"张海要是出工或外出,两个孩子就暂托给她们看,晚上张海回家了,这两个孩子就和张海一齐睡。"

张大婶和吴大妈点点头,说:"忍一忍,孩子就长大了。"

老胖说:"家中有老是个宝,家中无个老人,就麻烦多了,好,有张大婶和吴大妈帮忙,很好,像自己亲母亲一样。"

小双说："就是，就是，她俩都是很难得的上辈人。"

老队问小双："你这一去，要多久回家一次？是在哪儿上班呢？"

小双说："看情况，一个月总会回家一二次吧！在哪儿上班？我也不知道，到县供销社报到时会告诉的。"

张海说："去吧，工作来之不易，家中有我照管，家庭中你的中馈有我拿事，我会把孩子经营养大的，放心吧！"

当然，家中没有老人照顾，妻子要去工作，八下里的事，都该由男人管了。张海从此一条扁担挑两筐，既要出工赚钱，又要料理家务和看小孩。

小双这时抱着灵灵，牵着萍萍，听了，顿时觉得心窝儿隐隐作痛，流泪了。但两个孩子还不懂事，不知道妈妈将要离开，仍腻着妈妈，生怕妈妈跑到哪里去了。

过了一会儿，小双要走了，大家都依依不舍地把小双送上路，小双带着行李，回头一看，又流泪了，只听见两个小孩由张海抱着，萍萍一口气地喊："妈妈，妈妈……"

小双到了镇上，又坐公共汽车到县城。一会儿后，到了县城，小双即去县供销社，找到了报到处。

两个接待人员很热情地接待了她，又是倒茶又是请坐。出示了证明书、报到通知书和签到后，一个接待人员说：

"现在，什么单位都不缺人，都是满员，你们几个分配到县供销社来安排，我们也很无奈，经领导们多次研究，最后决定把你们几个人分配到石洋供销社，再办一个合作商店，属石洋供销社管理，但石洋供销社是国营的，你们是集体性质的，由你们几位自负盈亏，独立经营和核算。"

石洋供销社？合作商店？自负盈亏？独立核算？这时的小双，听得稀里糊涂，像鲁肃上了孔明船，不明其义，突然明白后，头脑里轰的一声，心中马上感到一阵透心儿凉，急忙问："石洋供销社是山区，为什么不安排在石洋供销社，要另办一个合作商店？"

接待人员说："对，石洋供销社在山区，但现在所有的供销社人员已满负荷，一个人也不需要，人员过剩了，你们几个由政府分配到我们这里来，我们也是没有办法，研究了一上午，只能另起锅灶，由石洋供销社提供给你们五千元资金，由你们五个人自己经营。"

小双听了，就要哭起来，原来如花似锦的美好计划就这样无疾而终了。这时，其他四个人也陆续来了，接待人员忙着招待、登记和签字，和其他四个人一样地谈了起来。

其他四个人，年龄差不多，都是二十多岁到三十岁的青年人，分别是陈玉明、杨建仁、陈玉富和另一位女同志吴玉梅，大家听了接待人员的说明、解释和安排后，都忧心如焚，长吁短叹起来，都一本正经地反问起来，两个接待人员只好一个劲地解释着。

但山河已定，何易搬迁？再说也无用了。在两个接待人员的劝导下，大家只好很不情愿地跟两个接待人员一齐去石洋供销社看看再说。

车和司机是供销社派遣的，是小巴车。车发动后，经过平原地区的两个镇后，就是山路了。山路还是沙石路，不宽，刚好两部大车可以开过。山路一直爬坡，拐弯，又爬坡，七弯八拐的，车子就这样一直向上爬。

听司机说，从县城到石洋供销社，要足足一个小时才能到达。

小双从来没有坐过山路，激烈的转弯又转弯，使她直想呕吐。她往窗外一看，情不自禁地"啊！"了一声。原来车已到半山腰的断崖边，本来还有阳光的天气，突然变成雾气重重，山下本来隐隐约约可看见的巴掌大的村庄，再也看不见了，只见云就在车边不停地赛跑着，仿佛车子开进了白惨惨的云端中。快到山顶了，这时司机嘎的一声，把车停在路边，喇叭却不停地响起来。片刻后，车子才又动身了。原来这个地方最窄最弯，常出交通事故，司机怕前面不速之车突然出现，来不及刹车，所以开灯按喇叭停在路边，见前面确定无车经过时，再慢慢往前开。

一会儿后，车终于到达山顶较平坦的地带，又开了十几分钟，车子停在一个空地上，接待人员说，终点站到了。

小双和其他三位同事昏头涨脑地跟接待人员下了车，一看，空地的前面，就是一条小街道。说是小街道，其实只是单边房，有十几间，破破烂烂的，只有百步之长。接待人员说，这就是石洋供销社总部。

这就是石洋供销社总部？小双看了，怏然不悦，脑袋里胀膨膨的。想，怎么还不如大么山村的一个生产队队部呢？

这时，吴玉梅神情懊丧，黯然泪下，不下车，说："还不如我上山下乡的地方，我要回去，不下车了！"接着，就"哇、哇、哇"地哭起来。

接待人员两人又上车，劝吴玉梅说："既来则安，下车到总部见一见主任，或许……"

"或许什么，或许能调回到平原地区吗？"吴玉梅不哭了，用天真的眼睛贼亮亮地望着接待人员，希望接待人员能说一声"对。"

但接待人员说："或许主任把你们安排得好一些，以后有机会了，把你们再调回到平原地区。"

吴玉梅这才下了车。其他几个人看着吴玉梅擦眼泪，脸上都罩上了一层忧郁的云翳。

到了理事会，有几位理事会的同志热情地迎接上来，说他们接到通知后，就在这里等了。说着，理事会的一位同志指了指笑嘻嘻地在迎接的人说："这一位就是石洋供销社主任。"接着，主任就很客气地和小双他们一一握手问好，并了解了各个的姓名。

一阵热情的招待请坐之后，供销社主任就简单地介绍了石洋公社的情况、工作安排和职务分担等事，主任说：

"石洋公社地处这个县的北部地区，距城关四十多里，区域面积一万三千多公顷，属亚热带海洋性气候，全年温暖湿润，年平均气温在 19℃ — 21℃，最高海拔在一千六百多米，有十个行政村，七十多个自然村，人口只有不到一万人，常住人口更少……交通不发达，只有你们刚才来的这个沙石公路，到各个村庄，大都是小沙石路，也有小路，需步行，当然小沙石路可通手扶拖拉机和小汽车……这里主要出产杉木，也种一季水稻和麦子……公社设在供销社的这座山顶上，有几十位干部和工作人员，供销社的职工和干部，总共四十多人……你们安排的地方，在济山，是一个村点，叫济山点。这个村点离这里五公里，有小沙石路，目前供销社的营业员已有两人在那里，你们再来，就是七个人了，但他们两人是供销社的职工，你们是供销社中的合作商店，独立核算，和他们两人是同一社的两个机构，一是国营的，一是集体的，同属供销社总部管理。你们的住宿房间，我们已安排好了，各人一间，你们的门市部，就设在楼下，很方便，卖的东西，由你们自己决定，可卖食品，纺织品，杂货店等等，货源可以到石洋供销社批发站购，也可以自找……现在安排职务一下，陈玉富同志是中共党员，任你们合作商店的组长，李小双高中毕业，任会计，陈玉明原是生产队出纳，照样在这里当出纳，杨建仁和吴玉梅的年龄小一点，才二十三岁，当组员，工资每个人每个月定二十一元，不得多付，由组长签发，由商店付……接下去，我们用手扶拖拉机运，和你们一齐到济山点……"。

听了主任的话后，本来就顾虑重重的心，大家更加忧心忡忡起来，而玉梅更是惊得七魄落地，三魂升天，又哭起来，说："我们本来一身抱负，现在竟然安排我们到这个地方来，石洋已是山区，济山点是山区中的山区，真是八哥掉在井里头，有翅难展，我们要怎么生活呢？在这地方，我们犹如玻璃罩里的苍蝇，前途光明，找不到出路。叫我们在这山旮里卖东西，要卖给谁呢？这不是像猪八戒生孩子，难死猴哥了吗？我们不是又没有工资了？回乡去吧！这叫什么工作呢？"

主任说："我们供销社本来就人员过剩，上面硬把你们安排到我们这里来，我们已经尽了最大的努力，只能这样安排了，济山点算是石洋供销社最好的点了，你们好好干吧，或许以后人员会有变动。"

　　会后，主任就派两位理事会的同志把准备好的手扶拖拉机开过来，把小双及四位同事，还有行李，一齐乘坐手扶拖拉机去济山点了。

　　济山点在石洋公社的中部，处在较平坦的山窝里，周围是山，不过有小路。山间住有二百多户老百姓，较集中，山间再过去仍是山，山沟沟里又住多户人家。

　　到了济山点，小双她们愣住了。济山点只有五间房屋，供销社分店占了两间，另有三间，房屋是土墙和木板的混合体，破破烂烂，门虽关着，但没有上锁。理事会的同志打开中间的一间，说："这就是供你们开店的地方，你们整理一下，住宿吧，可以在这楼上，也可以住在隔壁间楼上。"

　　济山点供销社分店的职工有两个人，也过来看了，大家随之进屋里看了看，屋内尽是分店用过的旧架子和零星什物，楼上，好像是几十年没人住过一样，尽是灰尘，发霉味很重。

　　大家又喊起来了，说："这么安静的山区，没见一个人，怎么做生意呢？一排五间房，左是供销社分店，右是合作商店，我们还不是分了分店的生意？为什么不把我们都分配到供销社分店？真是七擒孟获，多此一举！楼上没有床铺，这么脏，怎么住人呢？洗刷都要十来天。"

　　理事会的同志说："你们是上山下乡知青，安排在集体单位就很好了。供销社分店是国营的，不能再负担了，你们只能自负盈亏，独立核算。你们来到这里，慢慢就会习惯下来的，房间先打扫冲洗一下，这几天先睡在楼板上，待几天由总部调整几床床铺过来。另外，这里盛产木杉，你们可以叫当地农民做几条椅子放东西什么的。"

　　这天下午，理事会的同志、司机和小双他们，在济山点供销分店的小食堂吃晚饭，晚饭后，理事会的同志和司机就回石洋供销社总部去了。

　　理事会的同志走后，吴玉梅困窘地站在那里，说："我们的命，怎么会这么苦呢？"于是越想越想哭，又叭哒叭哒地掉下眼泪。几位同事想想自己现在的处境，对供销社总部这样安排也气得鼻子不是鼻子，脸不是脸，一句话也没有说，呆呆地看着玉梅流眼泪，但自己的鼻子一酸，眼泪也随之流出来了。

　　当天晚上，小双他们几位就在济山点商店的楼上打扫一下，铺了一些草，小双和吴玉梅一间，另外几位同事一间，打地铺睡了。但由于房屋还没有洗，发霉味很浓，地方很脏，大家一整夜都在谈话、评论和发牢骚，谁也没有睡好。

　　但事到如此，大家都成了过河卒子，只有拼命向前了。第二天天一亮，迫于现实，大家只好开始整理商店卫生和洗刷房屋了。

第九章

　　李小双被招工的时间是一九七九年春天，紧接着，跟手儿就是夏天了。

　　一九七九年的初夏，紧跟着这一年春天的脚步，在大么村也显现出一派欣欣向荣的景象，不但稻苗起身早，稻穗有得开始扬花了，而且气候宜人，特别是三五天的雨水降临，更把大么村的农作物培育得绿绿油油，一眼望去，有葱绿、翠绿和碧绿，也有金黄、银黄和浅黄，丰收的景象，给大么村人带来一种难以表述的喜悦。

　　喜悦的事不期而然，今天，县委派出的社队企业多种经营工作队也来大么村了。

　　县委在文化大革命刚结束，党的十一届三中全会召开后，为了本县经济的发展，对县内的教育事业、行政机构、土地建房、交通道路和商业发展等等都要重新整顿、计划、建设和发展，尤其对农村社队的经济发展特别重视，接连开了几个扩大会议，决定成立社队企业多种经营领导小组，大力扶持农村的社队企业。今天，来大么村的工作队，就是对大么村这个贫困村的人口、地理条件和生产能力等进行调研和视察，对大么村的特点和有利条件加以把脉，给生产队出谋献策，支持生产队发展社队企业，走上共同致富的道路。

　　工作队一行三人，队长名郑玉仁，不惑之年的人，为人坦诚，是县农技站的副站长。他对农业生产的全套把式很熟悉，但他来了两天，经过调查研究，眼睛却盯在大么村后面一个叫鸡头山的小山头上。鸡头山全是红土构成，土中没有沙石。郑玉仁当即想：这个小山头的土能不能用于机砖原料，若能成为机砖原料，大么村不是可以建个队办机砖厂赚钱吗？但看似简单的事，几十年间，从来没有人想过，更没有人提起，此次郑玉仁提起，真的还是首届一指之事。于是，郑玉仁当即取了几斤红土到城关去化验，想了解这些土的结构，能不能适宜制造机砖。

　　几天后，化验结果出来了，该红土的主要成分是二氧化硅。原料物理性能经测试，其颗粒组成的可塑性、收缩率、干燥敏感性和烧结性等均达到制砖原料。

　　郑玉仁几个工作队当即找到了老队，一口气向他介绍这几天来的测试情况和党的政策，鼓励大么村应走在人们的前头，尽快利用有利条件和资源，及时创办一个生产队的机砖厂。

一槌敲响了闷鼓。郑玉仁队长的一番话，让老队恍然大悟。老队得知这个消息后，很高兴，他还不知道自己生产队这个山头的黏土，竟然还是宝贝。但又有所顾虑，问郑玉仁队长说："成本要怎么解决呢？"郑玉仁说："现在县里和公社都非常支持生产队办企业，如生产队没有成本，可以向信用社贷款，县里和公社都会大力支持。"老队又问："这个小山头的土能用几年呢？"郑玉仁说："如是小型机砖厂，恐怕能用百年，如稍大型，起码也能用几十年，用完了，还可以用隔壁山的土，千年啊，还担心这个。"郑玉仁又接着说："先办一个一次能焙烧 1 万个机砖的小厂，全部用人工，即破碎成型采用人工办法，干燥一关也采用自然干燥法，焙烧灶可以用生产队的劳力自己建，木材燃料有队里的大山，这样，成本就没有多少，贷几千元或一万元就够了。"

老队算了算，觉得有道理，如能办成功，生产队不是增加了这一笔收入吗？有了钱，社员的粮食不够吃，不是可以用钱买来解决吗？而且，机砖厂的劳力可以派工分，但考虑到还有什么想不到的问题，老队说："好，好，我今天晚上马上开个生产队会议，让大家发表意见，再作最后决定。"

这天晚上，会议就召开了。生产队里的劳力几乎全部都参加。

大家听完老队和工作组的介绍，都信心十足，几乎百分之百的农户都赞成，但为了保险起见，大部分的农户赞同先雇一个技术员引导，牵头，至于销路，现在正值改革开放之初，到处开始建设了，需要机砖的人多，生产队可以先办一个小型厂试试，有甜头了，再改为大型的。

会议通过后，生产队办机砖厂的事，就这么一锤子敲定了。说时迟，那时快，第二天，老队就派人去联系技术员，并开始整地建机砖厂了。

这是县委派来的社队企业多种经营工作队办的一件大好事，也是新中国成立后，县委首次派出工作队来大么村协助脱贫致富。

社队企业是我国人民公社制度的产物，兴起于一九五八年的"公社工业化"，即在农业合作化和集体化过程中，由农村人民公社、生产大队和生产队办起来的集体所有制企业。"社队企业"直到改革开放后的一九八四年，中共中央第 4 号文件才将其更名为"乡镇企业"，并将家庭工业也列入乡镇企业的发展范畴。这是性质上的大变化，即国家允许私营经济的存在和发展。这是党的十一届三中全会后的一大改革。所以，县委遵照十一届三中全会的精神，这次派出的社队企业多种经营工作队扶持的对象，实际上就不单单是社队的企业，也包括扶持私营经济在国家法律规定的范围内的发展，以达到帮助老百姓能够脱贫致富的目的。

因此，工作队队长郑玉仁在完成推动大么村兴建机砖厂的任务后，又在大么村继续寻找能够使老百姓脱贫的点子。这是他的任务，也是他的责任。这天，郑玉仁一行三人在路过吴大妈房屋时，看到屋内有一人正在做木工活儿，顿时心血来潮，想到屋里去观看。

屋里正在做木工的是吴大妈的二儿子吴永康。吴永康二十六岁，有二个儿子，妻子是隔壁村人，名叫张思柔。吴永康读到初一便辍学了，十七岁那年，跟外村的木工师傅当学徒，至今当木工已八九年了，不但会做日常细工的全部家具，而且还会上屋顶安装橡子、梁子和门窗等粗工。他一般是受人雇用，到客户家去加工床铺、橱柜、桌椅等家具，一天一元五毛钱工资。无人雇用时，就在家里锯锯敲敲，制作一些零星家具出售，维持一家的生活费用。

但郑玉仁队长并不是闲着无事要来看看热闹，他脑子里想的是，吴永康能不能发挥专长，办个木工厂，将产品在市场上出售，成为大么村的一个企业。

郑玉仁队长一行三人的到来，使吴永康感到很突然，他马上停止了手中的活儿，盛情地招待了他们。经过交谈和了解情况后，郑玉仁说："要是加工成成品出售，办一个加工厂，你看如何？"

吴永康说："政策不允许私人办厂，再说销路也成问题，要卖给谁呢？"

郑玉仁说："现在，党的十一届三中全会召开了，政策变了，你们可能还不知道，接下去，私人办个营业执照也能办企业了，不比以前了，是国家鼓励支持的事，你别再担心政策的问题。至于销路，我们可以协助你联系一二家家具出卖店，先做一二套试试，能行了，再慢慢扩大，行吗？"

吴永康说："私人允许办厂，那是以后可能的事，到今年还只允许社队办企业，另外，成本也是个问题。"

郑玉仁说："那就与生产队挂钩，先办小的，起初不需要很多成本，我们工作队可以协助你贷款一万元，第一批货品推销出去了，再加工第二批，就比较稳当了。"

吴永康说："也没有这方面的经验，要是第一批就销不出去，还不是要亏本吗？"

郑玉仁说："经验是学来的，明天我们陪你一齐到城关附近去参观一下人家的木工产品和出售经验，第一批只要加工一套产品试试，如卖不出去了，我正需要一套，我买，好吗？"

吴永康想了想，答应了。

第二天，郑玉仁三个人就陪吴永康到城关一带的木工加工厂去参观。原来，这些私人木工加工厂的技术工大都是从集体木工厂中退出的师傅，由于体制改变了，集体厂中的技术工的工资难于维持，就跑出来独立经营了。看了他们现在的家具展厅，吴永康顿生灵感，很有感想，细细了解一下，知道他们的木材原料，一般都是从附近的木材原料场买来的红木。这些红木原料一般是从缅甸、海南和云南等地运过来的，有证，也有从外国采购进来转卖的，有低端的鸡翅木，中等的缅甸花梨，高级的海南花梨等等之分，也有卖一般的木材。制作的工艺流程都较现代化，比用纯手工操作省力省时多了。流程一般是干燥板材，木工制作，雕刻、打磨、组装和上漆打蜡等步骤，分多个组操作。雇用的工人，视情况而定，一般办小型的加工厂，就要十来人左右，资金就很难说了，视周转情况，小型加工厂也要几万元才行。但有税收，税收不多。

吴永康得知了这些基本的信息后，很想也办个红木加工厂，但现时社会上还没有私营企业，他只能在家付点副业金，挂生产队的名誉加工。

参观后，郑玉仁问吴永康："敢不敢试一下呢?"

吴永康说："收获很大，我可以先试一套家具。"

经过一连串的思考后，几天后，吴永康又添置了电圆锯、砂磨机、雕刻机和磨光机等木工工具，决定专门加工红木家具，以适应市场的需要，又从书店里买了几本家具品种设计的书籍。

至于成本，郑玉仁说到做到，向上级反映后，努力为吴永康争取贷出一万元，以扶持吴永康成事。

没多久，吴永康就买回了红木原料加工成一只床铺，一只床头柜和一组红木沙发，然后由郑玉仁联系了代销店，价格更优惠，没几天，这些家具就一售而空，这可乐坏了吴永康，更给他增强了生产的信心。接下去，吴永康又加工了两套，也很快售出去了。这以后，他越做越有经验，就开始雇用了一个帮手，慢慢扩大了生产，扩大了销路，实际上成为了大么村第一个私人红木加工厂，郑玉仁因此也成了吴永康的好朋友和有力向导。

郑玉仁来大么村扶持社队企业多种经营，没有开会高谈阔论，却办了两件实实在在的事，很受大么村人的信服和敬佩。这天傍晚，郑玉仁在生产队队部与老队、张海和蔡永福等人闲谈中，无意中透露出的一则真确的消息，更成为大么村的一条爆炸性新闻。

这条消息是：安徽省凤阳县的一个生产队分田到户承包了……

其实，这是去年年底发生的事，至今已半年多了，但由于大么村没有电视，没有收音机，通信不灵，消息慢，直到郑玉仁今天告诉老队他们，他们才知道了这件事。

这件事是：一九七八年十一月二十四日晚上，安徽省凤阳县凤梨公社小岗村西头严立华家矮残破旧的茅屋里挤满了十八位农民，关系全村命运的一次会议此刻正在这里召开。这次会议的直接成果是诞生一份不到百字的包干保证书。其中最主要的内容有三条：一是分田到户；二是不再伸手向国家要钱要粮；三是如果干部坐牢，社员保证把他们的小孩养活到十八岁。在会上，队长严俊昌特别强调："我们分田到户，瞒上不瞒下，不准向任何人透露。"

一九七八年的这个举动，是冒天下之大不韪，也是一个勇敢的甚至是伟大的壮举。

包干保证书后的第二年，即一九七九年十月，小岗村打谷场上一片金黄，经计量，当年粮食总产量六十六吨，相当于全队一九六六年到一九七0年五年粮食产量的总和。

安徽省凤阳县小岗村十八位农民签下的"生死状"，将村内的土地分开承包，分田到户的消息，是对抗走社会主义集体道路，还是开创了家庭联产承包责任制的先河，在当时引起全国的激烈讨论。

但农民的心，肯定是赞同包产分田到户的，只是不敢说。这个消息，它像地震一样震动了全国农村，也动摇了现在的政策根基。在社会主义国家中，这种办法是回头走上资本主义道路，还是社会主义建设中社会主义制度的改革，这是农民们极大兴趣的话题，也是农民自身生存问题迫切需要解决的问题。老队对此漫无头绪，踌躇不决，不敢妄下定论，用眼睛看了看张海。张海是村里唯一的高中毕业生，这时憋不住了，深有体会地发表了自己的看法，说：

"这首先触及到农民自由的问题。田里的事儿，农民今天可以去干，今天有事，明天去干也可以，这多自由！今天多干一些，明天有事，少干一些也行，可以自己主张，不受约束。不必像生产队出工，今天或明天干什么，都由生产队长决定，干多干少一样有工分，不到时间不收工。其次，这种改革，是成功解决土地私有制的范例，因为土地仍为国家所有或集体所有，并非农民自己所有，农民只是承包，只有占有权，但无所有权，这就为社会主义的概念奠定了坚实基础，也是社会主义土地改革的胜利标志。第三，农民有自主种植农作物的权利，种什么，由农民自主选择，这就能更加适应市场的需要，达到多种经营。第四，这种改革，可以全面克服过去农业管理中的弊端，从根本上调动了农民生产的积极性，适应十一届三中全会提出的现代化发展方向，为农村的进一步全面发展奠定了基础。第五，这种改革，可以去除不劳而获的弊端，大队部中那些享受全年最高工分待遇的人，将被废除，既减轻了农民的负担，又解决了多劳多得，不劳不得的报酬方法。第六，它可以灵活操作，科学管理，负责到身，有效地提高农作物的产量，不再按旧的那一套框框条条办事，按个人没有责任，吃大锅饭的生产管理办法操作。所以，锅里添水不如釜底抽薪，解决土地生产问题，再不能集体制了，只能承包给各个家庭了。我看我们生产队的土地也要照此办法改革，把土地分田到户承包吧！"

张海的话，打动了老队的心，他说："好，明天晚上开个生产队会议，确定一下合同条款，再几天就马上分田到户承包。"

但老队想了想，又说："这个？斯事体大，还得大队部和上面允许，不然，帽子一扣，说你带头走资本主义道路，警车一来，你就完蛋了，包不成，人还会陷身囹圄。"

张海这时有点怒了，说："农民一年的生计就指仗地里有个好收成。我们自己的土地，自己的劳力，自己的收成，他要管，那么，我们粮食不够吃，他们就年年给我们拨来粮食吧！肚子都吃不饱，还谈什么社会主义。"

老队最后折中说："好，包就包掉，但我们晚上到大队部打招呼一下。"

当天晚上，老队和张海就一齐去大队部去。

到了大队部，正好大队支部书记张仁明还在，见老队和张海来了，便热情泡茶招待。老队即向他说明了来的目的。张海补充说："现在，建国已经三十年了，农民还是吃不饱，如果不按安徽省小岗山的办法承包，包产到户，恐怕生产队里再没有人出工了。到时生产队中出现更大的问题，大队部不是更难处理吗？"

谈虎色变。张仁明听了老队和张海的话后，就像听到了雷响，懵了，头脑也激烈地想起来。过了一会儿，他说："这是政策问题，我无法主张，我得向上请示一下，但总的说，总不能让农民又走上资本主义道路。"

又谈了一会儿，张仁明还是这样铁板钉钉，老队和张海坐了一会，只好告辞了。

老队和张海走后，张仁明越想心中七上八下，便向公社分管农业的党委副书记请示。公社党委副书记接到电话后，也说他不敢主张，就挂电话到县革委会主任那里去汇报请示。

县革委会主任说："现在，这个问题还风雨飘摇，是走资本主义道路还是走社会主义道路，还未定论，上面还没有文件下来。全县几百个村，有的村也有人提出要分田到户承包，但县里不敢主张，还在等上面指示，你就叫大么村暂时忍一下，等一段时间再决定吧！"

第二天早上，公社党委即派人到大么村来，向老队说明了县委会的意见和决定，老队无可奈何，只好答应等一段时间再决定。

第十章

无巧不成话。大么村分田到户承包的合同还未达成，与大么村有一段距离的盖尾莲井大队农民李金耀承包荒山一千二百亩，创办家庭林场的消息又传到大么村。李金耀承包荒山成为全国第一个家庭林场的事，引起了胡耀邦总书记以及各级领导的重视，并迅速在全国媒体界产生了激烈争论。

事情的经过是：一九七九年春，福建省仙游县盖尾公社莲井大队五十四岁的农民李金耀，向莲井大队党支部提出承包经营马山的申请。马山原属于莲井大队集体所有，约一千二百亩，由于地处偏僻，又与其他大队交界，经营管理不便，加上土壤贫瘠，水土流失严重，大队缺乏资金投入，只能任其自生自灭。因而自一九六九年起，为了防止山林被乱砍滥伐，莲井大队每年派出六名农民上山看管，每人每年补贴一百五十元人民币和一百斤粮食，但虽然看山人员年年换，还是没有把山看管好，山中的林木总被人偷砍滥伐。对此，干部们束手无策，农民怨声载道，所以，李金耀提出承包，大队干部又喜又惊，喜的是如果马上承包，大队将卸掉一个沉重的包袱，惊的是文化大革命刚结束不久，在农村实行生产责任制仍处于试点阶段，集体化道路仍是社会主流，将荒山承包给个人是当时政策所不允许的事。所以，莲井大队不敢拍板，就向公社请示，公社领导深知马山的具体情况，但鉴于当时的政策也不敢支持，便模棱两可地暗示莲井大队自行决定。于是，从一九七九年四月起，大队党支部多次进行讨论，并分别召开了生产队会议，但有的干部顾虑被戴上"走资本主义道路"的帽子回避，而大多数干部和社员却认为李金耀承包荒山是一个很实惠的举措。

这样拖了几个月，一九七九年六月，这份国家政策不允许，又没有经过上级批准的"违法"合同，就这样在莲井大队部秘密签订了。

李金耀创建家庭林场的举动噱头真多，首先他遭到妻子的坚决反对。妻子又动员他儿女共同阻止，还写信告诉他在外地工作的儿子。儿子得知后即赶回家，尽力动员他父亲悬崖勒马，放弃承包。但李金耀顶住了家人的压力，竟然卷起背包单枪匹马在山上"安营扎寨"，开始了十分艰难的开发。为了筹集资金，李金耀几乎是倾家荡产。由于家中无什么积蓄，他将妻子的首饰和夫妻两人的棺材卖了八千多元，又通过亲戚牵线向华侨借款二万七千元，还经大队介绍向银行贷款二万五千元，总共筹资六万多元作为林场的资金。又聘请了两位退休老朋友作为林场的参谋，经大队批准，招聘了二十多位农民当林场工人，初期每月每人付四十四元工资，比原大队给看山社员的工资多出近三十元，以免被冠上剥削工人的"罪名"。又在山中野墺上盖三十多间简易房子，修筑了一条三千多米长的盘山公路，带领工人日夜苦干，种植了大量的杉木、柠檬桉和马尾松。还把工人分为四个作业组，分别包干林业、茶果、药材和苗圃。每个作业组内部都实行定额管理，责任到人，搞"定、奖、赔"制度，每天规定劳动8小时，加班有加班费，超额有奖励，晚上护林有补贴等等。

但林业开发周期性长，单靠营林不能解决，6万元的投资，没多久就不见踪迹，也有可能因为林业成品未出售，就负债累累而倒闭。为了解决资金问题，他采取"以短养长"等办法，在林地里大量种植中药材，并与县医院公司签订包销合同。又在林地大量套种苗圃，培养林、果、茶等树苗向社队出售，还办了采石场和养猪场等增加收入，以维持山地开发的不断投资。几分耕耘，几分收获，经过了一段时间的投入和生产，长期荒芜的马山出现了欣欣向荣的新景象。

李金耀包山的举动是秘密的，上级党委虽然知道此事，却睁只眼闭只眼，难得糊涂。然而纸包不住火，终有记者撰写了一篇题为《李金耀承包一千亩荒山投资六万元办起多种作物的林场》的通讯，写得有血有肉，并将这篇通讯分别投给福建日报、新华社福建分社和《人民日报》三家新闻媒体，并在县报道组报道传开。

张海爱看报，无事时就到队部翻翻报纸，看看新闻。当他得知这一消息后，就认为这是现阶段农村新变化的一个重要范例，也许承包农田，承包荒山等举动会变成农村改革的新政策，会改变农村现行的固禁，解放思想，开拓新思路，创造出一个崭新的农村新模式。因此，张海不但在生产队出工时向社员们传达了这一消息，而且，这段时间，他时时关注报上对此事的评论。

几个月来，张海到处收集报纸，收集了很多关于李金耀承包荒山的报道。有：新华社福建分社在《国内动态清样》发表的《福建—社员自筹资金承包荒山雇人办林场》；人民日报《情况汇编》第460期转载李金耀包山的情况；有中共中央总书记胡耀邦签字批转给林业部的"这个材料很有意思，值得好好研究"的报道；有《人民日报》第二版头条的《开发荒山的大胆试验》以及《人民日报》《光明日报》《农业经济丛刊》《中央人民广播电台》《瞭望》和《福建论坛》等报纸杂志对此发表的文章。

在全国各界都知道此事后，与此同时，专家和读者对此作了大量评价，从而在全国引起了强烈的反响和轩然大波，李金耀因此成为一个有争论的人物，使这场争论越来越大地推向高潮，并向纵深发展。争讨的焦点主要集中在经济性质问题、雇工问题、利益分配问题和对家庭林场的看法这四个方面。有人认为"个人创办林场，与联产承包的性质不同，违背了社会主义方向，是属于资本主义性质的个体经济。"有人认为："李金耀办林场不是专业承包责任制，而是租让制。"有人认为："李金耀的家庭林场雇用众多的工人，同外国资本家的农场一样，是社会主义国家所不容许的剥削行为。"有人认为："李金耀雇工是一种剥削行为，它不是完全使用自己的劳动，而是使用雇工，甚至主要依靠雇工劳动，它经营所得利润雇工无权参与分配，完全归雇主所得，实际上是雇主占有他人一部分剩余劳动，雇主与雇工的关系实质上是一种雇用剥削关系，不是社员间的互相合作关系。"有人认为，李金耀的行为"有成为大寨式的危险。"更有人认为："李金耀的动机是不纯的，是通过包山来骗取贷款，谋取私利。"真是人怕出名猪怕壮！

但也有人认为，李金耀承包荒山，是"全国第一个家庭林场的成功实践，为党中央国务院制定农村改革政策提供了试点经验。"有人认为："全国第一个家庭林场的成功实践对于突破传统的农业观念，开辟农业新领域起到了思想启迪作用。"有人认为："李金耀开发荒山的做法，开阔了我们的视野，把荒山、荒地、荒水包给农民，这是当前搞好开发性生产一条最切实可行的路子。"有人认为："李金耀开发荒山，不仅为社会，为集体增加财富，也为大队的一些多余劳力找到了出路。"有人认为："李金耀这种做法，不但可以调动农民的积极性，打破吃'大锅饭'的弊端，而且是按劳分配原则的正确实施，从发展的趋势看，变成私人资本主义经济是不可能的。"等等。

张海看了这些评论，细细回想一下，觉得对李金耀的好评上了大多数人。因此，他断定，李金耀作为我国第一个家庭林场的创造与发展，对我国林业生产和经营方式的改革作出了有益的探索，对我国开发性农业的发展和实行农业多种经营起到了启发、引导和示范作用，从而闯出了一条适合中国农村改革特色的发展路子，进一步推动了农村生产力的发展，并可以为党中央国务院制定出农村改革政策起到应有的样本作用。

又想想，大么村有几个山可以承包呢？大凤山远且高，山上林木茂盛，横生直耸，尽是丛草高树，密密麻麻，只能用于育林，不可以开发。鸡头山最近，山低树少，但要用于制砖原料，剩下的，只有竹头山了，山平林稀，可以用于种植果树，建造养殖场，且有水源，但村上谁有能力和勇气像李金耀那样去承包开发呢？可以说没有人。而大么村的农田承包是现实的。农田承包和荒山承包一样，一样是责任到人，同样能提高农村生产力的发展，提高农民的自主权，最重要的是提高农民的粮食收入，解决吃饭问题，为什么不行呢？如一九七三年，莆田涵江鳌山大队就顶着被批判的危险，出现分田单干，比安徽省凤阳县凤梨公社小岗村的"生死状"合同承包还早五年，后来，队长和农民被批判了吗？一九七五年，全县也有 1.098 万亩农田进行了各种不同形式的责任制，那么，谁被批斗或坐牢或承担责任呢？考虑到这里，张海的胆子更大了，想，与其扬汤止沸，不如釜底抽薪，干脆照葫芦画瓢，依照安徽省小岗村的办法，把土地承包掉，如果大队部不敢允答，就自己承担责任。他知道，这么大的事，一个村几十户人家的土地承包，他一个人玩儿不转，要说服队长，和队长配合，但总得有一个人开头，敢于承担主要责任才行。于是，张海把两个小孩托给张大婶看，就脚高步低地向老队家走去。

张海走到半路，遇上了会计蔡永福。张海向永福说了全国对李金耀的评论和对田地承包的重要性，说他要说服队长，将咱们村的土地全部承包给社员，叫永福一齐去，永福觉得张海说得条条是道，是为公出力，很支持，就答应和张海一齐去疏通老队的思想。

张海和蔡永福到了老队家，老队正准备到自留地去，见他们来了，就放下锄头，和张海他们坐在客厅里聊了起来。

张海向老队说了全国对李金耀承包荒山的评论和他对大么村土地包产到户承包的考虑，老队说："不是我不肯，想拖时间，是大队部和上面没有准许，怕承担责任。我也想把田地包产到户承包，各家自主经营好了，免得我整天大喊大叫，社员们仍是应付，现在生产队的粮食逐年减少，连稀饭也吃不饱了，再拖下去，对公对私都不利。但这只是时间问题，现在马上包，好像不大合适。"

蔡永福说："就是，就是，队长也不好当，但还是尽快听张海的，现在就要把土地承包掉，不然这一季又插秧种植了，要何时才能承包呢？"

张海说："是时候了，形势和现实迫我们马上承包，如上面追究责任，就说我叫的，有问题我兜着。"

老队说："你是读书人有文化，可以挑大梁，我们给你敲边鼓，至于责任，我们分担，不能由你一人承担，依我之见，既然上面说再隔一段时间，就等吧，免得到时给扣上走资本主义道路的帽子，多难受！"

张海铁着脸，说："不行，不能等了，百事宜早不宜迟，何时呢？还有比吃喝儿更大的事吗？人离不开土地，犹之乎鱼离不开水，农民最关心的事，就是土地怎么利用的问题。再拖下去，吃亏的还是我们自己。就我们这个地区来说，一九七三年，隔地区的莆田涵江鳌山大队就分田单干了，后来，上面虽然不同意，开了会又把土地集中起来，但上面的人一走，生产队又采取了不同方式进行抵制，已五年整了。一九七五年，全县也有近百个生产队的农田采取各种形式承包，有分组、包产、增加奖励等各种形式，上面不是也开会强调要走集体化道路吗？但会议一散，农民有农民的想法和应付办法，口头答应了，心里却不答应，换了个承包名称，实际上又分田到户了，几年来，这些队长被批斗被撤职了吗？没有，时到现在，这些生产队队长不是也干的很好吗？"

老队听了，觉得张海说得很贴谱儿，了解的事真多，如现在农闲不分，等到上面通知，又是一年了。因此，他说："好，我听你的，我们马上到大队支部家里再去说一声，上面肯玉成此事，当然好，上面若不肯，我们这几天就保守秘密，偷偷把农田承包掉，如上面再来强调，我们再打算对策好了。"

因此，老队、张海和永福三人就一齐到张仁明家里去了。

张仁明书记刚从大队部回家不久，见他们三人来了，很客气地请坐、沏茶，随后就谈了起来。

张仁明见三个人谈的是老话题，说："谚语说'大树不摇，鸟巢自安'，还是走集体化道路吧！我早就说了，不是我同意不同意的问题，只是叫你们再忍一段时间，等上面的决定。"

张海说："外公社生产队，有的早在几年前就承包了，不是很好吗？现在是农闲时候，这一季不分，下一季又插秧，不是要拖到明年吗？吃饭是每天的事，为什么要等饿坏了才来解决问题呢？要是等到明年，上面又不肯让人分田承包，要怎办呢？"

张仁明说："好，咱们把话说在头里，你们如要敢承担这个责任，你们就分吧！我们作为领导的人，是不敢赞同这个做法。现在，到处都知道这件事，但密云不雨，大部分生产队都在等上面的指示，做到明哲保身，就怕万一政策不允许，那么，你们就将吃不了兜着走。"

张海说："我们想好了，我们写一张字条压在你这里，如果今后有责任，我们自己承担。"

张仁明想了想，说："你们要怎么写呢？"

张海说："我们写'大么村分田到户承包，有责任由张海、队长和蔡永福三人承担责任。张海负主要责任'。"

张仁明考虑了一会儿，说："好吧，你们写吧！"

于是张海就动笔写了，由老队、永福和他自己三人签字并盖手印。

张仁明收了字条，说："如上面没有阻止，我们就会睁一眼闭一眼，如上面知道并制止了，我再告诉你们。"

老队说："好，好，麻烦你了。"说着，三人就告辞了。

　　到了大么村队口，老队说，考虑一下要如何分田到户承包，明天我们再碰头规定一下具体的条款。

　　张海和蔡永福都点了点头，各自回家了。

第十一章

蔡永福到家后，他老婆陈秀娟已煮好饭，正在陪着小孩，问蔡永福："你去哪儿了！"

蔡永福说："到张仁明书记家谈咱们队包田到户承包的事。"

陈秀娟问："他肯了吗？"

蔡永福说："不肯，要我们等上面同意了再说，后来，我们三个人写了责任保证书，还签字盖手印，他才说由我们决定吧！"

秀娟顿时紧张起来，问："三个人是谁？"

永福说："老队、张海和我。"

秀娟听了，当下黑了脸，惊呼起来："你这是自找苦吃，这种悬乎事，你也敢盖手印，你不要命了？你不想想看你是谁，你也敢承担这个责任？你想扭转乾坤，改变土地现状，可你脖子上有几个脑袋呢？"

永福说："我最后一个签字盖印，有什么事呢？"

秀娟立刻怒了，说："人家老队和张海是贫农成分，怕什么呢？而你是上中农，岳父成分是地主，出了事，谁都不会找他俩算账，只会找你，说你想翻天了，到时，你受得了这种责任吗？我劝你，不要把事儿做绝，即便不留一座青山，也该留条后路，你为什么就不让别人去签字呢？"

秀娟的父亲陈寿星现年五十六岁，老婆在一九六０年因自然灾害缺粮导致了水肿病死去。陈寿星于解放前结婚，当时陈寿星会捡草药，是祖传的，家里很有钱，并以出租田地为生。那时，村里穷人由于没钱，就把土地卖给他，也有押给他的。卖或押给陈寿星时，双方只到地里看看面积和地理位置等，然后就估价，并没有实际测量该田地有多宽多长，实际面积是多少？然后双方便说价，砍价估价得差不多了，农民就出卖或押给陈寿星。后来，陈寿星的生意越来越红火，不但当草药医生赚钱，还出租田地赚大钱。到解放后评家庭成分时，陈寿星说有三十亩地，但工作组一测量，实际上有四十二亩。当时，按照规定，有四十亩以上农田的人，家庭成分就得评为地主。所以，陈寿星的家庭成分就被评为地主，也不准他再捡草药卖了。

陈寿星生有两个女儿，都长得很疼人。大的，就是陈秀娟，现年三十岁。小的，名陈秀华，已二十八岁了，还没出嫁。陈秀娟和陈秀华两人都没有读书，因为家庭成分被评为地主，是很苦的，能保住命子就很好了，哪里有钱和条件顾及小孩读书的事。而且，陈寿星认为两个都是女孩，没有读书的必要，就不让她俩读了。但秀娟和秀华两人都长的漂亮，又聪明。秀娟由于家庭成分是地主，没有人敢娶，一直嫁不出去，一直拖到二十八岁。要知道，当时当地农村，有一句话叫作"男到三十一枝花，女到三十老人家"，而秀娟的年龄到了二十八岁，一般说来就很难嫁人了。因此，陈寿星对众人出口，说谁家要秀娟，他一分聘金也不要。正值文化大革命时期，娶一个老婆，聘金要四百元左右。四百元，在当时已是相当大的数额，男家都为这四百元钱愁死了。陈寿星这么出口，引起了大家的注意。蔡永福父母均是大么村穷苦农民，家里没钱，于是想把秀娟娶回家当儿媳妇。当时，蔡永福已三十五岁了，比秀娟大七岁，虽是初中毕业，因没有钱娶老婆，只好一拖再拖。现在，听父母说了，又觉得秀娟人品好，又是同村人，就把秀娟娶回家了。第二年，秀娟就生了一个男孩，已两岁了。

陈寿星由于家庭成分被评为地主，所以是"四类分子"，即"地、富、反、坏"中的一员。当时，四类分子在社会上是没有政治地位的，或者说是最低一等的人，是"专政的对象"。所以，自解放后，每次大队或生产队的批斗会或忆苦思甜会都有陈寿星被批斗的份，因为他是"阶级敌人"，因而，陈寿星是吃尽了种种被批斗时的苦水，几次想去死掉但没有死成。更甚的是，每星期日他固定要和其他的四类分子一齐到大队部去"开会"，自我检查这一星期做了什么，走了哪些地方，有没有干什么对不起国家、社会和人民的事。负责的人，如认为哪一个四类分子自我检查不彻底，就有权勒令该四类分子重新写检查或被"教育"。生产队每天出工的时候，陈寿星又干生产队中最脏最累最没人干的活儿，而评工分，他又是最低的一等。平时走路的时候，不管是大人或小孩，陈寿星总是要弯腰恭敬地点头问好，一个人也不敢得罪，要是谁家的孩子向他掷石头，他只能跑或哭，但不敢回手。若被砸了，也是眼泪往肚子里流，摸着伤痛回家去。若人家呼他，他总是呼牛应牛，呼马应马地应声，连苍蝇也不敢得罪，就像脸盆里的毛巾，随你怎么拧都行。这样的生活，真是活着还不如死去更好。这些，陈秀娟是深知的，看在眼里哭在心中，每天只能这样提心吊胆地生活着。因此，陈秀娟对政治的问题特别敏感。秀娟说，现在提起这件事，还叫人心惊肉跳啊！

永福露出一脸苦相，想了想，胆怯了，低声下气地说："那要怎么办呢？"

秀娟吓得满脸愁云，说："你赶紧到张仁明家去，把你的签字删掉，剩下他们两人就行了。你一个心眼儿地为集体、为大家能吃饱饭，可上面的人，不这么认为，总认为你是在带头走资本主义道路，要把你绳之以法。"

永福这时才感到问题的严重性，觉得老婆说得有理，自惭梼昧，马上就去了张仁明家。

到了张仁明家，永福一脸傻笑状，却说不出话来，但手有点发抖，心随之也咯咯跳得失去规律，最后壮起胆子，说："张书记，我想把我的签字删掉。"

张仁明马上心知肚明了，故意问："为什么呢？"

永福嘀咕嘀咕地说："我老婆怕出事，担不起这个责任。"

张仁明心中其实不爱分田到户，因为每个生产队都分田到户，他就没有权力管生产队了。再说，原来生产队的工分，他有干没干也是最高的，分田到户后，他自己要去耕地种粮才有口粮，到时，麻烦的事多了，面子也没有了。看到蔡永福怕了，话说得嘀咕嘀咕，他增加了砝码，说："我早就知道了，野鸡跟凤飞，自讨苦吃！走集体化道路，多好，要是政策不允许，到时你分田到户，当然要承担带头走资本主义道路的责任，万一坐了牢，你要怎么办呢？还一家受连累。"

永福更怕了，说："把我的名字删掉，我不敢承担这个责任。"

张仁明笑了，不肯应从他的要求，说："要删，你们三个人都删掉，就没有这一件事了，你一个人删，不行。"

这下蔡永福急了，说："那要怎么办呢？要是他们两人不肯删呢？"

张仁明又重复说："我看你把利害关系跟他们两人说一下，要删，三个人都删，你一个人不行。"

永福听得清清楚楚，又急得半死，没办法了，只好回家了。

永福到了家，垂头丧气地向老婆说了书记不让他一人删名的事。

秀娟听永福这么一说，吓得冷汗都冒出来了，哭了，说："我早就知道书记不让你删了，真是肥猪自己往屠夫家里跑，找死了！现在，白纸黑字，你跑不掉了。人家拒绝了，你还敢签字，真不知趣。你承担得了这起责任吗？枪打出头鸟，这是古训，如果政策不允许，第一个枪毙的就是你。"

这时，永福想了想，似乎又来胆了，说："你可别不是风就是雨地乱训人，你也太胆小了，怕掉下树叶也砸死人，不怕，我的家庭成分是中农。"

秀娟拔高嗓子，钉是钉，板是板地说："对，你是中农，但国家依靠的对象是贫下中农，你不是下中农，你是上中农，没有你的份，你这是钉子钉黄连，硬往苦里钻，何必呢？"

永福听了又胆怯起来了，眉峰紧皱地说："那要如何办呢？我是为集体打算呢！"

秀娟哭得更厉害，仿佛她爸爸是四类分子，永福因这事要接她爸的班，也成为四类分子被管制，说："你别固执己见了，你这是为集体打算吗？你已经是钉上棺材没救了，你无事找事来了，你怎么不跟我说一声，我看你是活腻了，该去坐牢了，往后帽子一带，说你带头走资本主义道路，是坏分子，上面派人来，你就完蛋了。"

秀娟说着，又大哭起来了，说："我跟你一辈子受苦了，我的命好苦啊，嫁给你，吃不饱，还要整天忙着养猪养鸡养鸭，到自留地去，还要提心吊胆地生活，我的命好苦啊！"

这时，秀娟的孩子肚子饿了，说："妈妈，我饿了，我要吃饭。"

秀娟这时才记得这么迟了，还没有给孩子饭吃，便去盛饭给孩子吃。但他俩还是没有吃饭。

秀娟给孩子盛饭后，又坐在那里，想了想，又伤心地哭起来，又重复着说："你为什么跌到茅坑里还不怕臭？我跟你一辈子没有好日子过，嫁给你，吃不饱，穿破衣破裤，口袋里没有一分钱，还要忙家务，还要提心吊胆生活，我的命好苦啊！"

本想这时候的永福，会像炉里的毛铁，越烧越软，但这时他却像窑里的机砖，越烧越硬。他惹了一肚子气，吧唧着嘴唇，说："大家的生活都是这样苦，我也不比人家差，我肯娶你就好了，你还是地主的女儿，没有我要，谁要你呢？"

就这一句话，秀娟吃不消了。她越听越火了，眼泪吧嗒吧嗒地往下掉，于是和永福丁对丁，铁对铁起来，说："我是地主女儿，又怎么了？我什么输人家呢？只是命底比不上人，你一分钱也不花，就娶了我，你给我家多少聘金？我真的比一只猪还不如吗？"说着，当啷一声，就去房间了，把门关上。

永福只好坐在厅上，看孩子吃饭。

这本是小事，夫妻间小吵小闹，是正常的事，谁家夫妻没有吵闹过？何况永福很顾家，只是吵闹时说了几句伤秀娟心窝的话，又没有干什么坏事。但永福不知道秀娟是个神经质过敏的人，思想负担很重，顾虑永福分田到户承担责任，又变成坏分子，和她爸爸一样过上痛苦的生活。她又没有读书，不知道世局已经变化了，就这样一个人关在房间里，越想越哭，越想越严重，一时想不开，竟上吊了。

但永福在厅里却没有发觉到这一点。

隔了很久，永福没有吃饭，又给孩子洗澡，直到洗澡后，孩子找妈妈，妈妈没有应答，孩子就敲门，但门紧紧关着，没有人应答。这时永福才觉得事情不对劲，赶紧敲门又破门，才发现秀娟已经吊死在梁上了。

哀哉！因几句话死人，在农村中是经常发生的事。而秀娟，此时心里充满了活着还不如死去的厌世心理，就更不用说了。一条活生生的生命，就这样结束了。

事情发生后，老队、张海和邻居们都奔到永福家，但人已死了，有什么办法呢？大家都认为，要是知道会发生这样的事，哪有让永福签字的可能？再说，秀娟也怕得过头了，太急了，起码没有认识到社会会发展变化这一因素，这是秀娟的错，以致发生了不该发生的死人事件。但秀娟做人好，心地也好，家庭纠纷的源头又是生产队的分田到户承包，大家难免都为秀娟之死感到痛心和哀悼。再则，她一辈子过着苦日子，痛苦的回忆和经历，迫使她不得不担心永福会再重蹈陈寿星四类分子的路，以至受累到家庭，这是人们可以理解和同情的事。但张海始终认为，天要下雨，娘要嫁人，有些事是难以阻止的，就像人要吃饭一样，土地承包将是势在必行。因此，我们要先走一步，把农田承包掉，使大么村老百姓过上吃得饱的生活，不能有退坡的思想，这是原则的问题，不管发生了什么事，这个意志不能动摇，应坚持下去。

第十二章

今天大么村的太阳，照样早上八点就挂在天上，强烈的太阳光照在村庄上、作物上和人身上，热辣辣的，预示着今天又是个大热天。南方的新历九月，本来就热得要命，这么早这么强的太阳光，更使人感到这一天的闷热和难受。田里的稻穗，经过一个晚上的休息和湿润，刚刚才吸收进一点点水分，这时候，又要毫无保留地还给炎热的太阳，在田里艰难地挣扎着，只好让太阳光把自己照得早熟和发黄。只有田边的小草，缺水又缺肥，却照样能蓬蓬茸茸地生长，不怕热，不怕晒，还能朝气蓬勃地舒展着，生存着，多强的小草生命力啊！

一会儿，大么村的广播机响了起来，通知八个生产队的农民："……今天晚上七点三十分，在山顶革委会广场召开群众大会，希望各生产队的队长组织社员准时参加。"广播机播了一遍又一遍，连播三次。中午的时候，它又播出同样的内容三次。这是少有的事，只有大事，大队部才会这么通知。平时的时候，广播机尽是一会儿新闻，一会儿歌曲地广播着，但为什么不告诉大家今天是开什么内容的大会呢？怕人不去参加吗？人们都互相询问着，了解着，只有消息灵通的人告诉大家：给大队里的四类分子摘帽啊！

给四类分子摘帽，大么村的农民多多少少在这段时间有听过，但实际上落实政策到咱大队，大家还不知道要什么时候才会履行。今天晚上，终于要给四类分子摘帽变成生产队中的一员社员，这真的还是一件新鲜事。延续了二十几年的政策，说变就变了，预示着，新的年代从此就要开始了。

晚饭后，在生产队的通知下，大家都衮衮走将到了大队部广场。几乎百分之八九十的社员都来参加了。会场上一片人山人海，吵闹声，谈话声和喧哗声乱成一片，像个赶圩场似的。但大多数的人都没有带椅子或凳子，只是站着，有带的，都坐在会场的前头等待。整个会场气氛显得非常活跃和热闹。

广场台面上，果然挂着一幅显现的横标：山顶大队四类分子摘帽大会。台上，和过去开批斗会一样，讲台前左边站着十个四类分子，这是人们习以为常的事，因为还没有摘帽前一分钟，这些人还是人民的"阶级敌人"，这点，大家是清楚的。但所不同的是，陈寿星他们今天个个脸上都放出光彩，容光焕发地站着，得意洋洋的。

台当中，就是领导的讲台了。一会儿后，主持大会的大队干部说了话，叫大家肃静下来。台下顿时鸦雀无声，静了下来。

接着，是大队支部书记张仁明讲话。他从国际形势讲到国内形势，从国内情况讲到本大队情况，从工业讲到农业，又从大队的情况讲到生产队的情况，然后，从走集体化道路的好处讲到现在应该注意的事项，最后，才从阶级斗争讲到现在要给本大队的四类分子摘帽的问题。虽然会上用扩音机传播，声音很大，但台下这时又开始议论这议论那，使整个会场的谈话声和扩音机汇在一起。

再接着，就是大会的主持人开始念中共中央于一九七九年一月二十九日作出的《关于地主、富农分子摘帽问题和地、富分子成份问题的决定》，这时，台下的人倒是很肃静地听着。念完，就开始讲述一些地富分子的来由和以前对地富分子的政策规定如下：

"……一九五六年，农村普遍建立高级农业生产合作社，对地主分子、富农分子、反革命分子（一九五八年后增加"坏分子"，简称"四类分子"）规划入社，经群众评审，领导批准，表现好的吸收为正式社员，表现一般的为候补社员，对表现坏的进行监督劳动，由公安派出所协助治安委员会对"四类分子"建立汇报、义务劳动等评选制度，每年对"四类分子"的表现进行鉴定。六十年代，随着"社会主义教育"运动（"四清"运动）和"文化大革命"等政治运动的开展，又逐步建立起严格的"四类分子"外出、来客等汇报制度，取消"四类分子"的一切政治权利，规定一定的集中学习和义务劳动时间。今年，按照中共中央的规定和县委前天的会议精神，决定给我们本大队的十个"四类分子"摘帽。我们大队的"四类分子"共有十四人，除去已经死去的四人外，尚有：陈寿星、蔡国民、陈德中、吴思明、陈宜中、王明实、陈园中、陈召实、陈德明和吴俊德十位。现大队宣布，给这十位"四类分子"摘帽，给予人民公社社员的待遇，从此不得歧视。现在，我叫一个，从台上下去一个"。

随着台上叫陈寿星，陈寿星迈着虎步，噔噔噔地走到台下央，眉开眼笑地向台下的老百姓鞠了一躬，然后走下台。接着，台上又叫蔡国民，蔡国民也迈着虎步，噔噔噔地走到台下央，眉开眼笑地向台下的老百姓鞠了一躬，又走下台去了……都叫完了，主持人宣布大会结束。

这时，轰的一声，会场上顿时一片喧哗，人们呼啦啦地开始散会了，大队部广场又慢慢沉睡在平静的夜晚中。

这天，离陈秀娟吊死刚好十天。可怜的陈秀娟，哪里知道她死后，她爸爸陈寿星会被摘帽成为一名和大家一样有政治权利的社员了。

散会后，各个生产队的社员各自回家去了。老队、张海、陈寿星、陈秀华和村里的几位社员陈秀明、陈德海等一齐回大么村了。陈寿星今天特别高兴，他首先打破了平静，开始说话了："谁知道我还能等到这一天，这要首先感谢国家给我摘帽了，今天我终于和大家一样，成为一名正式社员了。"

老队听了，说："要不是四人帮被打倒，恐怕你没有这个福气。"

秀华说："确实如此。"

陈秀明说："可惜秀娟死了，她要是知道今晚的事，她会多高兴！"

这时，陈德海问："永福今晚怎么没有来？"

张海说："秀娟死后，家里就永福和他儿子两人，他不能来，要在家里看孩子。"

老队说："我刚才到他家，他垂头丧气地看着孩子，哪有办法参加大会。哎呀，要是秀娟还在，他今晚肯定会来。"

张海说："因为几句话，死了一个人，太可惜了。秀娟人很好，她只是担心永福签字会承担责任，又使她过上四类分子家庭的生活，所以一怕一急之下，就上吊了。那天晚上，要是我知道，我会马上叫永福退掉，就没有他的事了。老队是队长，我是大么村的贫下中农代表，我们两人承担责任就够了。再说，如书记不肯把保证书的名字改为两人，那么，三人的保证书我们取回，重写一张两人的也行，如不肯，我们回家，等到我们队'包产到田，责任到户'以后，看上面要如何处理，我们再应付。"

老队补充说："张海说得对，永福可以退掉，我们两人承担责任就行了。这几天，外村的生产队也分田了，上面至今不表达，何必怕到这个程度，还去上吊呢？"

张海说："那天送秀娟上山下葬时，永福一直哭，我一直安慰，说永福你自己也有错，当晚为什么不到我家或老队家说一声，不就没事了，现在来不及了，人都死了，说这些有何用呢！"

陈寿星说："秀娟也太急了，何必动这么大的脾气，这是她的命啊！"

秀华说："我姐夫又不是赌博什么的，也是老实人，姐姐想得太多了，不知道政策变了，再没有四类分子了，想得过分了，现在她死去，永福一个人生活，一个孩子孤单单的，什么事都要自己做，也很苦了。"

陈寿星这时眼角湿了，擦了擦眼，说："永福在埋葬完他母亲时就欠债，结婚又欠债，现在老婆死了埋葬再欠债，压力挺大的。秀华，我看你现在不要出工了，我一个人出工就够了，你有空到永福家帮帮忙，看看孩子，永福儿子多少还叫你姨妈啊！"

秀华说："行，行，我帮一段时间再说。"

这时，陈秀明又问老队："咱们队什么时候分田承包？"

老队说："再十来天，时下正是农忙季节，队里的稻子收割后，就可以分田到户承包了。"

陈德海问："机砖厂筹备好了吗？"

老队说："机砖厂的筹备快完毕了，再两天队里准备加餐一下，机砖厂就要开业了。"

大么村离大队部最近，一会儿后，不知不觉已到了大么村村口，大家互相告辞后，就各自回家去了，已是晚上快十点了。

第二天，太阳早早就出来了，把大地照得亮闪闪的。天气还是很炎热的，村里人说，三天不下雨，大么村就干旱，真是的！十来天不下雨，田里就受不了，虽然有大么水坝的水灌溉保湿，但水是几个村共用的，还是不够用。田里的稻穗，熟得比往年快，没几天突然就变得金黄金黄了，而且低着头，弯着腰，像羞答答的姑娘要出嫁似的，但风一吹过来，它们就沉重地摇摆起来，发出了哗哗啦啦的笑声。似乎笑它幼苗时的幼稚，笑它年轻时的狂长，笑它成熟得太早了，但谁知道它在笑什么呢？唯一清楚的是，它是生产队的最后一季稻子了，接下去，就没有"集体稻"了，只有"私人稻"了，这是时代的进步，这是时代改革的一大进步。

老队早早就起床，洗脸漱口吃饭准备后，照样又站在生产队的高地上，向大么村大喊："出工了，除了机砖厂几个人外，今天全部收割稻子。"

随着老队的叫唤，生产队里准备出工的人，都三三两两地带着镰刀等工具出来了，但陈寿星在这农忙季节，也没有出工，听说他正忙着捡草药，准备到镇上去租店开草药铺，其他出工的人，都自觉地向稻田走去。

稻田上，一片金黄，看不到尽头。微风吹来，稻穗喜洋洋地向亲人们点头哈腰，像新婚的新娘向新郎招手致意，甜蜜蜜地说，是的，我成熟了，我该收割了。

一会儿后，几十位农民就开始收割了，遍野农田上立即响起了"嚓嚓嚓"的收割声，紧接着，就是"乒乒乓乓"的打谷声和满野农民快乐的谈话声和笑声，夹插着"轰隆隆"来回运送稻谷的手扶拖拉机声。片刻间，大么村的晒谷场上，就堆满了像小山似的稻谷和稻草。但这时，屋顶上再没有成堆的麻雀来抢食了，要是前十几年，每当稻子收割往晒谷场铺开要晒干时，晒谷场旁的屋顶上、树上，往往是一群又一群的麻雀，眼睛贼溜溜地盯着人，一有机会，就急速飞扑而下，争着吃谷米，赶也赶不走，晒谷场上的人，这时就要敲锣打鼓，不停地对抗，才能把它们又赶回到屋顶上。现在，这些麻雀在"灭四害"时误被人为地消灭了，只有几只不会抢食稻谷的野鸟，站在屋脊上看热闹，但一会儿就又飞走了。

农忙了，田里忙，家里的老大爷和老大妈们也忙。他们知道自己老了，不能出工了，就在家里忙，忙着煮点心给田里的人吃。煮点心是他们最关心的事。这个季节里，他们把家中最好的东西煮了，挑着或提着，就急急往田头上送。他们知道，家里的主劳力出汗多，劳累，身体消耗大，应多吃点心才能有力气，磨得久一点。田里的农民，也希望家中有老人，可以帮忙料理家务，看小孩，喂鸡喂鸭养猪，又能照顾农忙的人，这多好！家中的老人也知道，自己老了，不能再像自己当小伙子那样满身是力了，毛病也出来了。但话说回来，谁个老人没有这个或那个毛病呢？一般的毛病，是老年人的必然结果，用年轻人的标准，怎么能用来衡量一个老人的身体是否正常？人老了，自然会出现的毛病，到医院有什么用呢？除了B超、拍CT、做化验等等花钱外，可能引发的，就是过度治疗和过度进补，对身体有什么好处呢？更何况，现在有的医院把疾病当作生意做，哪一个老人能不体验出什么毛病吗？人老了就是老了，人老了，器官怎么不会衰退呢？人老了，是正常的事，不是病，怎么能当作病来治疗呢？保养保养没有痛苦是最重要的事。因此，大多数的农村老人就这么忍着，要么购些便宜的药应付应付，不是倒在床铺上，他们整天还是这么忙到晚，何必拖累儿孙呢？特别是农忙季节，老人更是家中宝，哪位老人肯坐在家中享受，静看年轻人这么奔劳呢？

农忙中，学校放学后，初高中的孩子回家，还能帮大人一点忙。但大多数十来岁以下的孩子，有吃就行。他们抱着一大碗一扫而净后，就光着屁股到古兰溪去嬉闹、凫水、捉迷藏。他们没有多少作业，文化大革命刚刚过去几年，学校里还不大正规，几个字的作业一完成，就是玩。他们不理大人的忙，也不兴趣农忙，他们兴趣的是钱。有了钱，就能买玩具、冰棍什么的。而大人忙，也无力理小孩的读书问题，自己只读到小学或初中毕业，都忘了，怎么教呢？最多只是骂骂小孩贪玩，叫他们回家读书去。

到了夜晚，没有电影，没有戏，也没有电视，只能闲坐着拉拉呱。他们不懂得世界上今天发生了什么，也不兴趣看报纸，他们最大的希望，就是今年风调雨顺，有个好收成，多分粮，吃得饱，穿得暖，住得好，再就是传宗接代的事，做到绵绵瓜瓞，子孙满堂。他们最大的安慰，就是今年平平安安，无恙无灾。到了晚上，就早早睡觉，因为明天农忙又要忙一天了。

这就是大么村的农忙日，大概要忙一个月。当然，这一个月包括种植二季水稻，即晚稻。如果近日要分田到户，那么，生产队的农忙日只有半个月，接下去，晚稻的种植就是各家自己的农事了。

第十三章

　　秋收农忙季节，大家都盼有几天好天气，不下雨，好收割稻子，晒干谷子好进仓，路也不会滑，弄得满身都是泥巴。秋收之后，雨能下几场都是好事，因为田里需要水，要犁田，要插秧。但天公不作美，早上起床时，太阳光还很强烈，照得作物蔫搭搭的，大地热烫烫的，到了午后，大家正在田里忙着收割，晒谷场正在晒谷子的时候，太阳躲起来了，天渐渐暗下来，接着就是乌云滚滚，强风一阵又一阵吹来，把田里正在收割稻子的农民统统赶到晒谷场上，匆匆忙忙收拾晒了半天的稻谷，待稻谷刚刚收完，天上的雷电欻至，而已，豆大的雨点就倾盆而下。

　　此时，村路上昂昂然出现了一个人正急速地往村里移动，这个人没有戴头笠也没有带雨伞，手里提着一个背包，显然被雨淋了，正向村庄跑来。在生产队门前避雨的农民，个个都极目远眺，却不知来人是谁。来人快跑到村口了，有人才大叫起来，是小双，是小双回来了！

　　是的，这个人是小双。小双去县供销社报到快一个月了，今天回家刚好碰上雷阵雨。她被雨淋得像个落水的公主。

　　张海也在队伍中撑首高视，听到声音，赶紧向旁人借了个头笠就向小双跑去，把头笠给小双带上，两人就急匆匆地往家里跑。人刚到屋里，又是一阵可怕的雷响，激烈的雷声震天动地，像要把房屋毁了。

　　张海问："你怎么回来不坐三轮车，不带雨伞？"

　　小双说："坐车贵呐，要三毛钱，雨伞忘记带了。"

　　小双满身湿漉漉的，头发也淋成了泥刷刷的，雨水不断地往衣上滴溜着水儿。说着，小双就去洗澡换衣了。张海则到张大婶家，把萍萍和灵灵带回家中。萍萍和灵灵很久没见到妈妈了。

　　舐犊之心，人皆有之，小双洗完澡出来，见到两个可爱的孩子，顿时一只手一个地都抱了起来，看了又看，然后放下来，从自己背包里取出饼干分给萍萍和灵灵吃，这是她用一斤粮票特地买来的，是上海造的。然后，小双坐在椅子上，一个大腿放一个小孩，看着两个孩子坐在腿上吃了起来。

　　此时萍萍穿一件自缝自制的花色的小衬衣，花的小短裤，头发很整齐，绑着两只漂亮的红布结，但赤着脚。灵灵也穿着一件由张海的背心改制成的小背心，没有穿裤子，却穿着一双夏季的拖鞋。小双见到萍萍没有穿鞋，很不忍心，正想问她，萍萍开口问："妈妈去哪儿了？这么久才回来。"

小双说："妈妈出去赚钱给宝宝花，你在家乖不乖，有没有听奶奶和爸爸的话？"

小双自萍萍小时候就教她叫张大婶为奶奶，已习惯了。

萍萍点点头。灵灵吃完饼干，还是静静地依在妈妈身上。

小双问萍萍："为什么光脚不穿鞋？"

萍萍说："鞋坏了，奶奶说明天拿到镇上去补了再穿。"

张海听了，说："这两天农忙，再一天，我去买一双。"

小双知道自己要走时，萍萍就只有一双凉鞋，就说："好，雨停了，妈妈马上给你买一双。"

说着，张大婶就从她家来了，小双很高兴，说："幸好有奶奶帮忙，不然这小孩就成问题了。"

张大婶坐下来，说："不要这么说，还是大人赚钱要紧，这是小事，我想知道，你现在分配在哪里？情况好吗？"

小双眉头赧然一皱，说："分配得不好，分配到山区石洋公社。"

张海吓了一跳，说："分配到石洋，这么远，还是山区。"

张大婶说："石洋就石洋，先去了再说，以后再打算调回来。"

小双说："不是在石洋公社所在地，是分配到石洋公社后面的一个供销点，叫济山点，离石洋公社所在地还五公里路，但有沙石小公路，可以开手扶拖拉机。"

张大婶安慰说："不要紧，慢慢来，一段时间后，再打算调到别的地方去。"

小双说："很难很难，现在到处人员过剩，安排不下，企业又少。我们是分配到供销社中的合作商店。"

张海问："我不清楚，供销社和合作商店到底是什么关系？"

小双解释说："供销社的全称是中华全国供销合作总社，由国务院领导，行政级别为正部级，实行理事会主任负责制，是国营的。而供销社合作商店是供销社管理下的一个单位，是集体的。一开始，即新中国成立后不久，供销社的性质是集体的经济组织，后来，它就划归为全民性质，是全民所有制单位，也就是国企。但除市、省、中央的供销社外，县级以下的供销社是自负盈亏的经营实体，而合作商店，除了自负盈亏，是独立核算的集体单位，在经济上，和供销社的经济分开。"

张大婶问："那一个月的工资有多少？"

小双说："我们的工资和供销社一样，由总社定，初去的，一个月二十一元，以后按规定升级。但在供销社工作保险，它是国营的，就是亏本了，工资还照发，不知道以后的情况会不会变动。而我们亏本了，工资就没有了。"

张大婶有所担心了，问："亏本了，工资就没有了，那你所在的合作商店，会不会亏本？"

小双说："很难说，我们商店共五个人，但营业的地方限制在山区中的山区，人口少。济山点附近只有两千多人，原来这地方就设有一个供销社分店，我们来了，等于分这个分店的生意。两千多人，暂按五个人一家，就只有四百多家。假设一半的人到供销社分店购物，一半的人到合作商店购物，那么，我们店就只有两百多家。一家一个月平均按现在山区的消耗水平八元计算，只有一千六百元。一千六百元按利润率百分之十五计，只有两百四十元，也只够发工资和物质消耗。而物价，又是供销总社定的，不能随便调低。另外，人家供销社分店又是几十年的老店，老百姓习惯在这里买，你新开了一个合作商店，又没有优势，谁到你店去买呢？所以，这二百四十元只是最好的估计，实际上会更低，甚至连工资也发不出。再说，去年十一届三中全会召开了，接下去，将允许私人开商店，那么，不上两年，这私人商店就会开业了，你合作商店夹在这当中，要如何生存呢？只能亏本倒闭了。"

张大婶说："那是以后的事，别想那么多了，吃一节剥一节，以后的事，以后再说。那你的粮食怎么供应呢？"

小双说："米得供应，一个月一个人三十斤，够吃了，好就在吃饭不用发愁，不比在生产队，整天担心米不够吃。但米要买，一斤一毛四分钱，一个月要花四块两毛钱，还有油五角钱，共四块柒毛钱。一个月工资二十一元，除去四块柒毛钱，就剩下一十七块三毛钱，加上一个月的买菜钱和零花钱，就只有十多块钱，像我这个月，每顿饭只吃榨菜和咸白萝卜，没有吃一次肉，二十一块工资，除去米、菜、车费等，口袋里就只剩下十块钱。"

张大婶说："十块钱也好，像我们在农村，一分钱也没有，要钱，就得卖粮食，而粮食又不够吃。"

小双说："那么，商店要是倒闭了，不是一分钱也没有了。"

张海说："事到如今，只能干一段时间再说，如企业倒闭了，就回家再打算。"

小双说："我现在最担心的，就是这个企业会倒闭。"

张大婶说："别考虑那么多了，天无绝人之路。"

外面的雨停息了。片刻，西边的阳光又恢复了光芒，大地又亮起来了。但空气格外新鲜，天上，几块白色的云块像鱼肚色一样，正在慢慢地优哉游哉。它告诉人们，雷电雨不会再来了，凉快的天气又开始转为炎热了。

张大婶站了起来，说："不早了，我该回家去煮晚饭了。"

小双听到了，急急放下萍萍和灵灵，说："慢点，我知道明天是你生日，今天特地回家，顺便带一样东西给你。"

说着，小双从背包里拿出一件暗花微红的老人本地服，说："我买这件衣服给你过生日，你试试看合适吗？"

张大婶看了，忙说："哎呀，你怎么记得明天是我生日，还买衣服给我，多贵啊！还要布票啊！"

小双说："别说贵了，还要布票，你比我妈妈还好，帮了这么多忙，我一辈子不会忘记的，这只是一点意思而已。"

张大婶："我哪有帮你们什么忙？我的女儿知道我明天过生日，还没有买衣服给我，你比我女儿更看重我。"

小双说："若你不嫌弃，我愿意做你的女儿。"

张大婶说："我有你这个这么好的女儿，我三生有幸了。"

小双说："那好吧，从今开始，我们就结拜为母女，你看行吗？"

张大婶说："太好了，太好了，从现在开始，你就叫我妈，我就叫你小双女儿了。"

谁也想不到，小双这时候真的跪下来，说："妈，一日叫娘，终身是母，我有一口吃的，就不会让你挨饿，我会一辈子孝顺你的。"

张大婶见了，眼泪都流出来了，说："快起来，快起来，别跪了，我认你为女儿了。"说着，就把小双扶起来。

张海在旁，傻傻地微笑着，一脸的幸福感和幸运感！

是啊！谚语说，"家有一老，黄金活宝。"家中有个老人，才是家庭幸福美好的象征。有老人的家，才是像样的家。老年人，才是年轻人的真正帮手和依靠。有老人的家，多幸福啊！

小双说："妈，今天晚上你就在这里吃，我们随便煮一点什么东西。"

张大婶说："好，好。"说着，就牵着两个孩子，和张海往厨房里去了。

这时，外面有声音了。原来天气转晴了，村里人知道小双回来了，都一拥而上，跑到这里来看小双，关心这关心那，问这问那，小双忙不迭地请大家坐，和大家聊了起来。

老队夫妻也来了。小双特别高兴，快迎了上去。

客厅里特别热闹，都是人。张海和张大婶不时从厨房里伸出头来，和这个问候，和那个问候，一个房屋里，充满了欢乐和喜气洋洋的笑声，两个孩子，这边跑跑，那边跑跑，更给家里带来幸福美好的气氛。

小双向大家宣布："我和张大婶刚才已结拜为母女，从今开始，她就是我妈妈了。"

张大婶手里拿着抹布，笑荷荷地跑出来，一直给大家点头承认，说："我又多了一个双双女儿，多高兴啊！"

吴大妈也在场，听了，高兴地说："我姐姐能和小双结拜为母女，真是天大的好事！"

大家顿时不约而同地鼓起掌来。

老队说："一个牡丹，一个绣球，配成母女，多像样幸福的一家！"

老队又说："真是双喜临门，我们队的机砖厂房和焙烧灶也建好了，待这个农忙一过去，就要分田到户了，没几天，我们的机砖厂也要开工了，到时，我们生产队加餐好好庆祝一下。"

大家听了，又热烈的鼓起掌来，说："好，好，我们队开始要走好运了，队里开始有钱了，田里要丰收了，好日子近在眼前了。"

第十四章

李小双回家三天后，第四天又回到单位去了。

这几天，田里的秋收工作一直在忙着收割稻子，张海把两个小孩托给张大婶看，自己每天都有出工，差不多要忙半个月，秋收才能完成。接下去，按老队的计划，就是分口粮和分红工分，开始机砖厂的生产和分田承包到户的事了。

今年的年头不好，粮食的收成仍很差，二季加起来，一个人口才分稻谷一百五十斤。甘蔗由于一年长的，又要按糖厂的要求分批在春节前后才能砍，一担甘蔗补两斤大米，钱补贴一元八毛钱左右，每年有变化。一个人能分多少还不清楚。晚地瓜因是早稻收成后才种植，至新历十月、十一月份才能收成，也无法估计产量了，但总的来说，和往年的差不多或略差一点，各家的粮食仍然不够吃，要吃大麦糊、小麦糊配地瓜充饥，还得再由政府补贴，才能过上一年的日子。

分粮后的第二天晚上，老队和张海就组织开生产队会议了，因为这次是分田到户承包的会议，是关系到每个社员切身利益的会议，所以，这次参加会议的，没有缺少一户，大家都准时到生产队队部等待。

会议开始了，老队简单地说明了生产队里目前的状况和这次开会议的目的，对于新形势下农田改革的新措施，他讲他讲错了会出糗，所以由副队长张海发言，说说一些分田到户承包的好处和必要性。

张海发言了，他说："各位父老乡亲，社员们，大家好！今天晚上，我们就要分田到户承包了，因为我们生产队的土地到了非分不可的地步，总的来说，就一句话：粮食不够吃。粮食不够吃的原因很多，但最主要的，还是土地的利用问题。俗语说，地肥禾似树，土薄草如毛。政策是土地利用的关键基础，政策好了，土地自然就肥了。现在，改革开放了，条件允许了，我们要随着政策的变化而变化，不能胶柱鼓瑟，穿新鞋走老路，要紧跟政策，对土地进行大胆的改革，改革以前我们没有充分利用土地增产的经营方法，将它引导到科学的分田到户承包的经营方法上，使它能够达到增产增收的目的，而解决这一问题的要言妙道，就是承包，让我们自主地进行田间的生产和经营，将原来的那种集体劳动出工的老套套废除掉，因为它对出工的每个人的劳动数量和质量要求，很难做到准确的统计，因而必然是平均主义的'大锅饭'，而以家庭为经济单位，分田到户承包，就可以克服这种干多或干少都一样的平均主义，做到多劳多得，少劳少得。再说，良田不如良佃，农业生产和工业生产不同，农业生产的主要对象是田地里的植物，劳动对象的这个特征要求劳动者对这些单纯依靠人力在田地生存的植物，有更强的责任心，所以，以家庭为经营单位的分田到户承包，有助于这种要求的实现。现在，社会上赞同田地分田到户承包的人是普遍的，但实际上敢于实行的人不多，除了听说我们附近一些队敢于分田到户外，外省的，至今我们只知道安徽省小岗村这班人敢于冒危签定并履行了分田到户承包合同。这样雷声大，雨点小，我们何时才能使田地增产增收？要等到猴年马月我们才能过上吃得饱的生活。如果我们行动起来，按照我们附近一些队的承包方法或按照安徽省小岗村的办法敲顺风锣，把咱们村的田地承包掉，增产了，靠我们自力的力量更生。不再依靠政策输血，不要再由政府负担我们的吃饭问题，这不是对公对私都有利吗？所以，走生产队的道路，就太不近情理了，违背事实了，因为，人命关天呀！接下去，如果每个家庭都管好自己的一亩三分地，相信大么村的丰收就近在眼前了，不会再有寅吃卯粮的事。现在，由生产队队长杨元山同志宣布具体的分田到户承包方案，如大家没有什么异议，就开始由蔡永福会计做阄，抽签。"

张海说完，大家都呱唧呱唧地鼓起掌来，为队里能出这样一位有见识、有胆量的贫下中农代表、副队长而感到骄傲和高兴，感谢张海为了大家的分田承包花了不少精力和努力，不会忘记张海的这次无私付出和所作出的贡献。

接着，老队就宣布了具体的承包方案。又说："具体的，按生产队的人口和田数，先分作四十七份，一家能抽一份，家中人口多出的或少的，再第二次抽签，决定一家和各家的田地数量和位置……化肥和农药，按田地数量分配……力求做到公平和无异议……现在，有什么异议的可以提出来，没有异议后，就开始做阄抽签……另外，通知一点，抽签分田后，大家对内公开，对外保密，谩上不谩下……"

会场上，静静的，一会儿后，有几个不大清楚的，老队一一作出了解释，但没有一个人有异议。

因此，蔡永福就开始当场做阄儿，当场由大家拈取，再由他逐家作了登记入册。

抽阄和登记活动，一直进行到晚上十一点多才结束。会场上非常热闹，喧哗声、谈话声和笑声一片，把生产队部的屋顶都要掀开了。

老队、张海、永福和几个社员，直到任务完成，晚上快下半夜一点了才回家睡觉。

这一晚，实在累！老队睡到早上八点多才起床。要是平常，老队每天晚上八点就睡觉，第二天早上五点就起床。可是，昨天晚上的操劳，使他夜不能眠，直到凌晨了，才迷迷糊糊合上眼睡了一会儿，就这么迟了。他一骨碌爬起来，这才发现老伴早已起床煮好了早饭，正在厨房里洗洗刷刷什么，这时候，老队才想起，昨天晚上忘了宣布，机砖厂已经建成，今天晚上生产队要加餐庆祝一下。

他迅速起床洗脸漱口，洗完了，就匆匆去找张海。

老胖不知道老队心里事，对着他喊："怎了？不吃早饭了。"

老队一边走一边说："我出去一下，一会儿就回来。"

老队到了张海家，见张海已起床正陪着两个小孩玩，就说："我这记性不行了，昨天晚上忘了告诉大家今天晚上生产队要加餐庆祝机砖厂竣工，明天要正式开始生产了。"

张海笑了，说："不要紧，大家正闲着，马上派人通知一下，派几个女的去买东西、做饭还来得及。"

老队说："我看生产队里也没多少钱。今天晚上就炒面、咸干饭和清汤三项，行吗？"

张海说："已经很好了，让大家吃饱一顿，高兴高兴，明天就可以正式开工了。"

老队说："好，你马上去通知社员一下，再派几个女的去买东西，我吃早饭去。"

张海说："好，好，你放心去吧！"

于是，老队回家吃早饭了，张海就把两个小孩交给张大婶，出去了。

一传二，二传四，一会儿后，生产队的社员都知道了这件喜事。

张海派了五个年轻的女媳妇，交代钱到出纳处去拿，买些什么，几点开始煮，煮什么等等事宜，就回家了。

机砖厂的规模不大，占地面积只有十来亩，建在生产队部旁边一块稍平坦的山地上。烧焙灶是半圆形的，一次只能容纳烧两万块机砖左右。厂的前面搭有工棚，另搭有用砖头和木棍做支柱，上盖有毡毛塑料的挡雨棚，用于湿坯机砖的干燥。还建有几间房屋，用于结算收款和讨论事务的地方。其他的，如破碎机没有购买，暂用人工破碎。运土的，有生产队的手扶拖拉机。这些准备，基本上够用了，可以暂时用于小型机砖厂的生产用。大家都认为，还没赚钱，何必花大钱建设呢？能克服的尽力克服，待机砖厂有赚钱了，再改成大的也不迟，以后，买台破碎机和制砖厂，灶改成现代化的，不是很好吗？

中午后，几个女的就开始忙起来。她们在生产队部的两个大鼎上，有生火的，有炒面的，也有煮咸干饭的，又用临时搭建起来的铁锅煮清汤。一个生产队现在共有大人小孩三百多人，确实有点忙。到了傍晚，社员们自带碗筷都来后，老队叫永福放了一大穗鞭炮后，晚饭就开始了。没有餐桌，大家就蹲在广场上吃。70年代末，大家能够吃上一顿饱饭，都觉得不错，但对于生产队来说，吃一顿饱饭还是有钱的，特别是从信用社贷来一万元，还是够花的。大人小孩就这么津津有味地边吃边聊，这特有的气氛，也是够热闹的，特别是明天就是机砖厂开工的盛日，使老老少少更加兴高采烈。

吃到一半，趁大家都在场，老队说："明天开工，需要劳力二十人，我看就直接付工资好了，每人每天一块钱，生产时间定为十个钟头，先试试几天，再调整工资和劳力。"

这时，自动报名的有近三十人，另有的劳力，因正值蘑菇堆料备料季节，自动放弃到机砖厂打工，没有时间了，但一天一元钱，已把大家的魂儿勾走了，因为当时土工的工资，一天才八毛钱，多了两毛钱，是高工资了，因此大家争着要去。老队为了公平起见，只好叫永福做了阄儿抽签确定人员。这样，轰乱乱的竞争才平息下来。

老队还宣布："现在没有钱，要等机砖卖出去了，才能发工资。"但这么高的工资，比田里劳动的工分强得多，大家还是争着要去。

第二天，机砖厂在一阵鞭炮声后，开业了。本来，村里迷信的一班人，打算先烧香求佛后，然后再开业，但那时文化大革命刚刚过去，这种迷信活动还未抬头，只好罢了。宣布开业后，早已准备好的手扶拖拉机往一、二百米前的鸡头山小山头拼命地来回运红土，工人们在师傅的指挥下，开始破碎、配料、成型和干燥。师傅是城关人，五十来岁，名曾达文，据说他有十来年的机砖生产操作经验，所以双方商量，最终工资定为每月四十五元，这是很高的报酬了，但工资高，责任也重，大家都自觉地听从他的指挥，一个机砖厂上，本来冷冷清清的，就这样一下子热闹起来，大家都有序地开始操作。

生产两天后，消息灵通的人，突然在机砖厂中告诉一条消息，说县委昨天开大会，为八十名在"文革"中被打成"走资本主义道路当权派"的干部平反了。

这条消息一出来，大家的第一个反应是：严宣武平反了吗？

严宣武是本县文化大革命初期的县委书记，大么村人谁也没有见过这个人，但他的名声早已家喻户晓。文化大革命期间，有干部写了"大字报"，说他在职期间，一个县有二千五百六十名"五匠"搞家庭副业，二百五十多个"地下黑工厂"从事各种手工业加工。这是严宣武允许开办的，不然这些人怎么敢胆大包天？更可恶的是，当时的梅岭杉木场、平桥毛竹场、赤弯街大米场、上浦猪肉场和东门综合市场五大自由市场，是他一手批准成立的，因此，他是本县最大的走资本主义道路的当权派。

但问题是，大字报毕竟是大字报，谁也没有去查明全县是不是真的有二千五百六十名"五匠"搞家庭副业和有二百五十多个"地下黑工厂"从事各种手工业加工。而这五个市场的开设，严宣武是跑不掉的，因为省委认为开设这些市场的现象是偏离了社会主义方向，因此专门下达"纠偏"指示，使这些刚刚起步的农村改革尝试被"纠正"，严宣武因此也被批评过，这就有凭有据跑不掉了，后来，"红卫兵"造反了，严宣武被批斗得体无完肤，被打成"走资本主义道路的当权派"，闲坐在家几年了，直到现在才被彻底平反了。

听了这个消息后，大么村的人，第一个感觉就是，这么多"走资本主义当权派"被政府平反了，意味着这样的"罪名"将永远被消灭了，不会再存在了，因为它是历史前进的绊脚石，是改革开放的阻碍物，是干部搞经济建设的招灾源，只有消灭了这样的"莫须有"，社会才会进步，才会兴旺发达，人民才能脱贫致富走上建设小康生活的道路，它显然是与党的十一届三中全会的精神格格不入的，正因为如此，党的十一届三中全会才会强调全党的工作应该以经济建设为重点，把工作的重点转移到社会主义现代化建设上来，这是关系到国家富强问题，关系到千百万劳动人民的基本生存问题，关系到大家的切身利益问题，应该把这种"罪名"坚决地扔进历史的垃圾箱中。

但大么村的农民们这时无法理解党的十一届三中全会的内容，也没有人去研究这个重大课题，只是时间久了，感觉到现在又允许大家搞"副业"了。于是，大么村已是六十岁出头的农民陈伯富，本来在家无法干重活，无法出工，靠吃口粮的人，又活跃起来了。他会竹编，竹编的技术在过去就很出名，现在又东跑西窜买工具去了，准备再一次恢复他的老行当——补箩补筐生意了。大么村已奔六十的人，名叫陈黎明，他本来会磨刀磨剪刀，一把刀经他的手几分钟，就锋利无比，却只收五分的工资，现在听说国家改革开放了，到处了解打听，也想去串街叫喊，重干他的业余副业了。连大么村的看命先生陈秀明，七十岁了，也修了他多年没有用的招子，准备到镇上去看命赚钱了……

没有几天后，又有消息灵通的人传来信息。说大么村分田到户承包的事，大队部、公社和县里领导都知道此事了，但领导们都没有表态，没有说是能分田到户，还是不能分田到户，似乎在等待上一级领导对此事的指示。

又过了几天，消息灵通的人再传来信息，说本县很多生产队，如鲤南村石码生产队、盖东村溪口生产队等都分田到户承包了，也没有人阻挡，也没有支持，生产队就自发分田了，承包了。

这是中国新时期农村自发的土地改革，是一场具有重大历史意义的生产关系变革，它是调动农民生产积极性，解放农村生产力，调整农村生产结构，使农村单一的集体所有制向多元的所有制转变，也是现代农村的自然经济向社会主义市场经济过渡的转变，这需要时间的考验和实践的证明，是不能用主观意志随意改变的事，因而作为上级领导，只能采取细心的观察和科学的研究办法加以总结后，才能作出结论。

第十五章

    光阴荏苒，又是一年过去了，转眼就到了一九八０年的秋天。

    这天清晨，空气格外新鲜，沁人心脾。天空万里无云，太阳早早就从海边升起，把红扑扑的阳光晒满大地，给大地上增添了五光十色的色彩。家雀儿们起得早，天刚蒙蒙亮，它们就在屋脊上悠然欢蹦着，栩栩欲飞，喳喳喳地叫着，把人们从梦乡里唤醒。八、九点后，干燥的南方秋风来了，一阵紧接一阵，不但吹黄了大么村土地上的野草，也吹黄了大么村稻田。稻田里，稻子熟了，稻穗黄澄澄地弯着腰，沉甸甸的，十分动人，一眼望去，像一垅垅金黄的珍珠，风一吹过来，又像万顷波浪翻滚，此起彼伏，发出一阵阵快乐哗哗的笑声。

    张海一大早就起床了，洗脸漱口煮饭后，两个小孩也醒来了，他给两个小孩穿好衣服，洗脸后，便三个人一齐吃了早饭。饭后，张海把萍萍和灵灵交给张大婶后，本想到自留地去，又想起三天没有到稻田去看了，便向自家稻田去了。

    他走到田头，站在高地上向田里望去，不但观看到自家的稻田，也观看到别人家的稻田，心情一片喜悦。当看到眼前这一派丰收的景象时，他情不自禁地又感叹起来：是的，这一片田地，不能再称为集体耕种田了，只能称为家庭经营的责任承包田了。但承包田的主人仍是集体耕种田中的那些各家各户的社员，只是不再由队长定时喊出工，下任务，而是各家自觉地、自由地、不定时地出工。在操作方法上，不再是统一指挥下的那一套，而是自主地制定。他们先是尊重科学，相信"庄稼是一枝花，科学要当家"的谚语，派人与省农科所的技术人员联系，听他们的指导，购进了优良的水稻品种，按照技术人员的指示，根据农田植物生长的特点，全面改变了田间管理方法，随时变更肥料、灭虫和水分管理的科学新技术，使这些田地更加适应农作物的生长需要，从而使它生长出更好、更丰收的粮食。但这样的改进，能多产多少粮食呢？这只能在收成后，才能证明到底是责任承包好，还是集体耕种田好？

    很快，秋收工作就开始了。古语说：稻子熟，劲头足。这是第一年的责任田，稻香四溢，大家都鼓着劲头，集中精力来搞好自己田里的秋收工作。田里，再没有生产队时几十人一齐收割的热闹情景，但各家各户得自己收割，也没几天，就把田里的稻子在不知不觉中收获得干干净净。

张海有队里的两名社员帮忙秋收，没有两天，也基本完成了。今天，他把收割的稻谷再晒晒太阳，就可以入库了。他想到底今年收成如何？比生产队时的稻田亩产高出多少？因此，他决定将这些晒干的稻谷称一称。

结果，分田到户承包这一着儿真厉害。这次秋收的粮食大大增长了，落了个好收成，共产干稻谷一千零七十二斤，他开始算起来：

除了小双，他一家三口共分一点三亩农田。一千零七十二斤除以一亩三，一亩的产量是八百二十四斤多一点，平均一个人的口粮是三百五十七斤。一年中有早稻和晚稻两季，那么两季就是约七百一十四斤。另外，三口人还分有什地零点二五亩，假设这零点二五亩都种上甘薯，产量按一亩产三十五担计，零点二五亩也可产八百七十五斤，一个人口可得二百九十斤，二季就是五百八十斤。也就是说，责任田后，张海一家一个人口一年可得稻谷七百一十四斤甘薯五百八十斤。

张海称后，其他的农户也称了。大家的粮食增长数据和张海家粮食增长的数据差不多。

而生产队集体田时，一个人口大概一年只有分一百四十斤至一百六十斤稻谷，二十斤小麦（或大麦），另有甘薯二百多斤，还有蔗田，一个人口一年可得大米八十三斤左右，也就是说，都折算成稻谷，一个人口一年可得二百六十三斤稻谷和近五百斤甘薯。

因此，责任田后，一个人口的粮食是集体田时的两倍多。翻了一番多。

这是多么可靠的数据啊！这是多么令人欢欣鼓舞的数据啊！人们奔走相告，一个村子都沸腾了。的确，富不富，靠土地，这是中国人民千百年的谚语，一点不假。这意味着，大么村的粮食问题解决了，不需要再由政府负担了。农民不但可以吃饱饭，还有余粮出售了，再不必入不敷出，寅吃卯粮了。人们终于体验到，不管政策怎样变化，能吃饱饭是天下第一大事。这是硬道理，还有什么比吃饱饭更重要的事呢？

因此，如果说，一九八〇年的春天，是一个到处百花盛开，姹紫嫣红的春天，那么，一九八〇年秋天，大么村更是一个五谷丰登、丰衣足食的好时光，到处笑脸盈盈，莺歌燕舞。也正是这一年秋天，中共中央75号下达了，它是对中国农村自发改革田地的总结，也是中国历史上的一个大进步，一个大动力，因为它吹响了中国农村伟大变革的冲锋号，使中国农村迅速掀起了一个以家庭联产承包为中心的生产责任制高潮。当天晚上，为了欢迎中共中央75号文件的出台，大么村的村民们自动燃放了一阵又一阵的鞭炮。像节日里绽放在天空中的烟花，在漫山遍野盛开。把大么村装扮得非常美丽，人们高呼：中华人民共和国万岁！

中共中央75号文件，即《关于进一步加强和完善农业生产责任制的几个问题》的通知，通知如下：

……

三、在党的三中全会精神鼓舞下，两年来各地干部和社员群众从实际出发，解放思想，大胆探索，建立了多种形式的生产责任制，总起来可分为两类：一类是小段包工，定额计酬；一类是包工包产、联产计酬。实行结果，多数增产，并且摸索到一些新的经验。特别是出现了专业承包联产计酬责任制，更为社员所欢迎。这是一个很好的开端……

四、……在不同的地方，不同的社队，以至在同一个生产队，都应从实际需要和实际情况出发，允许有多种经营形式、多种劳动组织、多种计酬办法同时存在……因此，凡有利于鼓励生产者最大限度地关心集体生产，有利于增加生产，增加收入，增加商品的责任制形式，都是好的和可行的，都应加以支持……

五、……各地应当根据群众自愿，加以指导，因地制宜地逐步推广以上各类形式，同时，帮助完善各项制度，解决发展中出现的问题……

九、……在建立健全生产责任制的工作中，违背当地群众愿望，强行推行一种形式，禁止其他形式的做法是错误的……

十二、今冬明春，各省、市、自治区要把建立健全生产责任制和进一步搞好劳动计酬当作一项重要任务，同冬季生产和灾区的生产救灾工作统一安排……总的要求是做到稳定大局，发展大好形势，争取一九八一农业的丰收。

中共中央75号文件下达后，地方上一些同意分田承包到户的干部和不同意分田承包到户的干部，都遵照75号文件的精神开展活动。没几天，县委就召开会议积极推广农业承包责任制，提出"包产到田，责任到户"等多种形式的责任制。公社里也抽调干部下乡，配合大队干部向社员贯彻执行中央75号文件。原已搞过责任制的生产队轻车熟路，放开手脚，全面实行。而始终将责任制视为资本主义倾向的大队，也允许生产队"包产到田，责任到户"了。接下去，地委又将农村实行生产责任制作为当年度的重点工作来抓，对尚未建立生产责任制的生产队积极引导，也建立起了包产到田、责任到户的责任制。由于各级党委、政府的高度重视，县里百分之百的生产队到这时都已实行了农田生产责任制。

随着农田生产责任制的实行，其他的农业生产责任制也随之承包，特别是李金耀承包荒山创建家庭林场的事迹得到各级的肯定之后，农村里又掀起一场林业的"三定"热潮，与此同时，水产、畜牧和队办企业也都不同程度地实行了生产责任制。

李金耀的事迹报道后，在短短的时间内，全国就有多达上千人的领导和专家前来参观。福建省委书记项南在专程前往视察后，明确指出："李金耀所干的事完全是社会主义性质的，于国于民都有利，承包荒山应该提倡。"国务院副总理万里在全国绿化会议上还对李金耀的做法作了很高的评价，他说："这种远见卓识、敢担风险、改造山河的精神是值得发扬和提倡的。"

在李金耀第一个全国家庭林场成功经验的推动下，全国各地迅速掀起了一个山地承包的开发浪潮。在这个时期，尽管当时中央对承包荒山没有明文规定，但中共中央在下发的1号文件中（《当前农村经济改革若干问题的通知》83年初），肯定了农业生产责任制是"党领导下我国农民的伟大创造，马克思主义农业合作化理论在我国实践中的新发展"。同时，中央还要求全国各地在"林业、牧业、渔业，开发荒山、荒水以及其他多种经营方面，都要抓紧建立联产承包责任制。"

在利益的驱动下，全县农民们纷纷开始模仿，根据中央1号文件的精神，各村的承包形式更加多样，对开发荒山造林，出现了有单家独户承包，有自愿结合联产承包，有合股投标承包，也有跨队跨社承包，两年间，全县就有两千多农户办起了三百个家庭林场，承包开发荒山达十六多万亩，占全县荒山面积的百分之七十一，从而不但闯出了一条适合中国农村多种经营的农业路子，而且进一步推动了农村生产力的发展。

这天，张海在得到这些消息后，又想去老队家讨论竹头山要如何承包的事。他想，老队已通知社员，看谁愿意承包竹头山。但已半个月了，终无人敢报名。这是因为队里的每一个家庭都没有钱，也没有像李金耀那样有志气敢去承包的人。再说前几年"农业学大寨"时，队里有五个农民自发在鸡头山栽种几十棵柑子，结果被公社来驻村的干部砍掉，开成了梯田，现在再提出在竹头山承包，还有谁敢栽种果树呢？因为怕政策一变，又被政府没收，自己的投资无法收回，还得跳井去。所以，自己队里的农民现在没有人敢承包，这是事实。但现在允许跨队跨社承包，别队的社员或镇上的农民，或许有敢于承包的人，所以，张海想向老队建议，如果写几张广告，贴在大队部墙壁上或镇上，或许能把这个山承包掉，以增加生产队的收入。

于是，张海坐不住了，径直向老队家走去。

当张海到了老队家时，他发现老队家里有一起子客人，他本想离开，不想到被老胖看到，老胖说："刚说曹操，曹操就到。我老头子正叫我到你家去喊你，你就来了。"

张海听了，这才进屋里去了。

张海一到，老队便向那两位客人说："这个人名张海，是我们队的贫农代表，副队长。"

客人听了，三个人都站起来，热情地招呼张海坐下。

这一起子人中，其中一位是女的，先向张海介绍说："我叫郭兰美，县里刚恢复各部、委、农、局、科的建制，我是县农业局的副局长，县里派我们来大么村帮助脱贫，昨天我们到你们镇政府了解你们村的基本情况，今天就赶来了。"

说着，郭兰美指了指旁边两位同志，说："这个是县物资局干部，姓吴，名国文。这个是在县委办公室工作的干部，姓李，名奇达。"

吴国文和李奇达听了，很有礼貌地站起来，对张海点了点头。

原来，郭兰美，现年五十岁，党员，中专毕业后分配在县里工作，后调到农业局。她的丈夫也在县委工作，是转业军人，名刘纯春，生有一男一女，男孩子十九岁了，正要高考，女孩十七岁，正在读高中，家中还有两老，是来大么村的扶贫工作组组长。但郭兰英身体不好，患有冠心病，每天都要吃药。

还有队员吴国文和李奇达两人，两个都是年轻人。

郭兰美说："县委很重视本县的贫困村，前几天，县里专门开了会，第一批抽调干部九十人，分作三十个组，分别下乡到各村去帮助脱贫，并就我们的任务作了计划和核定，今天我们三人就来熟悉一下你们村里的情况。"

郭兰美又说："刚才我们走了一圈，到你们村委会了解了一些情况，听说你们已经分田到户承包了，产量增加了，粮食的问题解决了，这很好，我们听了很高兴。现在的问题是，大么村还很穷，农民普遍缺钱，家庭经济翻不了身，我们来了，就是想方设法帮助你们村脱贫，富起来，这是国家的政策，也是我们这次来的任务，我们必须完成。考虑到你们村的情况，现在粮食问题解决了，就是要如何发展经济生产，使家家户户都有钱，都富起来。听说你们村有三座山，大凤山远且高，缺水，什木丛生，很难利用。村后的鸡头山，你们已经利用于做机砖厂的原料，剩下的就是竹头山了。这竹头山离你们村不远，山势较平，又有水源经过此山，是种植果树的理想选地，我们这次来，就是动员社员们把这座山开发起来种植芦柑。因为芦柑是我们闽南地区的主栽品种，是全国柑桔十大良种之一，市场现在畅销，经济效益高，三五年后，这些芦柑的收入就会震天动地，使你们整个村翻身盖上新屋，这是你们村特有的条件，为什么不去开发呢？另外，种植蘑菇、土特产、蔬菜，办养猪场、养鸭场、养鸡场，也是你们农村的副业，也是一条致富的道路，现在，政策开放了，你们为什么不快快干起来呢？"

张海说："我今天来，本想找队长讨论，如何把竹头山承包出去，本村的如果没有人承包，就承包给外村的人，也能增加队里的收入，现在听你这么说，这个山留作我们村农民自己种植，真的还是一件值得考虑的大事。"

郭兰美说："竹头山是你们村的宝贝，千万别承包给人，如你们村农民自己种植，一个村暂按种一百亩算，一亩产只按三吨算，一斤按四毛钱出售，你们村一年就能收入二十四万，那么，全村动员，只种一百亩吗？若承包给别人，一个山一年能有五万承包费吗？恐怕人家还要拉锯，合算吗？"

老队说："说是这么说，算是这么算，恐怕现在老百姓怕了，怕政策一变，树长高了，又被政府没收，像农业学大寨，村里有几家人自发在山头上种柑子，但一年后，就被公社砍了，造成了梯田，不是一分钱也没有吗？种得越多，亏本的越多，谁不怕呢？"

郭兰美说："你说得对，这是关键，就怕政策变。但现在时代变了，党的十一届三中全会召开了，政策定下来了，就不会再变了。这主要靠我们宣传、解释和保证，做到老百姓放心。如果一户种上几亩，几年后，整个村子都会富起来。所以，我计划再一天在生产队开个社员会议，把政策的事说明白，大家想通了，不担心了，就可以把竹头山开发起来，至于栽种技术、资金、树苗、化肥等，我们都会负责到底，千方百计把你们大么村致富起来，这是我们党的愿望和决心，也是我们的责任。"

张海听了，马上表态说："可以，我赞同郭组长的话，竹头山由我们村自己开发种植，不承包给别人了。"

老队见张海这么说，就说："好，好，再一天就开会试试吧！"

之后，老队、张海和工作组三人又聊了很久，直到郭兰美说迟了，该回家了，谈话才结束。但老队一直留他们三人在大么村吃晚饭，他们怎么说也不肯，老队和张海只好把他们一直送到村口坐上车才回家。

回家路上，老队和张海刚好碰见永福。永福拿出了香烟请他们两人，张海看了看，说："哎呀，还是海堤香烟，好烟，今天怎么了？"

永福说："办结婚证，现在要不要村委会证明书，我想去问一下。"

老队问："谁要结婚，我们怎么不知道呢？"

永福说："我。"

老队和张海都吓了一跳，问："你和谁要结婚了？"

永福说："秀华。"

"谁？"老队又吓了一跳，再问："谁？"

永福笑了，说："陈寿星的二女儿，陈秀华。"

第十六章

蔡永福怎么会跟陈秀华结婚呢？这得从头说起。

自从陈秀娟死后，永福家里只剩下他和一个两岁的男孩，这给永福增加了更大的痛苦和压力，他不但要出工养活自己，还得养活小孩。但两岁的小孩能懂得什么呢？除了吃、睡、玩外，家里的事务都得永福一个人料理。好在十来天后，陈寿星的四类分子帽子被摘了。被摘帽子的当晚在回乡路上，陈寿星看在外孙子的脸上，知道永福家中无妻的艰难，就叫秀华有空去帮忙永福煮煮饭、洗洗衣和看看小孩。秀华和秀娟一样，虽两人都没有机会读书，不识字，但心地好，和永福又是同村人，两家相隔只有百米之远，知根知底，知道永福是老实人，秀娟的死，不能全怪永福，是姐姐太过敏太急了，就答应了父亲的要求，常到永福家去帮忙。

但秀娟之死，始终是永福心中的苦，甚至他一个人经常就这么呆呆地坐着想着，而一想到秀娟，他心中就痛苦难言，甚至流出了眼泪。是的，他是爱她的。他本是一个草根小民，穷小子，人家没有收一分聘金，生得又漂亮，肯嫁给他，不是等于陈寿星白白养了她近三十年时间吗？嫁后，家庭和和气气，秀娟料理家务，生小孩，生活多苦也不怪他，还关心他，伺候他，这其实是很难得了，哪有这么贤德的女人呢？所以，婚后她对他的爱，比未结婚前更强烈。但永福所不知的是，政治是一个人的灵魂，没有政治地位的人，是没有灵魂的人，至少在那个朝代能这么说。而秀娟生在"四类分子"家，从小饱受到政治给她带来的苦，头脑里始终留下低人一等的记忆，嫁后，很想过上正常人的生活，忘掉这没有灵魂的生活，能平平安安度过一生，这是她最大的希望。但永福的作为，又使她勾起了她可能再次成为"四类分子"家庭的痛苦，这痛苦是沉重的，是现代年轻人难以理解的痛苦，是生不如死的痛苦。但这时候的永福，在吵架中不是安慰她，解脱她，而是又一次打击在她"痛苦"的七寸上，使她又一次失去了做人的价值。想只有死，才有法忘掉这无灵魂政治生活的苦，所以，她不多加思考，就上吊了。因此，夫妻间的小吵小闹，是经常的事，应该就事论事，理解好，处理好，不要触及到人家致命的痛处，如果婚前知道对方有这痛处，就不要再触及到人家这个痛处，一旦触及，其后果可能就是家破人亡。但秀娟也有错，太急了，这就导致了灾难的发生。

秀华是理解永福这种苦的，但说不出口，因而她来帮忙，就默默地煮饭，洗衣，扫地，带小孩。有时候陪着永福坐，也只是说说家务事而已，有时候默不作声地对坐着，各想各的。但这时候，永福已经无法离开秀华，他深深懂得家中无妻不成家的道理，对秀华的帮忙深为感激，特别尊重她，这使秀华感到很满足。时间久了，不知怎了，永福心里就产生了对秀华的追求，他觉得秀华在各方面都比秀娟好，冷静，大方，朴素，老实，且人也比秀娟高一点，漂亮耐看，皮肤也白一些，以至常常望着秀华出神。这点，秀华是知道的，她知道永福家中孩子羽毛未丰，没有一个妻子的艰难，也想永福能娶她为妻，所以只是一笑了之。

农忙的时候，现在是责任制了，村里没有劳力的人家，都是帮来帮去，秀华帮永福收割稻子，晒稻谷，收谷子回家，这些都是名正言顺的事。永福就把小孩带到田头，一边看他，一边让他自己玩。农村的小孩，特别是家中缺了老年人帮忙的家庭，一般都是这么过的，小孩都是没有上幼儿园，在家里玩田头滚长大的。永福帮秀华家收割时，也是把小孩都带到田头去玩。陈寿星有时在田里帮忙，有时须回家煮饭给四个人吃，也很自然，毕竟是女婿和岳父关系。也就是说，平时两家人，农忙时，两家是同一家人，但这时候，永福已经深深地爱上了秀华，只是不敢说而已。

当然，秀华帮永福料理家务时，也像是一家子似的。农村里的人，话题也不多，仅说些田里的水灌溉了没有？地瓜今年长势如何？自留地又要种上什么或村里村外今天发生了什么等事，对于国家的大事和国外的新闻，他们没有电视、收音机什么的，也没有注意去关心就很少谈论了，但对于镇上这几天发生的事，他们倒是很关心的。时间一久，习惯就成自然了，秀华在永福家，就像在自己家里一样随便自如。中午无事午休时，秀华就在永福隔壁房间搭了一个床铺，和小孩一齐睡了。因为这时候，陈寿星已经在镇上租了房开店了，在店里治病卖草药，也收购草药，一个人也是够忙的，经常在店里吃住，有时候十天半月也没有回一次大么村。陈秀华由于家中无人，回家了，也很孤单，还不如去永福家住热闹些。起初，秀华都是关上门才睡，后来，随便了，连门也不锁，就这样睡着了。

男女同在一屋中生活，意味着什么？这是心知肚明之事。一天，永福憋不住了，趁秀华和小孩睡了，他关上屋子的大门，就窜进了秀华的房间，坐在秀华床铺旁边，笑嘻嘻地看着。秀华刚睡，觉得有人，醒了，她立刻知道永福今天要来做什么，就说："你怎么进来了？"

永福说："我想……我想……"

秀华说："想什么呢？"

但永福仍是笑嘻嘻地，并动手动脚起来，说："我受不住了……"

秀华说："受不住？你就去娶一个吧！"

永福说："我想你了。"说着，看到秀华没有爬起来的意思，就趁机趴在秀华的身体上，并亲了秀华一口。照理说，秀华这时候会反抗，但秀华一半儿推辞一半儿肯，任由蔡永福压在身上，任由永福亲，又任由永福把自己的裤子脱掉。两个都是青年人，他们彼此都体会到对方的生理需求，终于紧紧地抱在一起，发生了肉体关系。

爱情的力量是不可估计的。蔡永福和陈秀华在同居室里发生肉体关系不足为奇。奇的是土耳其一监狱内一对男女囚犯互为邻居，他们竟然能在相连的囚室墙壁上挖一洞穴，并爬到对方囚室内做爱，还生了一个婴儿，虽然说最后囚犯因毁坏公物被多囚了四个月，但他们的爱情奇闻却传遍了全世界。

永福完事后，就出去开大门了，坐在厅椅上，像无事一样。秀华也不睡了，也到厅上来坐。永福还在激动中，看到秀华，笑嘻嘻地说："秀华，我娶你！"

"你要娶我？"秀华重复了一句，头脑中开始激烈地思考起来。

是的，自从陈寿星被划为"四类分子"后，陈秀华和陈秀娟一样，总是在十分压抑的日子里度过，到了陈秀华该出嫁的年龄，她和她姐姐一样，没有人敢娶她。有一次，媒人看中秀华的年龄比她姐姐少两岁，长得漂亮也高，就找陈寿星说媒，要嫁给隔壁村一个"四类分子"的儿子。这儿子也不识字，人有点傻头傻气的，秀华死活不肯出嫁，因为自己家是四类分子家庭，又嫁到四类分子家，这意味着她一辈子可能在四类分子家里受苦，更何况他儿子长得不三不四，她想她宁可一辈子不出嫁，也不会嫁到这个家庭。

随着秀华年龄的一天天增长，她很快就到了二十五岁，该找主儿了，但媒人认为她不识字，又是四类分子的家庭，给她介绍的一些尽是跛脚、生理有缺陷或在山区一类的农民。这使秀华很生气，她不值钱，能不值钱到这种程度吗？能一辈子往苦里钻吗？又过了两年，也就是现在秀华快二十八岁了，虽然父亲的"四类分子"帽子被摘掉了，人身自由了，说话也大声了，但人家却嫌她年龄大，不识字。正像俗语所说的，"姑娘二十多，闲话砸破锅！"因为当时在大么村一带，二十八岁的姑娘未出嫁算是大龄了，有哪几个农村的男孩到了二十八岁还未成家立业呢？可以出嫁的，要么是妻子死了做后妈的，要么，只有比她年龄多一二十岁的穷光棍，始终找不到一个年龄适中，人聪明，有文化又有职业的男人。这样，随着年龄的增加，对她的压力就很大了，也是她不得不考虑的事情。

如今，永福出现在她面前，追求她，要娶她，这是她心里向往的事。要说永福的为人，同村这么久了，又是姐夫，她是清楚的。论年龄，比自己大九岁，还可以，论家庭，没有什么拖累，虽有一个孩子，但两岁多了，叫自己又叫姨妈，论文化，初中毕业，配得过自己，论身体，还行，论经济，现在穷一点，也许今后就富了，这很难说。想想自己的年龄和缺陷，不嫁也得嫁了，再不嫁出去就是剩女了。因此，如永福要，就嫁吧！

她问永福："你真的要娶我？"

永福说："真的，我对天发誓。"

秀华说："我同意，但你得跟我父亲说一下，经他同意。"

永福说："行。"

秀华又说："我没有什么想法，有粥吃粥，有饭吃饭，我能开开心心、平平安安度过一生，就很好的。"

永福说："会的，我会让你幸福的。"

当爱情在一个青年人身上又一次燃烧起来时，它会产生一种巨大的力量，甚至在生活中有着痛苦的人，热烈的爱情也会使他重新焕发起来。永福就是如此，自从和秀华坠入爱河后，他忘掉对秀娟过去的留念，把家庭幸福的希望又重新寄托在秀华的身上。永福从此无话找话说，和秀华有说不完的话，对秀华百般关心，凡是自己能干的活儿，他不让秀华干，凡是要去自留地，他总爱和秀华一齐去浇浇水，采点菜回家。到了夜晚，秀华不再回家或单人睡，总是和永福在一张床上睡。

永福家在大么村的山脚下，独立一座，没有邻居，邻居离他有三四十米远。永福要去大队部或镇上，要从左边的路，经过吴大妈、张大婶、老队和张海家的门。秀华在永福家的右边，小路只要几分钟就可到达。农村的地盘大，各家都占很大的地盘。陈寿星家再过去，就是较平坦的山地，生产队大部分社员的房屋，都建在这里。秀华和永福，是姐夫和姨子关系，来来往往，是经常的事。秀华在永福家睡，村里人谁也不注意。所以，秀华在陈寿星不在家时，晚上偷偷在永福家睡，真是神不知鬼不觉的事。

这天，他俩又带小孩到自留地去浇水。快到晚间晚饭的时候，天边的余辉已慢慢暗下来了，风儿轻轻地吹。南方的天气，中秋节过后，还不觉得冷，但田野上已空无一人。两岁多的小孩无聊，先是玩玩草，抓抓蝴蝶，一会儿后，竟躺在大自然的草地上睡着了。于是，秀华和永福浇完水，也坐在孩子身边的草地上休息。

俗语说，夜路走多了，总要碰见鬼。这时，秀华突然说："永福，我可能怀孕了。"

永福吓了一跳，又是喜又是怕，说："怀孕了，那要怎么办呢？"

秀华说："不能拖了，你今天晚上就得去镇上，告诉我爸爸，再几天我们就结婚吧！"

永福说："好。"说着，就喊醒了儿子，跟秀华一齐回家去了。

永福吃了晚饭，就匆匆去找陈寿星了。

陈寿星见永福这么迟来，一定有事，担心地问："家里出什么事了？"

永福一时不知该怎么回答，一脸的尴尬，细声地说："没出什么事，是小事。"

陈寿星立即放下手中的活儿，急急地说："快说。"

永福这才嘀咕嘀咕地说："爸，我要和……秀华……结婚。"

陈寿星听明白了，艴然不悦，连车带炮地轰了一顿，严肃地说："这么大的事，还说是小事，我是看你一个人做家务可怜，叫秀华去帮，不想到你还搞出乱子来，我这一辈子欠你蔡家了，把两个女儿都给你这个伟大的人。"

显然，陈寿星发怒了。永福忙解释说："是我求她的。"

陈寿星不但气，而且问得很实在，说："你有钱娶老婆吗？你养得起吗？"

说的是实在话，陈寿星知道永福现在还欠债，家中没有钱，但娶老婆起码要花一些钱，哪来呢？一句话问到要害，永福没有回答。

陈寿星又勃然大怒起来，说："明天叫她来，我这儿需要人，以后再说，我要招婿。"

永福急了，忙说："她……她怀孕了。"

陈寿星像被当头一棒，顿时瞪大了眼睛说："你说什么？她怀孕了？"

陈寿星当下手脚发冷，心嗵嗵直跳，躺在店铺的靠背椅上，闭着眼睛想了起来。是啊，秀娟刚死一年多，现在永福又要秀华来了，两个姐妹怎么都会欠他了呢？但反想起来，自己也有责任，谁叫你把秀华又送上门去呢？要是不去，跟自己到草药店来，就不会有这种事情发生，但现在想这些有什么用呢？都怀孕了，蔡家也只有永福一个人，怎么招婿呢？都逼上梁山了！

少时，陈寿星开口说："好吧，你拿两百块就好，我买一些婚嫁品给秀华，也可以名正言顺地出嫁，我就这个女儿了，我现在身上也没钱，总不能没有一点礼品就嫁出去，现在这社会，会哈人口实的。"

陈寿星肯这么表达，心地还是很善良的。现在，社会上的聘金要五百元，看在女婿的身上，他现在只要两百元，而且两百元又用于买东西给秀华出嫁，这已经很好了，还有什么话可说呢？

永福马上答应说："好，好，我去打算。"

永福要走时，陈寿星又交代说："外面的人如果问，你就说聘金是五百元，不要说是两百元了。"

永福一个劲地点头，说："好，好，我知道了。"

永福就立即赶回家。秀华已巴巴儿地等了很久，见永福一脸的愁苦，迫不及待地问："爸怎么说呢？"

永福即把陈寿星的话一五一十地向秀华说了，不想到，秀华听了却很高兴，连声说："好，好，我们可以马上结婚了，人家就不会发现我先怀孕后结婚了。"

永福却发愁地问："钱呢？是个大问题。"

秀华巴不得立即结婚，就说："我这几年绣花厂绣花，积累了两百元钱，拿给爸吧！"

永福这才放心下来，像斗胜的公鸡，马上神气起来了。

秀华的结婚日，秀华到宫庙那里去问，定在一星期后的第一天。

这一天，秀华要出嫁了，眼泪汩汩而出，给陈寿星跪磕了三遍头。陈寿星也舍不得秀华出嫁，买了高价的脚踏车车票一张，买了一部凤凰牌的脚踏车，买了五丈布票，给秀华做了两套衣服，一床蚊帐和一只皮箱，还有一个金戒指，又把剩余的布票给了秀华，这在当时已算很好了。其实，陈寿星除了那两百元，自己还贴了一百多元。

一辈好女人，三辈出举人。秀华终于在鞭炮声中，大大方方地坐上三轮车，嫁给了蔡家。

这天，蔡永福实在缺钱，只请了老队、张海等十多位队友，办了两桌喜酒，基本上是一家人的几个亲戚而已，算是草草结婚了。

第十七章

蔡永福和陈秀华结婚的事，这几天成了大么村人的新闻。人们纷纷论黄数白起他俩近段时间里往来的点点滴滴。于是，有人说，陈秀华年龄大了，没人要，因此在她姐姐死后，就死乞白赖勾引蔡永福成为丈夫，不然，她怎么会常在蔡家呢？有人说，这个蔡永福，老牛装死，一定有暗财，不然怎么能拿出五百元聘金？也有人说，陈寿星现在就这么一个女儿，陈寿星死后，家产都是陈秀华的，蔡永福真厉害，眼睛会盯上这一块肥肉，等等。总之，人们从不同角度加以评论，但这不过是村里人的说说评评而已，有谁知道他俩的真情实事呢？没过两天，人们的话题又转到县里扶贫工作组来乡的事，因为工作组今天晚上要在大么村开大会了。

但有人认为，这又是一次光敲梆子不卖油的宣传"运动"，像农业学大寨一样，运动一过，这事又冷下来了。因此，很多人都抱着工作组仍是用新瓶装旧酒的办法来宣传的心理，到会来听听工作组今天到底是怎么说的。

会议在大么村生产队部广场上召开，除了扶贫工作组的郭兰美组长，组员吴国文和李奇达外，还有大队支部书记张仁明和副书记吴伯亮，另外，镇政府也派两名干部来参加。

晚上八点，生产队队部广场上热闹非凡，气灯通明，照得会场上显出一派生气蓬勃的气氛。生产队里社员们，除了留家看门户的人外，几乎都来了。一会儿，老队宣布会议开始，简短说几句话后，组长郭兰美即开诚布公地讲了起来，她说：

"大家好，我们是县里派来的扶贫工作组。由于我们大么村是个贫困村，要如何使大么村尽快脱贫致富，今天，我们经过化验和专家考察，做到七次量衣一次裁，特地要来为大么村办一件实事。大家知道，党的十一届三中全会召开后，党中央对全国农民的脱贫工作非常重视，作出了一系列指示，我们县委为此召开了会议，第一批就抽调县机关的九十名工作人员分赴各个大队的贫困村去扶贫脱困……现在，中共中央的 75 号文件出来了，对全国农民建立起来的多种形式生产责任制，不但给予肯定，还鼓励广大农民积极实行家庭联产承包责任制，以代替以人民公社为主的集体经营体制，这种改革，激发了农民的劳动积极性，从根本上解决广大农民的生存问题，解放了农村经济发展的潜力，释放了农村生产力，将每一户都拉进自主性生产的大潮中，从而从根本上扭转了农民的粮食不足问题。现在，我们大么村的村民不但可以吃饱饭，还有余粮。但不可否认的是，我们大么村还很贫困，是全大队八个生产队中最穷的一个队，年均人收入仅一百二十多元，交通不便，通讯不灵，文化落后，没有一个大学毕业生，没有一部电话，更没有医保。因此，我们村的社员们，更应认识到中共中央扶贫脱困政策的重要性，要知道这并不是过去的一时运动，而是新时代长期的策略，直到全国广大农民都走上富裕的道路为止。这就需要我们大家共同努力，共同奋斗，力争在较短的时间内摆脱贫困，使全村的家庭都富裕起来，这就是我们来的目的和责任……但要如何脱贫呢？现在国家已经允许农民进城开店设坊，兴办服务业，提供各种劳务，允许农业承包，水产业承包和养殖业承包，我们都可尽力为之……但靠山吃山，这是一条永恒的道理，经我们考察，你们村的竹头山的总面积估计有三百二十亩，平均每个家庭有七八亩，从山后面的大凤山上，又有一条水流横冲过来，可谓山势平缓，土层松厚，气候温和，水源充足，非常适宜种植芦柑等果树，是种植芦柑的首选之地。这个荒山如能开发出来，效益无可估量。俗语说，刀快不怕脖子粗。要摘刺梅花，不怕把手扎。只要大家下了决心，奋袂而起，逢山开道，遇水叠桥，百折不挠，再薄的山头也能变成良田。因此，经我们讨论，遵照'谁造果归谁有'的原则，鼓励大么村的村民们开发种植芦柑，若一家能种上一二百棵，亩产只按三吨计算，这一家几年后就基本上可以脱贫致富，过上有新房子住的幸福生活，这才是拔本塞源的问题……但长话莫讲，短话莫说，现在，眼下最要紧的事，就是如何抓住明年春季时间尽快种植。大家如有什么疑问的地方，可以打开窗户说亮话，别再你看我，我看你，痴汉等丫头了，要等到何时呢？接下去，工作组许下半边天，明天开始，我们将赠送给要去开发的家庭一把锄头，到时再赠送果苗，有决心要种植的社员，现在可以报名。"

会场静下来了，郭兰美组长一门心思地想给大么村的农民脱贫致富，但在她讲话完以后，却没有人报名。一会儿后，陈达明问："要是栽种了，以后又被没收了，要怎办呢？"

这个陈达明，五十岁，家中的劳力多，有他、妻子、儿子和儿媳妇四个劳力。他和本村的社员陈秀仁、陈永和、陈宗棋和陈德中四个人是同族的表兄弟，是生产队里的"讲话人"。那年，他和他这几个表兄弟在鸡头山上种植了上百棵柑子，结果农业学大寨时，被公社的工作队下令砍掉了，开发成梯田，因此，今天郭组长一再动员，他心中仍是愁云重重，担心栽种了，政策变了，他又是白白花费劳力、财力和精力。

真是林子大了，什么鸟都有。原来，尽管郭组长磨破了嘴皮，还有相当一部分社员无法摆脱"政策多变"的历史阴影，特别是曾经自发开山种果后，被砍掉的农民，更是顾虑重重，又仿佛是郭组长"强迫"他们种植似的，是工作组强加在他们身上的一种任务似的。

郭兰英组长发现了陈达明舌尖上的迟疑，说："大家应注意一点，彼一时，此一时，现在不比那工夫了。你不要九九八十二，把账算错了，现在十一届三中全会明白告诉人，要把我国的经济搞上来，哪里还会有把经济作物砍了，再种上粮食的运动，如果以改革开放前的眼光来看改革开放后的政策，那就大谬不然了，要知道，这年头儿是尧天舜日，可不兴提什么走资本主义道路那一套了，政策允许个人先富先光荣，凡是不违背法律的事，政策都允许大家干，鼓励大家放心干，现在的开放政策，将千秋万代，绵延罔替，永远不会变。大家不要绕弯子，尽管坦陈自己的看法，要怎么做现在才能使你们放心，尽管说出来吧！"

郭兰英组长一不漫山，二不绕岭的表态，使陈达明的头脑急转地考虑起来，眼皮儿也眨得飞快，像母鸡要生蛋时的屁股眼儿，片刻后，陈达明终于像拖拉机犁大田，直来直去地说："由公社写一张告示，保证我们种在竹头山的果树，如以后政策变动需要砍掉，由公社赔偿给我们所种果树的成本。"

推动农民脱贫致富，这仿佛是工作组和政府欠农民债似的，实在难。郭兰美组长即和公社派来的两名干部讨论后，说："可以，由公社写一张'安民告示'贴在生产队队部上。"

陈达明说："你们这样保证了，我们才敢放心种植。"

之后，大家你一句我一句地讨论起来，直到晚上十一点才休会。

第二天，公社的两名干部真的带来了一张安民告示，贴在生产队部的墙壁上，全文如下：

安民告示

根据中共中央的扶贫脱困政策和县委召开的会议精神，我镇政府特来大么村宣传推动社员们大力开发竹头山荒山，种植果树，我们保证政府的政策永远不变，如果今后政策变动导致竹头山的果树被政府砍掉，我们按照社员们种植的成本全部赔偿。

特此告示

海亭镇政府（盖章）

一九八０年十一月五日

安民告示贴出后，当天生产队围了很多人看，为了"口说有凭"，当天陈达明特地骑自行车到镇上叫人来拍了照片。社员们纷纷也要这张"证据"保管。这下，照相员发财了，共洗了四十张照片。为了报答陈达明，照相员特地照了一张"大么村全村景"赠给陈达明。

郭兰美组长、组员和镇两名干部又来了，开始报名登记了。这时，会议像沸开的一锅水，热气腾腾的。果然，厅上一呼，阶下百诺，大家争先恐后地报数了。陈达明报了十三亩，他的几个表兄弟报了十亩，老队和张海各报了四亩，永福和秀华讨论，报了六亩，一倡百和，兵随将移，其他社员们也纷纷报了十亩、八亩、七亩、六亩不等，全村共报名四十四户，还有三户，一户是陈寿星到镇上开草药店，没劳力了，没有报。一户是杨志生，到镇上开磁砖厂，没有劳力不报了。另一户是张大婶，因是单人单户，也没有劳力，不报。其他的，都报了。

为了公平起见，这时，由工作组和生产队讨论，将竹头山划分成八大片，然后由大家抽签确定具体的地理方位。

接着，工作组说话算数，对报名的人一竿子到底，每人赠送一把锄头，并告诉大家，明天起大家就可以去开荒整地了，工作组将经常来看看情况，及时运来果苗。并说得很醒豁，"要种什么果树，由大家自己选，最好是种芦柑和枇杷比较适合，因为芦柑产果时间短，只要四年，市场正畅销，经济效益好，枇杷也不错，品种有早蜡、大钟、解放钟、长红和梅花霞等，是出名的品种，但收益慢一点，管理方法更细，我们将根据你们的需要，尽量选来好果苗。"

但大家的口径几乎一致，都想速生速收，爱种芦柑不种枇杷，所以最后就确定一个山头都种植芦柑，便于管理。

尘埃落定后，第二天，大家都八方呼应，气氛一下子高涨起来，全队社员们扛着锄头、畚箕，都往勤快里钻，像蚂蚁拉蛋，一窝儿出动了，整个竹头山都热闹起来了。尽管山地很板，杂草蓬蓬茸茸的，荆棘很多，树杂、石头、野枣刺、狼尾蒿、白茅草等长得密密麻麻，开发起来十分不易，但社员们丢掉了沉重的思想包袱，看到了脱贫致富的希望和目标，就登时动起手来，猛着劲儿干，精神抖擞得像刚要出征的将兵，甚至一家男女老少像杨家将上阵——一齐上，忙着劈坡整地，挖穴堆草，虽是冬天来临，但大家还是汗晒衣服，为了不浪费时间，他们头顶着星星，身背着月亮，甚而把午饭也都带上山，有的饭冷了，他们就这么将就着吃，直到傍晚才回家，第二天又来到这片荒山上。

老队这时已是六十挨边的人了。虽然身板硬朗，但毕竟是老健春寒秋后热，怎能跟小伙子打比呢？年岁实在不饶人哪！因此，他只能做一天，停一天，没有年轻时那股冲劲儿了。正因为如此，他常常感到青春已逝的无奈和对衰老的恐惧，哀叹生命的短暂和羡慕长江水流得无穷无尽。好在妻子老胖这时像打了鸡血，浑身是力，在老队上山开荒之际，她能紧跟在后，在老队休息时，她又能扛上锄头往荒山上跑，夫妻俩硬敲软磨，不敲锣，不打鼓，断断续续，还超额完成了报名时的数量，共开出了五亩山地。

永福开荒的亩数也不错，本来，永福心大，想雇外村人来开它一二十亩地，贷款一万元种上几百棵，但秀华反对了，说这像拿菜刀剃头，太悬乎了，太危险了，万一芦柑不肯生娃，那么，不是赔了夫人又折兵，得不偿失，亏本了怎么办？永福听了，胆怯了，因秀华怀孕，只能由他整天脊梁朝天脸朝土地干，早去晚归，后来又雇了一个人帮了好多天，也嘁里咔嚓地开发出六亩地。

张海开的数量在村里排名在后几名。因小双不在家，只靠张海一个劳力，又有幼儿拖累，确有难处，幸喜体高力壮，年轻气盛，不怕劳累，苦苦操劳，在三个月中，他土里滚，山里爬，像一匹拧紧了发条的座钟，忙个不停，常常把日头从东山背到西山，一个人一股劲儿也拼出了四亩山地，很不简单。

在这段时间里，工作组三人呕来山上实地观看。这竹头山，离村里有半里路远，山头不高，但陂陀不平。工作组来了，为了大家能开发好，不但对农民们鼓气，协助这家那家拔拔草，拾拾石头，还和农民们谈谈外面的形势和如何开发、如何种植和如何做到高产等问题，引导大家多开荒，多种植，把竹头山变成美丽果园，走上脱贫的道路。他们对每个家庭在什么位置开，开发了几亩地，穴挖得够不够深等都心中有数，了如指掌。有时甚至把午饭也带上山，和农民们打成一片，吃冷菜，受尽了寒风来袭也从不叫苦，这使大家都很感动，再不肯叫郭兰美组长的名字，而是称呼为"郭大姐"。

随着郭大姐的拔来报往，竹头山很快就变了样。郭大姐除了经常上山察看外，还一边吃药，一边了解每家每户的历史、人数、收成情况和生活上家庭开支的困难，并挨肩搭背地和农民坐在一起，采风问俗，聊聊家常，谈谈将来，鼓鼓气，爱人以德地替人解决困境。时间久了，她甚至能说出哪一家住哪儿，名叫什么，家中有几口人，养多少鸡鸭和猪，甚至连小孩读几年级了，她都知道。但尽管和大家熟了，她却从不肯在哪一家吃顿饭，有时候，就自带东西三个人在生产队部中煮，有时郭大姐一人来，就带病自己煮饭或吃些干粮，草草一顿。特别是哪一家近来出了什么事，她总是千方百计地为他出谋献策，把脉处理，因此，农民们把她当作一家人一样，对她特别尊重和放心。郭大姐的名字，因此成为大么村有口皆碑的名片。

社员们经过一段时间的开发，已到了第二年的春节。为了使大家能收到好的效益，尝到甜水，郭大姐三个人自订了计划，千方百计防止第一批果树出现"三低"（低单产、低优质果率、低效益），以推动农民的积极性。因而，他们三人在选苗时非常慎重，查了有十几家果苗单位，对品种、树龄和产量等逐一了解，才确定具体的购买单位。在要栽种前，他们又一次对山坡的坡度、土质结构、水源、穴深穴大程度、肥料、株距和行距等进行认真研究，并多方请教专家，敦请教授和教师到大么村来讲授栽培技术，免费为农民们赠送学习教材和资料，还通过各种办法联系到省农大和农科院的教授，对具体技术进行请教，并经常对果树的每一环节的管理技术进行探讨并告诉农民们，使"科学技术是第一生产力"这一观念牢牢地嵌在农民的头脑中，从而提高芦柑的经济效益和科技含量。

炭多火红，人多势众。自从郭大姐号召大么村社员们大动干戈后，大么村的第一批芦柑树苗在春节后全部种植上了。全村共开荒山地二百四十多亩，成活率几乎百分之百，担心和劳累了整整几个月的工作组三人，这时才有了笑脸。接下去，每星期工作组的都有来人检查树苗，发现问题就及时解决，和农民们一齐，尽自己的最大努力把大么村的这批芦柑种好，种成功，为实现大么村脱贫而洒下了自己的辛苦汗水。

但老队和老胖夫妻除了种植五亩芦柑需要管理外，老队还要负责机砖厂的事务管理，虽有师傅在技术方面领头，但具体的出售、对外联系等事务还是由老队负责，因此老队说负担太重了，还要管理责任田和自留地，太忙了，无法管理机砖厂事务了，应另派人负责。但考虑到机砖厂很多事情没有老队的支持不行，张海就决定，每个月也要发20元固定工资给老队，以弥补老队的付出。大家都赞同了张海的这个决定。但老队、张海和永福三人，其实都很忙，除了芦柑管理、田间管理、自留地生产和小孩料理外，他们三人每年还有种植少量蘑菇，以补贴家庭中一年中零星生活费用的不足。的确，当农民就是苦，不但需要重体力劳动，经受风吹日晒，而且，一年忙到头，却收入微少，担心家庭的生活开支入不敷出，这就是当时大么村农民的真情实况。

第十八章

　　时间过得很快，一晃就跑到一九八二年。

　　机砖厂从一九七九年秋收后开工到一九八二年秋，已三年了。总的说来，成本已出来了，贷款也还清了。头一年，机砖每块出售五分钱，一个月烧两窑，每窑两万块砖，扣除成本后，一年还有四千五百元收入。如果这么算，机砖厂贷款一万元，两年成本就出来了，但由于第二年、第三年焙烧窑一直用火烧，损坏得快，修一次，要一百多元，加上湿坯干燥棚日晒雨淋，有的地方漏水要修，机砖名为一窑两万块，实际上由于出灶时破损，就没有那么多了，另还有贷款利息，这样再一算，成本实际上要三年才能出来。

　　对于接下去机砖厂要怎么经营？是要扩建生产或者由生产队继续经营，或者承包给个人经营，生产队每年收承包金就好了，这是很值得考虑的问题。这天，老队为此召开了生产队队委会议研究下一步的工作，参加的人有老队、张海、会计蔡永福、出纳陈建东和生产队分片组长陈培元、陈发亮、陈达明七个人。会议研究了一个晚上，最后，大家的意见是，如要扩建，还得买粉碎机，重建焙烧窑，又要一万元以上开支，这一万元钱又要贷款，那么，从时间上说，这一万元又得至少两年才能还清。在这两年中，外村的生产队或个人，眼睛也看上这块肥肉，也开始贷款办机砖厂，并且目前的机砖销路还不是很广，所以，由生产队再投资的风险很大，大部分的队委不同意扩建。继续由生产队经营，同样也遇到难题。首先是老队的年龄一年比一年大了，现在已五十九岁了，提出他不干了，不挑这么重的担子。再说，镇里这两年又办了三个机砖厂，竞争更加激烈，货比货，大么村产的机砖，也没有什么特色，路又远，销路也是一个问题，且机砖厂的管理麻烦了，事务一年比一年多，内部矛盾也出来了，师傅又提出工资要增加，因为买东西比前两年贵了，工资不够花了，要到别的窑去，而且，从生产队中选出一个能代替老队的人，也很难，如给老队增加工资，别人拿老队比，也要求增加工资，就更为难了，所以由生产队继续经营，没有前两年那么顺利了，只能另想办法，且机砖厂设备不全，没有资金，像巧妇难为无米之炊一样，所以最好的办法，是把机砖厂承包掉，由个人去组织发展，队里一年能收入几千元就够了，也保险点。

但一年要承包多少钱合适呢？大家当面锣对面鼓地讨论着，各执己见，有的提出应按上一年的利润计算，有的提出个人承包了，经营管理等各方面都比公家好，应多交一点承包金，不然，全国为什么要把农田承包给家庭呢？有的说承包人要管理好，推销好，没那么容易赚钱，建议一年只收四千元就可以了，不然，谁敢去承包呢？最后，大家同意一年按四千元承包给个人，贷款的事，现在个人贷款还很难，可以由生产队出面贷，再转借给承包人，但只限于是本生产队的社员。如广告贴出后一个月内本队的没有人敢承包，再由外村人承包。

第二天，机砖厂由个人承包的广告就贴出来了，没过两天，本生产队的社员陈伟福说要承包了。

陈伟福，年龄三十冒头，老婆叫蔡美云，生一个男孩已两岁，文化程度初小。陈伟福还有一个弟弟陈伟达，未婚，也是农民。陈伟福家中还有父母，身体还行，可以下地劳动，这一次芦柑一家也种植了十亩，但陈伟福还没有分家独立生活。

陈伟福和老队他们谈了一个上午后，合同就签订下来了。当然，机砖厂的一切事务、劳力、资金分配、推销和价格等决定权都由陈伟福一人负责，与生产队无关，但贷款五千元，由生产队出面，贷了再转借给陈伟福，承包金额定为一年交四千元，承包时间定为一年。一年后如双方同意，再继续承包。还贷时间定在一九八四年三月底以前，如超过一天还款，超过的金额按银行利息加倍计算。

陈伟福承包后，即开始对机砖厂进行改革，他原在机砖厂当过临时工一段时间，对机砖厂的整个操作过程很熟悉。他首先解雇了师傅曾达文，又把焙烧窑改成一次能烧近四万块机砖的窑和两个月能出炉五窑砖的生产，比原来两个月出四窑多出一窑，又对工人大换血，改雇了几个，补充了几个女工，再把每天工资一元改为每天一元二，并定下生产任务。这样，厂里的工资提高了，大家都争着当他的小工，希望能分沾到一点余沥，机砖的产量也比原来多了一半。

在销路方面，他不涨价，外村的机砖厂，一个机砖出售五分半，六分钱，他却只卖五分钱，因此，很远的人都跑到他这里来买，生产供不应求。在经济方面，他控制得很严，他在机砖厂的时候，钱都是他自己收，他不在的时候，就委托开发票的会计一齐收款，待他一回来，就取回。看来，陈伟福的这次承包，要发大财了。

生产两个月后，在工资管理上，他也变了。由于打工的人争着来厂，他就规定工人的工资扣一个月留在年底结账时付清，即当月的工资到第二个月才付。但谁知道，他这时候有钱了，人也变了，白天的时候，他一般在厂里，到了晚上，就开始与外村的朋友到镇上去花天酒地。起初，人们都觉得他是推销机砖的需要，难免要请客赴约，酒池肉林，连他老婆蔡美云也这么认为，后来，大家就觉得不对劲，因为他常在镇酒店上寻花问柳。蔡美云听到后，就举前曳踵跟踪，但他恬然不以为怪，仍在外面偷香窃玉。

这在改革开放初的一九八二年，是罕见和新鲜的事，它像没有控制的疫情一样很快就传遍四面八方，这就引起了蔡美云夕惕若厉，气涌如山，到处打听陈伟福的行踪，常因这事与陈伟福吵得天翻地覆，但陈伟福总是白骨精骗唐僧，一计不成又生一计，以这种理由或那种理由欺骗过关。时间一久，蔡美云知道其来有自，就大加干涉，要其说出青红皂白，但他哪肯听蔡美云的话，一怒之下，竟提出要与蔡美云离婚。陈伟福的父母知道后，也大怒大骂陈伟福，但陈伟福哪能听父母的话，还是常在外地嫖娼。老队知道这件事后，连车带炮地轰了陈伟福一顿，并说："如果不再安心做生意，和外地女勾勾搭搭，我们就没收你的承包权。"但要如何收回承包权呢？陈伟福知道这只是吓唬吓唬而已，仍然生姜断不了辣气，不接受劝阻，照样一个心眼儿地跑去镇上和妓女过从甚密，并与她们鬼混。

但不用空城计，退不了司马懿，你有初一，我有十五，你有毒药，我有解方。这样半年后，跑到一九八三年秋，蔡美云无法攫住陈伟福的心，就做好了和他离婚的准备。这天晚上，谁料千层的篱笆会透风，陈伟福终于露出了狐狸尾巴，即蔡美云收到可靠消息，得知陈伟福晚上要在圆月酒店跳呀蹦呀，寻欢作乐，酣饮嫖妓时，蔡美云气得肺都要炸了，连夜跑去寻踪觅迹，顺藤摸瓜，终于发现陈伟福在斑驳陆离的酒店里喝得烂醉后，和两个女人正向圆月酒店的宾馆楼上去。蔡美云气不打一处来，即到登记处查明了陈伟福的住房号，就直接到楼上去敲门。里面的人问："谁啊！"蔡美云没有回答，又是敲门，门开了一条缝，露出了半个头，是陈伟福，光着身体，穿一条内裤，见是蔡美云，顿时慌了，问："你来干吗呢？"说着，就要把门关上，这时，蔡美云气得鼻子都歪了，拔高了嗓子叽哩呱啦地骂，又把门撞得嘭嘭响，门终于唰啦一声被踢开了，她跑进屋里，眼前的情景顿时使她惊呆了，床上是两位风尘女人，一左一右，见突然冲进来了一个女人，"哎"地惊叫一声，赶紧去穿衣裤。蔡美云气得目眦尽裂，当即破口大骂陈伟福起来，但陈伟福抱着要和蔡美云离婚的决心，一点也不让步，还骂蔡美云是恶妇，管得了这么多事吗？火冒冲天的蔡美云没有办法陈伟福，就拖推着其中一个女的要往派出所去，陈伟福见状，就立即阻止蔡美云，蔡美云更怒了，就和陈伟福打了起来。"劈哩拍啦"的声音和打架吵闹声，立即惊动了楼下的服务员，服务员就赶紧冲了过来，但陈伟福和蔡美云两人正打得你死我活，服务员拉也拉不动，就马上报了警。一会儿后，派出所警察来了，了解了一下情况后，就把蔡美云、陈伟福和两个女的都带去派出所了。

一到派出所，事情就没有那么简单了。

派出所里询问人，是一个人一个人独立进行的，谁也不知道另一个人说些什么。

派出所首先询问了蔡美云，蔡美云就一五一十地从陈伟福承包机砖厂说起，一直说到今天晚上发生的事为止。派出所警察笔录后，就叫蔡美云核对盖手印，盖手印后，就叫蔡美云先回去，等待处理。正是晚上十点钟，没有车，有车她也没有钱，她就一个人一直走着回家去了。

警察又叫出其中一位女的，问："你是哪里人？名啥？几岁？和陈伟福是何关系？"

女的答："江西人，名吴丽华，二十一岁，与陈伟福刚认识两星期。"

警察问："你们关在房间做什么？"

吴丽华："……"

警察问："有没有发生男女性关系？"

吴丽华："今天晚上还没有做，前天有。"

警察问："你冶游卖淫，一次收多少钱？"

吴丽华："一次五十元。"

……

警察又问另一位女的："你是哪里人？名啥？几岁？和陈伟福是何关系？"

女的答："湖北人，名李美珍，二十四岁，与陈伟福认识两个月了。"

警察问："你有没有和陈伟福做过爱？一次收多少钱？"

李美珍说："有，做过五次了，今天晚上还没有做，一次五十元。"

……

改革开放之初，国家对嫖娼卖淫管理得特别严格。因此，陈伟福被拘留了。两个女的，被关了一星期又被罚款后，就放了。

后来，又听说有人检举陈伟福诈骗了他几百元钱，陈伟福因此身陷缧绁，又转为刑事逮捕了。

陈伟福的事，第二天就在大么村炸开了。这个村庄，几十年来都没有发生这样的事，竟然在改革开放后的今天，在陈伟福身上发生了。人们议论纷纷，从各方面评论这件事，一星期了，大么村的人仍沸沸扬扬：

"他妈的，这个陈伟福，我一天打工一块二毛钱，他一天晚上花几百多元。"

"村里的名声被他败坏了，一次两个女人陪他睡，一左一右，够享受啊！"

"看来，陈伟福嫖娼已半年多了！"

"机砖厂的钱，原来被陈伟福拿去嫖娼了，几个机砖厂的钱，也不够他一人花。"

......

顿时，机砖厂停工了。打工的工人，都认为陈伟福把工资一个月推后一个月发，没有道理。现在发生了这件事，工资要找谁去要呢？做了也是白做，还不如停工。因此，机砖厂马上就静下来了。

老队、张海和队委们，更急了，这要怎么办呢？陈伟福被抓去的第二天，老队马上就召集队委开起了诸葛亮会，讨论要如何摆脱窘况，队委们纷纷发言说：

"承包金四千元，我们不怕拿不到，陈伟福放出来后，就是卖粮卖房，也要还给生产队。"

"承包金是次要的，关键是贷款五千元，是挂我们生产队的名誉，溜也溜不掉，现在生产队要怎么回收呢？"

"现在窑里一块砖也没有，尽是在干燥棚中还没有烧得湿坯，而出售的钱，都被陈伟福拿去了，有什么办法呢？只能等，等到派出所处理了，陈伟福放出来了再处理！"

......

但尽管队委们搜肠刮肚地想呀想，会议最终还是杨柳开花——没有结果，谁也想不出解决的办法来，就这样草草散会了。看来，只能等一段时间视情况的处理再作决定了。

于是，老队、张海和大家，都把精力放在陈伟福的解决上，到处打听陈伟福什么时候能放出来？罪名是什么？该怎么处理？会不会也构成诈骗犯？会不会被数罪并罚？除此之外，他们还有什么办法呢？

而蔡美云，当天晚上就哇哇地哭了一夜。天一亮，她把小孩交给陈伟福的父母，就自己一人回娘家去了。她想好了，她要起诉，她要和陈伟福离婚！

但老队他们住在旮旯里，没有电视，没有收音机，信息不灵，还不知道在两个月前，即一九八三年七月，我国就组建了严打总指挥部，后在一九八三年八月二十五日，我国就出台了《关于严厉打击刑事犯罪活动的决定》。这是因为仅在一九八〇年这一年，我国受理的案件就达七十五万件，其中大案五万多起，两年后，这个数字继续增加，其中大案跑到六万四千多起，至一九八三年头几个月，案件猛然上升。这个数字还只是备案过的，若要算上没有备案的，这个数字还要往上翻。所以，必须"依法严厉打击刑事犯罪活动"，即"严打"。规定，凡严打期间出现的社会治安问题，统统"从重"判决和执行。

最早提出这个词的人是我们伟大的改革开放总设计师邓小平。十一届三中全会后，社会治安不好，有的是"文化大革命"结束后的后遗症，滋生了一大批打砸抢分子、强奸犯、抢劫犯、杀人犯、盗窃犯和流氓犯罪分子，这些犯罪分子活动猖獗，破坏社会治安，危害人民的生命财产安全。党的十一届三中全会之后，在大好形势下，各条战线拨乱反正，正本清源，所以，社会治安不好，就成为当时面临的突出问题。

应注意的是，《关于严厉打击刑事犯罪活动的决定》中，新增了死刑罪种，经全国人大常委会通过，杀人、强奸、抢劫、爆炸、流氓、致人重伤或者死亡、拐卖人口、传授犯罪方法等危害社会治安的犯罪都被列为重点打击对象，均可判处死刑。

但陈伟福哪里知道这个规定，他是乌乌龙龙走上了这条不归路，一个月后，陈伟福因此没跑儿了，确凿的证据坐实了他"流氓"的罪名，符合"严打"判处死刑的规定，被决定依法严惩，立即执行，以儆效尤。

鹅毛飞上天，总有落地时，陈伟福的案，终于定下来了，当天早上十点左右，车上喇叭四响，宣传车上由警察押着五名要枪毙的人，在街道上游了一圈后，即向刑场开去，陈伟福是其一。当时，他面容暗淡死灰，眼睛无神地看着街上成千上万跟随刑车观看的老百姓，也许这时候他想到机砖厂，想到了蔡美云，也许他后悔了，为自己的沉沦感到痛苦，为自己落得这样的身败名裂的可耻下场感到悲哀，但都来不及了，他被五花大绑，由两名警察按着头和肩，胸前挂了一个"流氓"牌子，并用红笔在上涂"X"字，就一直开到溪畔的平地上，"叭"的一声，陈伟福就此被枪毙了，永远到佛教所说的"阿鼻地狱"中去了。

陈伟福被枪毙了，罪有应得，但损失最大的，要数大么村生产队了。想不到，生产队竟然会烧香引出鬼来，生产队除了四千元承包金无处拿外，更可恶的是，贷款五千元是生产队的名字，也得生产队偿还。老队和张海几个人，只好向信用社一再解释说明，确定再一年，本金和利息一并还清，但有谁能想到生产队会这么狼狈呢？机砖厂的承包，本想给社员们带来红利，可现在，一下子变成了生产队的债，压力多大啊！有时，坏事会变成好事。有时，好事会变成坏事。真是的！机砖厂的改革，就是这样，多艰难啊！老队、张海和队委们，为此研究了又研究，讨论了又讨论，最后决定还是把机砖厂重新承包给个人，把希望寄在新的承包人身上，但还款条款要变动，要先保证机砖厂能还债。

第十九章

保证一九八四年能还清机砖厂的五千元债和利息，成了生产队的首要任务，所以，不管是承包给人经营或公家自己经营，这个任务都必须完成，不然失信了，万一生产队以后再需要贷款，谁肯借给呢？

陈伟福被枪毙的时间是一九八三年十一月份，离春节还有一段时间，但大么村生产队承包机砖厂的广告就贴出来了。这广告最基本的条款是：承包金是六千元，不是四千元，机砖厂八四年的贷款五千元由生产队协助解决，但机砖厂的收款由生产队派人负责。

为什么去年的承包金四千元，今年要六千元呢？这是因为机砖厂经陈伟福改革后，生产能力强了，原来一年只能烧四十八万块砖，现在一年能烧一百二十万块砖，若按原来每块砖出售五分，利润一分计，一百二十万块砖块的收入扣除承包费六千元和贷款五千元及利息后，承包人还可得到一千元，每月工资还有八十元，而工人一天干到晚，工资才三十六元，承包人的工资是工人工资的两倍，够了。退一步说，如果认为烧时机砖会损坏一部分，一年出好砖没有一百二十万，那么，起码也有一百一十万块以上好砖，扣除承包费和成本后，承包人的工资还是比工人高。至于销路，这就很难说了，承包当然有风险，不然还叫承包吗？如果出售价不是五分，是五分半，那么，承包人不是发大财了吗？再退一步，如果队里没有人敢承包的话，那么，就由队委中的一人承包，队委中的人犹豫不决，就由队委中的人抽签来确定承包人，反正，明年是生产队的特殊年份，公私要兼顾，要这么处理才合适。再说，谁叫你是队委呢？

因此，队委会议就这么决定了。

承包合同广告贴出一星期了，队里没有社员承包，但一星期后，谁也想不到，队委中的陈建东说要承包了。

陈建东，五十二岁的人，小学文化，家中除了妻子曾明英外，还有三个男孩子，分别是三十岁、二十八岁和二十六岁，大儿子陈耀福，二儿子陈耀中，三儿子陈耀富，均已结婚。大儿子有一男一女孩子，二儿子有一男孩，三儿子去年刚结婚，妻子正怀孕。陈建东一个家庭还没有分家，听说要三儿子生孩子后才要分家。陈建东是全队劳力最强的家庭，有八个全劳力。陈建东老婆曾明英虽要料理家务，养猪养鸭，但身体还很健康，农忙时还能出来帮忙。陈建东除了农田，开荒种植芦柑是全队最多的，有二十五亩。陈建东自己身体也壮，没听说有什么病。一家子虽有小吵小闹，但日子过得还好，可惜除了大儿子初中毕业外，二儿子和三儿子均只小学毕业，是标准的农民。

陈建东承包合同签定后，生产队的责任首先就是贷款，但今年的贷款不好贷，因为去年的钱还没有还，陈伟福就被枪毙了，老队和张海经过好说歹说，保证了又保证，最后信用社才贷给五千元。

贷款后，吃一堑长一智，因陈伟福事的发生，老队就暂时保管这笔资金。每次都根据机砖厂的实际付出才分批付给，不敢一次性付给陈建东，直到数量不多了，他才交还给陈建东。

陈建东承包后，开始"斤斤计较"，他把工人每天一元二的工资，降为一元一毛钱，留一毛钱与厂里的机砖出品率挂钩，若一年机砖厂没有出一百一十万块以上好砖，工资每人每天按一元一毛钱算，若机砖出品率一年在一百一十五万以上，工人每天工资按一元二毛钱发。另外，窑里用的柴草，陈建东发动儿子上大山捡，不肯到市场上去买，由几个儿子供应。这样，就压低了成本，起码，他们儿子一年能赚得柴草费二千多元以上。除此之外，凡是能省不花钱的开支，他都尽量省，尽力把生产成本降到最低限度。而机砖出售的价格，去年陈伟福是每块五分钱，今年陈建东却定为每块五分半，多出半分钱，但不知怎了，客户还能接受，机砖依然好销。

陈建东的机砖每块能卖到五分半，社员们的眼睛都红了，经常有人在旁边观看机砖出售和收款。但收款由老队派在机砖厂当工人的一位中年妇女代收，然后交给老队，生产队一年后给她适当补贴。老队说，待承包金和贷款数收够了，再交给陈建东自己收。陈建东的机砖今年好销，张海也替他高兴，因为陈建东赚钱了，生产队的收入也顺利些，水涨船高，这是一般的道理。

这天，张海正在机砖厂转溜，他女儿张萍萍和弟弟张灵灵也来机砖厂找她爸爸了。

萍萍见到爸爸后，摇着张海的手臂说："爸爸，你说今天要去报名，怎么又跑到这儿来？"

张海这时候才想起这两天正是萍萍上小学一年级的报名时间，说："忘了，忘了，我马上去。"说着，就一手牵着萍萍，一手牵着灵灵回家去了。

这两个孩子，从小就没有爷爷奶奶照顾，跟爸爸妈妈生活，在张大婶的帮忙照顾下长大的。萍萍天生丽质，不拣衣挑食，有饭有地瓜吃就行，不用菜也吃得津津有味。灵灵学姐姐，生得金相玉质，不会和姐姐吵闹，更不会和姐姐打架，很听姐姐的话。她俩在张大婶家玩，吃，都很习惯了，张大婶常说这两个孩子很乖，很好养，不会乱跑，至多无聊时，常在张大婶家和自己家里跑来跑去，看爸爸回来了没有。到去年时，也就是萍萍七岁时，她便学会了自己下锅点火煮饭，这是城市小孩比不上的事，也是很难学会的事。穷人的孩子早当家。农村里长大的孩子，那个时候都是如此。就是长到十来岁，也不跳皮筋，不下围棋，不打皮球，而是常常背着高过脖子的竹篓，腰间插着一把镰刀儿，几个小孩一齐到路边野岸上去割兔草、羊草或牛草，割得差不多了，就一边割，一边抓野蜂，野山角或蝴蝶，到快吃饭了，才背着沉重的竹篓嘻嘻哈哈地赶回家，但这时候，萍萍才七八岁，不去割草，就在家中养鸡玩玩，养鸡成了萍萍和灵灵的一个职业。鸡群们对他们的感情很好，每当萍萍"咯咯"两声，鸡群们便会拍打着翅膀，啫啫叫着，洋洋得意地从远处欢蹦而来，鸡群们饿了，也会常围在萍萍、灵灵身边"咕、咕"乱转乱叫，若这个时候萍萍手里端着碗地瓜什么东西吃，它们便会垂涎三尺，眼睛像饿狼似的盯着碗里的东西，再也忍受不了饥饿的威胁，吧唧着嘴，竟然毫不客气地伸长脖子要你一口我一口地抢起来，这时候，萍萍敌不过这么多饿鬼，只好把食物扔在地上，抓起鞋子朝鸡群掷去。但鸡群先是吓了一跳，随后又争吃地上那丰美的食物，灵灵见了，见姐姐生气了，也过来助威，他胆子更大，拿起扫帚就往争食的鸡群上打，把鸡群都赶到门外去，然后两人不是去张大婶家，就是在家里等他们的爸爸回来，这样的日子，萍萍从小一直度到今年八岁了。但这也好，童年的生活铸就了他们刚强自立的性格，为往后他俩的读书学习打下了良好的基础。

　　大么村到底是小山区的农村，附近没有幼儿园。若有，刚改革开放不久，也没人读，因为大多数人没钱。因此村里的孩子们都没有上过幼儿园，直到小学才开始读。所以村里的孩子们，大都像萍萍那样，稻米、玉米、锄头和铁锹等等分得清，玩具什么的，像狗熊、布娃娃、汽车和手枪等等却很少玩。大么村当爸爸妈妈的，有时上街见了玩具也想买给孩子玩，但算一下口袋里的钱，最后考虑还是买个油饼或肉包什么的现实点，更不用说小孩读物、古诗等书籍了。但张海在这方面却在村里独具一帜，他一到镇上，总喜欢带回数本小孩画画、古诗或玩具，让小孩熟悉一下、玩一下。到了傍晚或晚上，张海总爱教萍萍和灵灵背一背古诗，讲讲画画中的故事，并心平气和地教授孩子片刻，正因为如此，萍萍在读小学一年级时，就能背诵几十首古诗和《三字经》。

张海到家后，拿了钱，就和萍萍去小学报名了。他叫灵灵先到张大婶去玩，一会儿后，他们就会回来。

山顶小学离张海家很近，就在村委队旁边，步行二十分钟就到了。学校中只有一栋教学楼，是用土垒起来的三层楼，每层四间教室。每间如果都坐满学生，学生估计也只有四五百人之多。教室很破旧，里面的地板，二三层是木板的，是解放前建的。操场不大，左一个坑，右一个洞，地面不平，要是在操场上玩，还要避开这些坑坑窝窝，不然就会被绊倒。做早操时，人也要离开这些坑洞，不然就不能站稳。学校除了教学楼外，还有两间，一间大点，一间小点，大的是两层楼，即老师住的和办公的地方，小的是食堂。另外在教学楼旁边还有一个公共厕所，仅此而已。

报名的老师好几个，都坐在教学楼前的办公桌旁等着。萍萍要报名的是一年级，是个女教师，约三十多岁，人很和蔼可亲，见张海带萍萍来了，很热情地欢迎。张海交了钱登记后，老师告诉张海头几天大人要陪小孩来，书包、文具盒自带，课本等第一天上学时，老师会发给学生，并告诉上、下课的时间。萍萍编在一年级二班。之后，老师又去接待别的家长和孩子，张海就和萍萍跟老师告辞了。

回家的路上，萍萍问："后天就要开学了，妈妈说要买书包、文具盒、铅笔、小刀和练习簿给我，怎么还不回来？"

张海说："你妈写信说，是今天下午才会回来，你等一会儿，她就回家了。"

但当张海和萍萍回到家门时，小双已经回家了。她正牵着灵灵在门口等待萍萍他们回来。萍萍远远看见是妈妈，飞一样地向妈妈奔去。

萍萍最急的，就是看看妈妈买什么样的书包给她。她迫不及待地对妈妈说："妈妈，买的书包是啥样子呢？"

小双即上屋里，从行李包中拿出书包，是用厚花布缝制的，里面相隔为两层，带子有一寸宽，很适合小孩背，又有盖，能扣。萍萍见了，高兴得就要跳起来。小双又拿出铁制的文具盒，还有铅笔、橡皮、小刀、尺子和作业本给萍萍。萍萍爱不释手看了又看，高兴地把这些东西都装进书包里，拿到房间去了。

灵灵见了，说："我也要。"

小双摸着灵灵的头，说："等你明年长大了，读书了，妈妈也给你买一套。"

灵灵点点头，不再强求了。他知道姐姐多一岁，读书了，自己明年才能进学校。

小双随即问张海："陈伟福在机砖厂吗？我拿钱给他。"

张海吓了一跳，说："陈伟福在前几天就被政府枪毙了，现在还有陈伟福？你拿什么钱给他？"

小双即说："上次我回家，说陈伟福被抓去了，我想这么久了，应该放出来了，怎么还被枪毙了？"

张海说："是啊，现在国家改革开放了，卖淫的女人多了，不治不行，这次是'严打'，陈伟福被定为'流氓'，就被枪毙了，真是丧命又败名声。"

张海接着又问："你要拿什么钱给他？"

小双说："那一天，我和供销社另一位同志前往县供销总社开会，巧劲儿的是，在总社门口刚好碰见陈伟福和他的同学卢建仁正在讲话。卢建仁是县供销社雇的手扶拖拉机拉货员，刚好要买一车机砖。陈伟福就叫卢建仁到他机砖厂去买。当时，城关一带每个机砖要八分钱，而陈伟福一个才卖五分钱，卢建仁觉得路虽然远，但还是便宜合算得多，能为供销社省钱，就跟陈伟福去了。卢建仁买了两千块砖，共一百元，但供销社要转账才能入账，陈伟福就叫卢建仁把钱转到我们商店去，由我以后转给他。"

张海随即将此事告诉老队。老队很高兴，就和张海来找小双，对小双说："你能为生产队出力，拿回一百元，大家都很感谢你。"

小双说："生产队人人有份，这是应该办的事，陈伟福死了，这一百元只能拿给生产队了。"

老队说："现在陈伟福死了，但不知道有谁还欠他的货款，我们去讨回。"

小双说："听陈伟福说，外面欠他很多钱，好像隔壁村管委会姓吴的，叫什么名字忘了，也欠他五百元机砖款，还没有还。"

老队知道后如坐针毡般，随即去机砖厂了解，一个工人说："这个姓吴的是七队人，名吴黎明，那天确有到此买一万个机砖，但钱付给陈伟福了没有，不知道。"

老队听后，马上和张海一齐去七队询问，吴黎明的房屋正在基建，机砖确是大么村生产的，还没用完。老队即去找吴黎明。吴黎明是老实人，今年做海产买卖赚了不少钱，即说五百元欠款还没有付给陈伟福，现在他被枪毙了，不知道要付给谁？

老队即将生产队替陈伟福贷款的事说了，并请吴黎明把钱交给生产队。吴黎明是实在人，很少有这种人，当即就进屋拿钱付给老队，张海即出具了收条。

这样，生产队就收回了六百元，老队十分高兴，口口声声要感谢小双为生产队出力了。老队又想去了解其他的客户，看能不能为生产队多收回一点钱。

张海回家后，正是吃晚饭的时候，小双已煮好了饭，叫张大婶也过来吃。吃饭时，小双从包包里拿出她带回来的一瓶肉松给张大婶和小孩吃，但张大婶怎么说也不肯动它，张大婶就倒一些给两个小孩吃，两个小孩见有肉松，吃得更加津津有味，他们已十来天没有吃肉了，今晚有肉松吃，两个小孩吃得特别饱。

吃饭时，张海即询问小双现在商店里的情况，小双说：

"现在处境很艰难，政策开放了，多么偏僻的小村庄里，也有私人开的杂货店，卖日常用品和盐、酱油、味精一类，所以供销社商店里的东西销路就差了很多，再者，私人店里灵活，价格浮动快，也不用盘点，收支由自己负责，因此卖东西快。供销社里每个月都要盘点，价格定得死死的，要变动，要经过好几关，所以出卖东西比私人笨很多。现在，供销社的收入一天比一天减少，人员就更加过剩了，能控制专卖的，就只有农药一类，连化肥私人也能卖了，过不了多久，恐怕供销社的生存就成问题了，我们小商店倒闭的可能更大了。现在，我们每个月的工资还发二十八元，听说以后社保费每人每月要交五元，公付百分之八十，私付百分之二十。现在，我们的工资还勉强发得出来，我估计，再过半年，我们商店就支持不住了，到时，我们这帮人像黄牛掉进井里，有劲儿也使不出来了，只能下岗回家了。"

张海"嗨"了一声，说："现在社会变了，在供销社上班吃碗饭，比不上私人店可靠了，我看回来就回来吧，到时我们再打算出路。"

小双说："现在在供销社只有两个好处，一是粮食供应，吃饭不成问题；二是以后有社保，老了有退休金，别的什么也没有了。"

张海说："粮食的问题，现在农田承包到户，各家都可以吃饱饭，农民还有余粮，不成问题了。社保是今后的事，要怎么变还不知道。反正，人要吃饭，就得劳动，都得靠自己的能力赚钱，不像以前了，私人劳动赚钱也是走资本主义道路，把有能力的人，也控制得死死的，不允许发挥，现在，凡是不违法的事，老百姓啥都能干，这就是改革开放后的最大变化，我看，再不行，你就回来吧！"

小双说："好，好，我也这么认为，这么打算，再过几个月看看情况决定。"接着，小双即说一则新闻给张海听：

西头乡有一位菇农，名叫林振发，去年家里种植了三百平方米蘑菇，收入一万五千多元，扣除成本后，一下子就成了万元户，出名了，还选为县人民代表大会代表，报纸这几天大力刊登宣传。为此，近段时间里，县政府为了全县农民能富起来，以林振发为模范，到处大力宣传发动农民种植蘑菇。石洋公社本来没有一家种植，县政府也在这个地区大力发动，石洋供销社还抽调十五名人到平原地区去培训种植和收购方法，然后在石洋公社全面发动推广。

张海说："我几天没看报纸了，还有这件事？看来今明年种植蘑菇是好时候了。"

小双说："县政府前两天也为了全县能大种蘑菇而开了动员大会，到时看看情况，我们家也多种一些吧！"

张海说："可以，但就是劳累活，劳力应付不过来。"

小双说："忙时，雇一、二人帮忙。"

张海说："到时再说吧！"

接着，小双又了解机砖厂承包的事，张海把知道的都一一告诉了。但这个时候，陈建东刚承包几个月，机砖厂的收入情况还不清楚。

时间很快又过去了几个月。年底就要到了，也就是说，机砖厂今年的承包期就要到了，大家都想知道机砖厂今年的收入如何？赚了多少钱？这是大家都关心的问题。

蔡永福估计，机砖厂前期一个砖卖五分半，后期由于全镇的机砖紧张，一直涨价，每个砖卖到七分、八分还缺货，所以戏谑说陈建东今年承包发财了，机砖厂的净收入有八千元，另加柴草自己砍，这一年的净收入有一万元。

但陈建东笑了，他不露一毫圭角，像漏斗口插进酒瓮里，一滴也不外流，只是说："夸大了，夸大了，没有那么多，八千元你包了，我找你拿钱。"

所以，谁也不知道陈建东今年到底赚多少钱，但就按他自己说的八千元，也很多了。大家都羡慕得口水都流出来了，都争着明年要承包，但合同是有效的，合同规定第二年在同等条件下，陈建东有"承包优先权"，这是算数的，也就是说，第二年除非他不包，别人才有权承包，但陈建东当然要继续承包。所以，一九八五年机砖厂的承包费由一年六千元涨到八千元，贷款五千元，还是由陈建东承包去了。

再说老队在小双提示后，精力都用在社会上到底还有谁欠陈伟福钱的事。队委们因此分成两路多方了解和讨款，但有承认的，也有不肯承认的。最后，生产队还是讨回了两千三百元。这样，包括以前讨回的六百元，生产队共讨回两千九百多元，其他的钱，是陈伟福花掉了，还是谁欠了不肯承认，这就无法落实了。

第二十章

小双上次回家的时间是一九八四年四月份，也就是陈建东承包机砖厂刚不到半年的事。

小双回单位上班后，家里要干的事务很多，张海坐在椅子上，正在考虑今天要去干什么，猛然间头脑里又闪出小双告诉他说明年县政府要大力发动农民种植蘑菇的事，顿时觉得这几天没有去看报纸了，应该去看看报纸中是怎么说的，于是，他向队部走去。

当他翻开报纸时，头版显眼的《蘑菇大王林振发》的标题，立刻显现在他的眼球里。他迅速往下看。原来，林振发不但种蘑菇，还生产蘑菇菌种一万多瓶出售，现在成了县人民代表大会代表，还成为全县蘑菇生产的模范人物而受到县政府的大力表扬，张海看了，心里立即觉得酸溜溜的。是的，一九七五年到一九八四年，整整十年了，十年的变化可大着呢！当时，自己生产蘑菇菌种出售，成了"暴发户"被抓进学习班，至今膝盖上还有跪地留下的伤疤。十年后，生产蘑菇菌种出售，却成了"先富先光荣"的模范人物，真是十年河东，十年河西！社会改革开放的步伐多快啊！

他又往下看，几天的报纸中，又有《大力发展蘑菇生产，摘掉自己贫困帽子》《蘑菇生产收益大》《蘑菇生产成为我县农村脱贫的捷径》和《县政府昨日召开蘑菇生产会》等报道。张海看了，顿时觉得县政府已经对蘑菇生产十分重视了，预示着明秋将是全县蘑菇大发展的好年头，政府将在各方面鼓励扶持菇农生产蘑菇致富，但自己能不能趁这大好时机发展呢？

他想了想，菌种生产已不可能了。因为生产的单位和个人多，销路竞争激烈，已经很难出售了。特别是成本，若生产两万瓶菌种，单是瓶子就要六千元，另有其他原料和工资，需一万多元钱，到哪儿去借钱呢？就算信用社肯借，现在还得审批好几关，甚至找关系走后门，难吗？实在难。再说，蘑菇菌种生产，要么要连续生产几年出售才合算，若做一年，只能赚一些空瓶子，拆卖了，能值多少钱？

还不如打工赚工资好。若第二年再生产，工具消耗很大，情况会怎么变化还不清楚，也是一个大问题，所以，考虑来考虑去，还是不做为好。

蘑菇生产，倒是现实一点，但各家的房屋有限，小量生产，还能挤出一间半间，要是大量生产，菇房就成问题了。听说利用蔗田，不用菇房也能在棚里种植，但现在尚在试验中。再则，这是劳累活，赚来的，只是辛苦钱而已。若年时不好或操作技术和品种有误，全军覆没是经常事。就是技术过关了，今年产量好，也难保明年丰收，这玩意儿实在有些难于控制。所以，做多了，危险率更大，管理难度更大，能赚到钱的，成了"模范代表"，不能赚到钱了，就白费成本劳力了，谁敢冒这样的险呢？因此，想来想去，张海只能少量种植，能赚一点钱来弥补家中开支的不足，就很好了。

既然这么想，张海就把注意力放在农田生产，自留地和山上的芦柑管理上，整天忙着这些活儿。

这天，大队支部书记张仁明突然来到张海家，要他明天和张仁明一齐到县里参加县政府召开的全县蘑菇生产大会，说县政府要求各公社（镇）各派一人有蘑菇生产经验的农民一齐参会。张海由于当年蘑菇菌种生产出了名，对蘑菇生产有经验，派张海去参加会议，真好比媳妇回娘家，熟门熟路，因此，公社就看中了张海，叫他一齐参加会议。张海答应了。

参加会议的人很多，有五六百人，由县副县长蔡凤美主持会议。会议议程是由蔡副县长宣传发言，然后各镇各村有什么具体的困难提出，能解决的立即解决，不能马上解决的，由县政府讨论决定后再转达给各镇、村。会议后，每人发二十份关于蘑菇发展前景、生产方法和各镇村的生产任务，要求到会的人回家要大力宣传。

会议上，蔡副县长说：

"……蘑菇是高蛋白质的食用菌，味道鲜美，营养丰富，除此之外，它还具有多种医药效果，常被称为上等保健食品或卫生食品……近二十年来，它在营养和医疗方面的作用逐步被人们重视，国际市场上需求量和贸易量日益增加，所以人工栽培蘑菇就迅速发展，产量也不断增加，据一九八一年召开的第一届国际食用菌会议统计，一九七九年全世界蘑菇产量为八十七万吨，但远远不能满足需求，近年来，我国蘑菇生产的发展很快，到一九八二年总产量已达十五万吨，但仍远远不能满足外贸出口需求……这是一种致富的好门路，我县农民自发生产蘑菇的时间虽然有十来年之久，积累了不少经验，但生产数量不多，远远满足不了罐头厂的收购任务。因此，经县委讨论研究决定，今年要在全县范围内大力发展生产，提高农民的收入……所以，长话儿短着说，今年各镇村负责人，应把发展蘑菇列为一项重要的政治任务来抓，充分认识到蘑菇生产的重要性，积极在本镇村大力支持农民发展蘑菇种植，积极为各个所需资金的农民贷款，不漏一个镇一个村……至于蘑菇生产所需要的药品、薄膜和化肥等，县政府将配合各个供销社大量供应，及时补充，对于原料，要求各镇村积极筹备……我们将配合县土产公司、农资公司和各供销社及时引进先进优良的品种，保质保量供应给广大农民，希望一九八四年到一九八五年度我县的蘑菇生产，能成为我县农民脱贫的主要渠道，成为金点子，使大部分农民的进项增加，在两三年内能成为万元户……。"

一个县非常庞大，总面积有两千平方公里，二十个乡镇，三百多个村，人口在当时就有八十万，在食用菌生产方面，当时就盛产蘑菇、香菇、草菇、平菇、凤尾菇、银耳和黑木耳等品种，但由政府发动农民大种蘑菇，这还是历史上第一次。会议后，市报和县报上头版报道这一消息。县里搞宣传的部门，还把蔡副县长的讲话和会议情况专门印成几万份小册子，发放传达到各个镇村的菇农手里，一时，各个镇村沸腾了，种植蘑菇致富成为茶馆饭店里人们谈论的话题，特别是县报上刊登《蘑菇大王林振发》的报道后，林振发的名字和经验更引起全县菇农的兴趣和模仿的对象而在全县迅速推广。接后，又连续报道称：

"水龙镇后坂村蘑菇生产专业户林元发，去年种植室内蘑菇一百平方米，每平方米收入六十一元，共收入六千一百多元，扣除成本一千八百元后，净收入四千三百多元……"

"度坑镇天水村菇农卢建清，去年种植蘑菇九十平方米，每平方米收入六十元，共收入五千四百多元，扣除成本一千六百元，净收入三千八百元……"

……

当时，一斤肉市价才一元多，一个村庄中几乎没有一家是万元户，四千元是个不了得的数字。如此有凭有据的报道，怎不引起菇农们的兴趣呢？顿时，成千上万的人，自发前往林振发、林元发和卢建清等家中去参观和请教，人们心中暗暗自慰，希望自己今年要种植的蘑菇也能像他们一样高产，一年能赚几千元，尽快成为"万元户。"

接着，县政府蘑菇生产的号召，风驰电掣地在各个乡镇传开，各镇政府派专人负责，专程到各村搞蘑菇生产宣传活动，挨家挨户去鼓励，各供销社纷纷贴出"福尔马林、过磷酸钙和石膏大量供应"的广告，一时间内，各村蘑菇生产风起云涌，热火朝天，人们争购各种原料，可谓遍地开花了。顿时，原料涨价了，牛粪从一担六元，涨到七元、八元，甚至九元，稻草从一担二元，涨价到一担二元五毛钱、二元七毛钱，甚至三元钱，麻秆从一担五元，涨到一担六元、七元，甚至八元。蘑菇种植，成了街谈巷议的主题，各个供销社中原来生产"5406"菌肥的生产站，也兼产蘑菇栽培种了。

5406菌肥是由中国农用抗生素创始人之一，著名植物病理学专家，中国农业科学院植物保护研究所微生物研究室尹辛耘教授从老苜蓿根土壤中分离筛选出的放线菌，具有解钾、解磷、抗病、促生、保苗等多功能的抗生菌肥，可作拌种、浸种、穴施、追施、基施等，它是在一九七四年的"批林批孔"运动中普及发展的，以及扩大到各乡镇的农科所，基层农村的农科站和供销社。

由于5406是一种好气性放线菌，对营养条件要求不高，能在多种天然培养基上生长。它生长的适宜条件是：温度24－32℃，酸碱度中性或微碱性（PH6.5－8.5），所以，蘑菇母种试管的培养基操作与5406试管的培养基操作相似，接种方法也相似，各个基层供销社菌肥站也就成了蘑菇菌种的供应商。这时候，和以前不同的是，供销社对蘑菇生产有供应肥料、药品和设立鲜蘑菇收购站，因此它竞争力强，控制了大部分菇农的生产。私人的蘑菇菌种生产，虽然在这个时候也有生产蘑菇栽培种，但无法设立鲜蘑菇收购站和供应化肥及药品，因此生产的蘑菇栽培种，销路受到极大的限制，只能作为供销社菌种站无货时的补充。正因为如此，一九八四年以后，像张海这样有菌种生产技术的人，不敢私人生产蘑菇菌种了。

大么村的蘑菇生产社员，原只有七八户，像张海、老队他们一样，只少量种植，由于县政府和镇政府的大力鼓励和支持，大家俯念政府的一片好心意，一下子就发展到三十七户，而大么村当时总共只有四十多户人家，这三十七户就占了全村的百分之八十户数。

蘑菇生产，需要稻草（或麦秸）、牛粪（或其他粪），过磷酸钙、石膏、尿素、碳酸钙（或石灰）等原料，按一定比例混合后发酵一个月左右，叫堆料，然后经过入床、发菌、复土等工艺才能长出，大么村由于对蘑菇的堆料、翻堆、进床、下种等较有经验，稻草、搭架的木棍、复土是自产的，只需准备一些牛粪和化肥、药物等，成本就降低了很多，但一平方米的成本仍需十来块钱。这年，由于政府的发动，村里的种植面积大增，一家大都在五十至八十平方米这个范围内。

这一年，由于菇农在各个环节都很用心，加上镇政府常派技术员指导，天时又好，温度适中，很适宜发菌，所以，全县的蘑菇产势大都很好，刚刚复土不到一个月，菇床上就花花搭搭地长出菇蕾，一个月后，大多数菇农的菇床上就长出成片成堆白生生的蘑菇来。可是，天有不测风云，人有旦夕祸福。一场灾难突然降临在全县菇农身上。

照理说，县政府敢于发动如此大规模的蘑菇生产，早已与罐头厂达成完美的收购合同，保种保收这是最基本的原则。但由于县政府的疏忽，加上各罐头厂出口到美国等地的蘑菇罐头数量突然减少了很多，导致全县由罐头厂控制的供销社鲜蘑菇收购站都卡得很紧很紧，采取鸡蛋里挑骨头的办法，仅收部分一级品中的一级品，稍有缺点或不顺眼的蘑菇统统不收，而菇农挑来的蘑菇又鱼贯而来，有排队等待的，有跟收购站吵闹的，收购站内一片喧嚣，乱糟糟的。这就引来了火药味十足的叫号，骂声、怨声一片，成了百年罕见的大菇灾。

你说说，一个县这么多户菇农，一天能产多少斤呢？是几千斤几万斤之多！罐头厂几乎不收了，这些鲜蘑菇又不能隔夜，要如何处理呢？有人打听到三沙和福州有罐头厂，就盲目地、自发地集体雇车往三沙和福州运，但到了几百里外的三沙和福州，才知道三沙和福州的罐头厂已经收购饱和，一斤也无法再收了。没有办法下，车只得掉头回家，交由各生产队自己处理了，但各人要如何处理呢？有人哭，有人急，有人骂，但骂天天不应，叫地地不灵，最后，大家只好眼睁睁地看着这些白闪闪的鲜蘑菇倒进垃圾箱中。

蘑菇生产是跨年度的，即从今年立冬后到明年春季，一批接一批地生长出来。每天都得采收，卖完了，第二天又产出了，如此连续要维持近半年。这么急的买卖，关系到千家万户，能开玩笑吗？于是，县政府的头头们急得团团转，不停地派人专程到罐头厂去交涉，谈判，但不管怎么好说歹说，最终没有办法。随着时间的推移，菇床上的蘑菇进入了旺季，产量激增，把收购员包围得一天都无法吃饭，但能解决吗？不能，县政府领导们急了，会议一个接一个地开，号召大家用飞机把蘑菇运到外省去卖，但说是这么说，单是飞机的运费叫谁出呢？也得不偿失，要怎么运呢？谁领头呢？

几天后，靠近县城的一位老农民，把一袋蘑菇提到蔡副县长房间去，见门关着，就敲门，哭着说："蔡副县长，这十几斤蘑菇要卖给谁呢？一斤五分卖给你吧，求你了！"

蔡副县长在房间听到了，偷偷从房间后门溜走了。

蔡副县长隔壁间的同志出来说："蔡副县长心是好的，也想让大家富起来，别为难他了。"

这位老人说："可是，我借了两千元钱种植，亏本了我要五年才能还清啊！"

蔡副县长溜走了，这位老人只好到收购站去看看，走到大桥上时，看到收购站站着黑乎乎的一片人都在浪说胡骂，想到明天自家菇房里又要出产十几斤蘑菇时，一急之下，便把手中的蘑菇倒进哗啦哗啦向前流的溪水中，顿时，溪流上浮出白茫茫的一片蘑菇，急速地向远方流去，向大海方向流去。但谁知道，这些蘑菇尽是老人用汗水换回来的，老人的泪水比这些蘑菇还沉重啊！

有法儿开台，没法儿收场。这实在令人心碎！后来呢，人们觉得把蘑菇倒进溪流中太可惜了，建议大家拿到市场上去卖，还可以当菜吃或养养猪，起初，一斤蘑菇还可以卖到三分钱，后来，江河日下，一斤三分也卖不动了。再后来呢，大家就把蘑菇煮熟，用盐水渍起来，加工成"盐水蘑菇"，留待以后处理。不想到，盐水蘑菇的买卖又引起一场又一场的大官司，这就不说了，最后呢，菇农们不但损失了鲜蘑菇，又损失盐和加工费。

呜呼，这是谁之咎欤！老实殷厚的农民们，有什么办法克服这场特大的菇灾呢？大么村就是这样，凡是这一年有种植的人，都亏本了。种植得越多，亏本得越多。一个村里，少则一户亏四五百元，多的一户亏上千元。试想想，改革开放初的一九八四年，一百元是什么概念呢？因此，好心办坏事，成为人们永远的记忆和深刻的痛。更加哈哈儿地是，接下去几年，一说起种植蘑菇，大家都毛骨悚然，畏之如虎。

第二十一章

全县菇灾的时间是一九八四年，因蘑菇生产是跨年度的，所以实际的时间是一九八四年十一月到一九八五年四月份。大么村在这一年度的菇灾中，全村共亏本两万元左右。这两万元钱对于本来就贫困的山区村来说，就雪上加霜了，因为当时大么村娶一个媳妇的聘金才八百元左右。好在这一年度，机砖厂承包成功了，不但陈建东赚了七八千元，且生产队欠信用社的贷款也还清了，还有四千元余钱。更使大么村农民们高兴的是，扳着指头算天数，芦柑种植到今年已四年整了，果实挂满了树枝，显现出一派生气勃勃的丰收景象。到了年底，这些芦柑就成熟可以采收出售了。这使大么村农民们沉浸在丰收时能赚大钱的希望和快乐之中，这首先就得感谢县政府，以及郭兰美为组长的扶贫工作组。

机砖厂由陈建东第二年承包的承包期又到了，这一年，陈建东又赚了八千多元。接下去，要如何重新承包呢？大部分社员的意见是：陈建东承包两年赚了一万六千元以上，发大财了，成了全村首家万元户，该让别人也赚点钱脱贫吧！不能当了皇帝想成仙，要知足啊！即是说，一九八五至一九八六年度，机砖厂不能再由陈建东承包了。

但陈建东说："合同订了就是要算数，不然订合同干吗呢？合同规定我有优先权，在同等条件下，我当然有优先承包的权利。"

但社员们说："合同是规定第二年你有承包优先权，可现在是第三年了。"

陈建东说："你们怎能这么理解合同条款呢？优先权是第一年承包后的每一年都有优先承包的权利，并没有第二年、第三年之分，但第三年如果承包金太多，我估计不合算，我就不包了。"

到底第三年新年度的承包金要多少呢？陈建东有没有优先权？老队模棱两可地说："今年的承包金九千元，由谁承包都行。"

这下陈建东跳起来了，说："这也太贵了，去年承包金八千元，今年跳到九千元，真是芝麻开花儿，节节高！赚钱有这么容易吗？要不是我发动全家去砍柴，省了几千元钱，能赚多少钱呢？现在，钱贬值了，工人的工资年年高了，百物开始腾贵了，但机砖出卖却很难说，涨了，一个八分、九分也可能，跌了，一个五分、六分也说不定，承包人整天吃黄土埃，皮肤晒得黝黑黝黑的，又有很大风险，当然要给承包人一点利润，不然谁敢承包呢？九千元，我不敢包了，谁要包谁去包吧！"

陈建东发言后，大家都在思考中，还没有一个社员提出要包。

老队就问陈建东："那你看承包金多少合算？"

陈建东说："承包金照旧。"

老队说："这是不可能的事，去年承包金八千元，今年也八千元。"

陈建东因这两年赚了一笔钱，成本金不成问题，所以他说："今年生产队不要再贷款了，成本金由我自己出。"

这真还是个新问题。会议静静的，大家都在考虑这个问题。不错，投资生产要成本，生产队中，除了陈建东这两年赚了一万六千元以上外，其他的社员，真的还不知道谁有这么多成本？这确实说到刀锋上，谁有成本呢？

老队用余光扫了一下在会的人，看谁能举起手来。

可没想到，这时候，坐在会议室角落老在抽烟的杨志生，脑袋瓜儿转得挺快，突然站起来说："八千元承包金，成本由自己出，我包。"

杨志生的话，雷倒了在座的所有人，再没有一个敢站出来表达。

杨志生，大么村社员，年龄和张海差不多，四十挂零的人，长得人高马大，膀大腰圆，胖乎乎的，不但胸脯肥实，大腹便便，走起路来，面部的肌肉会随之跳动。他与老队是同祖宗的葭莩之亲。家中无父母，有一个老婆，名叫吴伟霞，比志生少两岁。家中有两个孩子，一个是养女，一个是独生男孩。改革开放后，杨志生赶上了改变命运的头班车，开始在镇上租了个店面，专营瓷砖买卖生意，财运亨通，发财了，但由于不在大么村经营，大么村的人不大了解。更主要的是，他有一个亲人在工商银行当负责人。因此，他常借这个名誉和那个名誉开后门，也能贷出傲人的资本来理顺生意。

杨志生的话，像半路中杀出一个程咬金似的，把陈建东吓了一跳。陈建东本以为自己有钱了，可以用钱来赌承包，想不到，还有杨志生跳出来与他争天下。他顿时说："成本由自己出，但我有优先权。"

杨志生说："那我出八千五百元，由我包算了。"

陈建东说："我也出八千五百元，我有优先权，由我包。"

杨志生说："我出九千，由我包。"

这下，陈建东有所考虑了。九千元，成本自己出，这真还得想想，但他却一口溜出："九千元，成本由自己出，你敢包，你包吧！"

但话刚说完，觉得自己太武断了，便改口说："九千元就九千元，我包。"

这时，众人评说："大丈夫说话要算数，刚说由志生包，现在又改口了。"

鹬蚌相争，渔人得利。老队、张海和队委们都笑了。经过讨论，最后老队说："九千元承包费，成本由自己出，经投标，八五至八六年度的机砖厂由杨志生承包。"

这样，承包人就易主了，由陈建东转为杨志生第四年承包了。

杨志生接手后，他雇了一个负责人在机砖厂主持工作，他老婆吴伟霞则在机砖厂负责管理事务和收款。杨志生一般不在机砖厂，在店里一边卖瓷砖一边推销机砖。这一年，因到处农业丰收，农民副业能干了，可以做生意了，变富了，有钱了，很多人开始修房建房，机砖也从原来的一个七八分，涨到一个九分、一毛钱。杨志生又采取由推销人抽取手续费的办法推销磁砖和机砖，使大么村的机砖生产供不应求，一直涨价，到年度一结算，果然功不唐捐，扣除全部成本后，杨志生单机砖一项就净收入近一万，赚了个盆满钵满，成为大么村的第二个机砖万元户。

那么，大么村芦柑种植已五年了，今年芦柑的收成如何呢？

这几年来，大么村的农民按照县扶贫工作组和专家们的指导，特别专心照顾山上芦柑树的生长，树苗的成活率几乎百分之百，有一小部分虽然没有成活，第二年又补种上。大家在用水、用药、追肥和照顾上，都按专家的规定办，使树苗到大树都一直保持茁壮成长的良好势头。到去年，部分树上就零零星星长出了肥厚的芦柑果实来。

芦柑树从长大后到产出芦柑，是很有规律的：

今春它从树梢上长出几片害羞嫩叶，绿得可爱，没过几天，又多了从树身上长出的小伙伴。渐渐地，它们从可爱的新叶片长成健壮树叶。过了不久，树干的顶端和各个枝头上又长出豆粒般花骨朵儿，几天之后，从这些花骨朵儿开出了微黄色的花儿，群花争艳，清香沁脾。又过了一段时间，花谢了，结出一颗颗小小的绿果，这就是芦柑小娃娃了。小娃娃们渐渐长大，笑嘻嘻地从绿叶中探出头来，向你挥手，向你致意。到了深秋，它们又奇迹般地膨胀起来，颜色从绿莹莹变成黄油油的，水灵灵的，成了成熟的芦柑妈妈了，它沉甸甸地挂在东西南北的树枝上，橘黄绿叶相互掩映，犹如一盏盏黄色的灯笼，用手轻轻地去抚摸它，它会不停地点点头，告诉你："我熟了，我熟了。"

确实熟了，个头儿特别大，一顺儿望去，漫山遍野的柑树像在广场上跳舞的姑娘，好看极了，卖掉多可惜啊！但它像成熟的少女，不嫁不行了。这时候，三乡五里的商贩都来大么村买芦柑，眼瞪着这些即将买给他们的芦柑，口水流涌，采了一个，咬了一口，顿时高叫起来："好，确实好，甜如蜂蜜，香汁横溢，一斤三毛半钱，全山我们包了！"

大么村的姑娘们今天几乎全部出动，个个打扮得花枝招展，桃羞杏让。有人哧的一声，笑开了，说："鲜，美，甜，哪儿有这种货呢？三毛半不卖，要四毛钱！"

采购商们牙疼似的咂起嘴唇儿，说："太贵了，太贵了，坑人哩，比孙二娘开店还宰客啊！"

姑娘们瞪大眼睛，说："不贵啊，芦柑能解母夜叉的蒙汗药呐，多少血，多少汗换来的你懂吗？"

采购商讨价还价，又说："三毛八，三毛八。"

姑娘们一本正经地叫开了，说："四毛钱，少一分也不卖。"

于是，采购商们唯恐自己抢不到货，争先恐后地说："我们一同来，你不能独得，各人包一片，各人各有份。"

这时，老队气喘吁吁地跑过来，说："姑娘们，郭大姐花了比我们的力气还大，要卖了，不跟她说一声不行啊！"

于是，姑娘们马上改口了，说："定金都放在这儿，明早九点来。"

采购商们听懂了，一个接一个地掏出钱来，姑娘们忙着点票。

第二天，接到通知的郭大姐一行人，早早就进村了。村里的社员们和姑娘们，见郭大姐来了，无不拊掌欢呼起来，迫不及待地向她们谈论起满山的盛景！

"好，好，我们去看看。"郭大姐满脸笑容地和大家一齐上山了。是啊，千等万等，就等这一天的来临，郭大姐能不激动吗？

当看到满山黄艳艳的芦柑挂满了枝头，压弯了树枝，有的就要沉甸到地上时，郭大姐朗朗地笑了，说：

"这首先要感谢国家的好政策，我们才有这么好的丰收年！"

老队说："对，对，没有国家的扶贫政策，哪有大么村的今天，我们一辈子也忘不了国家这个恩情。"

郭大姐说："当我们一个村能脱掉贫困村的帽子时，我们就会感到，只有国家强大了，我们才能富起来，我们永远要跟祖国心连心。"

张海说："是的，我们要永远要跟祖国走。在这个世界上，能做到为全国人民共同脱贫致富，这只有国家领导下的中国人民能做到，当今世界上，还有哪个国家能做到这一点呢？"

郭大姐说："对，对，张海说得对，现在，叫大家采收吧！"

顿时，这些曾经为它们付出心血和汗水的人们，把一个个黄澄澄的芦柑装进了篮子里。这些芦柑，望着高远的苍穹，彩色的山野，各自神韵妩媚，温文尔雅地静静躺在各自的位置上，一塑料筐一塑料筐，满当当的，等待着主人把它们挑下山。

采收进行了五天,有多人在山上守夜。

当采收的主人一溜歪斜地把一筐筐芦柑挑下山后,又雇用了几部手扶拖拉机把它们运回村时,村口上,一会儿时间就洋洋洒洒地排满了很多筐芦柑,主人和采购商们不停地过秤着,装车着,山上的主人又不停地把芦柑运下来,主人和采购商们又不停地过秤着,装车着……

采收工作全部完成之后,会计蔡永福统计了整整一天,宣布道:

杨元山,共十四吨七十斤,值:一万一千二百二十八元。

张海,共十二吨二十四斤,值:九千六百零九元。

蔡永福,共十七吨五十斤,值:一万三千六百二十元。

陈达明,共三十五吨二十斤,值:二万八千零八元。

……

果然,千日烧香,一朝显灵,大么村的红运来了,得出的结果是:全村共种植二百五十八亩,今年共收入:六十二万三千二百五十元。

随着蔡永福将数字念完,在场的几十个社员立即响起激烈的掌声。有人说,今天是好日子,应该拿鞭炮出来庆祝一下。于是,老队就叫永福到队部拿来了一大股鞭炮,点了,顿时,"噼哩叭啦"的声音冲向了天空,冲向了遥远的村庄,社员们高呼:

"扶贫脱困政策万岁!"

这是大么村自改革开放以来,第二次放鞭炮庆祝了,还有什么比这大丰收后更高兴更激动的事呢?

采收工作已经完成,这天,大部分的社员已回村了,郭大姐和一班姑娘跟在其后,边谈边要下山了,村里人都在等着郭大姐回来,突然,就在这时,村里的两位姑娘一溜风地从山上跑回村里,呼声动地地大喊着:"不好了,不好了,郭大姐晕倒了……"

呼吸之间,在场的人听到了,场地上的人们像炸开了锅,朝山上拼命地跑去,顿时,四山响起了凄厉叫喊的回声,一群又一群的野鸟也冲向天空,在山头上不停地旋转着,哀叫着。

当人们跑到山脚才发现,十几个姑娘正扶着郭大姐一步步往山下小路走来。一轮手扶拖拉机正停在山脚下等待着。

原来,郭大姐和一大帮姑娘正从山上往山脚走时,突然感到心脏不舒,头昏脑涨,人就要晕过去,在旁的姑娘们惊叫了一声,立刻把郭大姐扶住,随行的吴国文和李奇达也迅速叫她坐一会儿。这时候,郭大姐还会说话,说:"好,我坐一会儿。"人们就把郭大姐安顿在旁边的草地上坐了下来,并叫她躺下来,过一会再走。但郭大姐只躺了有一二分钟,说不行了,人一直要晕过去。在场的人怕了,赶紧扶着他往山下走,刚好碰见队里的社员们赶来了。

人们衮衮而来,大家七手八脚地把郭大姐扶上手扶拖拉机。拖拉机在坑坑洼洼的路面上,只能慢慢地颠簸。到了村上,郭大姐面如土色,已晕过去了。众人不知所措,拿水的拿水,喊赤脚医生的去喊赤脚医生,但赤脚医生在大队部旁的赤脚站里,何时才会来呢?在这一刻千金之时,老队和张海看势不行,马上叫手扶拖拉机把郭大姐运去镇医院。在场的社员,有的跟车一齐去了,有的到家牵脚踏车,也赶去医院了。

但来不及了,郭大姐在手扶拖拉机上已不省人事,到了医院急救室,心跳已停止,瞳孔已散大,呼吸已停止。

这位蔼然可亲的党的好干部,就这样走了。恁时,她才五十五岁,离退休时间只有两个月了。郭大姐虽是城关人,但隔山隔水不隔心,她为了大么村农民的脱贫,为了推动大家种上芦柑,不怕山高路险,数十次上山,到处打听优良的品种,多次组织专家教授来村里讲授指导。在这四年间,她平易近人,和农民们打成一片,每一条村路,都有她的脚印,每一个家庭,她都来过,但从不肯吃农民的一顿饭。她将自己余生的精力,全部献给了大么村,为农民们谋幸福,她是真正的共产党员,受人尊敬,受人追念,大么村的农民们,将世世代代纪念她,不会忘记她。

大么村举村哀恸,赶到医院里去的有上百人,人们痛苦万分,忘掉了吃饭,泪水像泉水一样地涌出。一同来的吴国文和李奇达,事后马上联系到县长、局长,大么村的社员们,连夜用专车把郭大姐的遗体运往城关去……

第三天,县里开了追悼会,追念这位为了老百姓的脱贫而献身的烈士。参加的人有五百多人,人们都舍不得离开这位好领导。一个追悼会上,上百个花圈都写满了自己对郭大姐的深深怀念和高尚的赞词。郭大姐的丈夫刘纯春同志来了,男孩已参加工作,女孩大学刚要毕业,也来了,亲戚、朋友们都来了,看到她的丈夫、她的儿子和女儿、亲戚朋友们默默地哭泣,大家就更加泪如雨下地涌了出来。

追悼会前,经大么村农民的集体请求,县局和其家属已同意将郭大姐的遗体葬在大么村(当时没有火葬)。追悼会后,在一片激烈的哭喊声中,大家把郭大姐的遗体装殓入棺运往大么村。随行送行的有她的丈夫,儿子、女儿、亲戚朋友和县干部近百人。

遗体到达大么村,像是一个无声的指挥,公社、大队部的二十几个干部已在那里等待,大么村的老百姓几乎全部出来,附近社队的老百姓也来了,有五百多人，老人、青年、老百姓们都不约而同地哭泣着，看着把这位伟大烈士的遗体葬进土里⋯⋯

灵台上排满了花圈。大么村人为了纪念郭大姐，坟墓坐在村口显眼的高处上，占地面积一亩多，坟墓的当中为坟堆，坟堆直径约二百八十公分，高一百一公分，坟堆前立了一块高出地面一米二、宽六十公分、厚十五公分的石碑，上写着：郭兰美烈士之墓。坟前广场有两个，上广场长两米，宽度与坟围相接，下广场长四米，宽度也与坟围相接，均由花岗岩构成。在墓边又种了十来棵天娇婆娑的松柏，以纪念这位为大么村农民脱贫而殉身的好干部。往后的日子里，每逢清明、春节前，村里人总是前来祭拜，到郭大姐坟前凭吊一番。

第二十二章

　　郭大姐的坟墓建好才几天，小双就回来了。当她远远地看见村口高处有一个新坟墓时，心就像掉进闷葫芦里，顿时七上八下地打起鼓来。她到了村口，放羊娃告诉了郭大姐的事后，小双方才知道了一切，她感谢这位伟大的战士为大么村的脱贫而献出了自己的生命，她走到坟墓广场上，深深地三鞠躬，以表示自己对她永远的怀念。

　　小双这次回家，行李很多，她还买了一个书包和文具盒等，因为灵灵就要上学了，她要准备好一些读书用具才行。

　　小双先到了张大婶家，灵灵见妈妈回来了，高兴地从张大婶屋里跑出来迎接。小双放下行李，摸着灵灵的头，问："乖吗？"灵灵点点头。张大婶见小双回来了，便迎上去，小双说：

　　"妈，我这次回家，不会再去上班了，办了停薪留职合同。"

　　原来，小双在单位里，虽然水里水里去，火里火里去，但最终还是西风落叶，单位倒闭了，同事们只好分道扬镳，下岗了。

　　张大婶愣神儿了，问："怎么了？什么叫停薪留职？"

　　小双说："商店里入不敷出，亏本了，我停止上班了，工资没有了，职位还保留在单位。"

　　张大婶说："好，好，掰着手指算，已去六年整了，回来就回来吧！没有多少工资，人却困在那里，现在啥都允许干了，还不如回来找件事做。"

　　小双说："妈，近来身体好吗？我带几瓶药回来给你，你收着。"说着，就从背包中拿出药来，又拿出书包和文具盒等给灵灵，灵灵高兴地玩起来。

　　张大婶说："又带药回来了，上次你带的药，我还没有吃完。"

　　张大婶这两年身体不好，不但有高血压、颈椎压迫痛，还有关节炎，大修理，小修理，每年都得花上不少钱，小双有回来，就带些降压胶囊、颈椎痛贴等药给她。

　　小双说："这是地平片，降血压的，一天一次，一次一片，吃完我再买，这是颈椎痛贴的新药，你收下。"

　　张大婶说："好，好，又拖累你了。"

小双说："不要这么说，谁都会老，老了，谁没有一病两痛，你六十多岁了，我们才三四十岁，病就出来了。妈，今天中午你别煮了，我煮便饭，你到我那边去吃。"

张大婶说："好，便饭好。"

张大婶收好药，就和灵灵、小双一齐去小双家了。

路上，小双问："建莲和建英近来回家吗？"

建莲是张大婶的大女儿，建英是张大婶的小女儿，都出嫁了。

张大婶嗔怪女儿不常来看她，说："两人都半年没有回来了，上次建莲回家，带了十来斤米给我，建英回家，不但没有带东西，还回来要借钱，哭了，说家里老公病了，没钱花。哎呀，烦死我了，现在大家都不缺粮食，带几斤米给我有啥用呢？我说，我高血压，颈椎病，能不能留点钱给我买药。建莲说，家里开支很紧张，没有钱，要不，明天她到陈寿星店去拿点草药给我吃，我说不用了，陈寿星店我自己可以去拿。养女儿有什么用呢？再好，也是人家的，我病了，她们一分钱也无法给我，我真后悔只生一对女的，没有男的，要是有个儿男，好呀歹呀，回家都会给我带来吃的用的一大串。"

小双说："不要紧，有我在，我照顾你一辈子。"

说着，就到小双家了。张海手里拿着一个碗正在喂鸡，见小双回来了，忙过去帮忙提东西，说："我估计这几天你要回来了，手续办了没有？"

小双说："办了，单位关门歇业了，我办了停薪留职，现在开始就不要去上班了，在家找事干。"

张海说："好，好，回来就好。"说着，几个人就进屋了。

张海高兴地对小双说："今年芦柑好收成，我们家这次卖了九千六百多元。"

小双笑了，说："这是你劳动的成果，粮食丰收了，钱有了，日子好过多了，别人呢？"

张海说："全村除了三户没有种，其他的都种上了。大么村那年共开发种植芦柑二百五十八亩，今年头年结果就采收了六十二万三千多元，若按全村人口平均来说，每个人口收入二千二百多元，与改革开放前相比，突然猛增了十多倍，真应感谢党派扶贫工作组来村。收入最多的户，要算陈建东了，虽然还没有分家，全家共十一个人口，有八个全劳力，种植了芦柑二十五亩，今年收入就有六万四千多，以后每年还会收入很多，一家真的要富了。"

说着，张海即到房间里拿出各户的出售数量和钱，念给小双听。

小双听完说："要是连续几年这么丰收，整个村子都会脱贫了。还有哪几家没有种植芦柑呢？"

张海说："陈寿星开草药店，秀华出嫁，家中就他一个人了，没有上山开荒，杨志生开店卖瓷砖，又包机砖厂，家中没有劳力了，没有种芦柑，另外，张大婶一个人一户，人老了，病来了，无法开荒种植。"

张大婶听到了，说："我现在顾命无法顾钱了，没有力气了。"

小双问："杨志生和陈寿星开店，生意好吗？"

张海说："可以说，杨志生现在是全村的首富了，他承包机砖厂赚了一笔钱，镇上开的瓷砖店，生意也很好，还雇了两个帮手，听说现在正在筹办瓷砖生产厂，大成本，可了不得。陈寿星也发财了，看这几根草药不起眼，收入却很可观，真像古人所说的，'千顷大户不如老药铺'，去年修了房屋，今年又买回来一大套家具换新，头发梳得整整齐齐，衣服穿得崭新整洁，像个大干部，一回来不是带鱼，就是带肉给秀华。"

张大婶接过话题，补充说："杨志生和陈寿星不一样，杨志生经商，靠头脑，陈寿星看病，靠技术，当然，杨志生比陈寿星发财更快些，现在身上起码有一二十万元钱，可能几年后，就是百万富翁了。"

小双说："我没有经商头脑，也没有技术，待后我靠力气，也去开荒种芦柑。"

张海说："恐怕不行了，虽说竹头山有三百多亩，但靠近水源的地方全都开发了，剩下山顶的没有人要，就是已经开发的这片土地，石头、树杂也很多，大家花了三个月才开发出二百多亩较好的山地，还有的地方，要费加倍力气，才能开发出一部分，谁敢去呢？"

小双说："这么说，我接下去在家要干什么职业，还得动脑筋了。"

正说着，村里的一位小姑娘突然来了，说："受陈寿星的委托，我代他分糖果，这是陈寿星今天结婚分的礼品，一家一包。"

小姑娘见张大婶也在，也分给她一包。

小双吃惊地问："说错了吗？陈寿星都六十二岁，还结婚？"

小姑娘说："是，是他结婚，他又娶了个外地女，才二十八岁。"

小双惊叫起来："差三十四岁！"

小姑娘说："是，是差三十四岁，因此秀华很生气，不肯出来分糖果，烦我来分，我是他邻居，陈开林的二女儿。"

原来，这个外地女是隔壁县永泰平和村人，名叫蔡红玉，家中父母均为山区农民，父亲今年五十八岁，母亲五十六岁，家中还有一个弟弟，二十六岁，已婚。一九七九年，年二十一岁的蔡红玉和村里另外两名少女到集镇去，一个端庄秀丽约四十岁的女人上前假意询问三位少女："你们愿意不愿意到旁边乡的编竹厂上班？每月四十五元。"家庭穷困，早已就失学的三名少女听说一个月工资有四十五元，又在很近的地方上班，就欣然同意了，毫无戒备地跟随这个女人到这条街的一家小旅馆去面见正在负责"招工"的"厂长"。该厂长装模作样地说："你们要先面试，合格后就可以上班。"面试合格后，厂长答应她们先到厂里去看一下，天真的三个少女来不及向她们父母说一声，就跟随厂长上车了。谁知车七弯八拐，开了很久，不知到达什么地方的一个偏僻地方，她们看见了三个四五十岁又黑又丑的陌生男人将她们各自带走了，她们这时候才知道自己已被卖给隔壁县山区的三个老光棍。蔡红玉是以三千元的价格卖给一位近五十岁的山区光棍。蔡红玉哭了，死活也不肯到老光棍家，要跑，但她哪里是老光棍的对手，被强拖关进一间小房子里，当天晚上，蔡红玉就被强奸了。蔡红玉为此寻机逃跑，但路不熟，不知方向，老光棍又控制得很严，蔡红玉一直没有逃跑的机会，终于在一个傍晚时，蔡红玉偷跑了，但又被抓回来，人被打得半死。蔡红玉要求他放人，老光棍说："把你放回去，我不是人财两空了吗？"后来，蔡红玉就怀孕了，无法跑了，生了一个男孩。

当初正值改革开放初期，十年动乱导致的许多恶劣社会影响还没有能够缓解，中国的法制和政治建设还没有完全跟上需要，许多犯罪，比如贩毒、走私和人口贩卖等等在那个年代十分猖獗，这就使许多很不发达的地区，特别是山区，成了人口贩卖这一类犯罪的土壤，为了打击这些犯罪，一九八二年，全国开展了一次大清理活动，规定该抓的抓，被拐卖的妇女想回家的，让她回家；被拐卖的儿童无条件遣送回原籍。并且要求各基层政府立即动手，开始对所辖范围内进行一次大围剿。这天早上九点多钟，蔡红玉所在地的乡政府和派出所干警十来人一齐来到蔡红玉家，要带蔡红玉走，蔡红玉还不知是啥事，聚成一团，老光棍见势不妙，想挡住蔡红玉，但他怎么能阻挡得了这么多干部的执法，只好让蔡红玉被带走了。

蔡红玉到了乡政府，派出所干警即对她做了笔录、盖章。随后即告诉她："我们政府尊重每一个妇女的意见，若被拐卖到山区来的，如该妇女愿意在这里成家的，可以留在这里；若被拐卖的妇女不愿意再在这里，想要回家的，我们提供方便，可以送她回乡去，你考虑一下，是要在这里继续生活或者要回家呢？"

这时候，蔡红玉才知道这次政府来人的目的，不假思索地说："我要回家。"

派出所干警说："可以，我们马上派人把你送回家。"

就这样，蔡红玉抛弃了老光棍和儿子，一个人回到了家乡。

蔡红玉回家后，告诉父母这几年她的经历，与父母抱成一团哭了一阵。但如今女儿年纪大了，不能留在家中，要找个意中人出嫁。蔡红玉父母为此吩咐了很多媒人，却因蔡红玉曾被拐卖生过孩子，文化程度低和是山区偏僻处的人，难于找到合适的对象，而介绍了一些禀赋低弱或手脚残障或丧妻老农的，所以蔡红玉不肯出嫁，这样一拖就是几年。四年后，蔡红玉只好离开家庭，流浪到处地去寻找，于今年来到这里，此时，陈寿星事业风顺，收入稳定，但人若无妻，如屋无梁，所以在中馈犹虚时，他便找月下老人，想娶一个四五十岁的女人来料理家务和帮助草药店生意，不至于孤单一人在店，以度过余生。蔡红玉知道想去看看情况，就和月下老人一齐来到陈寿星店。

真是一滴水滴进油瓶嘴儿里——无巧不成书。当蔡红玉看到陈寿星装束整齐，人也不老，皮肤白皙，不像种田人，又很精明老实，家庭简单，能做草药医生，生意好的时候，竟一见钟情，想嫁给陈寿星。陈寿星也觉得蔡红玉人长得还行，做人直率，把自己的经历说得一点水一个泡，有鼻子，有眼儿，没有欺骗，也就信了。只是觉得蔡红玉太年轻一点，才二十八岁，不敢娶。这时，蔡红玉就主动提出要在店里帮忙几天，待陈寿星考虑好了再决定，如陈寿星实在不敢娶，她可以走人，这样，陈寿星就答应了。

叶落各有期，花开自有时。蔡红玉在店里几天，使陈寿星心中的花朵开了。蔡红玉不但料理家务轻松，煮饭炒菜熟悉，切草药取药一学就会，还很勤劳，在各方面都很体贴陈寿星，使陈寿星有些不愿让她走的感觉。特别蔡红玉说得很中肯，说我嫁到你家，就是你家的人了，自然这一车骨头半车肉都随了你去。蔡红玉这么说，这使陈寿星思想更复杂了，如果不是因为年纪相差太多，他肯定会娶她，可是年龄相差三十四岁，比秀华还少六岁，这不是贻人口实吗？再说，陈寿星与蔡红玉父母的年龄相差不了一二岁，能叫岳母岳父？还有，怎么向村人和秀华交代呢？等等的问题，搅得陈寿星夜不能入眠，但蔡红玉很主动，对在床边不眠的陈寿星说："我就不怕，你怕什么呢？我们两个人的事，我俩同意了，管人家怎么说怎么评，过一段时间不就习惯成自然了吗？"陈寿星觉得蔡红玉说得也是，有点道理，还很聪明，就答应了。但提出一个条件，说如蔡红玉怀孕了，要打胎掉，不能生下小孩。蔡红玉想，不要孩子，也就算了，多少女人还不肯生小孩呢！只要生活幸福，没有压力就好，人老一点无所谓，总比整天烦恼没有钱花要好得多，于是，有奶便是娘，就答应了，陈寿星因此硬着头皮，准备和蔡红玉择吉日结婚。几天后，蔡红玉想回家告诉她父母，陈寿星便给她父母捎带去三百元钱作为聘金。蔡红玉回家跟她父母说了，一生缺钱的父母竟然同意她嫁给一个有钱的老头。之后，蔡红玉就回到陈寿星身边，与他正式办理了结婚证，又向邻居和村人分了糖果和香烟。因此，陈寿星得了蔡红玉，没花什么钱，真像董永遇上七仙女，白捞到了一个好媳妇，也应了"满树梨花压海棠"的俗语。

陈寿星这把旧钥匙，就这样被蔡红玉打开了。但陈寿星没有回村里结婚，也没有办一桌酒席，就在海亭镇的店里。一则怕秀华反对，二则怕村里冷言冷语敲打人，就不回家了。但谁也想不到的是，陈寿星才宣布结婚一星期，他就献给大么村八千元钱用于修路。80年代的八千元，可不是小数目，大家知道后，一个村都沸腾得议论纷纷，都感谢陈寿星没有忘记老家，能给大么村慷慨支持，人们马上从对陈寿星结婚的种种评论，转为陈寿星献钱修路的话题上。唯有秀华气得不得了，平时秀华向父亲借钱，总是百来块地拿，多了就不肯，现在，突然一下子拿出八千元要给村里修路，这不是太看不起自己了吗？现在，他又娶了一个比自己年龄都小的老婆，自己要怎么称呼呢？陈寿星家里的房屋，本应由自己继承，现在会归给谁呢？分田承包之后，责任田本由自己耕，现在蔡红玉来了，田会不会收回呢？一连串的问题，气得秀华坐也不是，站也不是。

第二十三章

春节就要来临了，到处桃红柳绿，鸟语花香，显现出一派热闹非凡的气氛。家家户户把房屋打扫得干干净净，贴上了春联，挂上了彩灯，瑞气祥云。大街小巷里，孩子们正在欢蹦乱跳地燃放着烟花爆竹，劈哩啪啦地响声震天动地，更给节日的到来带来隐隐约约的脚步声。公路上，货车运着工业和商业用品，接连不断，客车内坐满了回乡过年的人，接踵而来。商店超市里，更是货物各类繁多，琳琅满目，顾客们人来人往，摩肩接踵，人人都在采购着适口的年货。整个世界上的中国老百姓，都在为迎接新的一年的到来而奔波忙碌着。

但改革开放后的除夕之夜，和以前大不相同了。最大的事情就是吃饭。改革开放前的年夜饭，桌上仅有二三道菜。改革开放后，家家户户的年夜饭上摆满的菜肴，有鸡、鱼、肉、蛋，还有平时很少吃的龙虾和蟹饺丸等十几道菜。这就是变化，生活质量显著提高了。吃了年夜饭，很多人到十二点都不去睡了，而是看着电视"守岁"，在不断的鞭炮声中，等待着这一天的过去和新的一天的来临。

但今年的大么村和往年不同了，显得格外安宁肃穆。春节跟前，村里没有人放过一串鞭炮，静悄悄的，还没有电灯，只有蜡烛放出的微光，把大么村推进了一片没有欢乐声，没有嬉闹声的夜晚。这是因为大么村对郭大姐的尊重和对她与世长辞的怀念，没有郭大姐，就没有大么村的今天。在临近春节时，大么村人不约而同地自动禁止一切欢庆的活动。然而，在郭大姐的坟墓上，则排满了各家各户用来祭祀郭大姐的一盆又一盆的猪肉、鱼和水果等食物，人们除了点香祭祀外，还对郭大姐的坟墓恭恭敬敬地鞠了三个躬，以纪念这位为大么村的脱贫而献出生命的好党员。

春节将来临了，大么村还有一件重要的事要办，这就是陈伟福被枪毙后，合同的到期时间提前了，变成春节前了。

小双问张海："机砖厂今年要如何承包呢？"

张海说："队委会已决定好了，想承包的人，今年开始抽签。"

原来，杨志生承包后，还想继续承包，但大家都不肯，说杨志生在合同中没有规定有优先权，怎么能由他继续承包呢？杨志生去年赚了那么多钱，今年应该让别人发点财才是！但大家都争着要承包，因此队委会决定，今年的承包金定为一万元，由抽签来决定由谁承包。

小双说："抽签好，愿你能抽到，该多好。"

张海说："没那么容易，这得靠运气。"

几天后，承包的时间到了，要开始抽签了。老队宣布，下午三点准时抽签，没有来的人视为自动弃权。

下午三点，想承包的人都来了，小双也来了。老队就在准备好的小纸张中做了记号，然后，叫永福把小纸张揉成团，装在盒里，盖上盖，摇了又摇。

老队宣布："大家听见了没有，阄儿中只有一张写'O'字，有'O'字得中。"接着老队又说："开始抽。"

张海说："让大家先抽吧，我最后抽。"

老队听后，也说："张海历来都是照顾大家优先，好吧，我是队长，我也最后抽。"

来的人熙熙攘攘，一个接一个地抽，但打开一看，都是空纸团，败兴地退到一旁去。谁能抽到有'O'字的纸团呢？大家你看看我，我看看你，像要斗起来的公鸡一样地伸长着脖子望着。该抓哪个呢？真不容易，大家心跳如鼓，血压都升高了。

可谁也没有抽到，就剩下两个阄儿了。这意味着，其中必有一张有写"O"字的纸团，不是张海中，就是老队中。

张海叫老队先抓，但老队叫张海先抓。

于是，张海抓了，打开一看，有人高叫起来："张海中了，张海中了，张海的手运最好。"

真的中了！小双站在旁边，擦了擦头上的冷汗，这才摸了摸自己还在跳的心脏。

这就决定了，今年的机砖厂，由张海承包。

这天晚上，小双比张海还高兴，和张大婶及两个小孩吃晚饭时和晚饭后，三个人一直在讨论怎么把今年的机砖厂承包好。

张海承包后，停薪留职的小双就不必出去找工作了，她今年要和张海一起，把机砖厂经营得出色一点。

机砖厂工人的工资，去年是一个月六十元，比前几年涨了，今年呢？张海宣布，原则上没有再提高工资。但说，如别的机砖厂工人的工资有涨的话，本机砖厂工人的工资也跟着涨。在管理方面，小双当然成了会计兼出纳了。厂里的一般事儿，都由张海管。张海还规定了严格的出勤制度和生产任务制度，超额完成生产任务有奖，不够的，扣工资。在质量方面，规定以工人的工资作担保，若质量出现毛病，扣工资，还规定了质量标准。在推销方面，张海又雇了一个得力的帮手，采取一半工资加一半奖金相结合的办法，做到能产多少销多少。在出售价格上，基本上按去年的价格不变。照理说，这样精密的计划，应该不会出现什么漏洞，可以保承包成功，但谁知张海心强命不强，没想到的事儿发生了。

这年，头一个月生产得相当出色，销路也好，但第二个月，就不行了。机砖市价一跌再跌。原因是机砖厂好赚钱，附近新开办的机砖厂应运而生，更可怕的是，社办企业的原罐头厂改成机砖厂了。这个机砖厂公私合营，就是投资由镇政府企业办负责，共投资三十万元，管理则由私人负责，盈亏各占一半。因此社办机砖厂购买了大型机器，以全镇最低的价格还降一分的优惠价格大量生产出售，吸引去了大部分顾客，即以大鱼吞小鱼的办法来争夺市场，迫使小机砖厂倒闭或停产。而社办企业的这个私人股负责人正是张海的亲弟弟陈傻明，是隔壁村人。因此陈傻明暗中也尽力帮助张海把机砖销出去，但价格上无力帮助，只能按社办机砖厂的机砖价格出售。这样，张海只生产不到八个月，就停工了，算一算账，不但亏本了小双和张海的工资，还亏现金三千多元。

因此，一从张海这一年交给生产队一万承包金后，大么村机砖厂就倒闭闲置了，没有人敢再承包了。

小双因此怨老队说："阉儿，哪能用'O'字，不吉不利的，何不写'有'字呢？"

老队听了，觉得自己错了，苦着脸说："可'有'字，我不会写啊！"

但说是这么说，毕竟鸡飞了，蛋也打了，再说也是没用，有意栽花花不开，有什么话可说呢？人的运气就是如此，有时候，谁也免不了受运气的作弄，随你计划得怎么周到，怎么保险，到了儿就会出现不顺心的事儿或意想不到的岔子，把人弄得烦头烦恼、坐立不安和后悔不已。但"风吹鸭蛋壳，财去人安乐"，虽然张海破费钱财了，却换回来了一个安然无恙，平平安安的家庭。

也就是在张海机砖厂被迫停工时，小学秋季开始报名了。

灵灵和萍萍是挨肩儿的，只差一岁，这时应该去报名读书了。小双即带灵灵到萍萍读书的这个小学，即山顶小学报名了。虽然学校破破烂烂，但因为近，只能在这个小学读了，条件就如此，还有什么办法呢？灵灵报名的是一年级（一）班，班主任很好，热情地对灵灵说："从今开始，你就是小学生了，要好好读书，争取做个祖国有用的接班人。"灵灵听了，有礼貌地点了点头。

回家的路上，小双告诉灵灵："你现在长大了，要去读书了，要像姐姐一样，每次都考一百分给爸爸妈妈报喜。"

灵灵说："好！"

小双又告诉灵灵："爸爸妈妈忙，常不在家，奶奶饭煮好了，你和姐姐要先吃饭，然后洗澡换衣服，读书做作业，不能出去玩，免得爸爸妈妈生气，好吗？"

灵灵又点了点头。这些话，灵灵记住了，从小就养成了读书做作业的好习惯，不会到处无节制地玩，而忘记了学业。

也就是这一年，张海承包的机砖厂亏本了，但大么村其他社员的创业却方兴未艾。自从郭大姐殉难后，扶贫工作组这几个人就很少再来大么村了，但大家记得很清楚，郭大姐先前在与社员们交谈时，曾说，致富的道路很多，不光是开荒种芦柑，像其他村里，办工厂，办养猪场，养鸡养鸭场，种香菇、白木耳等栽培，也是致富的好办法。

这句话提醒了很多人。改革开放初期，人们都站在十字路口，思想一时空白，不知要办什么才好，郭大姐走南闯北，见识丰富，这些话，提醒引导了大么村人，为此大么村人开始尝试这些生产。

陈建东由于去年芦柑一家收入六万多元，加上机砖厂赚一万五千元左右，已有七万多成本了，这在当时是不得了的数目，因为这时虽说改革开放了，全县还未出现一家私人企业。若企业要贷款十万元钱，还得县长批示，且只能是集体的社办企业，所以陈建东到处打听赚钱的门路后，采取给集体社办企业抽取管理费的办法，办起了饲料厂。

饲料厂现在是大家熟悉的工厂，但在改革开放初，这还是一件新鲜的事儿。陈建东决定生产猪、鸡、鸭等多品种的配方饲料。他估算过，原料和别人合并采用火车运载的方法，从北方运来成本较便宜，加上添加剂等配料，扣除了电、工资、税收等，每吨还可以净利一百元左右。决心下了以后，他买回来粉碎机、搅拌机、颗粒机、提升机等机器设备，由于大么村当时缺电，他又添置电力发动机，在家门口的广场上建起了厂房，估计到立春后山上的芦柑又有六万元以上的收入，流动资金不成问题了，除了投资固定资产四万多元外，还有六七万元用于采购原料生产，由于家中有八个劳力，加上他又雇了几个工人，很快，这个厂就正式投产了，产品除了销往附近镇外，还远销到泉州、莆田、福州一带，实际上成为改革开放后全镇的第一家私营饲料厂。

陈建东兴办饲料厂后的几个月，全县开始允许在工商局注册私营企业了。杨志生这个精明人，赶上了改革开放后的头班车，立即办理了"飞达瓷砖有限责任公司"的营业执照。这时候，他决心再办一个瓷砖生产厂，因此特别注意瓷砖的生产工艺，到处打听请教，甚至坐车专程到晋江一带参观，以成全自己独立生产出磁砖供应的梦想。

瓷砖的生产工艺比饲料厂复杂得多，大致的过程是，各种泥、砂、石粉及辅料配料后，破碎优选，球磨，喷干，成型，干燥，施釉，磨釉，印花，烧成，抛光磨边，抽检。一次偶然的机会，他得知晋江一家创办瓷砖厂不久的老板，因车祸突然去世，想转让机器设备时，他立刻前往，经过两天的谈判，终以三十五万多元购回了球磨机、除铁机、喷雾干燥塔、压砖机、辊道干燥器等机器设备及部分工具，并花了三千元买回了一个专利配方，在本村招收工人二十多名，采取工资压一个月留年底发放的办法，艰难地在大么村选地办厂。在资金方面，除了自己这几年的积累外，又通过关系向银行贷款和向民间借贷的办法解决，产量除了在自己的瓷砖零售店出卖外，也销往附近地方和福州等地，成为大么村第一个挂牌的私营公司。

大么村第三个创办起企业的人，就是吴大妈的大儿子吴永康。他是一九七九年县委派社队企业多种经营工作队来大么村创办起机砖厂后，队长郑玉仁带他到城关参观木工加工厂之后，挂靠生产队的名誉，办起大么村木工加工厂的那位人。吴永康自兴建起大么村木工加工厂后，就已深深踏进了红木仿古家具的土壤中，积累了很多红木家具的经验，出售了很多红木家具，如今见队里有陈建东办起饲料和杨志生办起瓷砖公司，也趁时办起了私人企业，即"永康红木家具厂"，专门生产红木仿古沙发、红木仿古床铺、红木仿古桌椅等家具。在资金方面，因家中芦柑开发种植了九亩地，一年能收入两万多，加上这几年加工家具出售积累的两万多元和外借，办理了注册资金十万元的营业执照，在家门口扩建了厂房，添置了部分工具，雇用了六个人，批量地生产起仿古家具，并联系到当地、福州、广州等地的家具销售店，采取压一批取上一批货款的办法，做到保产保销，成为大么村第一家红木私营生产厂。

除了工厂以外，大么村社员也有自发办起养殖场的，蔡永福就是其一。他除了庄稼活儿和种植芦柑树外，又办起了一个养鸭场。之所以要办养鸭场，是他算了，在当地养鸭这几年可以赚钱，养鸡却收入不多，所以他在村的山地上，围了一个场地，建造起了鸭舍，买来了两百多只雏鸭开始养殖，但并不很顺利，没出一个月，两百多只雏鸭却吱吱叫着相继毙命，全村的黑猫白狗互相通报了觅食情报，白天黑夜总在养鸭场的舍前舍后兜圈子，希望能饱吃一餐，养养身体。最后只剩下五只变种的北京鸭和一只瘸腿没有死的番鸭，随时在养鸭场所里昂首阔步，亮亮翅膀和大声地呱呱叫，以显示它们顽强的生命力和主人对它的喜爱，同时也唤起人们对它们往昔鸭群大家庭的回忆。

此后，吃一堑，长一智，蔡永福才发现防疫是养鸭子的关键，于是，他又大胆地养殖了三百多只的雏鸭，还买了一本《养鸭技术指南》看，不懂的字就找汉语词典，对鸭的疾病防治、光射、水源、活动范围、饲养方式和通风换气等认真研究，对鸭的营养需要特别重视，经过几个月的喂养，成年鸭多的一只有十几斤，小的也有八九斤，出售扣除成本后，净赚五千多元，为大规模办鸭场奠定了良好的开端。

社员陈庆星，很喜欢新鲜事物，当时，香菇袋式栽培在全国才刚刚开始，他就买了一本《香菇人工栽培法》，由于香菇袋式栽培和蘑菇菌种生产相似，基础方法差不了多少，他就请张海过来协助，利用木屑袋式栽培，试种了两百多袋，获得成功，虽然赚钱不多，只有几百元，但积累了很多经验和技术，但由于利润不高，最后还是放弃了。

社员陈达明，考虑到现在粮食多了，便宜了，就办起了养猪场，共养了二十几只猪，买袋装饲料喂养，今年出售，也赚了一千多元，为其他想办养猪场的人积累了经验和在村里开了先河，但由于赚钱难，陈达明第二年就不养了。

八仙过海，各显神通。总之，从一九八六年县里允许私人企业办理营业执照后，大么村发生了重大变化，除了陈建东办饲料厂，杨志生办瓷砖公司，吴永康办红木家具厂，蔡永福办养鸭场外，还有陈庆星办起了香菇袋式栽培和陈达明办起了养猪场，使沉静的大么村和全国人民一样，也开始从改革开放的起跑线上冲向前方了，村里其他的社员，有的年轻人被杨志生、陈建东和吴永康招收去当工人了，有的就外出打工了，从而使各家各户都忙起来了，再不像过去那样，无事时就聚结一大堆在树下屋里谈新闻、聊天了，这就是改革开放后，农村里一个非常明显的大变化。特别是自责任田后，村里的农业丰收了，再无需像过去生产队出工那样，人被绑得紧紧的，田里却产量低，农民收入少。现在，村里的水稻产量，亩产都在九百斤左右，比过去增产了将近一倍。地瓜一亩也收四十五担左右，比过去亩产多收十五担左右，人却闲了，无需天天出工，家家户户的粮食却不成问题了。

山上的芦柑，今年是第二年了，其产量依然振奋人心，一个村的收入和去年相比，略有增长，达到六十五万多元，这也因为出售价格高了，从去年的一斤四毛钱，升到今年的五毛钱。一家芦柑的收入，多的四万多，少的也有近万元，再不担心家里没有零花钱了。但这只是改革开放后村里的初步脱贫，要怎么才能使各家各户都进入小康生活水平，任重而道远。特别是机砖厂的亏本和菇灾，对大家影响很大，原来竞争风险这么大，这么难。大么村的农民，都在吸取教训、深刻思考和努力尝试中。

第二十四章

星星出来月亮落。很快时间就到了一九八九年春天。这天，春光融融，张海正闲着没事做，觉得自己已一季度没有到镇街道去了，便想去海亭镇上逛一圈，小双答应了。

这是一座千年的古镇，历史悠悠，人文荟萃，名流辈出，早在汉代时就名著于世，它富有神奇而浓厚的色彩，有着独特的方言和地理民情。此处风景旖旎，山川如画，土地肥沃，气候宜人，物产丰富，可谓物华天宝。生活在这片土地上的人民，祖祖辈辈长年累月地辛勤劳作，身上同样生动地体现出中华民族刻苦耐劳的优良品质，他们当中也不乏有勇于开拓、锐意进取、艰苦奋斗的人，为中国文化增添了耀眼的光彩。

从大么村到海亭镇街道上，要经过一条小公路，小公路的两旁，给人留下的第一印象就是，谁家种的两排桃树，繁密茂盛，花开得正浓。正值春季，春风又绿江南岸，桃树上朵朵粉红色的花骨朵儿，开得奋不顾身，热火朝天，争妍斗艳，吐蕊怒放，像谁也不甘心落后似的，十分奇观，微风吹来，阵阵清香扑鼻，实在令人心旷神怡。

到镇街道的交通工具日臻便利了。镇上的街面儿不大，但很长，很古老，几百家几千家店铺紧紧地夹着两条只有十来米宽的花岗岩石板路，店铺和店铺之间是那样地又小又拥挤，以至一家烤肉店的香味，对面街就能闻到。谁家的娃娃跌了个碗，碰掉了牙，街坊邻里的人心中都会有数。隔壁姐妹的私房话，年轻夫妇的打情逗乐，常会被邻居听得清清楚楚，传为谈话的笑料。偶尔某户兄弟内讧或夫妻间斗殴，旁边店铺里的业主便会停止活儿往他家奔跑相劝。几十年几百年都是如此，但现在不同的是，原来解放后这条街尽是公家的商店，现在变成了遍地开花的私人商店。街道上，人如云集，熙熙攘攘，比以前热闹多着呢！但没有见到一个衣衫褴褛的人，尽是衣冠楚楚的人在自由自在地串街买货或赶路。街的两边，有林林总总的杂货店、水果店、海产店、购肉店和修理店等等，最耀眼的是门口挂上各式各色衣服的服装店，吆喝声不断的小吃店和香味四散的油炸店，还有许多迷人的玩具店和具有特色的化妆店，这是改革开放带来的最大变化，是肉眼所能看到的变化。

张海新奇地从街头走到街尾，又从街尾走到街头，游荡一圈后，他才顺便买了几个油炸饼和萍萍灵灵穿的袜子准备回家去。在回家的路上，他忽然听见有卖小报的叫喊声，于是他买了一张《生活简报》，放在包包里，这才回家去了。

张海回到家中，小双说："回来了！"

张海"嗯"了一声，说："我买了一张报纸，看看有什么新闻？"说着，就把油炸饼和袜子拿给小双，自己用心看起报来。

当他在报纸中缝看到一则关于獭狸的广告时，他的心即被这则广告吸引住了，又急急往下看，广告说中写：

包成活 包繁殖 包回收 包技术 重扶持

……獭狸的经济价值很高，獭狸皮上的针毛是制作画笔的高档原料……獭狸肉质细嫩、味道鲜美、营养丰富，已成为野味佳肴中的珍品，獭狸肉含粗蛋白20% — 21%，脂肪 4 — 10%，100 克中含热能 912 千焦，比鸡肉、牛肉、兔肉均高，肉具有独特的香气和美味。目前，一些星级宾馆以海龙肉命名的高档菜就是用獭狸肉加工的……獭狸在 — 10℃ ~ 40℃ 的温度下均能活动生长，抗病力强，无瘟疫，獭狸属草食动物，凡无毒的植物茎叶，均可作青饲料，可在室内或室内外结合饲养，每年产二、三胎，每胎产仔 6 — 10 只……饲养獭狸是一种时间短，见效快，成本低，收入多的项目，需要的人，请快与我公司联系……

张海看后，惊喜得魂飞天外，他想，现在一个村都行动起来了。大家都在寻找赚钱的门路，养獭狸真的可算一件"短、快、多"的副业，无需要重劳力，小双在家就可以养，不妨试试吧！

他看完后，就把这一则消息拿给小双看。小双看得很用心，看完后，说："可以养，但这事可不能贸然行动了，必须到有养殖的人家中去亲眼看看，探探底儿，主要看能不能赚钱，免得又受损失。"

张海想，小双说得有道理，办事欲速则不达，还是先调查了解为慎。于是，第二天，张海即到处了解询问，附近是否有人养獭狸？情况怎么样？终于有人告诉他，离这里二十多华里的龙华乡，有几家在前半年就开始养了，情况如何不清楚。两天后，张海和小双就决定亲自到那里去看一看，查一查。

张海和小双坐车到龙华，一打听，真的这里有十一户人家在养獭狸，他们便到一家养殖户老板叫蔡国民的家中去看看。这户现在养三十多对，半年前就开始养了，张海和小双详细地了解蔡国民有关养殖的方法，饲料和患病等问题，又询问他们的经济效益如何？

蔡国民说："我去年秋就开始养，那时只敢养五对试试，结果几个月后还真的收入九千多元，上个月又收入一万三千多元，要是当时胆子大，敢多养几对多好！因此家里的獭狸生仔后，我就不卖了，留着自己养，现在已养三十多对。但接下去的情况如何，不得而知，就担心跌价，所以大部分獭狸准备在这几天卖掉，留几对再养看看情况。凡事都有风险啊！就是没有先知的能力。"

小双问："你们出卖给谁？"

蔡国民说："和你们广告说的一样，都是公司回收，付现钱。"

张海和小双又亲眼到饲养室去看看，见这些小生灵活跳跳的，被搞得风生水起，心中更加兴致勃勃。又看到它们安常处顺，骄奢淫逸，当爹的专管淫乐，做娘的等着生子，爹娘们卿卿我我，子孙们兴旺发达的场面，像看西洋景似的，两人仍然兴复不浅。虽然说，养主夙兴夜寐，抠粪掏尿，但换回来的是大把大把的钞票，确实叫人看了眼珠儿会发红发绿的。

张海和小双又到别的养殖户那里去参观，情况大同小异。小双是个不肯甘分随时的人，看了这些养殖户后，头脑热乎乎的，但张海却说："等一等，出家容易还俗难，再考虑几天吧！"但小双像个打足了气的皮球，感情冲动地说："等等等，等到庙子修起，鬼都等老了，还有什么好等呢？"于是，回家后，她掇出钱，催张海应该当机立断，抓住时机，别再耽误错过良好的机遇了。

生活中有句谚语说"人走时运马走膘"。大意是说人的一生，如果时运好，赶上了时间，无论做什么事，都会一帆风顺，兴旺发达，赚大钱。小双想，獭狸生命力强，好养，又有公司回收，正是赶上了时运赚他几万元的好时机了。于是，她决定破釜沉舟，东山再起，养殖三十对獭狸赚回亏本金扳本。至于资金，这两年来的芦柑收入还剩一万五，到朋友家再借七八千元，就可以解决了。

没两天，张海就照报纸中的联系方式联系到该公司。该公司叫张海把钱汇过去后马上发货。张海有些胆怯，不敢汇，该公司就叫张海先付去定金两千元，待獭狸运到张海家中时再付清。张海答应了。

又过了两天，獭狸终于从浙江运到张海家，共三十对，一万八千元，张海验收后，即把钱付给了司机，并收了发票。

张海认为这样做，就天衣无缝了。可是，他没有想到，他又遇上了无妄之灾。张海全身心养了一个月后，报上突然刊登某记者经过多方查实而报道的文章，说獭狸国内外都没有正规的单位收购，只是养殖户之间的自买自卖，千万不得盲目发展。

张海看了这消息后，犹如切肤之痛，怕了，原来对方称为公司，实际上也是养殖户而已。他想退货，捞回一点成本，马上到邮电局挂去电话，但对方失信了，哪里肯呢？以这个或者那个理由来反驳张海的请求。

记者的文章刊登后没有出一星期，獭狸的价格马上一跌到底，一钱不值，张海又挂电话去找“公司”，但对方已停机了，电话取消了。

就此，张海终于骑着瞎马撞南墙。这是因为他不充分了解市场行情，听信旁人的神吹海聊，听信媒体的热哄爆炒的结果，最终还是朽木不雕，变成了急火熬粥，失败了，獭狸成了烫手山芋，没有人要，没有人回收了，只好看着獭狸活活饿死，懵懵然成了冤大头，血本无归，足足亏本了二万三千元。

天乎！这样刚熬过头儿的张海，又亏得一塌糊涂，白费了几个月的辛苦！至此，张海像斗败的公鸡，再也神气不起来了，不管做什么事都疲而塌之，无精打采，沉重的思想负担使他整天抬不起头来。小双更是哭个不停，因为机砖厂亏本三千多元，如果包括两人一年的工资，实际上亏本有五千元，这次又亏本了二万三千元，二者已亏本有二万六千元以上。这二万六千元钱，除了两年芦柑收入全归于零外，更可怕的是，有的是民间高利贷，一个月单是利息就要两百元。因此，从今开始，夫妻两人必须口含黄连过日子了。

这时候，刚好社办机砖厂要招收一位搬运工，由于张海的亲弟弟陈傻明在那里负责，张海就报名去当搬运工了。搬运工多劳多得，一个月能赚近五百元。从此，张海开始了他那繁重的力气活儿。他每天宵夜旰食，不管风吹雨打总是推着板车在机砖厂内辚辚来回上百次，若逢雨天，就更艰苦了，每拉一车，车轮便会在地上印出一条深深的车辙儿，够费劲儿的。若逢大炎热天，脸上的汗珠儿会与胸脯上的汗水汇集后把衣服染成一块块，一条条，一道道白色的盐霜。

但张海知道，这是金钱和汗水的对等交换！如今，钻井出油，只凭压力了，要钱，就得流汗，要流汗，才有钱。因此，常常为了多推几车，他都得小跑来回，中午，人家停工休息，他又要把瘪塌肚皮上的皮带再上一扣，煞一煞腰带，又推一车后才停下来。

而小双呢，只好半路出家，另起炉灶，过着饿里来，冻里跑的生活。由于附近县市不产苹果，苹果在这里这时就成了新鲜的果品，小双只好老着脸皮去卖苹果。春夏秋冬，每天凌晨，她都得从镇上的水果批发市场买一担苹果，整理一下，把大个儿的苹果排在筐的浮头儿上，然后匆匆忙忙赶车到郊区地带，一边挑着一边喊着：“卖苹果哩，卖苹果！”真正成为了皇后的长相丫环的命。

说也不易，这一担岗尖儿满的苹果，就这么整天压在肩上，忧在心里，又得走南窜北，绕巷串街，还得大腿上面挂铜锣——走到哪里哪里响地叫卖着，累得蔫头耷脑的。都说路远无轻载，确是如此，小双肩压一担苹果，路途远了，再轻的担子也会感到沉重。但小双说，劳累倒算不了什么，习惯啦！难处还在于必须苦中作乐地微笑待人，人家讨价，随意挑选，你还得嬉皮笑脸地应变，生虫的，斑点的，缺点的，还没有人要呢！

艰难的一天，就这样过去了，不管多迟，小双总是迈着疲软无力的步子赶回家，狼吞虎咽地吃了，疲惫不堪地洗了，上床歇息了，第二天凌晨，周而复始，闹钟又开始催她上路了。

好在这个时候，经小双一再强调，不让张大婶一人独居，张大婶吃住都在小双家，三餐煮饭都有张大婶帮忙，像亲妈妈似的，催小孩吃饭、上课、洗澡、做作业，不然，这样的家境，就很难想象了。

但可喜的是，这时候孩子长大了，有盼儿了。萍萍已上小学五年级。灵灵也上四年级了。萍萍学习比灵灵好些。萍萍数学是天才，都说十个女儿九随父，可能是张海的智商大部分遗传给萍萍吧，因此她低年级时的语文和数学几乎都是满分。到了高年级，要四则运算了，就较复杂了，连小双也无法教，有时小双早回来，陪萍萍做作业时，萍萍会笑起来，说妈妈做错了，做错了。但张海就不同了。张海在学校时，数学、语文的根底都很好，只有张海早回来时，会很耐心地教萍萍，一题也不会错，这使萍萍又很佩服爸爸的记性，听爸爸的教导。但孩子到底是孩子，考好了，一进家门，就会拿出考卷给大人看，说自己又考了一百分，考个不好，你问他，他便羞答答的。灵灵就是这样，这时，小双心中有数，骂他考差了，但张海的教育方式就不一样，却会鼓励说，能考上九十分，已经很好了，下次注意点，争取考上一百分。这时，不管张海有多累，就会细大不捐地谆谆教导起来，把错处改给灵灵看，讲解给灵灵听，也希望灵灵能跟他姐姐一样，考出好的成绩来。

就这样，在家庭和债务的双重压力下，张海和小双经过两年的奔波和劳累，偿还了家庭的全部债务。当然，能偿还这些债务的功劳，山上芦柑这两年收入一万多，是功不可没的，没有芦柑的收入，也许他们要奋斗三年、四年，或五年，才能把这么多债还清。

第二十五章

一九九二年初夏，大么村天气热得邪乎，万里碧空，天上常常飘着几朵白云，没有丝毫要下雨的迹象。太阳如同太空中熊熊燃烧的火焰，把它的光和热全部倾泻下来，地上被晒得热腾腾的。近处树上的鸟儿，嘶哑地啼叫着"天太热了，天太热了"。远处山顶上，一丝风儿也没有，树儿一动不动地站立着，默默地承受着热量的煎熬。但田野上的稻苗，却绿油油的可爱，因为在它的脚底下，是满满的一片灌溉水，它不怕太阳照，它有主人们经常保护着，显现出在不久的将来，将迎来大丰收的希望。

就是在这个时候，大么村农田正闲着，大部分的人家开始建房了。人们将自己的平屋毁平，又重新盖上了大楼。有的把旧的改为二三层楼，也有的把旧房修成更牢固、更适合住的房子，更多的干脆就重批建造平地楼房，把旧的房屋锁起来不用，似乎大么村不约而同地进行一场伟大的房屋大改革。不错，田地大改革后住房又大改革，这是农民最大的希望和向往，还有什么比吃、住更实在，更重要的事呢？但解放后至今，已四十多年了，农民们想实现的事，今天终于实现了，有谁不承认这是国家改革开放后带来的春风呢？

大么村原来的房屋，都是解放前祖传的家业，大多是平屋和小二层楼，结构简单，解放后到改革开放前，大么村四十七户中，没有一家新盖房屋，因为大家都没有钱。这些旧房屋，都是土木混合构成，大部分是山石的地基，干打垒的土墙和土的地板，有楼板的，有的已经严重裂缝，有的已经破旧出洞口来，墙壁更旧，像一张张注明错综复杂地形和迤逦曲折河流的大地图贴在上面。而屋内的窗户很小，光线极差，环境卫生条件更不行，太肮脏了，往往锄头、犁子、耙子和铁锹等零七八碎的东西都堆在屋里的一个角落里，甚至很多人家的厨房是鸡鸭的活动场所，每每饭一端上，三五只鸡鸭就围在桌子下"咯咯"叫着等着争食，要不是主人时时提高警惕地吆喝着，它们竟敢拍拍翅膀跃到桌上先尝尝饭菜的美味。

大么村经过一年多的建设，现在的房屋，说变就变，变化可大着呢，村里大部分人家，不久都已盖上占地面积一百二十平方米到一百八十平方米的三、四层钢筋水泥新楼房，赚到大钱的人家，像杨志生、陈建东、吴永康等人，就一鼓作气，干干脆脆就是负债也不怕，因为后面有工厂撑腰，也要建成占地面积二百四十平方米左右的五六层大厦。就是老队，也把旧房屋翻新了，新盖起占地面积一百二十平方米的三层楼，虽说也负债，但考虑到芦柑收入，胆子也壮了。如今的大么村，几十座楼房突然狂飙荫蔽在树林中，互相映衬，简直把大么村变成公园了。屋里，更是焕然一新，各家的地板，都铺上了各式各样的瓷砖，干净漂亮，整洁大方，新家具、沙发和茶几等，样样俱全。电视、电灯也开始有了。刚好这个时候，邮电局的电话开通了，一个村几乎每家都安装上了座机。

当然，也有几家，如张海亏本了两次，家庭经济刚刚恢复，无钱盖房。陈寿星在镇上开草药店，吃住都在镇上，不想在大么村盖房。张大婶两个女儿已出嫁，她一人一户，人老了，无力建房。

那么，大么村之所以大部分人家有能力盖上这些房子，这首先就要感谢国家改革开放政策的英明，其次要感谢郭大姐等扶贫工作队的扶持和支持，如果没有五年来，一家多则二十来万，少则四五万元的芦柑收入，大么村的农民能翻身脱贫吗？不可能。大么村人能建成如此大的新房吗？也是不可能的事。虽然说从去年开始，山上的柑子普遍得了病虫害，减产了很多。今年开始芦柑树又得了一种当地农民叫"万古病"的传染病，树根都烂了，死了很多树，叫专家来仍无法破解这是什么病，是病毒引起的还是土中的真菌引起的，尚不得而知。但就从一九八六年至一九九〇年这五年的高产中，大么村一个村收入就有三百多万，这三百多万在80年代是什么概念呢？当时镇建筑公司推出的套房，面积一百二十平方米，有厨房、卫生间、大厅和三个卧室，一套才五万元，以此来看看这三百多万的威力，是多么强大啊！何况，大么村的收入还不止这三百多万，像蔡永福的养殖场，单是这几年改为养殖当地的"正番"鸭种，就收入十来万，还有外出打工赚工资的，所以，种种的收入加在一起，大么村能如此大规模地建房翻身，就见怪不怪了！

而陈寿星呢？自从娶了蔡红玉后，他就更少回大么村生活了，就住在镇街道的租房上，他觉得在大么村没有必要建房，要建也是以后的事，所以就不建了，不是因为他没有钱，这是特殊情况。

陈寿星之所以离不开蔡红玉，这是因为，蔡红玉今年才三十四岁，正年轻力壮，家务和店里的生意，对她来说，没有感到一点劳累。而陈寿星已六十八岁了，单是开个店，站久了，都感到吃力。再者，蔡红玉来到这里已六年了，虽说她只有初小文化，但六年来，她不但学会了地方话，而且讲得还很灵光，可以用地方话和人交流或谈家常事，且店里的所有药名、用处和用量，她都很熟悉了。俗语说，三年郎中妻，抵得半个医，确是如此，如果陈寿星不在，病人要草药，蔡红玉可以自如地取药和收费。特别是街上附近有什么店，卖什么东西，蔡红玉比陈寿星还熟悉，更不要说煮饭、买菜、洗衣和扫地等家务事，都是由蔡红玉一人料理，陈寿星就等着吃了。陈寿星就是这样像仙公一样快乐地生活着，加上草药店可以由蔡红玉一人拿药了，陈寿星就常常躺在沙发上享受，也可能是人老了，不喜欢动手动脚了，就由蔡红玉一人操劳了。后来，甚至草药的收购，讨价还价，也由蔡红玉主持了，陈寿星变成了一个闲人，变成了一个只挂一个名，实际上都是由蔡红玉干的，这就使陈寿星越来越依赖蔡红玉，蔡红玉要是到街上买东西一久，陈寿星就急了，站在门口等，见蔡红玉回来了，他一身才轻松起来，以至时间一久，病人却忘记了店里还有陈寿星的存在，问药买药都直接找蔡红玉，就像这个店是蔡红玉开的似的，加上蔡红玉待顾客亲切和蔼，举止文雅，能经常和顾客拉拉家事，打成一片，顾客对她就特别尊重，甚至有顾客当着陈寿星的面开玩笑说："陈寿星啊，我看你可以死了，就让位给蔡红玉一人开好了。"这时陈寿星只是笑笑，不说好，也不说不好，但蔡红玉说："不要这么说，没有他就没有我，他是一家之主，我是一家之副，他吃到一百岁没问题。"陈寿星听了，也只是苦笑着，没说一句话。

但在经济上，陈寿星依然控制很严，每天收入多少，他心中有数，大票陈寿星必都收去，零零星星的小票，才放在抽屉里给蔡红玉找零。在生活上，他们两人虽然老配小，却还合得来，很少吵闹，家庭和和气气的，甚至到了近两年，陈寿星倒怕蔡红玉生气了，若生气，她不煮饭也不开店，不说也不闹，却老在床上睡，这才是陈寿星最怕的，因为店由谁开呢？由谁煮饭呢？一大堆的问题，迫使陈寿星不得不让步，迁就蔡红玉了，这一点，蔡红玉是心知肚明的。

斗转星移，有一天晚上，蔡红玉突然在床上对陈寿星说："我怀孕了！"

陈寿星说："又怀了？那就去打胎吧！"

这是婚前两个人的合约，必须遵守，所以每次蔡红玉怀孕了，陈寿星就一句话："打胎吧！"蔡红玉便自动去医院打胎，没有第二句，可这一次，蔡红玉却说："不打了，就让他出生吧！"

陈寿星目光板滞地望着蔡红玉，半晌才说："你真是直刀劈横柴，我都六十九岁了，还能让他生出来？"

蔡红玉说："你六十九岁了，我才三十五岁，不生一个，我今后由谁养呢？只有生一个，我才仰不愧于天，俯不怍于人，一生没有遗憾！"

陈寿星说："不行，你怎么能像风里的杨花滚上滚下，我们婚前约定好的，怎么才过了几年你就变了？"

蔡红玉洞悉陈寿星的脾气，说："你别这样直一榔头，横一棒子。当时是当时，现在是现在，当时我才二十八岁，现在三十五岁了，不同了。"

陈寿星说："若生出来，我会被人笑死的，我外孙子都快二十岁了。"

蔡红玉这时却一尺还他十寸地说："外孙子是你的，不是我的，你怕人笑，我不怕，哪有女人不生孩子的。"

陈寿星急了，说："不行就是不行，你明天打胎去，我陪你。"

蔡红玉哭了，便一把鼻涕一把眼泪地说："你怕把孩子生出来，被人笑，我就回老家去生再抱回来，人家问，就说是抱养的。"

陈寿星更急了，说："你能回去吗？这个店里怎么办？"陈寿星最担心的，就是蔡红玉撮火回家，要是几天还行，时间久了，谁煮饭谁看店谁买菜呢？

蔡红玉一口咬断铁钉子，说："你这个不肯，那个也不肯，我总不能在你走了，我一个人孤单单地生活，依靠谁呢？我这次一定要生出来，我明天回家去。"

陈寿星心里堵得慌，见蔡红玉较起真来，多少有点怕，他怕蔡红玉真的回家去，要怎么办呢？考虑来考虑去，片刻后，说："好，好，这一次就顺你脾气了。别回家了。"

蔡红玉这才一丈水退八尺，转哭为喜，又抱着陈寿星睡了。

第二天，陈寿星跟蔡红玉说，他考虑了一个晚上，今天他要去大么村，把老家的房屋送给秀华，因为他年纪一大把了，孩子又要出生了，他有义务把家庭关系处理好。蔡红玉早就不喜欢去大么村住，真的去住了，秀华还以为自己要占用老房屋，到时关系更紧张了，所以，蔡红玉说："去吧，这样处理有道理，不过，你得在镇上买一套房子。"

陈寿星说："好，孩子又出生了，我也这么打算。"

吃完早饭后，陈寿星就去大么村了。

当陈寿星找到秀华时，秀华一愣，觉得自己父亲已几年没有来往了，今天怎么会来到自己家呢？但陈寿星一点不觉得不自在，他很自然地对秀华说："秀华，我老了，无能为力了，我作为你父亲，有什么对不起你的地方，你别见怪了，我的后事，有蔡红玉主持了，不用你操心了，今天我来的目的，就是想把我在大么村的老房屋，全部归给你，留给外孙蔡明辉，我就放心了。"

秀华不知道蔡红玉已怀孕，觉得父亲的话很诚意，很开明，是真心要处理好两代关系，表示接受父亲的赠送，就问："那蔡红玉今后要老房子要怎么办？"

陈寿星说："不会的，我说好了，再一天我到公证处写成遗嘱，就没事了。"

秀华说："好，好，那你过年过节，与蔡红玉不回来了？"

陈寿星说："过年过节，就到你家吃住两天。要在镇上买套房与蔡红玉一齐住，这套套房以后归蔡红玉，大么村的老房子就归你了。"

秀华说："行，行，这么处理，家庭就没有矛盾了。"

陈寿星说完，就把大么村房子的锁匙交给秀华。

陈秀华留陈寿星在家吃午饭，陈寿星说不用了，就回镇上去了。

陈寿星走后，蔡永福就回来了。秀华即把刚才她父亲的话说给永福听。

蔡永福听了，很高兴。陈寿星这房子，内有院子，占地面积一亩，现在送给秀华，至少自己少奋斗一二十年，多好！于是，他说：

"好，好，我们现在建有这座四层楼，你父亲再送一座老房屋，今后我们有能力了，再翻建，两个儿子一人一座房，我们的事情就解决了。"

蔡永福这次新建的房子，是蔡永福将旧房推翻新盖的，占地面积一百二十平方米，四层楼。但三四层还未装修。

秀华说："明天还是什么时候，我们把我父亲新买的那套家具搬过来，新房子还缺家具呢！"

永福说："好，好。"

过了半年，蔡红玉就生了一个男孩。到这时，秀华才听人说，自己又多了一个弟弟，但弟弟比自己儿子的年龄还少十多岁。

宝宝出生前，陈寿星就在镇上买了一套三房一厅的住房，面积一百二十平方米，才四万八千多元。蔡红玉生孩子后，陈寿星就直接把蔡红玉安置在这套房中住，生活从此安定下来了，尽管社会上议论纷纷，但七十岁的老人为什么不能再生孩子呢？于是，过了一段时间，这些议论也就渐渐消失了，自然了。

第二十六章

岁月忽忽，不觉又是一年了。

一九九三年，大么村芦柑的收成大量减产，全村只收入四万多元，不及第一年产量的十分之一。照理说，这一年才是采收的第七年，产量还是有的，但由于严重的病虫害和无法治愈病症的影响，导致山上挺奖壮的柑树开始枯死，有挂果的柑树没有几棵，且生得稀稀疏疏，有的甚至歇枝不结果。收入大幅减少。这是大么村的一个严重损失。

张海几年前的债，在去年年底就全数还清了，压力减少了，日子过得滋润多了，所以他今年就不再出卖搬运的苦力，想找轻松点的活儿干。而小双觉得家庭开支大，没有赚点钱贴补家庭费用不行，因此她知道卖苹果累，还是去了，以减轻家庭的经济负担。

但想不到的事情发生了。这天早上，下着小雨，张大婶喂鸡回来时，是路滑了还是张大婶不小心，竟狠狠地跕了个脸朝天，爬都爬不起来。这时正是早晨十来点钟时刻，小双出去卖苹果，萍萍和灵灵去读书，张海刚要出门，发现张大婶摔了，赶紧过去扶张大婶到屋里坐，这时张大婶还会说话，顿时，脸血色全无，支持不住了，张海迅速把她扶上床去躺，就喊吴大妈过来陪张大婶，自己匆匆跑去喊赤脚医生，但赤脚医生赶来时，张大婶已不省人事，赤脚医生速给她量了血压，打了一针，对张海说："老人最怕摔，很多老人一摔就无法起床，血压骤升，情况危急，你只能马上运去医院。"

这是急茬儿。吴大妈心里嘣嘣直跳，马上挂电话给张大婶的两个女儿，叫建莲和建英速赶去镇医院。张海又叫老队的大儿子马上把手扶拖拉机开过来，又电话叫了几位社员来帮忙，带了家中仅有的几百元钱，一群人就速把张大婶运去医院。

到了医院，难免要经过检查一关，头部 CT，胸部 CT，肝、胆、胰、脾、泌尿系统等都彩超了，医生看了看单，说脑部已出血六十毫升左右，十分危险。张海说先抢救一下再说，医生说好，那就住一个晚上看情况，张海即办理了入院手续，护士即给张大婶挂瓶。

建莲和建英赶到了，问了经过后，动都不动一下，就坐在床边，任由张海跑来跑去，好像这事是张海家的事，当然张海要负责。

小双回家知道后，马上赶到医院，左邻右舍也来了看望了。

医生又给张大婶检查，发现她又发烧了，医生就叫护士在挂瓶中加了药，但直到下半夜，瓶挂完了，张大婶的烧仍不能退下来，且血压下降，神志深昏迷，开始呼吸急促，心率下降，医生说，没希望了，赶紧运回家去吧！

但要运到哪里呢？是张海家，还是张大婶家。建莲和建英拉着吴大妈到门外说："妈是替小双做家务摔倒的，理应运到小双家，如死了，埋葬费小双当然要出。"

吴大妈气了，说："你们怎么能这么讲话呢？我妹妹嫁到陈家，当然要死在陈家，怎么能运到小双家？再说，你们出嫁了，我妹妹经常哭，说她现在只能一个人生活了，是小双好心收留了她，她也自愿喜欢和小双在一起生活，小双待她很好，如亲妈妈，还每天买药给她吃。你们有买吗？几个月也不回家看一趟，不理她了，现在出事了，反而要别人承担责任。"

众人知道这事后，大家都骂建莲和建英不孝，最后，建莲和建英只好答应把张大婶运到自己家去。小双忍耐着，悲咽着说："妈是个好人，待我们如亲妈，现在出事了，埋葬费我们出。"

建莲和建英听了，一句话也不说。已下半夜了，大家只好七手八脚把张大婶运回家去。

张大婶到家中没多久，凌晨时，就去世了。

张大婶去世后，建莲、建英和小双都哭了。天亮后，萍萍和灵灵见奶奶死了，都大哭起来，没有去学校上课。小双和张海忙着临时购买棺材和葬品，临时打算坟地，组织人员埋葬，买这买那，都是张海和小双出钱，建莲和建英一分也没有出。事情就这么处理了，张大婶下葬了。

事后，小双和张海算了算账，包括付医院的钱和埋葬费，共花近五千元，大多数是借的，张海家庭又负债了。

隔了几天，小双听吴大妈说，两姐妹为争夺张大婶遗留下的房屋，又闹起来了，建莲要占大份，建英不肯，但这是她们的事，小双不理这事了。

人就是这样，你尽力为他人好，但不一定收到好的结果。你想得很圆满，但不一定人家认同。你为别人打算，但别人不一定认为你是好心。小双和建莲她们姐妹就是这样，最终弄得双方不尴不尬的。

后来，经过讨价还价，建莲和建英以八千元的价格，将张大婶占地面积一百多平方米的二层破烂房屋，卖给吴大妈的二儿子吴永康做仓库，了结此事了。

张大婶的突然去世，这是家庭的丧事，但这年大么村也有喜事，这就是蔡永福的大儿子蔡明辉今年体检合格，要去参军了。

蔡明辉今年十八周岁，初中毕业，他是陈寿星的外孙子，如果在改革开放前，蔡明辉有陈寿星的背景是很难政审被通过的，现在政策好了，陈寿星不再是四类分子，蔡明辉就成为大么村改革开放后第一位能够参军的小伙子。为此，陈寿星高兴死了，特地回大么村，向全村人每家分了花红彩礼，表明自己的外孙子也可以参军了，多伟大啊！

蔡明辉再几天就要走了，秀华不忍心，这几天特地煮一些好吃的东西给明辉吃。这天，明辉吃了一半，停了下来，看了看秀华，说："我想去妈妈墓地走一趟。"

秀华马上想到了秀娟姐姐，心里酸酸的，说："吃完去吧，应该去一趟。"

明辉就匆匆吃了，一个人上山去了。

蔡明辉是陈秀娟生的唯一男孩。当时秀娟死时，明辉才两岁多，现在他要去参军了，就更加想念母亲，因为母亲是世上自己最亲的人，没有母亲，就没有自己，是母亲辛辛苦苦一滴奶一口饭把自己养到两岁多，却死了，他现在长大了，要到部队去了，多么想念她啊！

蔡明辉跨出大门，就向山上走去，造次之间，这时他突然听到有拍手的声音，他赶紧一看，原来是陈春英站在树下巴头探脑儿地看他，他高兴地问："你怎么来了？"

春英说："我在这里等很久了，不敢到你家去。"

陈春英是大么村农民陈世仁的大女儿，陈世仁断弦后再续妻子陈五妹，陈五妹是陈春英的后妈。陈春英她还有一个弟弟和一个奶奶，但爷爷早已去世。陈世仁由于家里劳力少，只种了三亩柑树，这几年也积累了五万多元钱，去年也将旧房子翻了，省吃俭用，有的自己动手，也勉强建成了占地六十平方米的三层小楼房，还没有钱整修，但人已住在这楼房中，准备住几年有钱了再整修。但想不到的是，前段时间陈世仁饭量突然减少，一检查，竟得了肝癌，这样，一切希望都扑灭了，家里现在又负了两千多元债。

陈春英与蔡明辉同龄，又同班，也初中毕业。毕业后，两人就悄悄谈起了恋爱，但家人和村里人都不知道此事。

蔡明辉见陈春英走来了，问："你爸近几天情况如何？"

陈春英说："不行了，肝癌已三个月了，现在吃得很少，人一直瘦下来，整天在床上，每天吃药。"

蔡明辉说："那要怎么办呢？"

陈春英说："没办法了，医生说最多再活两个月。"

蔡明辉说："那你怎么打算呢？"

陈春英说："我爸待我很好，他一死，家中就没有主了，我妈是后娘，待我不好，我本打算在我爸去世后，就嫁给你，现在，你要去参军了，我只能等着。"

蔡明辉说："参军一回来，我就娶你。"

陈春英说："好，我等你，你会不会变？"

蔡明辉说："我一定会娶你，若变，我不姓蔡。"

陈春英笑了，问："你现在要去哪里呢？"

蔡明辉说："我到我妈坟墓去看一下，我再两天要走了。"

陈春英说："我陪你去。"

蔡明辉说："好，好。"于是，他们两人就一同往山上去了。

到了陈秀娟坟墓，蔡明辉的心情就立即沉重起来。没有带锄头，他就用手拔长高的草，陈春英见了，也动起手来，帮蔡明辉拔草。一会儿后，明辉就跪在坟墓前的广场上，说："妈，我再两天就要参军去了，你看见了我没有？我多么希望后天你能陪我到镇上去，也戴上大红花，多光荣啊！但我无法看到你了，今天特地来向你辞行，我一定争取到好的成绩回来向你报喜，请安息吧！"

说着，明辉就流泪了，春英站在旁边，早已泪眼淋淋。

明辉站起来，对春英说："来，我们三鞠躬一下。"

陈春英即和蔡明辉站在一起，陪蔡明辉深深地对坟墓鞠了三躬。

之后不久，蔡明辉就陪陈春英回村去了。走了一段路，明辉看到一片干干净净有草的地方，就说："我们坐一会儿吧！"

春英说："好，好，我正想说呢！"

坐下后，春英说："我平时偷偷积累四百元钱，你带去吧！"

明辉说："哎呀，我不必带钱去，部队里吃的，住的，用的都有，你自己留着吧！"

春英说："带去吧，邮票、纸张也要钱，饿了，也能买一些东西。"

明辉说："邮票纸张的钱我有了，部队里哪能饿肚子呢？你家正需要钱，我没有给你留点钱，你还要给我。"

春英说："家里差不了我这一点钱，你带去吧，我放心。"

明辉说："不必了，你留用吧！"说着，把春英紧紧抱在自己胸前，说："你真好！"

春英说："记住，一星期就要给我来一信，我放心点。"

明辉想了想，说："信要寄哪里呢？寄你家行吗？"

春英家人还不知道春英已和明辉谈恋爱，春英即说："寄给陈杉杉转给我收，就行了，他爸妈不识字。"

陈杉杉是春英最要好的朋友，无话不谈，杉杉知道他们两人好的事。

明辉说："好，好，我一定会来信的。"

春英在明辉胸前抬起头，高兴地在明辉脸上吻了一口，说："不能久坐了，我们该回去了，告诉我，你什么时候到镇上集中，我一定要去送你。"

明辉说："后天上午十一点左右，我在镇政府门口等你。"

春英说："好，好。"又从口袋里拿出一张照片，说："这是我昨天特地到镇上照的，你带去。"

明辉接过照片，看了看，说："对了，我最需要的就是这一张，多漂亮啊，我将每天看一次。"说着，在春英脸上深深地吻了一下，说："多好看啊，像一朵正在开放的花儿，你给我这一张照片，我就够了。"

春英笑了笑，说："我们该走了。"

于是，两人站起来了，慢慢地边谈边踱步回村去了……

两天后，参军的小伙子集中到镇政府的时间到了。这天早晨八点多，大队部锣鼓喧天，蔡明辉胸前别着一朵大红花，由大队干部和蔡永福等人陪着，乘坐手扶拖拉机到镇政府集中去。

到了镇政府，各村参军的人都已陆续到了，热闹非凡，已是上午十点钟了，蔡明辉东瞧西看，在人群中，就是不见陈春英的影子。换了军装后，就要走了，蔡明辉才想起跟陈春英约定在镇门口等。于是，他向永福和大队长说，我到门口一下就回来，永福答应了。

蔡明辉到了门口，在门口的人群中，他终于看到爱侣陈春英夹在里面，他迫不及待地冲上去，喊："春英、春英，我在这儿呐！"

在这当口儿，春英也马上认出来穿军装的蔡明辉，赶快就跑出人群。两人在人群旁边作最后的离别，春英说："你爸和村干部都在，我不敢进去，就在这里等送你。"

明辉抓住春英的手，说："我到处找你，我就要走了。"

"……等等，别这么急！"春英看到明辉穿一身军装，激动得眼泪流出来了，更舍不得让明辉走，但一时又不知道要跟明辉说什么，只是抓住明辉的手，说："再等二秒钟。"

明辉说："不能等了，点名了，我要走了。"

春英这才放开手，擦了擦眼泪，说："去吧，你知道我是多么想你！"

明辉抚摸着春英的头发，再给她擦了擦眼，说："我走了，但我心中只有你了。"说着，就急急进去了……

当天下午，当陈春英回到家时，陈五妹问她："你爸病这么重，你跑到哪里去了？刚才媒人又来了，我跟她确定明天订婚。"

原来，媒人见陈世仁病重了，来了好几次，急急要把陈春英介绍出去，拿回聘金给家里急用。但陈春英已经和蔡明辉恋爱上了，哪里肯嫁给别人，心想，这是什么时代了，婚姻还凭父母之命，媒妁之言？因而，她听都不听媒人怎么说，就回避了，说："我已经许人了。"但她继母陈五妹急且凶地说："我们是父母，这事只能由我们确定，你再说也没有用。"且当天，人都没有看到，就收了人家五千元聘金，并答应明天订婚。

媒人新介绍的人，名陈伯亮，三十二岁，比陈春英大十四岁。隔壁村人，是一位侏儒，天资愚钝，媒人曾介绍过几个姑娘，姑娘都不肯嫁给他。陈伯亮认得陈春英，陈春英却不认得陈伯亮。陈春英听她后妈这么说，寸步不让地说："我有对象了，你别梦想我会嫁给陈伯亮。"

陈五妹说："聘金五千元，我今天收了，你要顾自己，也得顾家庭，现在你爸病重了，家里一分钱也没有，万一他死了，还得埋葬费呢！你这次不嫁也得嫁，这事已经确定了，你再反对也没用。"

春英又急又气，说："死了这条心吧，我绝对不可能嫁给他。"说着，就怒发冲冠地跑上二层楼去，"呼"地一声，把自己关在自己的房间里。

这一夜，陈春英气得都没有下楼吃饭。她想她多么不值钱，也不至于像一头猪一样地出卖。要是自己亲生的母亲还在的话，她会这么迫吗？这是新社会，婚姻是自由的，不可能由父母主宰，更不可能强迫人家出嫁，若明天陈伯亮家人来订婚，她就跑出去，看订婚人要怎么办？对，聘金是你收的，同意是我的事，你总不能把人强绑着走。

第二天，陈伯亮穿着新衣新裤新鞋，和家里亲戚一大帮人要来订婚了。按媒人的要求，陈伯亮今天要亲自把金戒指给陈春英带上才算数。陈五妹见来了这么多人，喜笑颜开，又是茶又是水，准备筹备一顿肴馔招待他们。

陈世仁虽奄奄一息，但也有醒来的时候，他知道老婆是只母老虎，要强迫陈春英出嫁，心中非常难过，有气无力地说："春英是个好孩子，你不能强迫她订婚，要她同意。"陈五妹听了非常气怒，说："你到这个时候还说这样的话，你有没有想到，你死后的埋葬费要到哪里去拿？"陈世仁这时候自身难保，还有讲话权吗？他流泪了，不说了，只能任由陈五妹逞横了。

春英已两餐没有吃饭。陈五妹和媒人见这么迟了，仍不见她下楼，就上楼去敲门。春英不肯开，陈五妹就红着脖子粗着筋，拼命敲门，春英气了，开了门，就要往外跑。陈五妹和媒人见了，一把就抓住陈春英，陈五妹狠狠地捆了陈春英一巴掌，又满嘴跑舌头，指着陈春英的鼻尖说："事已至此，你不下去接待也要下去接待，今天由不得你自己主张。"陈春英怒了，她不曾想到自己的处境会变成这么可悲，她含着眼泪瞪着陈五妹，胸膛却不停地起伏着，在她脸上，也能看出她昨夜不眠的痛苦痕迹，但她的眼里，却像燃烧起的火焰冲向陈五妹，说："你别白日做梦了，我绝不可能嫁给陈伯亮，我只能嫁给蔡明辉。"陈五妹听了，更怒了，她没有想到陈春英竟然咬定青山不放松，非蔡明辉不嫁，但她一时想不起蔡明辉是蔡永福的大儿子，只想到陈伯亮已经拿来聘金了，揪住陈春英的头发，红口白牙地叫着："你今天不订婚，你就死给我看，你今天不订婚，你就死给我看。"一边骂着一边又狠狠地打陈春英的头，企图迫陈春英服从，陈春英拗不过后娘，被迫得无路可走，因此，她一口气从二楼跑到三楼，想都没有想一下，就从三楼阳台跳下去了，就这样立即摔死了，头尾不过几分钟时间。

顿时，屋里，村里一片哗然，陈世仁在床上知道陈春英跳楼死了，抽了几下筋，立刻昏过去了，不上一两个小时，就死在床上。

一个家庭，就这么毁了。除了七十多岁的老奶奶和十二岁的弟弟外，陈世仁死了，陈春英死了，实在令人哀怜，陈五妹和媒人当天晚上就被刑事拘留锒铛入狱了。大么村里，顿时像深水塘里洒下了生石灰，沸沸扬扬哇啦哇啦地发起议论，上上下下风风雨雨，一齐骂陈五妹为白虎星的恶妇。说现在是什么世界了，还强迫人家订婚结婚，真是六月的太阳三九的风，蝎子的尾巴恶妇的心。蔡永福也就是在这个时候，才知道自己儿子蔡明辉和陈春英恋爱的事，匆匆往陈春英家里跑，但已近桃李年华的陈春英，这朵正在开放的花儿，就这么香消玉殒了。

第二十七章

寒来暑往。一日三，三日九，时光飞逝，转眼时间就跑到一九九五年春天。

一九九五年春天，已是改革开放后的第十七个春天了。到处工厂林立，公司遍地，商店满街，显现出一派前所未有的繁荣景象。正是这个时候，枯黄的原野变绿了，草儿长出了新绿，花儿展出了笑脸，庄稼换上了新苗，唯独大么村山上的芦柑树，不再吐出绿叶，大部分枯死了，再种下来的新芦柑苗，活了一二年，就无法成活，死了。人们怀疑这个山头有病了，移到别的山头上试种，照样染上这种"风冷病"死亡，可能是土中什么真菌或病毒在兴妖作怪吧，反正，不管专家怎么治，还是暂时无法破解这个奇怪的问题，迫使大么村的人，只好放弃山上的这块肥肉，另谋生计了。

这年，隔壁村有人组织了一个柑子外运买卖公司，即在当地的山区镇和到永安市买柑子，运到东北去卖。这个买卖公司共六份，投资近三十万元，去年利润很好，一份赚了四万多元钱，吸引了不少农民今年也想跃跃一试。但由于这帮人用当地话讲习惯了，对普通话不熟悉且口音很重，东北人听不懂，因此这个公司今年想吸收一个有文化、能说普通话且老实肯干的人来跑龙套，胡噜事务，于是，物色上了张海。

张海说："好则好，但我没有成本了。"

公司头头说："没有成本可以加入，你就投一万元打底，其他空投，给你一份股东吧！"

这就是说，五个人的公司，总投资二十五万元，一份股东投资五万元，但张海只要投一万元成本，欠四万元，就可以成为一个股东，这四万元，再由其他股东承担，即一股东的投资从五万元升到六万元，但约定：如盈，五份照分；如亏，亦五份分担。张海出差的几个月，每个月按六百元工资承包。

说来，能有如此的合作，是对张海的信任和支持，空手套白狼，算是张海遇上了大好人，而且，这几年来，柑子外运到东北一带，每年都能赚钱或赚大钱，这是村里村外的人皆知的事。

要干吗？张海是上次被蛇咬，这次见草绳也害怕。还是小双胆子大，她说：

"又想抓大头鱼，又怕风浪险。如此下去，干到哪一年才能还完债务呢？当然，风险固然有，但咱家如今到了不干不行的时候了，这么好的机会如果放弃不干，那只好去机砖厂出卖苦力了，如此下去，家中的债务要什么时候才能还清呢？"

就这样，张海向外村人陈老大借了一万元，每月利息三分，又投资参股了。

公司共买了两车皮，一车皮八百担，两车皮一千六百担，一斤成本在当时五毛至六毛钱，包括运费打包、保鲜和装箱后，一斤成本跑到二元一毛钱到二元二毛钱。

说来张海真是运气乖张，谁知这一年的柑子、鸭梨卖了个萝卜价，在东北开初价格还平稳，但几天后，就跌价，再几天，再跌价，到最后，愣是卖不动，一跌到底，一箱的成本要三十多元，却在东北只卖十元、八元、六元甚至三元，还不足一个空箱的成本呢！

回来的时候，会计先生扒拉算盘子，三三得九，六六三十六，九上一去五进一……说："二十五万成本丢了不算，加上运费、管理费和杂费等开支，每一千元，还要再赔本近二百元。"

因此，风流自古多魔障。张海的这次入股，谁知好花偏逢三更雨，一万元丢失了不算，十一三十一，归里包堆还得承担六万多元亏本金！小双知情后，犹如万箭钻心，忍不住的泪水啊，又一次如泉水一样地涌出来，真是令人喟叹不已。

从此，张海家里的经济，像高空跳伞，一落千丈。张海家里的生活，也如王小二过年，一年不如一年了。

天啊，真是时运不济，棋差一着便为输。张海一辈子耕云播雨，这一次亏得山穷水尽，新债加旧债，已经七万多元了。张海呢，只能自怨自艾地望着小双哭得喘不过气来，又有什么办法呢？而萍萍和灵灵这时读高中了，很懂事，她先是跟着妈妈搭搭地哭，后来擦擦眼泪，倒劝妈妈说："妈妈，别哭了，亏已亏了，爸爸也痛心，以后我和灵灵赚钱了，同你们一齐还债。"但小双心中有数，孩子什么时候才能赚钱回来呢？这债，何时才能还清呢？光是一万元的利息，就叫你呼哧呼哧喘不过气来！而且亏本的钱，公司肯给你欠吗？大家都急着用钱呢，再说卖房还债嘛，古式的四房一厅，土木结构，二层楼，又在山区，能值多少钱呢？谁要呢？若卖后，一家要住哪儿呢？

这么看来，老天爷也有不公平的时候，张海高中毕业，在班级是学习委员，高材生，这几年，有做生意就有亏本，而陈建东、杨志生、吴永康三个人，文化程度最高的要算吴永康了，却只有初一文化，但这几年有做生意就赚钱，甚至发大财，老天爷真是有眼无珠了。

陈建东自一九八八年开始办饲料厂至今，已七年了。这七年来，尽管经过了曲折的道路，甚至一度还严重积压，亏本过，但总体上说，还是很成功的，也得到了不少经验。在生产上，有雏鸡鸭的饲料，肉猪的饲料和猪仔的饲料等十来个品种，也分为百斤、五十斤和几斤的包装，其雇用的工人从过去的自家劳力为主，发展为现在的以外雇十来人为主。在成本上，从过去自筹为主变成现在以贷款为主，去年的贷款达到三十万，增加了实力。在销路上，以过去在附近镇销售为主，变成现在在全国很多地方都有他的产品，并有七八个推销员，以推销数来确定报酬工资。厂房也在不断扩建中，机器随着时代的发展也一直在变换中，所以，这两年的年销售量在一直增长，从起初的月产二三十吨，变成现在月产量三四百吨，增加了十倍，年净收入去年就达三十万左右。

随着事业的发展，陈建东这个大家庭开始析居了。除了小儿子跟自己过，仍在饲料厂负责生产外，大儿子和二儿子均独立生活，但还是以推销抽成为主。陈建东所建的新房子，已分给大儿子和二儿子，二人各半，一个三五层，一个二四层，底层留公用。陈建东约定，现在他和小儿子还在新房屋里住，待再建新房后，他们就搬到再建的新房里去住。

吴永康办的红木家具厂，七年来，也变化了不少。本来的原料有低端的鸡翅木、中等的缅甸花梨、高级的海南花梨等，现在变成主要生产缅甸花梨，因为缅甸花梨颜色是橙红色，好看，市场上也受人青睐。但缅甸花梨这时的价格，每立方米在一万七千元左右，所以成本增加了。本来只有十来万资金，现在单是贷款就七十万，还很紧张。员工也从原来的六个人，扩大到现在的十二人。在销路上，有专门二个人对外联系，产品远销到附近省份及上海等地。这两年来，厂里根据顾客的需要，可以定型定制，送货上门并安装好，多种款式的生产，加上一条龙服务，使厂里的收入增加了，单是去年，厂里的净收入就有六十万，是陈建东的饲料厂收入的两倍。今年来，又扩大生产茶盘，饭店用托盘等，销路更大，利润更高，年收入更加稳定。当然，成本还是不够用的。例如，按顾客的需要生产高档品花梨香席，一床成本就要十来万元。

但陈建东办饲料厂和吴永康办家具厂的收入，还抵不过杨志生办的瓷砖厂。真像民间常说的："大佛三百五，各有成佛路。"这几年来，随着千家万户建房的需要，瓷砖成了不可或缺的原材料，加上当时当地只有二三家瓷砖厂，规模和质量都不及杨志生生产的瓷砖好，品种多，因此，杨志生是赶时发财的大老板，十分牛气，年收入在百万元以上，还在增加，闯出了一条致富的道路。

杨志生自那一年承包机砖厂赚上万元后，就专营瓷砖批发和零售，对这一行业较熟悉。之后，于一九八八年办起瓷砖生产厂和建立起飞达瓷砖有限责任公司后，就很忙了。自那以后，他的腰间就插着"大哥大"手机，腰上带着滴里嘟噜的好多钥匙，挺神气的，像个大富商。因为90年代还没有盛行手机，腰上能插"大哥大"的没有几个人，是很派头的。在成立公司挂起牌子的那一天起，他在镇上的租房扩大了，从底层租到天空，三层楼全部租用，并配上电话，公司的总面积有近四百平方米。

飞达公司这几年的生意真不错，常常是电话、呼机一齐响，家里经常有客人，但公司刚成立的一二年，大么村的人还不注意他公司的收入情况，直到那一年杨志生不显山不露水，突然拔地而起了高楼大厦，大家才被吓了一跳，啊，他真的现在还是一位百万富翁了！

杨志生的新楼房，就建在大么村村内，是很引人注目的：

占地一百八十平方米的六层高楼，钢筋水泥结构，铝合金的大窗户，外墙贴上白色的小方块瓷砖，每层都配有完整的空调设备。屋内装潢得很讲究，花砖墁地，上有富丽堂皇的吊灯，下有柔软舒适的沙发、顶天立地的组合家具和高档的冰箱、微波炉、抽油烟机等，特别是那时只有黑白电视，少有彩电，他却能从谁手中购来两部彩电，底楼一部，自己房间内一部，挺吸引人的。底楼四面墙壁上又悬挂着一些大型的山水风景画，墙角处还排放着万年青等盆景。屋顶上装有一排排红色、黄色和绿色的闪光灯，这些闪光灯像萤火虫在草丛中一样地闪着，流光溢彩，随着屋内传出的优美音响歌声，这一排排彩色电光会有节奏地或明或暗地闪动着，跳动着。真可谓是雄伟壮观，美轮美奂！

但令人遗憾的是，就在这家业赫赫扬扬、百福并臻时，志生却患上了高血压和心脏病，每天都得吃药。

志生家人简单，父亲早归黄泉，母亲去世不久。老婆吴伟霞是城关人，生得非常漂亮，四十七岁，只有一个亲生孩子，名叫杨健健，现已二十二岁，还未结婚。

志生没有亲生女儿，伟霞分娩健健时难产，怕了半死，剖腹取胎后就绝育了。之后，又收养了一个女婴，取名杨晶妹，说是童养媳，长大了要配给健健做老婆。但谁知晶妹天生跛脚，长大后跛得更厉害，所以健健不要，只好嫁人。但别看她腿笨，人却出挑得很标致，花容月貌的，个子也蹿到一米六十五。当她待嫁时期，正是家累千金之时，由于健健无缘于她，伟霞也担忧跛脚难嫁出去，就托人说媒，幸好晶妹读到初中毕业，人长得漂亮，家庭富有，媒人不敢小看，常介绍男人来由晶妹挑选，但晶妹却很挑剔，左顾右盼，迟迟不肯定亲，最后媒婆好不容易给她介绍了一个长得很帅的理发师，她才答应了。伟霞为此给她备了五套夏服，五套冬装，一枚金戒指，一条金项链，三千元现金，这在90年代大么村的嫁妆中，已算很多了，但她却嫌嫁妆太少，佳期一再推迟，不肯出嫁，伟霞拗不过她，只好依从她又买了冰箱、洗衣机和电视机。没想到出嫁当天，男方接新娘的小车来了，女傧也来了，她又突然变卦，满脸浮泛出生气的表情，又扑簌簌掉出眼泪，别扭着不肯上车，还要把新娘髻卸下，说不出嫁了，要在家中帮父母煮饭做家务，孝顺父母一辈子。这下可把伟霞急坏了，大家只好跟她好说歹说了好一阵子，但她虽不再绕脖子了，却明说前年健健感冒，她帮他刮了一次脊背儿，现在她要健健当丈夫，健健却不要她，她是吃了哑巴亏，所以要"刮背钱"，弄得伟霞哭笑不得，十分尴尬，媒婆为此从中调和了很久，最后伟霞不得不出圈儿，再给她三千元"刮背钱"，这才把她嫁出去了。

健健长得虎头虎脑，身体壮，高大魁梧，为人老实浑厚，胸无城府，他读到初中毕业后，志生认为他没有必要再读了，因为家中生意开始兴旺起来了，也因为志生得了慢性病，身体不行了，要培养一个替手，所以就让健健在家帮爸爸做生意了。

健健很能干，头脑灵，不烟不酒，不赌不娼，克勤克俭，还有一个好特点，就是尽管镇上娱乐场所花天酒地，他都坐怀不乱，涅而不缁，没两年，不但公司里里外外的事务都很熟悉，而且又发展了很多推销客户，志生因此开始渐渐退到第二线，听听电话，养养病，由健健踵事增华，继武自己的事业了，真是"前人修路后人行"。

伟霞长的佳丽，风姿绰约，虽已徐娘半老，却风韵犹存，皮肤白皙，充满弹性，人家都说她像个三十多岁的大姑娘。她身体颀长，打扮得整洁漂亮，炫酷引人，却没有珠翠满头。这几年富了，过着舒适安逸的生活，但利析秋毫，省俭惜福，很少出外旅游观赏天下名胜古迹，更不会到舞厅三欢五乐。做做家务，买买菜，睡睡觉，看看电话，养养狗，说说笑是她一天的生活。这在大么村人看来，这一家子运气好，福气好，过着天堂神仙般的生活。

但张海和志生在培养孩子读书成才上，认识却相去万里。张海认为，如果家庭欠债贫穷又漠视孩子的学业，那以后孩子长大了才是家庭真正的威胁，所以他一定要千方百计把孩子培养成才，读到大学毕业。但志生就不一样，他认为孩子不必读太多书，能识字会算账会赚钱就可以，读多了没有用处，所以健健初中一毕业，志生就不让他再读了，跟他做生意赚钱去了。

正是因为如此，萍萍和灵灵读高中时，尽管家中负债累累，张海没有让孩子停学的愿望，反而是经常询问孩子的学业成绩，有哪一科较差的，张海多么没有钱，也要买回来这科的辅导书籍给孩子看，或者，有哪一题孩子答不出来，张海就会替孩子寻找答案，不管是酷暑盛夏，还是数九严寒，他总是费神尽力，诘屈聱牙地到新华书店去购书或到旧书店去趸摸答案题，这一点，是很难得的，老队因此说，张海是大么村中唯一一个能真正关心孩子学业的人。

第二十八章

　　老队算过，大么村自一九八四年开始，到一九九四年止，期间经历了芦柑小生产、大生产，小部分枯死，大部分枯死和全部枯死的时期。在这一时期内，大么村十年共收入芦柑近四百万元，是解放后一九五〇年到一九八〇年这三十年全村收入总和的近四倍。也就是说，改革开放后十年全村的收入，是改革开放前三十年的四倍。真是翻天覆地的收入大变化！到一九九四年，全村除了张海和陈寿星两家没有建新房外，其他的四十多户全部旧屋换上了新屋住，有的房屋建得还相当高档。但陈寿星不是没有钱，是想在镇上发展，所以在大么村建房对他没有需要，是例外。因此，在大么村，这时只能算张海一家没有盖新房了。粮食就更不用说了，早已丰衣足食了。自承包责任田后，年年的产量都比承包前增产了一倍以上。大么村开始富了，真的富了，不再是贫困村了。但唯独还未"脱贫"的，是大么村百年来，还不出一名大学生呢！这比其他队落后了一世纪。

　　但要说地理环境，大么村和其他七个村同属山顶村委会。大么村若下雨，其他七个村也下雨，大么村干旱，其他七个村也干旱，大么村出太阳，其他七个村也出太阳，有什么区别呢？大么村的水源，来自古兰溪，其他几个村也用这条溪水，但大么村还是上游呢！大么村离镇的路，上来是爬坡，下去是下坡，要半小时左右，其他的七个村，一样也爬坡和下坡，也要半小时左右，并无区别。

　　要说人口收入、住房发展和劳力情况，大么村在改革开放前是近三百人，现在已近四百五十人了，与其他七个村的人口情况差不多。社员的收入，大么村这几年芦柑收入近四百万，比别的村还稍胜一筹。别的村有办企业、养殖业和药材业的，大么村也有磁砖厂、家具厂和饲料厂三工厂，名闻遐迩。其他村的粮食丰收了，有余粮出售，水稻亩产稳定在八百五十斤以上，但与大么村对比，也不争上下。农民的住宅，大么村这几年旧换新了，各家的住宅环境相当高档，外村这几年房屋的发展，和大么村大同小异，一个村也换上了新装，有的建筑比大么村的高楼大厦还威风凛凛。如果说劳力，外村的小伙子都外出打工或办企业了，连七十出头身无沉疴的老头也吭哧吭哧出外赚钱了，家中只剩下一些老中年妇女带孩子，或孙子及照顾家中老人了，大么村也是如此，现在大部分青年工都被大么村三工厂招收去了，有的外出打工赚钱了，一个村几乎无一个闲人了。

如此看来，大么村的"风水"就不比其他村差了，但在出大学生方面，大么村却比其他村落后多了，这就是大么村一个百年不解的结。因为其他七个村在解放前就有数名大学生，特别是文化大革命后，这七个村更是人才辈出，年年出本科生，有提前批的，也有本科一的，本科二，本科三的更多。因此这七个村年年都请来戏班演出庆祝一番，多光彩，多骄傲，多神气，又多自豪啊！而大么村，解放前没有出一个大学生，解放后至今也没有出过一个大学生，这就怪了。当然，文革期间这是例外，那时，在力气和工分对等的天平上，读书成了多余没用的东西，能加减乘除，记记工分就行，所以，村上有人读初中，是傻瓜，有人读高中，那是怪瓜了，想读大学，那只是虚梦一场，不可能的事。至于工农兵大学，那只是从低成分中挑选出来挂名的大学，是特殊时期开办的大学，和过去和现在靠考试被录取的大学有着本质的区别。但到了改革开放后的十几年间，大么村仍然无法出本科生，这就有点奇怪了。而且，令人啼笑皆非的事还在记忆中，这就是常常听说这个孩子平时读得很好，是稳操胜券被大学录取的，结果落榜了，这真是鬼使神差了！

因而，大么村多年来流传了一句话，说：大凤山不长灵芝草，大么村不出本科生。

为了这事，每当高考招生时，老队听到隔壁村鞭炮"劈里啪啦"声和锣鼓"叮叮咚咚"响的时候，就愁眉苦脸，自嗟自叹，觉得自己比人家矮了半截，丢了当队长的面，甚至见了外村人，都要七尺汉子六尺门，不得不低头。还常常在谈起此事时，只能怅然若失地浩叹一声，给人留下沉抑的和无限的遗憾。

但老队就是不信咱村出不了一个榜上生，因此推本溯源，却不知纠葛所在，他怪风水出了问题，又不知风水出了啥毛病，所以这几年来，他年年烧香拜佛请愿，希望自己村里也能出个本科生跟跟风，但佛祖就是无能为力，无动于衷。因此，今天高考前，老队心怀殷忧，突然心血来潮，站在村口，掐着拳头，对着许多社员，举起手臂当众宣布：

大么村谁第一个考上大学本科，演戏的钱，我杨元山全包了。

难啊！看来大么村要出一个大学本科生，比公鸡下蛋还难了！

但想不到的是，公鸡真的下蛋了。这天，突然平地一声雷，高考成绩出来了，张海的女儿张萍萍考上了中国科技大学。

真是破窑出好碗，张萍萍在父母的熏陶下，继承了父亲会读书的禀赋，夜以继日，焚膏继晷地攻读，终于功到事成，家庭的希望，老队的希望，终于有了一个令人可喜的消息。

这几天来，老队的精神格外饱满，满脸都是笑纹。他的耳朵里，仿佛听到村上戏台上锣鼓的阵阵咚咚声，他的眼睛里，仿佛看到人们翘着大拇指向他祝贺来了。因此，每天下午北京时间刚刚四点，他就站在村口等，等着邮递员的通知单，等着邮递员给村里带来喜悦，更等着通知单一来，他就可以正式宣布，嘿，我们大么村也有本科大学生了。这真是千年的铁树开花了，怎不令人高兴呢？哪怕是站在村口等到天黑，他心里也是滋滋乐乐的。

功夫不负有心人，这天，邮递员的车终于送来了萍萍的通知单，老队高兴得简直像范进中举，喜疯了，他一边忙着要去接通知单，一边忙着递给邮递员早已准备的香烟，但邮递员说要萍萍亲自签收才行，老队就连忙带路往萍萍家奔去，又一路对村人嘚瑟高呼："萍萍考上了中国科技大学，萍萍考上了中国科技大学本科。"

真是鸦窝里出了金凤凰，像一股春风似的，特大喜讯——萍萍考上了中国科技大学本科的消息，马上就在村里轰开了。

"真的？"听得人瞪大了眼睛。

"真的。"说得人应得斩钉截铁。

"哪所大学？"听得人半信半疑。

"中国科技大学，队长说的。"说的人应得有凭有据。

"中国科技大学在哪儿呢？"听的人又有点糊里糊涂了。

"在北京，天安门附近，这个都不懂。"答得人神气十足。

顿时，有人把手按在肚子里，笑得前仰后合，说："不在北京，在安徽合肥，是'985'全国重点大学。"

有人补充说："这所大学是不是在全国排名第985位？"

又有人笑得嘻嘻哈哈，说："什么叫'985'大学呢？原来你也不知道。"

于是，一大群姑娘又煞是热闹，积极地猜起来了……

吴大妈听了，放下手中的针线活儿，自言自语地唠叨道：张海到底怎么生发，会生出萍萍这个妖精儿，两岁的时候，就会学舌，三岁的时候，就会背三字经，古代诗，像流水似的，而我家的孩子，小的时候连十个数都数不上，一个，两个，七个，三个地，像小兔儿乱蹦似的。

接着，吴大妈走到厅里，用手指了指孙子的鼻尖说："你啊，井绳成不了竹竿。烂泥扶不上墙壁。困而不学，补了补，考了又补，你看人家萍萍，还是应届的，就考上了名牌。"说着，又爹出大拇指，再爹出小拇指，添了一句："哼，她是这个，你是这个，永远只能扛锄头！"

随后，吴大妈擦擦手，到屋里拿了一包香菇和一包目鱼干，也要到萍萍家去看看。

村上的媳妇儿们，听到萍萍考上了大学，花飞蝶舞，欢声雀跃，轰的一声，也都向萍萍家蜂拥而去。

镇上的人们，突然听到大么村出了个重点学校的高材生，都欢喜雷动起来，一传十，十传百地把萍萍的名字传开了，把张海和小双的名字传开了。

此时的萍萍，正与灵灵忙着剥桂圆肉赚工资。这桂圆来自莆田仙游两县，是我国的桂圆之王，叫"兴化桂圆"。每当这个季节，这两县的经营商人就把干桂元分给附近村的人和邻县交界村的人，雇大家剥成桂圆肉，包装出售。明人宋珏曾称兴化桂圆为"圆若骊珠，赤如金丸，肉似玻璃，核如黑漆，补精益髓。蠲渴扶股，美颜色，润肌肤，种种功效，不可枚乘"。历代以来，兴化桂圆都是南方的名贵产品。近一段时间正值暑假，萍萍和灵灵每天总是这么忙着。

老队人未到声音先到，萍萍听见了，连忙站起来。她接过邮递员送来的挂号信看了看，就签收了，谢了邮递员之后，她连忙欻的一声把信打开看得入神，那种说不出的喜悦啊，在这姑娘白净的脸蛋上，顿时映现出一丝稳定而甜美的微笑。是啊！这是多么幸福的时刻，刻苦攻读了十二年书，就等这一天的来临！但当萍萍再翻阅信中其他几张通知内容时，她脸上的笑容立刻消失了，随之，她用纤细的手指揉搓着信封的角头儿，眼里随之地闪动出晶莹的泪水。没上一分钟，她把信掖进自己的口袋里，便趴在桌上一个劲地痛哭起来。

对这突如其来的变化，老队心里一沉，立刻怔了！怎事了呢，平时性格稳重的女孩子，今天怎么突然哭得这样不像样子，老队不知如何是好，头脑里一时也不知是什么事，只是一个劲地"怎了呢，怎了呢？"地问着，站在萍萍旁边发呆了。

外面嘻嘻哈哈的声音渐渐近了，村上媳妇儿们三脚两步就闯了进来，一眼看见老队两眼发怔，木然地站立着，萍萍却趴在桌上啜泣，一群人立刻像受惊的鸟儿一样，顿时鸦雀无声，也呆站着，谁也不知发生了什么事儿，谁也不敢多问。于是，老队和姑娘们都退了出去。

但大家磕头碰脸地推测，这封信，也许不是入学通知单，也许没有录取了，也许是不中意的大学或大专。于是，大家怪起老队来了，说他一定是人老了，眼花了，没有看清楚就大喊大叫。但老队却拍了拍胸膛，瞪着大眼睛，嚯嚯大笑起来，说他队长当了三十几年，还不认一个公章吗？说没错，是科技大学寄来了，虽说自己文化低，但眼前的一些字他还认得，一般书报他还能巴巴结结看懂三四成，"科技大学"这四个字，他在高级社时期老师就教了，他还会默写，于是，他捡了一块石头，在门前的土地上写给大家看，一写完，不想到大家都一个劲儿地笑开了，说"技"字左边不是一个"木"旁，是提手旁，"学"字上面是三点水，不是二点水。但老队急了，顿时严肃起来，说是错别字，只是错别字而已。之后，又瞪起大眼睛，说萍萍打开信，他亲眼还看见通知单上盖有两个红红的大印，说着，老队用五个手指掐成一个大圆圈说："印有这么大。"

大家入神地看着他比划的那个大圆圈，也觉得老队说得须眉毕见，有凭有据，也就无话可答了。不过，大家心里还是怪老队，一定是人老了，眼花了，或者考个大专而已，不然，萍萍怎么会哭呢？总之，村里的气氛，随着萍萍的哭声又暂时平静下来了。

但老队的心，却不能平静下来，萍萍的哭泣，始终成为老队的一桩心事，心里挺难受的，一踏进自家门槛，他便催着老伴再去萍萍家看个究竟。

老胖与老队的年龄，这时都已七十多一点了，身体还行，但远不如年轻时那么身强力壮是固定的，生活习惯也与以前不同了，晚上七八点两人就睡觉，早上四五点就起床吃早饭，中午十点半就吃午饭，晚上四点半吃晚饭。这些年来，他们的两个儿子虽然早已分家，独立生活，老队夫妻前些年也种了五亩芦柑，十来年收入七万多元，前年因修建了房屋，所剩无几，只有二三千元了。修房后，老胖养了两年猪，又有余钱三千元，但被大儿子借去了。现在闲时，老队和老胖两人就坐在沙发上看看电视，听听音乐，日子过得还挺滋润。农忙时，重活儿两个儿子都会过来帮忙。

但老队就怨两个儿子不争气，不想读书，现在成了半吊子，不稂不莠的，要是像萍萍那样能考上大学，那该多好，也不必一个开手扶拖拉机度日，一个到志生磁砖厂打工去。每当说到这里，老胖却另有看法，说萍萍的爸爸妈妈都是老三届的高材生，满腹经纶，生的孩子，不会读书才怪呢！但冯唐易老，李广难封，要不是来个文化大革命，他们早就成为国家桢干，一个当县长，一个当局长还说不定呢！再比比自己，两个人都是轮才，丁字不认，龙生龙，猪产猪，这是必定的，因此，老队听了，也就没有什么话可说了。但他总认为，根深才会叶茂，要不是张海平时这么关心孩子的学业，萍萍今天就不会考上这么好的学校。

老胖本来也想去一趟萍萍家祝贺，听老队这么一说，便扒拉了几口饭，就快步出门去了，但还没有走几步，又踅转回来，往抽屉里冰箱里找了一下，见没有什么东西，便跑到鸡舍去，抓了一只大红公鸡，捆了，又在绳子上贴上了一块红纸，这才大摇大摆地去萍萍家了。

第二十九章

已是黄昏时候了，烟霭轻轻地飘，风儿淡淡地吹，八九月的天气，村上仍然热得够受的。傍晚了，地面上仍发散着烈日的余威，太阳还稳稳地坐在大凤山的山顶上，露着半个笑脸不肯下山。忙了一天的人们，渐渐开始回家了，该休息了，该吃晚饭了。只有小孩，还在古兰溪上唏哩哗啦地玩水抓小鱼，似乎不到天黑，他们是不肯回家的。

萍萍已煮好了晚饭，灵灵还在剥桂圆肉，但他们的爸爸妈妈都还没有回家。自从家里又负债后，张海只好破车走旧辙，又去社办机砖厂卖苦力了，小双则仍挑起竹篮担去买苹果。他们知道，只有用苦力换回了钱，这才是最实在的，才能还债，还一分减一分钱，别无选择了。因此，他俩夫妻起早摸黑又重新走上了这条艰难的道路。这时，灵灵已读高中了，每当星期六和星期日，他就会跑到社办机砖厂去帮父亲搬运，然后天黑了一齐回家。而萍萍承受着家庭负债和高考的双重压力，无法帮母亲买卖，就在家加倍努力地学习，成绩一直保持在学校数一数二的水平上。

老胖性格爽直，快人快语，她人一到张海家，见萍萍正在墩地，就对萍萍说："恭喜，恭喜，听说你金榜题名，我们一村人都为你高兴，真福气，真难得！"说着，一手牵着萍萍的手，一手将公鸡塞给萍萍，说："一份心意，补补身体，来，收下，收下。"

萍萍放下墩布，忙推辞着，老胖把鸡靠在桌边。看到萍萍的眼眶还是红红的，老胖也激动了，说："是啊，我当初结婚的时候，也是这样，本是大喜事，却哭了一场，弄得一家人都难为情，我们女人啊，就是这个样子，爱激动，爱哭。"说着，哈哈地笑起来。

"什么时候走，告诉一下，我们来送行。"老胖亲切地问。

萍萍"嗯，嗯"地答着，直点头，可要跟老胖怎么说呢？想着，萍萍眼眶里的泪珠，不觉又要滚下来了。

是啊，要怎么跟老胖说呢？能否去读书，还不知道，还说要来送行。平时拼命地读，就希望能考上，现在考上了，哪儿来学费呢？如今读大学啊，缴费可不比以前了，算一算，光四年的学费就要二万元，再包括生活费和杂费，读到底，一年足足要花近二万元，四年要八万元！而家中这几年，债台高筑，负债累累，爸爸妈妈整年艰苦稼穑，出卖劳力，挣的钱还不够嚼裹儿，前些天，隔壁村的那个老大三还来催债呢，说爸爸向他借一万元钱，月息定为百分之三，时间一年，但已二年了，爸爸不但本金未还，连利息还没有付一分，现在，他家里也急用钱，实在没有钱的话，利息也该先还清。像这样的债，家里现在有七万元了。为了这，爸爸妈妈拼命地干，每每积累有几百元钱，人家就跟上来了。这个无底洞，何时才能填满呢？这个泥坎，何时才能振拔出来呢？正因为如此，这些年来，自己和弟弟的学费，爸爸妈妈都得咬着牙根交，平时在学校的生活费，爸爸妈妈也只是二十元、三十元地拿，就这样，总算一天一天地读下去了，一个学期一个学期地读下去了，一年又一年地读下去了，可如今，单是自己读大学的学费，一年就要五千元，比读高中三年的学费还多，哪儿来钱呢？

再说，弟弟灵灵初中毕业考高中时，就因家中没钱，灵灵说，不读了，要打工去，而爸爸妈妈怎么肯呢？说如今社会，打工还要大学生呢，种田，又没有田了，一家总共一亩多的田，只够父母种，家里吃，还有什么多余的田呢？读到初中，以后的日子要怎么过呢？因此灵灵听了，只是低着头，眼泪就要掉下来了，可今天，自己收到了入学通知书，爸爸妈妈回来，要怎么向他们说呢？倒想回来，说句心里话，不如没有考上打工去，还能减轻家庭负担啊！如此的家境，离开学只有一个多月的时间了，能有钱去读吗？萍萍望着老胖那热情的笑容，许久才答道："谢谢你了，不要送行了，我不读了，让弟弟读。"

"不，我不读了，让姐姐读。"灵灵还在剥桂圆干，见萍萍这么说，急忙冲着说。

老胖听了，脸色一变，问："啥事了呢？"

"爸爸没有钱。"萍萍答着，泪水又滴下来。

老胖这才恍然大悟。对了，这一家子，这几年欠债搞得好苦，这个老胖是知道的，可确切的内情，连学费也交不起，她今天才知道。老胖关心地问："学费要多少钱呢？"

"两人都读，今年就要七千元，还有……"萍萍答不下去了。

"还有什么？"老胖紧迫地追问着。

"我得读四年，每年都要花这么多学费，还有弟弟每年的学费和我们两人的生活费。"

老胖听完后，同情地流出了泪，她慈蔼地说："我家还有余款三千元，先拿去用，再打算，别哭了。"

是啊，考上了没有钱去读，怎能算个本科毕业生呢？没有钱去读书，这简直是败了一个村的名誉了。要从哪儿来钱呢？这一夜，难熬啊，家人难熬，村里人难熬，老队和老胖两人也难熬。这天，天刚傍亮儿，老队便去张海家，找张海和小双去了。

老队一边走，一边想，现在的问题是，萍萍是村里百年跳出来的第一位本科生，怎能不读呢？鸟向明处飞，人往高处走，这是必然的现象，灵灵已读高二了，明年就高考了，庸可弃乎不读？不管怎么说，我们不能恝然不理，如果有一人无法读，这不但是张海家的羞耻，也是大么村的羞耻，而解决这个魂梦为劳事儿的唯一办法，只有弄到钱才能解决，但要如何弄到这么多钱呢？这是眼前之急，老队急得抓耳挠腮，知道在自己肩上的重担，没几步，他就奔到了张海家的门口。

他站在门口，细细地观看着张海家的这座房屋，觉得张海的这间房屋，与如今村上大多数人新建的高楼大厦相比，真是太寒碜土气了：

50年代翻盖的这两层楼房，占地面积虽有一百二十平方米，门前还有广场，但如今却成了土阶茅屋。松木的楼板，有的已经裂开了缝，墙壁旧了，有的已经掉灰。楼上楼下共有八间房屋，楼上住着萍萍和灵灵，室内很简单，除了床铺和桌子，没有衣柜，衣服就堆在床铺边的旮儿儿处，另外两间是仓库。楼下后间住着张海夫妻，地板还是土的，竹床和白茬衣橱的八个脚用砖垫起。底层的中间是厅，灶和饭桌就在厅上，使这个厅显得更加逼仄。另外三间是杂物间。这四十多余来，张海除了前几年添置一部黑白电视机外，其他没有什么变化。因此，在90年代大么村人的眼里，张海这个家，未免给人留下破旧及家徒四壁的印象和家境寒苦的感觉。

八月份的凌晨，天气凉爽凉爽的，微风习习，使人感到快意，然老队却打了一个愣什。他不再看了，不再想了，随即举步生风，"嘭，嘭，嘭"地敲起了张海家的门。

张海开了门，见是老队，便客客气气地迎他入屋。老队进得屋里，拣厅边那桌子坐下，便开口道："二话不说了，萍萍是个科学家的坯子，不能不读了。今天带上土地证，我陪你到信用社贷款去，不能再迁延了。君子为名，小人图利，我杨元山不图名，也不图利，就图今天能借到钱，解决萍萍灵灵的学费和生活费问题。"

老队说得直截了当，声音洪亮而清楚。

楼上有了响声，萍萍、灵灵相继起床了。

张海只是点点头，不作声，神色尴尬地耷拉着头，像木雕的古童似的呆站着。

小双也出来了，她那乱蓬蓬的头发还没有梳理，眼睛暗淡无力，原来秀丽俊美的容貌消失了，春归人老了，没有光泽的脸儿消瘦又疲倦，留下了岁月奔波操劳的痕迹。二十年过去了，昔日的校花翠消红减，已不复当年的美丽了，她穿着一件 70 年代的圆领白色的女衬衣，趿拉着一双白天赶路或夜晚在家都一样穿着的拖鞋，两个忘了戴乳罩的乳房膨大又松软，像两个装满水的气球一样晃动着，显得笨重又古风。生活的风吹浪打，使她早已变成一个不修边幅，吃苦耐劳，只求有饭吃，有衣穿的农村妇女了。

小双打了招呼后，就说："老队呀，我看别去了，万事求人难啊！当然，我也希望两个孩子都能读到大学毕业，这多好！但现在风扫地，月点灯，家庭一无所有，还七大窟窿八大债，且家里花项又多，你算算，今年两人的缴费就要近七千元，还有每个月的生活费和以后几年的缴费需十多万，哪儿来这么多钱呢？嘎嘎难啊！因此，我再三考虑，现在的情况，迫我们只能一个去读，一个打工去，计无所出了，只能这样了。"

"可哪个留下来不去读呢？"按下葫芦浮起瓢，老队看看萍萍，又看看灵灵。

小双也看看萍萍，看看灵灵，千朵桃花一树生，都是心头肉啊，她怎么也开不了口来。

墙上的时钟滴滴嗒嗒地响着，发出了沉闷又催人思考的响声，但细细的灰尘却在光线的照射下轻歌曼舞，给人一种两者非常不相配的感觉。

张海形如槁木地站着，就像浸了水的木鱼敲不响一样，半天说不出一句话来。是啊，二十载春秋寒暑的筚路蓝缕和精心培养孩子，他甘苦自知矣！此时他的心沉甸甸的，不怪怨小双，只怪怨自己无能，怪怨自己怎么连小孩的学费都交不起！

萍萍终于开口了，说："妈妈，我不读了，即使我取得大学文凭，也不是一个人成功的标志，我帮你卖苹果去，先解决家庭的债务再说。"

小双说："不行，你要读下去，要取得文凭，文凭是一个人好的开端，好的预示，是一个家庭和自己稳定收入生活的象征，不能放弃，这比解决眼前的家庭债务重要十倍。"

小双接着打比方说，文凭是一个人和家庭光彩如何的名片，大家千方百计争取，就是能取得这张文凭。比如，比尔·盖茨成名后，一心想自己能得到高等学校的文凭来闪耀自己，有一次，他恳请哈佛能发给他大学毕业的文凭，而哈佛大学就是不肯，说他在商业界取得的成就不能代替他在哈佛应读完的课程，所以不能发放文凭。无独有偶，里根总统也是如此，哈佛大学举行三百五十周年校庆时，曾邀请他参加，演员出身的里根借机开口要求哈佛大学能授予他名誉博士的文凭，但哈佛大学不能答应，最后，里根总统就没有出席哈佛大学的校庆。你说，文凭重要不重要呢？你既然被录取了，不管今后如何，你首先要取得这张大学毕业文凭。

萍萍说："但初中生、高中生不一定就没有出息，革命导师恩格斯，中共总书记胡耀邦，毛泽东的秘书田家英，他们甚至连初中都没有毕业，但谁能否定他们的学问和成就呢？"

小双说："你说得对，文凭不一定等于水平，你所说的这些人，只能说明他们的水平比大学取得文凭的人有更高的水平，超过了大学取得文凭的人的水平，但这种人在现实生活中很少，也不能说他们是大学毕业的人。正因为如此，你一定要读下去，取得这张大学文凭，我们千方百计要保证你读下去，不能有丝毫动摇的心理。"

灵灵听到了，想了想，说："姐姐能鱼跃龙门，十分不容易，已是众人瞩目的事，哪有中途停学的可能？我已读到高中了，是男的，可以帮妈妈，也可以帮爸爸，还可以出外打工，我可以不读了。"

张海听了，再也压制不住自己的沉重心情，他坚定不移地说："不行，都不行，男的女的都一样，两个都要继续读下去，有一代的苦，总不能有两代的难，我不能活着看到，我的孩子再去卖苹果做苦工了，现在就是倒廪倾困，我也要让孩子读下去。"

"可是，哪儿来这么多钱呢？"小双问。

但张海虎瘦雄心在，说："借去。"

"可如今向谁借呢？借钱的事很羞口，能借到的钱，这几年都借了，你现在急用，人家比你更急用啊！我们村里，要说大家都有钱，要说大家都没钱，因为大家都用于建房，有人还负债经营呢！陈建东、吴永康我都问了，虽然他们的房屋盖得很大，但厂里正在投资，还到处借钱呢！陈寿星有钱，但他建了一个家庭，买了商品房，昨天又听说他猝发肺癌，去住院了，开口也是没有用。杨志生虽然盖了全村最高档的楼房，但他瓷砖厂里还是一直贷款，多少成本也不够他一人用。钱对于谁，都不够用，穷人不够用，富人也不够用，还想如何赚更多的钱，使自己更加富起来。何况，现在不是借几百元钱的事，是借几千元几万元的事，不是借一天两天的事，是好几年的事。"小双说："依我之见，进山打虎易，开口求人难，借钱是件碍口的事。现在最现实的办法，是一年一年解决，今年的，将家里能卖的东西都卖掉，哪怕几百元也好，还有，我这边的成本还有七八百元，加上你这个月的工资一千多元，不够的，再向外人借就容易点，只能这样解决了，我们成本待后再说。"

"不行啊，妈妈，这成本是家里的饭碗，千万要留下来啦！"萍萍急了，她跑过来，摇着妈妈的手，苦苦哀求着，接着，就哭出声了。

灵灵看到姐姐哭了，眼珠里也滚动出水晶晶的泪水。

顿时，小双抱住萍萍，止不住的泪水啊，也一滴一滴地倾注在萍萍的身上。

此时老队的心像要跳出来了，脸上堆满了重重叠叠褶皱。他知道，现在倒根儿就是钱的事儿，而如今的张海，已是涸辙之鲋了，他拉着张海的手，说："握珠不返泉，匣玉不归山。这是急茬儿，再也不能搁置了，萍萍和灵灵都是学校中佼佼者，不能不读，萍萍能考上，这是背乡出好酒，比明珠玮宝还宝贵的事啊！走，事在人为，路在人走，我们马上去求信用社贷款，一条路走不能，我们再找另一条路，总之，车到山前必有路，有我杨元山在，一定叫你们两个孩子都能读上书。"

信用社在镇街道上，老队陪着张海，他在前，张海紧跟在后，两人匆匆向镇上走去。

村外空气格外新鲜，大热天的早晨，一阵轻风拂拂扑来，令人心旷神怡。正是秋收季节，有的田已经收割，有的田里的稻子还没有收割，但稻穗已经压弯了稻秆，随着微风起伏，稻田上的稻子像湖水上那乐呵呵的涟漪飘动着。几只赶早的蜜蜂儿，正嗡嗡地飞来飞去，不时压到露珠滚滚的这朵花柱头上，贪婪地汲取花蜜，片刻后，又拍打翅膀，跳到田岸的另一花朵上，霍地，翻了一个筋斗，然后满载着累累的花粉，向蓝色的天空冲去。

张海和老队，冲过了一片又一片稻田，一会儿就赶到镇街道，见时候还早，两人便在街上吃了早饭，就去信用社了。

信用社还没有开门，老队大声喊主任的名字，主任听见后，便下楼从侧门出来，带老队和张海到他房间去。

信用社主任与老队特别熟悉，自从到任至今，每当大么村贷款，主任总是千方百计地满足老队的要求。老队对他很尊重，印象也很好。

可这事儿，主任听后把头摇得像拨浪鼓似的，说这个问题不是房屋抵押不抵押的事，现在信用社单位上面的婆婆太多，要层层审批，难以贷款，再说目前信用社只有农业贷款、房产贷款和商业贷款等一般性的贷款，上头还没有规定有助学贷款，助学贷款听说要二〇〇〇年以后才有，具体怎么规定还不清楚，如果不是时间长，金额多，只能是杯水车薪，还是不能从根本上解决问题。这事儿，他十分同情，假如偷偷按商业贷款的名誉贷出去，贷款时间也是短期的，眼底下这么急的钱，只能由民间自己去调节处理好了。

信用社主任的话，就像大寒吃雪条，两个人的心都冷了，如此看来，这条路是行不通了，老队和张海只好告辞了，带着侥幸的心理又到村委会去看看。

村委会管理包括大么村在内的八个自然村，对这事，村长说，就咱这个村委会，每年都有几个考上普通大学，但从来没有给予资助过的先例。再者，村委会自己的钱也很紧张，村上小学设备条件差，无力改善，正在考虑如何向外借款解决，还有村路、水路等一大堆事儿等着用钱呢，现在，大家都求发展，基本上是一个县保一个县，一个镇保一个镇，一个村保一个村，实在无法解决私人的这类问题。

看来，这一趟是白跑了，已是中午了，两人汗下如流，只好怅然而返。

炎热天的中午，树不摇，风不吹，太阳火辣辣的，路上少有赶路的人儿。路边，群群鸡鸭不堪燥热，都伏在树荫下面乘凉了，它们不时张开着大口，伸长着舌头拼命地呼出气，又吸进来，吸收着大自然丰富的氧气。

还有别的什么办法吗？老队极力地思索着，如今，是落雨挑灰担，再重也要挑到底了，他一边想着，一边和张海分路，两人只好深一脚，浅一脚地悻悻回家了。

第三十章

老队回到家中，看见老胖正在翻箱倒柜兜翻什么，问："你找什么啊！"

老胖说："钱……钱，钱我明明放在这里，怎么找不到了呢？"她停下来，用袖子擦了擦满头的汗水，指了指皮箱对老队说。

"取钱干啥呀？"老队疑惑地问："我昨天刚拿了五百元，还不是放在底下那个皮箱的衣服里。"

"原是如此，你拿钱干吗呢？"

"我拿去交演戏的定金。"老队说。

"不行，"老胖顿时瞪大了眼睛，嗓音提高到高八度，说："这三千元你不能动，我前天答应过萍萍，要借给她交学费呐！"

老队一听，也急起来，说："那演戏的钱呢？你答应萍萍，是你的事，我早就宣布过，村里谁第一个考上大学，演戏的钱，我出啦，这三千元钱，你一分也不能动。"

"哎呀，你这个老不死的，我已经答应萍萍了。"老胖吼叫着，又要去搬底下的那个皮箱，说："我姓吴的说话就不算数吗？家妇管现钱，我说了算。"

"那我呢？"老队也瞪大了眼，绷着脸说："村比村，户比户，社员比干部，你不知道吗？船载千斤，掌舵一人，我可是一队之长呢！我当干部的说话不算数，往后村里谁说话算数呢？"

"戏不演了！"老胖斩钉截铁地说道："人家现在读书都没钱，还演什么戏，萍萍没有钱去读，戏演了，怎不赊人口实，笑死天下人呢？"

"不行，萍萍的学费要解决，戏也一定要演，人家村庄年年出本科，还年年演，咱们村里世世代代才出这一个，能不演吗？我跟你说啦，演戏合同的定金已经交了，钢水已经倒进模子了，定型了，再几天戏班就要来了，懂吗？"老队的声音也提得很高。

"不行，还是不行，这钱是我养猪积累的钱，你不能动。"老胖一边说，一边又费了九牛二虎之力，才把下面的那一个箱子搁起来。

老队过去压着箱子，大声说："这是我卖芦柑余的钱，知道吗？你养猪的钱，当时你还不是亲手借给宁宁吗？你叫他马上还钱，把车卖掉，还开什么车儿？"

老胖听了，这才记起来了，原来养猪的钱，当时被宁宁借去买手扶拖拉机，好几年还未还呢！于是，老胖不再与老人打嘴仗了，如丸走坂，匆匆就去找宁宁。

宁宁是老队的大儿子，老队与两个儿子，已分家各自生活多年了。

宁宁本在鞋厂打工，但他不干了，说要买车运砖收入多，好说歹说，老胖借给他三千元，加上自己凑数，宁宁花了四千多元买了一部手扶拖拉机，已五六年了。

但时到现在，手扶拖拉机已成不了什么气候，货源照旧，而附近的手扶拖拉机多了好几部，赚钱就更难了，加上宁宁开车不稳，常常出这事出那事，老队和老胖就更担心了。前些天，宁宁的车正要下坡，车速较快，却突然有一个嘎孩子从路面上横穿出来，宁宁紧急刹车，哧溜一下，车虽然停下来了，但离小孩只有不到两根筷子长的距离，这可把宁宁吓得脸色惨变，出了一身冷汗，回家后一说，老队气呼呼地令他马上将车卖掉，说出了事儿，你宁宁可吃不了兜着走。但宁宁却充耳不闻，还是不肯卖，因此，老胖觉得，要是当初不借给宁宁那多爽，免得现在整天提心吊胆地担忧着，真是搬起石头砸自己的脚。

老胖想了想，这才觉得老队刚才说得有理，讨回钱，既可以把车卖掉，还可以解决答应借给萍萍三千元钱的事，可谓一举两得也！老胖加快了脚步，一阵风地踏进了宁宁的家。

常言道，油盐酱醋茶，吃喝拉撒睡，哪一桩都可以成为家庭吵架的契机。老胖与老队刚刚争吵过，正憋着一肚子气没处出，她一进门口，见宁宁和兰妹正在吃午饭，不管三七二十一，用手指尖指着宁宁的鼻尖儿，没头没脑地叨登起来了："还这么自在！嗨，我说了多少遍把车卖掉，时到现在还开车，我说啦，万一车轮子沾血，你得偿命啊！"吓得宁宁不知怎了，满脸愁云重重地赶紧放下手中的饭碗，就站了起来。

兰妹是宁宁的媳妇，她不知道婆婆今天为何发了这么大的脾气，忙叫老胖坐下来有话慢慢说。

可老胖还在发脾气，又大声说道："限你们三天内把车卖掉，钱还给我，听见了没有？"

兰妹听了连忙解释说："为什么要卖车呢？开车虽然没有赚多少钱，但总归比打工好，也自由多了，不必早上五点准时煮饭，晚上七点才能吃饭，再说自己有了车，农忙时轻松多了，可以犁田运农作物，轻松多了，不必挑着担子压弯了脊梁骨。"

但老胖气未消，听兰妹这一说，心中颇有不岔之意，又开始骂兰妹来了，说："不听这些了，卖就得马上卖掉，你懂个怎？出事那天晚上，害了我一夜做恶梦，第二天早上屎滚尿流拉了好几次肚子，待后，要是真的出事了，你敢担当吗？"

兰妹欲说什么，但老胖不等兰妹开口又骂开了："我说你啊，现在赖了，就把我们的田都算上，总共才一二亩地，还要什么车运不必挑，我像你年轻的那阵哪，嗨，没有吹牛皮，一碗菜汤两块地瓜，一碗稀饭一荚咸菜，天天如此，十天半月难有一顿干饭配肉片汤，我照样干活，二亩三亩地不在话下，不但犁田、耙地、锄草样样行，而且一担一百多斤我照样挑得轻飘飘，一边挑着一边还会唱《红灯记》，别说什么早上五点煮饭晚上七点吃饭，宁宁小的时候，我把他捆在背上，照样煮饭养猪做家务，我说啦，你现在是变了。"

没等兰妹插话，老胖一个指头一个指头地捏着数着，又叽哩呱啦地数落出兰妹现在有十几变了！

过去，干饭肉片汤只有节日才有口福，现在吃腻了，三天两头还要吃兖兖汤，还要再搭配香菇鸡鸭肉什么的东西，说滋味更好营养更丰富，这是变了。

过去，新衣新裤，半旧但漂亮的，老式但显眼的，素常舍不得穿，都得节日或逛街时穿穿才不浪费，平时穿的都是补的和旧的。现在，我们这里毕竟还是农村，什么香港透明紧绷衬套装，三点式比基尼衣裤，兰妹你白天也敢穿，要做模特吗？这是变了。

过去，村上人生四胎五胎，家里穷得告贷无门，连饭都没吃饱，人家照样下田干活，还能在家养猪养鸡鸭，虽说僧多粥少，粗衣淡饭，但孩子长得又粗又壮，肥头大耳，十来岁便会协助大人挑担子。现在，兰妹你只有两个孩子，鲜衣美食，吃西餐，吃肯德基，肉有了，鱼也有了，两个孩子还瘦瘦的，这个不想吃，那个不想吃，手无缚鸡之力。兰妹你只照顾两个孩子，没有下田干活，还整天喊累，说这个来不及做，那个也来不及做，嘿！要是我呢，就是生五胎六胎，也不会像你这样叫苦连天，这是变了。

过去，农业学大寨，早上四点起床煮饭，把鸡头山挖平了，把那些整片成材的龙眼树、桃树和枇杷树都砍了，把走资本主义道路的根芽儿拔了，改种成粮食作物，但到晚上十点还能开阶级斗争思想会，十一点评工分时，一双明眸依然顾盼神飞，眼珠还能滴溜儿地盯着工分簿记工分。现在，兰妹白天打扑克，逛超市，晚上躺在沙发上看电视，到晚上九点就说眼花缭乱，疲惫不堪想睡觉，第二天，睡到太阳一竿子高了，还下不了床，说这边腰痛，那边脚软，这是变了。

记得过去的电影，只有《红灯记》《沙家浜》《白毛女》那几片，虽看了十多遍，听说数十里外今晚又放映，仍愿意跑跑路，观摩观摩凑热闹，开开心，也不腻，如今，电视节目排得满满的，下半夜还有，兰妹还要花钱引来电视卫星，说这个台的内容更多更丰富，这也是变了。

但兰妹并没有善罢甘休，她受不了老胖如此的数落，还没等老胖说完也开始发火了，骂老胖在唱独角戏，尽说些陈谷子烂芝麻，是老母鸡生小蛋还呱呱叫，又是煮熟的螃蟹红透了。如此能神吹海聊，怎么不到美国的施达威吹牛俱乐部去参加比赛呢？怎么不去拼吉尼斯世界纪录呢？说自己已分家多年了，变不变是她自己的事，老胖你管的事太多了。过去，世界大家只靠种田挣工分过日子，你家养有一头猪，他家里一天也可以提溜五个鸡蛋出去出售，收入各家差不多，谁也不比谁富多少，谁也富不了，全国如此。如今，是八仙过海，各显神通。谁富了谁当然想变，像人家有钱了，媳妇们金头银面，靓妆艳服，打扮得漂漂亮亮，穿高鞋，套丝袜，洒香水，上舞厅去还要坐小车。一回家人家老公还四菜一汤等着呢！而自己是苦命，怎么跟人家去比呢？这明显是用旧的眼光看新的事物，用死的眼光看活的东西，还说她替杨家生孩子传后代，还要整天忙着农事、家务和孩子事，没一天过上好日子。

但兰妹也有不对劲的地方，没有钱还老胖，却叽叽呱呱地说这些钱不应该还，一代传一代是应该的。这样，老胖气得要打兰妹，幸好宁宁一再保证付还，老胖这才草草收兵。

但争到最后，中心问题还是落在卖不卖车上。兰妹坚持不卖，而老胖却说一定要卖，若不卖，有钱还给他三千元就可以，她要借给萍萍交学费。

听到钱是要借给萍萍交学费，这下兰妹真的嗔怒起来了。她说逼儿子还钱，钱反而要借给别人，以后谁还叫你妈妈呢？嘿，佛争一炷香，人争一口气，那好嘛，以后你死了，就叫萍萍抬棺材，别叫我们了，我不去送葬了。

老胖听了也火了，她说钱是我的，我高兴怎么花就怎么花，高兴借给谁就借给谁，你管得着这事？呃，三年的老母鸡，迟早要挨一刀，我已做奶奶了，子孙满堂，我能这么地消消停停一躺，算我有造化了，还有两个儿子打灵幡儿，谁要你这个忤逆媳妇送葬呢？

兰妹又开口了，她指了指镇上的方向说，你别什么忤逆忤逆得满嘴胡吣，哼，你先把自己的事情处理完，别看戏流眼泪——替别人担忧，替萍萍担忧。我说这话有镇党委的标语为证啦，标语还在呢，白墙上写着大红字："看好自己的人，管好自己的家，办好自己的事，"而咱们自己家的事都没管好，还管别人家的事，自己家都没有钱，还要拿出去当面子。

而老胖也不认输，她从大的方面反驳，说开弓没有回头箭，既然人家有难，就应该相帮到底。你是镇党委的标语，我更是县委的标语啦，标语上说，教育事业人人有责，你看到了没有？该不该帮到底呢？并列举出捐款办学的例子来证明。又从小的方面说明，说萍萍能考上本科，是张家的光荣，也是全村人的光荣，萍萍没有钱上大学，是张家的羞辱，也是全村人的羞辱，大家都不能撂下担子不管。

总之，吵闹声不停地廓张出去，两人针尖儿对麦芒儿，争得面红耳赤，四邻不安，但谁在理，谁人敢给她俩断言呢？村上的人见是婆媳相争，盎盂相敲，只是远远地看着，静静地听着，谁也不敢多嘴，而宁宁也不偏左，也不偏右，只是极力地调停着。最后，老胖一边喋喋不休，一边退回家去了。

但这一顿午饭，老胖气得没有吃，心里乱糟糟的，她坐在沙发上，口里还是刺刺不休地骂兰妹，顺便又怪怨老队，说当年要娶兰妹的时候，她看样子就知道这女人泼辣，以后会管老公，会不孝，还会贪吃懒睡不干活，好玩爱穿多管事，可偏偏老队要娶回来。但老队无心听老胖这些话，他一边扒拉着饭，一边心里仍在想："再不久就要开学了，没有钱。钱拿去交学费，演戏没钱了，要如何解决呢？"

一天时间又要过去了，一天时间，像抽一支烟那么久就溜过去了。晚上，老队曲肱而枕，无法入眠，他记得很清楚，前天他曾对张海说过，车到山前必有路，如今，车已到山前了，路呢？他想了想，现在的路，只有一条了——向私家借。向谁借呢？他一家又一家地考虑着，蓦然想到村上的首富杨志生。

对，杨志生与自己是亲戚，碍于人情，如自己替张海开口，向他借几万元钱，不是像九牛身上拔一根毛吗？起码也会借到一万元，解决今年的学费和杂费，明年的明年再说，他想了想，笑了，怎么这个时候才想起来呢？

天一亮，他熬不住了，他要老胖先去找志生开口，于是，他推了推在旁边睡的老胖，把老胖推醒了。

第三十一章

今天天气好，万里无云，天空碧蓝碧蓝的，晨风轻轻地吹，爽爽的，野花还露珠盈盈，朝阳还未升高，但朝晖已映现出火红的光芒，虽然时令已交初秋，但仍然给人一个今天又要热得要命的预示。路边的草地上，芳草萋萋，那些蒲公英、马齿苋和野莲蒿之类的野草，生命力特强，枝叶茂盛，在晨光的照耀下，还是含笑嘻嘻地向你点头致意。路面上，几只麻雀啾啾叫，虽然遇见到了人，但仍慢哉悠哉不慌不惊地在尺远之处蹦跳着，大有分庭抗礼之势，似乎知道现今国家已立法对它们进行保护了。

老胖被老队推醒后，在听明了老队的意思后，便一骨碌起床，赶着洗脸刷牙，梳头发，煮早饭。早饭煮熟后，她还没吃，就去志生家敲门了。

伟霞开了门。见是老胖大清早来，便热情地招待她，在起坐间坐坐。老胖一踏进志生家，顿时就被那种焚香列鼎的屋内富贵气派吸引住了：坐的是软沙发，喝的是玉子杯的淡茶，听的是细声温暖的音调儿。

志生在楼上听到底楼的响声和谈话声，听出来是老胖来了，知道她这么早来一定有什么急事，便匆匆也下楼来了。

谈谈家常，问长问短闲扯一阵子之后，老胖便谈起萍萍读书的事。伟霞很爽直，说大家都为萍萍高兴，大家送礼买东西，她就析干为钱来贺喜。说着，就拿出三百元钱，说她本来打算走一趟，现在老胖来了，顺路，就托老胖交给张海好了，并要老胖代她向张海一家问好，恭贺女儿考上了中国科技大学。

接着，老胖便谈起张海这几年一直亏本的事。志生说："张海是公认的老实人，只是这几年的时运不济，家庭经济的压力就非常大了。"

老胖说："就是，现在的问题是萍萍今年考上大学，和灵灵的学费，两人一年要七千元左右，包括生活费和杂费，两人一年要近一万多元，萍萍还要四年才能毕业，这就更多了。可目前的情况，张海是无力支付了，你这里不知方便不方便，能借出一点钱支持吗？"

志生身子陡然一震，皱了皱眉头说："实在对不起了，这段时间来，公司用钱很急，因此上个月，向银行申请贷款三万元，结果只批了一万五千元，付都付不出来债务。实在没有现钱借。"

"这……"老胖稍微松弛的心又绷紧了。

志生忙解释说："虽说贷回来一万五千元，只一天就都付出去了，没有留一分钱。而卖出去的货，大部分都是欠款，没有现金，因此，生意很难做，对做生意的人来说，多少钱都能用，每天都紧张。"

伟霞也插嘴说："大家看到这房屋，都说我们很有钱，其实啦，是香菇装在袋子里，外头香。不建房屋倒有点钱，建了之后，公司就没有成本了，主要是靠贷款和借款经营，而且，房屋建成后还倒欠别人四五万元建材款，至今还没还清。所以，确实是人怕出名猪怕壮，人一出名，麻烦的事就多，名声出去了，方圆左近的人都来借钱，要借，又没有钱借，不借，又得罪人，能理解的，当然好，不能理解的，光说我们小气，瞧不起人，做人啦，确实够难的。"

志生又说："现在做生意，周转特别难，三角债，伤脑筋死了，说钱，这几天家里，还没有现金一千元，而外面被人家欠的债就有近五十万元，很难收回来。咱是亲戚，说的都是真心话儿，实在对不起了。"

这时，起坐间里的电话铃响了，志生说要去接电话，老胖就告辞了。

伟霞送老胖出去，她们两人摞着胳膊一边走一边聊着，老胖感叹地说道："这就糟了，马上就要开学了，却没有钱交学费，村上世代没有人考上大学本科，可是头一个考上，偏偏又出在没有钱的人家，太可惜了，我家老头啊，这几天也竭尽全力了，但都没有借到，看来，是注定读不上了，又有什么办法呢？"

听老胖这么说，伟霞也一边走一边感叹着，走到大门口，伟霞突然若有所思地问老胖："离开学还有多久？"

老胖说："近一个月嘛。"

"那还来得及"伟霞说，"依我之见，脚下不如先找个对象订婚，弄点学费，毕业后再结婚，两头都好。"

按当地农村风俗，若男女订婚后结婚前，一般男方都会给女方一笔钱，叫"聘金"。聘金随时代不同而不同。文革期间，这个地方是四五百元，到90年代，这个地方大概在几千元不等。聘金的数额很不固定，可多可少，看各方的条件、地位和职业等而不同。可以在订婚时付，也可以在结婚前付清。女方取得聘金后，分配权在女方的父母，有的女方父母全收了而付出很少嫁妆甚至不付嫁妆，有的女方父母收了不动用这笔钱，而是贴上几千元或几万元或更多，还陪嫁很多嫁妆给女儿，聘金的情况可能到处都有。

老胖一听，拍了一下巴掌，连连称赞说："好主意，好主意，真是锦囊妙计，怎不早说呢！"之后，她又问："时间会不会太紧迫呢？"

伟霞说："来得及，我们是定亲，不是结婚，时间来得及呗！有这么好的条件，人又生得漂亮，一说就成，每年先拿几千元读书，毕业后再结婚。"

接着，伟霞又补充说："另外，我们是两条腿走路，还可以再打算借钱，谁家有现金先借出来给萍萍交学费，我们可以作担保人。我们是暂时没钱，不是永远没钱，作张海的担保人，我们放心。"

"这真是两全俱美。"老胖说，"该找谁合适呢？"

伟霞想了想，说："我们村上没有什么人了，明天多派几个人到镇上或外村去寻找。"

咱们村有人吗？老胖想了想，顿时高兴起来，有了，健健不是吗？家庭条件好，孩子各方面都好，又这么熟悉，便咬着伟霞的耳朵说："配给健健，好树配鲜花，再合适不过了。"

"哎呀！我不是这个意思。"伟霞没有想到老胖会说到健健来，连她自己也感到突然，激动得泪眼婆娑，忙说："我刚才是说……"

老胖说："我们是亲戚，胳膊儿曲了只会往里弯，我说那，萍萍嫁给外乡人可惜，肥水不流外田人，还是嫁给健健吧！再说，萍萍乖，懂事，漂亮，高个儿，娟好静秀，才貌俱全，难得哩！健健聪明，大方，美须豪眉，老实忠厚，年纪又差两岁，刚刚好，也是难得哩！真是天生的一对。"老胖冲着伟霞的话，有一搭没一搭地又说开了："咱俩是一家人，说句心里话，萍萍是三亩竹园才出这一根笋哩！健健要找到像萍萍这样的人品，唯有日头从西出，难啊！"

伟霞不知如何是好，说："不行，人家会说，借钱说没有，娶媳妇变有钱了。"

老胖说："不会的，借给是人情，不借是本分。二者的义务也不同，这天下，没有听说有谁把家产变卖借给别人钱的，但变卖家产娶媳妇的人，多着呢！"

伟霞心想，家里几次给健健谈亲，健健都嫌这嫌那没有做成，这次可准了。她脸上顿时漾着笑纹，说："这么说，我得把家里的金戒指和金手镯等金器卖掉，以后有钱了再添置。另外，还得变卖一些货物才够花，不过，我得和志生和健健谈谈再决定。"

"行，行，该向志生和健健说说。"事情粗有眉目后，老胖心里宽展多了，笑盈盈地说："再说，金价近来正涨着呢，好卖，以后有钱了，还怕没有金手镯吗？我说啦，你们家什么都不缺，就缺一个好儿媳妇，萍萍肯来，确是尽善尽美的事，锦上添花啦！不过，时间应抓紧，我明天就来看看。"

伟霞点了点头。老胖这才喜眉笑眼地回家去。

大么村的礼尚往来，历来都是一家有喜大家贺喜，这些天来，张海家里收了不少礼物，有鸡、鸭、木鱼、被单、毛毯、罐头、肉和鱼等等各种各样东西。这真是：莫道世间黄金贵，黄金难买乡邻情。

就在这节骨眼时刻，张海还收到村里一家困难户和吴大妈节俭出钱来相助的三千元钱，这又是旱苗得雨啊！

一家是前年儿子车祸身亡，现在自己靠搬运出卖苦力，夫妻两人没依没靠，日子过得很艰难的杨小卫。杨小卫是个嘴头没话的下苦人。他和张海是同龄人又同是搬运工人，有事都互相帮助，是很合得来的老朋友，这次见张海家有困难，穷人怜穷人，自愿借来他平时攒下的一千元钱给张海，并说萍萍以后赚钱了，再还给他，不要急着还。

另一家就是吴大妈了。吴大妈二儿子自创办家具厂后，家庭生活比过去好多了。这时候，吴大妈就给大儿子吴永富和二儿子吴永康分家，吴大妈和丈夫陈达明独立过生活。分家后，吴永富和吴永康合不来，就到杨志生磁砖厂去打工，吴永康和妻子有时忙，吴大妈就帮忙煮饭料理家务。吴永康也经常给吴大妈零花钱，但吴大妈省吃俭用把钱省下来了，这次见张海家没有钱给萍萍交学费，就把积累的两千元钱借给张海了。

这两家人，心地都非常善良，尽心尽力，助人为乐，张海一家都很感动。

这样，张海一笔一笔地数着这些天来尽力筹集到的钱儿：

萍萍、灵灵剥桂元干的工资：三百元。

小双哥哥送来：五百元。

小双向后么村朋友借：五百元。

邻居送来的被单、毛毯等拆卖：三百元。

杨小卫、吴大妈两人借来：三千元。

自己运砖的工资：一千五百元。

志生家送来：三百元。

总加起来，有六千四百元。但老胖答应要借来三千元，这还是一个问号，因为宁宁肯不肯卖车或凑到钱，这就很难说了。如这三千元有，总共有九千四百元，够萍萍和灵灵今年的学费了，如这三千元没有，就会又差一大截，生活费又成问题了。但该借的钱都借了，该卖的东西都卖了，如今家徒四壁，上哪儿再凑钱呢？张海的心又不能平静下来，大家都去睡了，他独自一人站在窗口，久久地望着那少了半边儿的月亮，这时，他人急智生，猛然间想到前天看到卫生院门口坐着几位等着抽血出卖的人，那么，自己明天也去抽血，不是又能凑到一笔钱吗？

第二天，小双早早就卖苹果去了，张海吃了早饭，也匆匆要出门了。

灵灵问："爸爸，你今天要去哪儿？"

张海说："到海亭镇上去一趟。"

但当张海搭车到镇上时，又考虑镇卫生院离自己家太近，万一遇到熟人不好说，于是，他到镇上后，又搭车去县医院。

血是好卖。张海到县医院后，登记、排队、检查，一会儿就顺利抽完了血，换回了六百元钱。中午，他买了一碗面吃了，就倍道兼行，直到傍晚才满面风尘回到家中。回家后，他面色苍白，沉陷着两眼，头晕晕的，人感到很荼，便有气无力地躺靠在椅沙发上休息。萍萍见爸爸今天怎么会躺着，是不是爸爸年纪多了，脚劲儿不如以前了，或欠安了，有点不对劲，忙问："爸爸，哪儿不舒服了？"张海听见了，连忙站起来，说："没有，没有，累了点。"之后，他强装着笑，对萍萍说："你的学费今年凑到了，能去上学了。"

"真的？"萍萍听着，两只乌黑的眼睛里顿时闪动着光亮，脸上显露出甜美的微笑，问："灵灵的学费呢？"

张海说："都够了，我再打算一点生活费。"说着，又上自己房间取出钱，加上自己口袋里的六百元，合在一起，重新数了一遍，说："这些共七千元，如老胖说要借来三千元，今年你和灵灵的学费和生活费就有了，明年的，明年再打算。"

萍萍说："老胖说了这么久还没有拿过来，不一定有。"

张海说："就是呐，要是老胖这三千元无法拿来，那就麻烦了。"

正说着，俯仰之间，突然门口窜进来了一个人。

"是他！"张海嘴唇翕动着，顿时慌了手脚，急急忙忙把钱塞进自己的衣袋里，心随之地突、突、突地跳动起来。

真是胡蜂撞进了蜜蜂窝。

萍萍也立刻紧张起来，望着这个人，呆了。

来人正是陈老大。他人矮矮的，瘦瘦的，就是九五年春，张海投资柑子外卖公司向他借一万元钱，月利息三分的那个债主。

陈老大一边走过来，一边嗓子眼里便敲起了破锣，说："喂，别装进衣袋里去了，我看见了，那么多钱。"

没等张海说话，陈老大拖了一条椅子，屹蹴在张海面前说："今天可有钱啦！"

张海立刻惊悚地望着陈老大，额上沁出了汗珠，就像一只麻雀突然碰见一只老鹰一样地受惊，忙说："这钱是借来的，要交学费，急用着呢！"

"我比你更急用啊！"陈老大说："目下，我用钱很急，大儿子肝硬化住院，一天得花上百元钱，我已经来了好几次，你问问她。"说着，用手指了指萍萍。

"能不能商量一下，今后再还给你，这钱，比什么都急用啊，再几天就要开学交学费了。"张海说。

陈老大说："不行，我说过啦，我比你更急用啊，我来了这么多次你都说没有钱，今天刚好有钱不还，何时呢？再说，你久假不归，说借一年，已两年了，我算过，到两年整，你就欠我近两万元了。"

"没那么多啦！"萍萍插嘴道。

"怎么没呢？本金一万元，月利息三分，每月的利息是三百元，到第一年年底，单一年的利息就是三千六百元。第二年的本金不是一万元，而是一万三千六百元，那么，一万三千六百元的月利息是四百零八元，四百零八元乘以十二个月，等于四千八百九十六元，另加本金一万三千六百元，就是一万八千四百九十六元，还不是近两万元。"

"你怎么能这么算，这是利滚利，违法的。"萍萍说。

"什么利滚利，违法。现在农村里都是这么算的，你问他。"陈老大用手指指了指张海。

"不行，不能算复利。"萍萍还是这么说。

"你小孩懂啥？"陈老大说："人家是从井救人，看你爸老实才敢借，要不，还不借呢，借了不还，倒有话来了，怎么能这么做人呢？再说，你第一年就还清给我本金和利息，我把你还的本金和利息合在一起再借给别人，还不是和我算的方法一样多吗？"

萍萍说："老师说，我们现在法院里不允许民间借贷驴打滚儿，古代的很多朝代，如汉朝、宋朝和明朝，都规定'不得还利为本，否则治罪'。"

"可是，我国民法中没有这么规定啊！好喽，你别调理我了，欠钱不还，道理还大呢！"陈老大对萍萍说，然后黑着脸，头又转向张海，说："张海呀，高山藏虎豹，深泽掩蛟龙，你女儿伶牙俐齿，挺厉害啊，那好吧，君子成人之美，不成人之恶，不算复利就不算复利，你今天就得把本金和利息还清楚，否则我今天不会离开你家。"

说到这里，张海的手微微发抖了。最后，张海经不起陈老大的死乞白赖，只好把进嘴的肥肉又吐出来，给了陈老大一千元，但陈老大却皱着脸说："不够花啊，张海，一千元在医院里能顶几天？"陈老大说着，又赖着不走，实在没有办法，张海又给了他一千元，陈老大这才踢里踢踏地渐渐走远了。

张海家的钱，至此又减少了两千元，他无能为力地长嘘了一声，便软弱地靠在背椅上，许久许久都没有说一句话。张海想，对，脸丑怪不着镜子，是自己没有钱，不能怪别人要钱急。但要如何逃出这个"山重水复"的困境，另找柳暗花明又一村的出路呢？张海可算绞尽了脑汁。

第三十二章

但老胖这两天，对萍萍的定亲倒是信心百倍。她从志生家出来，便脚步轻松，心满意足地踏进自己的家门，口若悬河、滔滔不绝地把计划定亲助学的经过一五一十地告诉给老队听。老队说得起劲，老队听得欢心。老队称赞老胖主张正确，办事果断，老胖也决定很大，乐意当好这个媒。

第二天，老胖又很早就到了志生家，伟霞诘樽候光，很热情地招待老胖，又是茶水哩，又是果汁哩，没上几分钟，两人便从家长里短的话题转到萍萍亲事这个主题上。

还是伟霞说得直截了当，她说她和志生经过一个晚上的讨论，都同意这门亲事。志生还表示，若这门亲事能成圆，他得马上叫健健变卖一些货物，先解决萍萍和灵灵的学费，以后张海家的债务，他也会帮到底。

老胖听了，立即眉开眼笑。她觉得自己的一身突然轻松起来，心里有说不出的那种甜蜜蜜、乐滋滋和温暖暖的感觉，看来啦，这门亲事定下来是确定无疑喽！真是没福跑断肠，有福不用跑啊！

但伟霞又说："健健说萍萍什么都好，他能有这样的一个大学生妻子，是他一生最大的幸福，但人家正有难，应该帮助，有钱就得支援人家读书，在这个时候提出这事，等于用钱逼人家成亲，很不妥当。"

志生也起床下楼了，他接着说："这个孩子就是这样，做了好几门亲事，不是说这，就是说那，这次他什么都满意，却说上这些大道理来。"

老胖听了，连忙说："说的对，说的对，这是双方自愿的事，怎么能说是逼呢？做孩子的就是这样乱说话，我家的那个媳妇也是如此，明明买车的钱是我的，也说我现在逼他卖车，哼，现在的人，变了！"

伟霞接腔说："就是这般的气死人，我昨晚说了，如这门亲事再不做，待后我们都不管了，看他今后到哪儿能找到这样的媳妇儿。"

"别气了，"老胖又喊哩喀喳起来，说："孩子到底是靠大人养大的，你们走的桥，比他走的路还长，你们吃的盐，比他吃的米还多呢！他懂个啥？做大人的当然有帮助孩子成家立业的义务，这是我们做父母的责任啊！再说，萍萍是昆山片玉，是打着灯笼找不到的好媳妇，错过了这个机遇，他会终身后悔的，依我看，这是蓝田种玉，多好啊！既然你们同意了，就这么定下来，还不是为了他好吗？做大人的主张了，孩子又会怎样呢？以后成亲了，他会感谢大人给他找了这么一个理想的妻子呢！"

老胖一口气说着，停了，又补充说："你说是吗？像我们当初成亲，还不是像健健一样说不吗？以后，还不是照样结婚生孩子了吗？"

伟霞听了，瞧了瞧志生，问他："你看如何呢？"

志生本来犹豫不决，听老胖这么一说，也觉得有道理，便说："张海的意见呢？张家如果也同意，就这么确定下来吧，健健这猴儿精也不是反对，只是要萍萍亲口答应，但两个孩子从来没有谈过一句话，女孩子要怎么好开口呢？这只能由我们大人决定后，他们两人慢慢就会好起来。"

老胖觉得志生说得有道理，她说："张家的事，包在我身上，我马上就去说成。"

之后，老胖和伟霞讨论，若事成，具体应定在什么时间举行订婚仪式，什么时候付多少聘金等等事儿后，老胖这才告辞回家去。

老胖回到家里，此时老队已在家伫候好久了，见老胖回来，连忙迎上去，迫不及待地问这问那，老胖回答得有条有理，伶牙俐齿，老队听得笑逐颜开，啧啧点头。老队急于求成，催老胖一鼓作气，马上到张家谈谈。老胖便去了。

但张海夫妻都不在，老胖交代萍萍说，待张海和小双晚上一回家，叫两人一齐到她家一趟，有事要商量。萍萍满口答应，心想准是借那三千元的事。因此这天张海和小双一回来，萍萍就催他们快点到老队家。

张海和小双到了老队家，老队和老胖早已久等了，一片盛情的茶水招待后，使张海夫妻既感到十分感激，又感到十分惭愧。老队夫妻太关心张海家事了，使他们俩都不知道如何报答。一会儿后，老胖的话儿很快便转到萍萍的这门亲事上。

老胖介绍情况后，又说，这是她的主意，志生夫妻知道后都很乐意，说定亲后，无论如何他们要先付来七千元学费，以后每年的学费每年付，萍萍的生活费，每个月会付给五百元直到毕业。另外，张海家的债务，在萍萍结婚前，他们会付给张海五万元，以助还债。

竟是这事！张海夫妻都感到突然，两人都没有插上一句话，呆若木鸡。片刻后，张海看看小双，小双看看张海，两人都没有说话。

屋里风不动，水不响，静悄悄的。屋外，不时从远处传来突、突、突的手扶拖拉机的响声和大凤山上夜莺传来的呖——呖——呖的清脆的啼啭声。

老胖开口说："依我之见，现在的情况，还是抓紧成亲为好，一方面，女大当嫁，男大当婚。这是自古以来的人间情，萍萍大了，就是今年没成亲，待后也要嫁人。另一方面，对萍萍也好，既能上大学，还为他确定了一个好家庭，不但志生夫妻通情达理，宽宏大量，而且健健聪明能干，忠厚踏实，又办公司又有钱，以后萍萍过门，一定很幸福，就是萍萍以后找对象，像健健这样的人品也很难找，若两家成亲，对双方都好。当然，这是吕洞宾找何仙姑，两相情愿，人家也没有迫，就看你们的意见了。"

老胖说完后，老队也一本正经地说："现在你们的钱被陈老大讨走后，就剩下四千多元，老胖答应你们三千元，现在兰妹不肯卖车还钱，钱也没有办法取回来支援你们了，就是戏不演了，总共只有七千多元。另外，就算今年的两人学费解决了，还有三年的学费和生活费也成为大问题。因此，志生家能这么答应一次性解决，已尽心尽力了，对你们来说，是春苗得雨，正逢时儿。"

"是啊！"老胖又补充说："就是萍萍以后大学毕业了，一个月工资才二三千元，哪有钱帮你们还这么多债呢？我看这门亲事嘛，还是定下来为好，你们看如何？"

屋里又静下来。屋外，大凤山上的夜莺依然在叫着，不时还传来蟋蟀细小的窸窣声。

此时的张海，如堕五里烟雾中，他像一尊石像一样地动都不动，缄默不言。

小双一边沁着头，玩弄着她的手指甲，一边正在斟酌着，她想，好不容易才把两个孩子拉扯大，如果被迫弃学，不是前功尽弃了吗？健健这个孩子，她从小就知道他老实听话，虽然只读到初中毕业，但事业有成，就是大学毕业，能闯出一条年收入百万的职业，也很难。再说，眼下家庭债台高筑，志生能这么答应帮助，也是很难得的。考虑来考虑去，于是，她开口对张海说："定就定下来吧，你看啦？"

张海稍为振作起来了，慢吞吞答道："依你的意见好了，但首先要征求萍萍的同意。"

老队听了，高兴地拍了拍张海的肩膀，顺水推舟地说："当然应征得萍萍的同意，但这孩子乖，平时就很听父母亲的话，会同意的。"

老胖也振刷起来了，深重的脸上顿时展现出乐呵呵的笑脸，她饶有风趣地说："这门亲事不定下来可惜，健健能娶得萍萍，一定是他家几代烧了好香，萍萍能嫁给健健，也是命底清洁福气重，这一对成双，将来必定是连枝比翼，富贵荣华。"

张海和小双听了，虽不大相信萍萍的前途和命运将会如此平流缓进，一帆风顺，但老胖的旨趣是好的，他们也就觉得飘飘欲仙了。

但萍萍能同意吗？女大不由娘，应由萍萍同意，这才是关键。

又延宕一日，这天晚上，小双叫萍萍坐在她身边，仔细地端详着她的脸蛋，又亲昵地把她的短头发和齐眉穗儿拨弄整齐，可许久没说上一句话。

是啊，孩子是娘的连心肉。女儿亲，辈辈亲，打断胳膊连着筋。十月怀胎，痛苦分娩的女儿，辛辛苦苦拉扯了二十年，培养到考上大学，如今就要订婚了，作为母亲的人，怎不心爱心疼呢？

而对于萍萍来说，她真不知道今天的妈妈怎么会不同于往日的妈妈，这么亲热地爱怜长得这么大的女孩呢，这在萍萍的印象里，是二十年来从未有过的幸福时刻啊！

但当萍萍知道妈妈今晚的意思后，她飞红了脸，突然一头扎在妈妈的怀里，呜呜呜地痛哭起来，说："妈妈，我不读了，我也不订婚了，我要在家里陪你们赚钱还债，我不读了。"

小双看到萍萍哭得不成样子，心都酸了。是啊，肠里出来肠里热，她把扎在身上的萍萍紧紧抱住，止不住的泪水啊，也顿时噗噜噜地一串又一串地滚下来，滚在萍萍那乌黑的头发上，滚在萍萍的身上。

此时的张海，老僧入定似的静静坐在椅子上。他想好好地安慰在自己面前的女儿，他多么想把心里的话都向萍萍说说，但千言万语又说不出一句话，最后，他勉强镇定自己，迸出一句话："萍儿，千怪万怪，只怪爸爸没钱，你别哭了，你再哭，爸爸的心都会碎了，听爸爸妈妈的话，定下来吧，爸妈都是为了你好。"

萍萍抬起头，巴着红肿的眼睛望着爸爸。是啊，世上只有爸妈好，爸妈是给了自己血肉的人，爸妈是教育自己成长的人，爸妈是这个世上最疼爱自己的人，在自己身上，爸妈不知花费了几多精力，几多钱财，父恩如山，母情似海，寸草春晖，怎么才能报答父母呢？现在，爸爸已经够累了，瘦瘦的脸上刻满了艰苦岁月留下的痛苦痕迹，操劳的心里填满了层层辛酸苦辣，她不能再给爸爸增添痛楚了，她终于忍住了哭，对爸爸说："爸爸，女儿不怪你没钱，我只怪自己，怪自己考上了，要是考不上，那该多好，我可以安安心心地出去打工，帮你们还债，也不会给爸爸妈妈增添这么多的麻烦和痛苦。"

小双擦了擦眼泪，摸着萍萍的头，说："萍儿，你千万不能这么说，你能考上，这是我们梦寐以求的希望，我们望穿秋水就希望有这一天，我们朝巴夜望，就是希望你能考上大学，虽然我们缺钱，但你给家庭和村庄带来了好名誉，这比钱还值钱啊！"

萍萍眼里揣着泪花，接着问："妈妈，我和健健从小在一个村里玩，长大了，各奔前程，秉性不了解，没有接触，无一日之雅，彼此间产生了隔膜，没有感情基础，健健给我学费，我就与他定下终身大事，多别扭，这是不是用钱买婚姻吗？"

小双说："萍儿，是不是用钱买婚姻，仁者见仁，智者见智，但感情是培养出来的，像以前的年代里，很多的子女婚姻都是父母主谋出来的，他们互不认识，没有经过恋爱，经媒人的牵线就这么结婚了。最后，还不是很多人恩恩爱爱到老吗？这是各人的命啊，妈妈看健健实心眼儿，老实温柔敦厚，家庭条件简单，又有高楼大厦，经济力强才答应，要是健健人不行，再多的钱，就是几百万我也不会答应把你嫁给他。"

但萍萍的心仍像波浪翻滚不能平静下来，她委决不下这订婚大事，但又欲罢不能，她想，娘确实不容易，屎一把，尿一把地把自己从一尺五长抓养到现在五尺多，她哪里有个疤，哪天出过痘，她都记得一清二楚，她哪年头疼过，发热过，摔在哪里，娘也记得一清二楚，她小时候在摇篮里哭过一声，娘就会心疼地抱起来抖一抖，她长大了，娘把自己的布票都用在她的身上，千方百计想把她打扮得有个样子，可是现在，自己的翅膀硬了，头发黑了，她怎么肯去伤娘的心呢？但眼前的事儿，是终身大事，可不是儿戏儿，自己一定要找一个根子正、心地好、老实的人，咱不图当大官发大财的，也不图花里胡哨的样子货，只图一个本分、顾家，和自己合得来的正派人。但健健是种什么人呢？她无法明白。她只能对妈妈说："不，我不订婚，我不出嫁，我要和你们在一起过一辈子，我不想结婚了。"

小双说："萍儿，你千万不能这么想，这么说。鸟大出窝，女大出阁。这是不能阻挡的事，你现在订婚，要再几年才嫁出去，那时，你已二十四五岁了，你不嫁出去，妈妈会痛苦一辈子的，只有嫁出去了，妈妈才放心，这是我们女人不可缺少的一步啊，你千万不能这么想。"

"不，我不订婚，我不读了。"萍萍九九归一，又这么说着。现在，她脑海里是矛盾重重，如今的情况是，不读爸爸妈妈不肯，她不敢拂逆爸爸妈妈的意旨，要读又得与一个还没有进行过感情沟通的人定下婚姻大事，她真不知道该如何决定才好，她越想越感到左右为难，越想越感到命运在摆弄自己，越想越觉得堵心，越想越想哭，她终于又一头扎进妈妈怀里，又哭出声来了。

灵灵听到姐姐这么说，看到姐姐这么哭，心里像被一根烧红的铁钎插着一样难受，他再也控制不住自己焦愁的心情，冲着爸爸说："你们怎么把姐姐卖掉换回学费呢？这种钱我不要，我也不读了，我打工去。"

张海听了，不禁长叹了一声，他二手无力，浑身瘫软地靠在椅子上，这在他的记忆里，灵灵是第一次敢这样破口指责爸爸了。但这是在卖女儿吗？张海沉浸在深刻的反省中，他知道自己胼手胝足干了这么多年，只有付出，没有收获，付出的是成本和汗水，收回来的却是烦恼和债务，十几年来，人家翻身奔小康，他却一生坎坷砭砭终日还负债累累，他确实欠孩子太多了，他知道自己现在无能到无地自容的地步，但现在家里的唯一希望，就寄托在这两个孩子的身上，而唯一现在能解决两个孩子都成才，只有学费了，这个无法少也不能省的学费数额，对于别人来说，也许是微不足道的问题，而对于他，却如泰山压顶。因此，如今他是万般无奈才这样做，也只能这样做了，这怎么能说是在卖女儿呢？这是在替女儿寻找出路，除了这条路，实在没有别的路可走了！于是，他决定路就这么走下去，决定明天订婚，他抬起头来想跟灵灵剖白几句，但见灵灵蹬蹬蹬地上楼去了，他只好把决定告诉萍萍，劝萍萍和小双休息去，因为时间已是深夜一点多了。

第三十三章

今天，村里格外热闹，自从前天晚上老队夫妻与张海夫妻谈妥了萍萍的亲事后，老队这两天才睡了个囫囵觉。今天一大早，老队的心情特别怡悦，叫了十来个村里人，开始在村前空地上搭建戏台，以迎接今天下午就要进村的戏班。

一切都在计划中进行。

明天早上是萍萍订婚的日子，明天晚上戏班正式演出，连续演出两天两场。

今天，村里像过春节一样热闹，少长咸集，村上人家的亲戚们也应邀而来，老老少少，个个神采奕奕，兴高采烈，方圆左右的人，也纷至沓来看热闹。村上家家户户门额上罩挂红布，悬灯结彩，喜气洋洋，更给山明水秀的大么村，增添了生机勃勃、万紫千红的繁荣景象。

傍晚时分，演戏班的人排成长长的队伍翩然而至。演戏班的人不多。只有二十几人。村上的人们站在路旁两边观看，不时村里有人放了鞭炮表示欢迎。演戏班的人个个走得雄赳赳、气昂昂，村上的人们指指这个，又指指那个，说这个生的五官端正，玉树临风，一定是个"正生"，那个生的眉清目秀，婀娜多姿，一定是个"花旦"，而近尾巴的那个鼻子抹白粉，小嘴巴，动作滑稽的人，一定是个"丑子"。于是，小孩见猎心喜。"嘿、嘿"两声，蹦了个高儿，落地，用手左冲一下，右砍一下，学起演戏来了，挤挤插插的人群中，顿时传出嘻嘻哈哈的欢笑声。

大么村地处在三县交界的地方。所以老队这次预定的节目是大家都听得懂的《团圆之后》和《新亭泪》。《团圆之后》是仙游县剧作家陈仁鉴在一九五六年据莆仙戏传统剧目《施天文》整理改编的，该剧曾于一九五九年晋京参加建国十周年献礼演出，党和国家领导人刘少奇、周恩来、朱德等观看演出，并和全体演职员合影留念。田汉著文认为可以"列入世界悲剧之林"，同年由长春电影制片厂拍成舞台艺术片，把喜、怒、哀、乐、惊、愁和急等感情淋漓尽致地表演出来，因此成为中国的名剧之一。

《新亭泪》同样由仙游鲤声剧团排演。描写东晋王敦之乱。周觊力挽狂澜，却惨死于屠刀之下。该剧由仙游郑怀兴先生创作于一九八一年，年底参演福建省创作剧目调演，引起了轰动，荣获剧本创作一等奖、优秀剧目奖等诸多奖项。

老队在张萍萍收到大学录取通知单后，就按照自己的承诺，到仙游预定了这两出戏。今天，他心花怒放，情绪高涨地站在队部门口，不时进三步退三步地来回踱步着，不时又心境开阔地翘望着。他在等演戏班的队伍向他这边走来，他要好好地安置一下演戏班人员的衣食住行。

演戏班来的第二天，是个黄道吉日，萍萍和健健的订婚日期就定在这一天中午。戏班也在今晚开演。

按照大么村的风俗习惯，男女订婚，应在女方办数桌订婚酒，男方的订婚人，须亲自到女方共同用餐，并亲自交给女方订婚人具有意义的订婚礼——物或钱，以女方订婚人亲手接收男方订婚人的订婚礼为订婚成功。若女方订婚人不在或不肯接收，则表示订婚失败。这个风俗习惯可能与其他地区的订婚仪式大同小异，它经过民间几百年的沿袭，大么村人至今仍循规蹈矩，看得很重，这对老胖来说，这一套她尤其熟悉。

今天，老胖特别高兴。她平常很少笑，这两天却笑得像个十八岁的姑娘，因为她具有双重身份，既是媒人，又是主持人，今天当然由她唱主角。一大早，她便忙碌起床，吃了早饭，换上了大红衣裳，又在梳理整齐发光的大髻儿上，插上一朵大红小花朵，这才气宇轩昂地向张海家去了。

今天的老队，也显得特别精神和喜兴，也是新衣新裤，衣冠楚楚。他神采奕奕，容光焕发，因是一队之长，又是张海的好朋友，自然也在订婚宴会的列名之下。

订婚酒按部就班地进行着。碗哩，筷子哩，都已经摆好了。订婚的地点在张海家。订婚的仪式比结婚的仪式简单，张海的所有亲戚，七大妗子，八大姨全都来了。志生家的亲戚和大么村的邻居都算进去，总计办八桌喜酒。因张海家的厅面什杂太多，容纳不下这么多客人，又借用了吴大妈的大厅排列酒桌。

今天的酒菜，由于张海家道消乏，老胖一直交代不要煮得太丰腴，只要十二道菜就够了，奉行以吃饱为原则的主旨，以减轻张海家的经济压力。

掌勺儿的是隔壁村人，他带一位助手来帮忙。跑堂送菜的人，老队派队里的几个小姑娘来帮忙。厨房就在张海的厅上，一切安排就绪，张海家的屋外、屋内就忙着洗菜、切菜、切肉和杀鱼，以供厨师烹饪。顿时，碗、盆、锅、盏一片儿地价响。大家都忙着脚丫子朝天。厨师的勺口儿特好，烹调的味道香得能飘出门外，屋里屋外充满了刀砧声、油炸声和人杂声组成的叮叮当当及叽叽喳喳的和谐曲，油葱醋的香味，夹杂着柴火的烟雾味，汇合成一股农村喜事独有的扑鼻馥香。热热闹闹的气氛在向人们宣布，健健和萍萍的订婚礼，马上就要开始了。

此时，老胖和老队都已来了。老胖一来，就忙着排列桌子上的汤匙、筷子、啤酒和餐巾纸等。之后，她看看门向，说，健健该坐在这里，萍萍该坐在那里。接着，她又去帮小双整理家室里的什七什八的东西。

老队一来，张海就忙着沏茶，老队先检查今天买回来的肉菜油盐后，见一切正常，就坐下来与张海一齐饮茶，计划今天要办哪些事儿。但老队刚呷了一口酽茶，老胖就催老队快去陪健健他们过来，老队二话不说，随即就去志生家了。

此时的灵灵，独自还在二楼自己的房间里。他还没有吃早饭，也不想下楼。对面间里，萍萍正闭着眼睛，似睡非睡地和衣躺在床铺上。灵灵走过去，问萍萍："姐姐，你嫁不嫁？"萍萍生气地答："什么嫁不嫁，我订婚都不愿意，还嫁什么？"灵灵听了，又回到自己的房间。这时，小双催萍萍和灵灵下楼洗脸刷牙吃早饭。灵灵没有回答，萍萍嘴里"嗯，嗯"地答应着，就是不下楼。

老胖见萍萍迟迟不下楼，想上楼去看看，便擦了擦手，要上楼催萍萍，正好与要下楼的灵灵碰了个面儿。

灵灵身穿一件半旧的白衬衣，灰色的长裤，但肩上却背着一个鼓鼓的旅行包。旅行包里装着夏冬的几套衣服，一看就知道是要出门的样子。老胖见灵灵今天的行动有点异常，忙问："上哪儿去？"

灵灵答："姐姐不想订婚，我也不读了，到福州打工去。"

老胖立即感到事情不妙，忙挡住灵灵说："好端端的，怎么生起气来了？"

灵灵劈开老胖挡着的手，就往楼下去。

老胖连忙去拖灵灵，说："哎呀，今天是大红日子啊，你怎么这么不懂事呢？你爸爸都是为了你们好。"

可灵灵已经下楼了。

此时张海在楼下，听灵灵这么一说，气得眼睛里冒出了火花，他站起来，要抢下灵灵的旅行包，说："姐姐订婚是我们大人和萍萍的事，你管这个？包包给我放下。"

灵灵说："姐姐就是不想订婚，是你们逼她订婚，我不要这种钱，我不读了。"

小双知道灵灵口袋里没有一分钱，生活上没有落儿，跑出去会出乱子的，她手里拿着一个碗子，听灵灵这么说，连忙转身过来说："你别乱瞎说了，快给我放下包包，听爸妈的话。"

可是灵灵拧脾气，就是不肯放下旅行包，还是要出去，这时张海僵着脸，气了个贼死，二话不说，照灵灵的脸上劈手就扇了一巴掌。灵灵用手摸着脸儿，牙血也随即从嘴角流出来，小双见了，急忙过来挡横儿，说张海你也太急了。

是太急了，这是张海第一次这么急，第一次动手打灵灵。自从灵灵出生到现在，张海还没有打过一次灵灵呢，可今天的日子可不比往日，灵灵选在今天走，一是对萍萍订婚的不满，二是不要这种钱，不想读了。这对张海来说，无论如何也是接受不了的。他扇了灵灵一巴掌后，还在气头上，像红炭扔进热油锅中似的，顿时火冒三丈地又想再扇灵灵一巴掌，小双眼明手快，连忙过去再次挡住张海，可是手里的碗"乓"的一声，掉在地上砸了，成了几瓣儿。

萍萍听到楼下乓乓的杂乱声和打骂声，鞋子也没穿，猛地从楼上跑下来，挡在灵灵胸前，见爸爸脸红一块紫一块的直喘气，气吁吁地又要打灵灵，便跪在爸爸面前，抖抖颤颤地说："爸爸，别打灵灵了，我订婚，我听话。"说着，就潸然泪下。

小双见萍萍跪下来求爸爸，她怎么也忍心不下，一手过去就把萍萍拉起来。是的，小双是从萍萍出生到今天，第一次看见萍萍跪下来求爸爸，这对小双来说，确是心疼似针扎。

屋里屋外的人，都放下手中的活儿，有的劝张海不要发怒，有的劝灵灵不要拱火，屋里的气氛，总算渐渐又平静下来了。

小双费了牛劲儿，才把灵灵拉上楼去了。萍萍也上楼去了。小双和老胖见了，跟在后面，也一并上楼劝慰去了。

而杨志生家呢，此时也闹得不可收场。

几天来，伟霞卖掉了手里的金手镯，但金戒指留着要给萍萍订婚用。志生也亏本处理掉了一批瓷砖，两人总共筹集了一万二千多元钱，准备给健健订婚用和供给萍萍和灵灵两人的学费，但几天来，健健总是早出晚归，一说到这门亲事就回避。

今早志生和伟霞早早就起床，叫来了健健两位最要好的朋友，要他们今天陪健健一齐到萍萍家订婚。志生家的几位亲戚也到了，伟霞叫健健今天换套新衣服，并取出两千元钱和自己手中的那个金戒指，要健健亲手交给萍萍，可是健健就是唉呀唉呀直摇头，声音洪亮地说："你们没有经我同意，就贸然办订婚酒，这首先就错了。婚姻的事情，不能由父母说了算数，要我和萍萍两人同意才行，萍萍现在急需的是有钱读大学，我们有钱，应支持她，不能以钱为条件来逼人家订婚，萍萍现在才二十岁，不急于订婚，是急于读书，订婚的事，是被你们逼出来的，订婚以后两人如果没有感情基础，不是照样要悔婚吗？到时你们怎么办呢？"

伟霞心里挺别扭，却说："你怎么说是逼呢？你今天去一趟，若萍萍不肯亲自收下礼物，你说是逼还来得及呀，你自己也该称称，你只有初中毕业，人家还是大学生呢，人家同意，今天酒席安排好了，你倒不去，难道人家还得用轿子来抬你不成？"

志生也气得发抖，他声如洪钟地说："现在是90年代了，我们怎么会逼人家订婚？我们父母是牵线，由你们自己决定，催你多少次了，叫你亲自过去谈谈，如萍萍不同意订婚，就算了，但你至今不去，人家办酒席给你提供方便，你还是不去，也没有亲耳听萍萍说一声不，你怎么就说我们是逼呢？现在的问题是出在你身上，而不是出在萍萍身上，你有什么了不起的地方呢？"

直到老队来了，家里仍是吵吵闹闹，这时，健健欲上镇上去，说不去萍萍家了，志生一听这话就蹿火了，大吼道："今天你不能走。"众亲戚也极力过去劝健健，但健健就是一口咬定不动摇，说："今天我不订婚，以后再说吧！"说着，就要走了，志生顿时火冒三丈，顺手拿起桌子的玻璃杯儿就摔在地上，大声吼道："你今天敢走就别回来。"玻璃杯儿就这样"砰"的一声被打得破碎，碴儿满地，吓得家里养的那只狗猛地往上一跳，又赶紧乖乖地伏在地上，鼻尖顶在地板上，一动也不敢动一下，眼睛却愣呆呆地直瞪着志生。

健健挨了呲儿后，头也不回，"噔，噔，噔"地下楼去，一骗腿儿跳上摩托车，跑了。

健健跑了，志生顿觉心口绞痛，头晕目眩，他心脏有病，血压又突然升得很高，众亲戚急忙过去扶持他，安慰他，只见伟霞赶紧拿来药和水来，把志生扶到床上。

一切都完了，定婚的事就这么黄了，满天的锦霞，就这么被大风吹散了。

老队像挨了一闷棍，两腿直颤，不知所措，他连跑带颠地奔回到张海家，大声叫喊："健健和志生吵闹了，不会来了，不会来了！"

众人一听，个个都像封了嘴的八哥儿，目瞪口呆，面面相觑，谁也说不出话来。唯有老胖站在门口，回肠九转，顿时像大热天掉到了冰窖里，浑身都凉了，两腿虚飘飘的，急得直搓手，不胜惋惜地大摇其头，叫喊："变了，真是变了，天变了，地变了，人也变了。"只有张海门口的几只鸭子，不知主人今天发生了什么事，在门口一跛一跛地踱来踱去，像满腹心事的样子，扑踏扑踏缓慢沉重的脚步，给人一种如牛负重的感觉。

第三十四章

吹了，健健和萍萍的订婚就这么吹了！

但俗语说：大风吹倒街前树，自有旁人说短长。的确，萍萍和健健的订婚酒吹灯后，村里自然风里言，风里语地议论起来：

有的说：萍萍是大学生，配给只有初中文化程度的健健，门风不相对，太不合适了！但萍萍也傻，订就订婚吧，钱拿了，读到毕业后，如还是没有感情，对健健不中意，再否婚也不犯法。

有人却说：萍萍没有读大学，健健还不一定要呢，就是大学毕业，工资也就那么一星儿，可健健是百万富翁啊！因此，健健不订婚也是对的，钱付了是白付，几年后萍萍毕业后另找老公，健健还不是损失了几万元钱吗？

有人说：哪有一家娶儿媳妇，既给学费又替他家还债，杨家也太宽气了，但杨家聪明，看重的是人品，不是钱，若两人能配对，真是天生的一对，一个是大学生，一个有钱，财丁贵齐全，多好啊！

有人却说：凭良心说，张家培养萍萍至今，也得花好多钱好多力气，杨家就是替张家还几万元债，也是补不过。问题现在是两人没有感情基础就订婚，太急了，现在老胖弄得不尴不尬的，到头来，尖担两头脱，还是菜篮打水二头空。

……

总之，村里顿时议论纷纷，各有看法。但议论归议论，何必拾人唾余呢？一切的一切，都已成为过去，而萍萍和灵灵再几天就要开学了，钱够了吗？

张海又数了数钱，说："小双，减去今天订婚酒席的开支，我这里现在总共只有三千多元钱了，该哪个读呢？"

是啊，该哪个读呢？再几天就要开学了，哪儿再来四千元钱呢？四千元，是四十张一百元票，四千元，是四百张拾元票啊！

依然是这个问题，张海、小双都默口无言，片刻，张海面对苍天，长啸道："为什么要这么多学费呢？"

没有路可走了，张海想，我要以死来抗议这个沉重的学费负担，抗议自己的无路可走和无能为力。就在订婚未成，家中一片混乱之际，张海想到自己多年来的心血只希望孩子长大成才，如今，这个唯一的希望已成为梦幻泡影，付诸东流，便想以死抗议了。为此，他下了决心，带了一条绳子，趁家中混乱没有注意他的时候，一个人偷偷地进入房后原来生产队的牛棚里。

牛棚里的老黄牛现在是村里一家农户承包饲养着。在农忙时出租给队里社员耕田打耙。牛棚里臭味冲天，唯有这只老黄牛自在地站着，不时用尾巴摔打着脊背，赶跑那些可恶的苍蝇和蚊子。

张海心情沉重地将绳子穿过屋梁。这个时候的老黄牛，仿佛知道张海的心情和作死的行动，也舍不得这位善良的人离开人间，突然"哞"地叫一声，发出沉重且悲愁的吼叫声。

张海走过去，摸着老黄牛的头，说："老黄牛啊老黄牛，我是万般不得已才走上这一步，你懂吗？我的命还不如你好啊，你虽劳累辛苦，却能无忧无虑地度过一生，而我呢，却比不上你幸福。你知道吗？我原来也是一位读书人，倘若没有来个文化大革命，我也许这个时候正在办公室或单位里办公呢，但自从遭劫以后，我的希望只好寄托在孩子身上，如今，政策开放了，社会平等了，人人都有考试入学的自由和机会，我拼死拼活地干，总想把下一代培养成人，孩子也艰苦攻读，考上了名牌大学，我却不能解决他们的学费，眼巴巴地看着他们又要去拉砖卖苹果，老黄牛啊，我上天无路，入地无门，像石臼里的泥鳅，无路可钻了，你说说，我该不该上吊抗议呢？我再活下去，还有什么意义呢？"

老黄牛静静地听着，眼睛却滴溜溜地转动着，时不时又摇摇头发出"嘘、嘘"的叹气声。张海摩挲着老黄牛的脖子，又说："老黄牛啊，老黄牛，你懂吗？我现在是有话没处说，才说给你听听。我呐，如今口袋里只有三千多元钱，如给女儿读，儿子没钱读，如给儿子读，女儿没钱读，而儿子明年又要高中毕业了，现在没田了，招工还要收大学生呢，你说说，他待后要如何生活呢？再说，女儿考上了大学没钱读，儿子读了，该如何跟她交代呢？这些，都怪我没钱啦，才误了他们这一生，现在，我的处境像如来佛抓头皮，没经念了，没办法了。我不如撒手长逝，任其自然发展罢了。"

老黄牛还是静静地听着，眼睛里却已充满了泪水，流出来了，它时不时伸出舌头，舔了舔流下泪水。张海看着老黄牛流泪，自己的眼泪也流出来了，他痛苦地又说："老黄牛啊，老黄牛，你别饮泣伤心了，我帮你擦干泪花花。你没有老婆，不懂人间世上做老婆的人也难啊，我的老婆李小双，时乖命蹇，可惜一生！她原本会唱会跳，应该有个理想的丈夫，温暖的家庭，幸福的生活，只因'文革'在劫难逃，她才和我并驾齐驱，患难与共，使我临死之前还深情难舍，铭刻在心，就是我死后，我也会时时记住她，魂魄不散，清夜扪心，三更到家，痛哭流涕。

老黄牛啊老黄牛，我一生才流过三次泪，父亲母亲去世时，我流过泪，这是第三次，我就要和她永别了，你能不能帮我传告一下，叫我的孩子今后一定要孝顺母亲，那我就会含笑九泉了。"

老黄牛依然静静地听着，它似乎明白张海说的话，不但仍然发出沉重的"嘘，嘘"的叹气声，还摇动它那笨重的头，把泪水都甩到张海的身上。张海不再说了，他擦了擦老黄牛的泪水，依依不舍地离开了它，到那一条等他许久的绳子去了。

而此时的小双，却不知道张海上吊了。当她听到老队大喊健健不会来了，订婚的事取消了，急得她趴在桌上一个劲地哭起来了。

此时的老队也是一筹莫展，他站在张海家的厨房里，看到小双哭，又看看满桌子上的肉、鱼、菜，不知如何是好，急得团团转，如今，这边是萍萍的订婚未成，两人的学费没有着落，那边是兵临城下，戏班今天晚上就要开演了，该如何摆划呢？

一切都糟了！老队的脸涨得通红，脉搏也激烈地跳动着，他束手无策地跺着脚，问在旁边的老胖说："现在，该怎么办呢？"

此时的老胖，也是神神道道，忧心如焚，满身是汗。她用左手擦了擦头上豆大的汗珠儿，又用右手摸了摸她那湿淋淋的浃背儿，像从梦魇中刚惊醒过来似的，连不成句地答道："演戏的钱，还有二千五百元，先拿给萍萍交学费，演戏的钱，暂欠…暂欠。"

老队说："事到如今，只能这么处理了。"说着，他催老胖快点到家去取钱，老胖因此急忙赶回家拿钱了。

再说志生那边，自健健走了之后，他便吃了药躺在床铺上，人有点支持不住，但心里又有说不出的内疚，总觉得仿佛欠了张海一笔债，因此，他抖抖颤颤地对伟霞说："这门亲事没有定成，现在倒给人家增加了麻烦，如果萍萍与别的男方定亲，也许事情已经办妥，现在做了健健没有做成，反而耽误了人家的时间，我们不能撇弃不顾，应该匡其不逮，为人为彻，你马上把给健健定婚的那一万元钱，先借给萍萍和灵灵交学费。"

伟霞觉得丈夫说得有理，说："好的，我马上去。"便带上一万元钱，去张海家了。

说来也巧，就在这个关键时刻，邮递员突然来到张海家门口，问："张海在家吗？"

此时张海已偷偷去牛棚了，萍萍和灵灵正陪着小双，劝着小双，听到邮递员喊，萍萍答："在，在。"

邮递员即拿出一张单，说："签个字。"

萍萍问："我签行吗？"

邮递员问："你是他什么人？"

萍萍答："女儿。"

邮递员说："可以，但领钱要张海的印。"

萍萍吓了一跳，问："什么钱？"

邮递员说："人家寄钱给你们，你自己看。"

萍萍半信半疑，随即接过单，签了字，看了一下，简直不敢相信自己的眼睛，又读了一遍：

收款地址：海亭镇山顶村委会大么村组

收款人：张海 收

汇款金额：人民币一万元正。

汇款人：海亭镇山顶村委会第九组吴贯良

附言：赔给萍萍、灵灵交学费，明年、后年、大后年的学费，届时再汇去。

真是冷锅里爆出了热栗子，萍萍做梦也没有想到，在这关键时刻，竟有人会这么及时这么慷慨地解囊相助这么多钱，高兴得她啊，都激动得流出了眼泪，而这个吴贯良是何人呢？怎么连我们家里人的姓名也知道得这么清楚？再说，山顶村委会只有八个组，没有第九组。哪里还会有吴贯良这个名字呢？这一定是很熟悉内情的人才会赠送来，才会冒名了，没有这么了解情况的人，没有这么真心实意想培养自己和灵灵的人，能为之吗？对，这个人心地可好啊，是不是健健这么冒名呢？我一定要查清这个人，当面感谢这个人。萍萍嫣然一笑，想，很有可能就是健健。好嘞，不多想了，还是赶快把这喜事告诉爸爸妈妈吧！于是，她跑进屋，大声喊道："妈妈，有喜事，有人送给我们一万元钱。"说着，便把收款单拿给小双看，小双接过收款单，扑闪着一双大眼睛从头看到尾，顿时那饱经风霜的脸蛋，霍然现出她年轻时的那种热烫醉人的笑脸，激动的她催着萍萍和灵灵，怎么不快点找到爸爸，共同来分享一下这久别的幸福和快乐呢！

可爸爸怎的倏忽不见了？跑到哪儿去了？

萍萍向屋前走，边走边呼喊着爸爸。

灵灵向屋后走，边走边呼喊着爸爸。

但都没有爸爸的答声。就在这时，灵灵忽然听见屋后的老黄牛今天怎么会变相了，和往日不同，竟会像被什么东西撕咬似的发出一阵又一阵震天动地的"哞——哞——哞"的长吼声，灵灵感到蹊跷，便到牛房里去顺便看一下。

当灵灵上牛房窗口一看，哎呀，糟了，牛房脊梁上怎么上吊着一个人？再仔细一看，正是爸爸啊。他心跳如雷，立刻声振屋瓦地向家里尖叫起来："不得了了，快来人喽，爸爸上吊了！"

灵灵一边不停地叫喊着，一边破门而入，赶紧抱起爸爸的腿往上控，以减轻绳子的压力。

牛棚就在张海家的后面，只有三十米左右。众人听到了呼喊声，都炸窝了，快速向牛棚冲去。小双也听到灵灵的呼叫声，有如霹雳当头，肝肠迸裂，便惊慌失措地向牛棚跑去，但她刚跑了几步，就眼前一黑，昏倒在地上。

萍萍找不到爸爸，就回来了，她到家后，发现屋内空无一人，妈妈也不见了，便跑到后门去看，这时她一眼就看到昏倒在地上的妈妈，她赶紧跑过去扶起妈妈，一边呼喊在牛棚屋前的人。

牛棚屋外的人，听到萍萍的呼喊声，又跑回几个人。这时，老胖和伟霞也相继来了，听人说张海上吊了，老胖和伟霞两人怕得惊慌失措，从头顶一直凉到脚跟。又看到小双昏倒了，大家正在火速帮萍萍把小双扶进屋里，更是手脚发抖，心脏怦怦地跳。

众人一到牛棚，立刻割断了绳子，把张海抬出牛棚，放上竹席上，又把张海连同竹席一齐抬到张海屋后的一棵榕树下。

这时的张海，脸色发紫发黑发胀，已一动不动，紧张的人们，一时也不知道张海是死了还是活着，有的围在旁边，有的跑去喊村医了。

灵灵色若死灰，魂飞天外，他跪在张海身边，一边摸着张海的脸，一边哭着说："爸爸，我有钱读书了，爸爸，都是我不好，气了你，害了你，以后我一定听你的话。"见爸爸还是动弹不得，便又大声痛哭起来。

老胖见小双没事，又一跛一跛跑来看张海，见张海四肢不动地躺着，两条腿便战战兢兢，七魄悠悠，脸上顿时流露出诉求上苍保佑的神情，两手抱拳，对天拜了拜，又对地拜了拜。

此刻的小双，缓醒过来了，但她六神无主，流涕痛哭，一定要去看张海，萍萍和姑娘们只好扶着她到榕树下。小双见张海一动也不动，立刻又昏过去了，萍萍连忙搂住妈妈，伟霞两手发抖，把小双的人中都掐得快要出血了。

这时，小双又缓醒过来了，她颤动着嘴唇，对萍萍说道："你爸爸要是早知道汇款的事喽，一定很高兴，也不会上吊去。"说着，凄然泪下，又哭起来对张海说："张海啊，好死不如恶活，你孩子现在有钱上学了，你知道吗？孩子若没钱读，你也应该伴随我们度日，怎么你就这么狠心上吊去了呢？你说文革那年代，不如死去，却要活下，你就理当受苦啊！你是读书人，你怎么会这么不明道理呢？你啊，一生坎坷，生来穷苦，活着劳累，含冤一时，受难一世，好日子你还没有度过一天呢，你真是聪明一世，糊涂一时，你怎能伸着脖子等死呢？"说着，眼睛一白，人又昏过去了。萍萍哭眼红肿，涟涟泪下，口里却说："妈妈，你别哭了，妈妈，你别哭了，我不能没有你。"

过了一会儿，小双又慢慢缓醒过来了，可人一苏醒，眼泪又跟了上来，对着张海又大哭道："张海啊，我俩如鼓瑟琴，你不能死，你知道吗？家中无男不成家，你死了，我往后该如何度日呢？张海啊，你一定不能死去，家中没有钱花，我不怨你，家中没有米煮，我不怪你，你是我的糟糠之夫，怎忘了与你共患难的妻子。蝼蚁尚且贪生，为人何不惜命，你要是驾鹤西去，也得带我一齐去，也能夫妻团圆呐，你却丢下我不管，你要是抗议现今的学费之多，你也不能以命当赌，你多狠的心啊！"说着，人又昏过去了，萍萍见状，紧紧地搂住妈妈，把脸儿贴在妈妈的脸上，一个劲地抽泣着说："妈妈，你别这么说了，我只有你一个妈妈呢！"

可喜的是，平地一声雷，这时赤脚医生来了，用听诊器一听，说："人还活着，还有幽微的呼吸，快，人走开点。"接着，又是打针又是针灸，慢慢地，张海出了口粗气，村上的村亲们，这才有了欣慰的笑容。

萍萍这时还是搂着妈妈，她一听赤脚医生说张海还活着，心就宽了一半，立刻对小双说："妈妈，爸爸活着，爸爸活着。"她一连说了好多遍，直到小双又缓醒过来，萍萍还是这么重复着。

隔了一会儿，张海这时也渐渐苏醒过来了。众人立即将张海抬进了屋里的床铺上，小双也进屋了。这时候的小双，依然守在张海的身边，用手摸着张海的脸儿，热泪花又是一滴一滴地滴在张海的脸上，直到张海能说话了，小双还是揩着泪花坐在张海身边，摸着张海的脸，久久不肯放手。

村上的村亲们，看到小双爱护张海的情景，也都激动得热泪盈眶。瞧这一家子，真像药材店里的抹台布，酸、甜、苦、辣，都尝到尽头了。

张海终于没死，活下来了。

萍萍见爸爸能说话了，立刻高兴地对张海说了有人汇款来的事儿，张海张开了眼，张大了眼，心里一下子活泛起来，当他看着收款单，看到收款单上整整齐齐地书写的"壹万元正"时，他立刻如同服了万应灵丹，顿时目光炯炯，神采飞扬，脸上那纵横复杂的皱纹，也立刻绽出了条条生动清晰的笑纹。

大旱望云霓，一场久盼的甘霖终于到来了。

一家人，见张海笑了，终于都笑了。

一村人，见张海笑了，终于都笑了。

此时，老胖和伟霞，满头大汗地赶到了。

老胖说："这两千五百元钱拿去交学费，演戏的钱，暂欠。"

伟霞也说："志生叫我马上起来，这一万元钱给孩子交学费和杂费。"

张海笑了，对老胖说："交学费的钱够了，请带回去付演戏款吧！"又对伟霞说："吴贯良寄来了一万元，要送给两个孩子交学费，这一万元，请你们带回去吧！谢谢你们了！"

伟霞和老胖都一愣，问："谁吴贯良？"

张海说："一个好心人，但还不知道这个吴贯良是谁！"

伟霞说："那就留在你们这里还债吧！"

张海说："家里虽然欠债，但我们会克服困难还清的，你和志生的一片心意我们收了，但这一万元钱我们不能再收了。"

但今天订婚花费得一千多元，伟霞怎么说也要出，最后老队从中调和，张海才肯收五百元，然后，张海叫小双把今天办酒席的肉、鱼等分给大家了。

这样，事情就圆满解决了。张海说，雪后始知松柏操，你们对我们的关心和支持，我们表示衷心地感谢！

但良有以也，一家人谁也无法确切地知道这个豁达大度、助人为乐的吴贯良是谁。一村人，大家都在猜测这个吴贯良到底是谁。

总之，这个一飞冲天的吴贯良，正是健健呢。原来，健健知道这件事后，认为萍萍不是急于要订婚，是为了解决两人的学费问题才找上了他。他应该全力支持，因为现在政策开放了，自己才能赚到钱，但有钱了，不能忘了国家政策的英明，应当支持国家培养各行各业的人才，这才是国家最需要的，特别是国家有了强大的科技人才，国家才能掌控世界的主权，这样才能报答祖国，为祖国作出一点贡献，因此他便向欠款户一再催款，收回了一万元钱，便于昨天冒名寄给张海收。

萍萍再几天就要交学费上学了。灵灵也马上要开学了。

今晚，大么村特别热闹，因为庆祝大么村百年来第一次诞生本科大学生的戏就要开演了，人们欢欣鼓舞，载歌载舞，大么村里，更是沸沸扬扬，处处张灯结彩，火树银花，灿烂夺目，到处笙歌鼎沸，热闹非凡，沉浸在一片欢乐的气氛中，大家奔走相告，欢声笑语，祝贺张海、小双夫妻的两个孩子，再接再厉，天天向上。

老队满面春风，心潮澎湃，他盈盈欲笑，站在马上就要开演的戏台上，激动地举起手臂，庄严向人们宣布：大么村，从此也有大学本科生了！大么村全面"脱贫"了！

晚霞，还是像火一样红彤彤的。

晚霞，正放射着镶着璀璨金边的光芒。

戏台上，锣鼓敲得正紧，唢呐齐鸣，笙歌高唱。

戏台下，人山人海，一片欢腾。

忽地，村上震起"噔，噔，噔"的村炮巨响声，紧接着一串接一串的大花炮，像龙一样，由几个人从村口直拉到戏台下，又是一声炮响。

通红的铁条便插上了捻芯头儿，顿时，捻芯上放射出红的、黄的、蓝的和绿的各色射条，像一个火球滚动似的滋滋地向内燃烧，蓦地，劈哩啪啦，呜——呜——呜的响声震天动地地呐喊着，发出千万条五光十色的闪光，向大凤山冲去，向平原区冲去，向蓝蓝的天空冲去，把山清水秀的大么村，映照得更加美丽和壮观。

而戏台上，和以往不一样的，是当中横挂着一幅大幅标语，赫然在目，动人心弦。

两旁挂着两幅高高的匾联，又象龙在飞腾，虎在跳跃。

右联是：改革开放大震人心举国上下贡献祖国

左联是：教育事业人人有责培养人才家家出力

当中的横幅是：助人为乐。

第三十五章

再说那天健健不肯定婚跑到公司去上班后，杨志生当场气得太阳穴上青筋暴起，满腔怒火，幸好亲戚们和伟霞一再阻止和劝导，给他药吃并扶他上床休息，才不至于心脏病和高血压发作。

气过之后，志生对伟霞说："生孩子要干吗呢？我不会死，也会被儿子气死，现在什么事都由他自己主张，我说的话他一句也不听。"

伟霞倒心平气和地说："我们做父母的尽力了，他不听，就由他吧，何必气成这样！古语说，自古万事难成圆，成也自然，败也自然，你就别操这个心了。你现在身体不好，重要的是养病，伤了身体才是最吃亏的，你还是安心养病吧！"

但几天过去了，志生人仍感到乏力，食欲不振，并伴有腹泻，尽量叫来赤脚医生看了，吃了好几帖中药，但仍不见好转，伟霞说："不然，我们到医院去检查一下，开点药回来吃，很快就会好转的。"

志生说："不用了，老病受刺激可能新发作了，隔几天再说。"

又过了两天，志生不但病情没有减轻，反而又有了呕吐，伟霞就决心去医院一趟，但家里人手不够，电话又多，健健要维持公司的运营，很忙，无法脱身，伟霞就挂电话叫来女儿晶妹。

晶妹自从出嫁后，少有回家，如今已有一个两岁的男孩，晶妹接到电话后，就马上回家来了。

晶妹回家后，在知道健健那天订婚发生的事后，对志生和伟霞说："你们不要逼健健订婚了，这是他的事，不是你们的事，你们的心是好的，但你们先订婚后感情，旧人用旧规，而健健是新人用新规，先感情好了再订婚。你们总想有儿子儿媳妇传代，一家就荣华富贵，但儿子总想夫妻感情和谐，这才是家庭幸福的象征，所以，健健不是觉得婚姻不重要，而是很重要的事，所以才步步思索，小心翼翼办。因此，也许是你们错了，健健对了。不要再怪健健这个也不对，那个也不对，因为爱情是一场马拉松，不是一次短跑，你们以为订婚了，萍萍就是健健的，但其实，健健抓不住萍萍的心，永远也别想得到萍萍，哪怕是已经订婚了，萍萍以后也是别人的，不是健健的。"

志生说："照你这么说，我们就不要理健健的婚事了？"

晶妹说："不是说你们不要理，你们只有建议权，没有决定权，要不要订婚，只能由健健自己决定，须得到健健同意后才能举办，你们错就在这里，总以为你们是生他的父母亲，有强迫的权力，但你们错了，萍萍不是一个一般的人，你看她能考上中国科技大学，就知道她的头脑有多厉害，只是在家庭吵闹的压力下，她才勉强被迫答应订婚，但她答应订婚是口头的话，不是心里的话，爱情是两颗心的结合，嫁给什么人，就有什么样的命，你要让萍萍永远跟健健走，就只有买了她的心，但你们没有办到这一点，而是形式上的订婚，这能解决问题吗？更不能逼着姑娘上轿，把不愿意马上订婚的健健推向酒桌。"

志生说："这么说，我们是错了，这事只能由健健自己处理好了。"

晶妹说："这就对了，何必伤这么大的身体强求呢？"

伟霞说："我也错了，我们是过时的人，还是多听听别人的意思吧，好了，你还是静下心来，养好身体才是关键的事，我们先去医院检查一下，回来了再说。"

晶妹说："去吧，我在家，你们放心去检查吧！"

伟霞便陪志生到村口等车。近来，大么村通往镇上的路，下面村的路都已铺成了水泥路。大么村村口每天都有三轮车在这里等客。

很快，伟霞和志生便到达了海亭镇医院。因为上头通知，只有到所属镇医院看病，才能申请部分报销。

镇医院在镇中心的靠北三里的路上，医院不大，医生护士总共只有几十人，加上现在政策开放了，镇上的医疗机构办得多，镇医院的病人就减少了，伟霞办理了挂号等手续后，很快就找到医生。

医生是老年人，有六十岁了，姓吴。经吴医生询问、开单之后，志生就去做CT、心电图、彩超和血液化验了。

等了很久，这些项目单终于出来了，吴医生看了看单上注明的密密麻麻的字后，又询问了志生的痛苦后，说："你原来有心脏病和高血压，现在又得了危及生命的肝硬化后期，情况很不好，要马上住院。"

志生不知道单上写的是什么，听吴医生这么一说，顿时头上冒出了冷汗，说："我平时只知道有心脏病和高血压，怎么一检查突然又得了肝硬化后期？"

吴医生说："很多病人在早期没有症状，但一检查才发现是晚期了。"

伟霞听了之后，也是四神无主，面色如土，手脚发抖，但她在志生面前，还是安慰说："住院就住院吧，现在医疗发达，不要担心这担心那，住一段时间就好了。"

既然查出这个情况，也是意想之外的事。本来，只知道受健健气，心脏病和高血压又在找人麻烦，哪里知道自己还会有什么肝硬化，还是晚期，要自己的命了。人生，就是这样，年轻时用命赚钱，年龄多了反而要用钱买命，但有什么办法呢？伟霞知道后，只好偷偷地往肚里流泪，去办理住院手续了。

志生突然发病的消息，很快就传给健健和晶妹，又很快传遍了整个大么村。大么村人无不为之愕然！五十多一点的人得了这种病，也实在太早了，刚刚才是童年、青年，如今家庭富了，晚年可以享受了，病却找上门来了，实在令人无限痛惜，又无限感慨。每个人，现在都有必要深刻考虑自己的作息时间和生活环境条件了。

第二天，村里人就陆续到医院去看望志生。老队、蔡永福、陈达明、陈建东、陈发亮等人都去了。一大早，张海和小双买了一箱苹果和一箱牛奶，也去看望志生了。到医院后，大家都不谈其他事，只谈一些病症的事，叫志生要放松心情，积极治疗，早点回村。又谈有些人，医院诊断是绝症，但坚持治疗，回家吃草药和中药，病反而好了，十来年还活着的健健康康的，身体无大碍，这主要是在心理上给志生宽宽心，安慰志生和伟霞不必过分伤心。

张海和小双九点多才回家。回家后，觉得还早，张海就说要到邮电局去取款，因为萍萍再两天就要远离家乡到安徽合肥报到去了。萍萍今天很高兴，也说要同爸爸一齐去取款，张海答应了，父女两人便一同去镇上邮电局了。

到了镇上，萍萍见到复印店，说汇款单要复印一下，张海问：要干吗呢？萍萍说，留一张复印件留念，还能认出笔迹、时间等，万一有用。复印一张才五毛钱，张海答应了。

复印后，两人便一同去邮电局去取款。

取款时，张海顺便问营业员："这个汇款的人，长得啥模样？"

营业员回忆说："一个瘦高瘦高的年轻人。"

年轻人？瘦高瘦高？萍萍当即想，这个人一定是健健了。因为健健是年轻人，又长得瘦高瘦高。再说，懂了张海名字的人，很多，但懂得萍萍名字的人，很少，一定是知情人。另从时间上推测，这汇款的时间正是健健要订婚的那两天时间，能懂得这么具体的人，唯有健健了。

张海取款后，也说，这个吴贯良，一定是健健，收了这么多钱，我们应该当面向人家感谢一声。

萍萍说："好，好，应该，我们到健健公司去一趟。"

于是，取款后，两人又向飞达公司走去。

健健办的飞达公司是租用的，占地面积120平方米，底楼是样品批发店，楼上是办公室。公司除了健健和志生，还雇有五个推销员和一个会计，多劳多得，按销售数量付工资。六个人，这在 90 年代，已经很多了。

张海和萍萍的突然来到，令健健慌了手脚，热情万分。他怎么也没有想到，今天张海和萍萍会一齐来。

健健和萍萍在童年时，常在一起玩，很熟悉，但近七八年来，由于健健在公司上班，整天在镇上，很少在大么村，而萍萍忙于在镇中学读书，很少到镇街道上去溜溜，所以，两人碰头的机会几乎是零，加上成年后各自性格的成熟变化，两人的同村关系就显得有点疏远了，这次的见面，算是几年来的第一次了。

萍萍今天穿的衣服，朴素又整洁，暗红色的短袖，深棕色的长裤，红粉色的凉鞋。脸儿白里透红，大而亮的眼睛里，像滴进了露水，脉脉含情，洋溢着少女那种诱人的美丽。她头发撮了个圈儿，打扮得端正、优雅，光彩照人，宛如天上的仙女下凡，配上她那天生的修长细腰和身段，体态显得更加娉婷，谁见了都想回头再瞅她两眼。萍萍一进来，健健就认出来了，但看到萍萍如今变得这么成熟这么漂亮，使他都感到惊讶。健健不敢再看萍萍了，笑盈盈地，忙叫帮手快去拿来水果招待萍萍和张海。

萍萍忙说："不用了，不用了，我们坐一会儿就要走了，打扰你们了！"

张海、萍萍坐下后，看见健健这几年也变得很多。他今天穿一件白色的衬短袖，黑色的长裤子，黑色的皮鞋上是一双白色的袜子，大方又绅士，一见就知道是非一般的打工族，他头发梳理得整整齐齐，五官端正，肤色白净，壮健潇洒，神采飞扬的脸上一片阳光，洋溢着青春的朝气蓬勃。如今的健健，变成这个样子，是萍萍想不到的，使她心里充满了热恋的追求。

张海开口说："今天我们特地来找你，就是当面要向你表示感谢，感谢你为萍萍地上大学赠了这么多钱，我们一辈子也不会忘记。"

萍萍也说："我们查了几天，现在才断定这笔钱是你汇的，万谢了！"

健健愣了一下。他是以吴贯良的名字汇给张海收的，张海怎么这么快就知道这笔钱是自己汇的呢？健健笑了，问："你们怎么断定这钱是我汇的呢？"

张海说："邮电局的营业员说，是一个瘦高瘦高的年轻人汇的，再说，知道萍萍姓名的人，只有大么村人，大么村一个瘦高瘦高的年轻人，只有你了。"

萍萍说："真的谢谢你了！"说着，即到健健办公桌上拿来发票，又拿出汇款单的复印件，说："你看，发票的字，和汇款单的字，是不是同一字体？同一个开的。"

健健不好意思地说："我用吴贯良的名字，就是希望你们查不到这个人，不用感谢这个人，不必感谢了！"

张海知情后，又一次合拳向健健表示感谢！

健健说："这事就不必提了，我能尽到涓埃之力，已经很高兴了，萍萍能考上中国科技大学，这是很厉害的事，不但是大么村的光荣，也是全校的光荣，因为全校能考上提前批的，只有两个人，萍萍是一个，是未来祖国的精英。你为祖国出力，我为你出力，能提供的帮助，我应当尽力帮助，这是应该的。萍萍现在家庭有困难，但不等于以后困难，会很快好起来的，萍萍以后几年的学费和生活费，我会每年付去的，请放心。"

面对这个仁人君子，萍萍激动得眼泪差点儿都流出来了，现在，健健终于在她面前近距离地出现了。是的，就是他，曾经在她的心灵深潭中投过石头，现在才在她心中引起一圈圈的涟漪，一串串的浪花和一种炽热的爱，她心慌了，脸发红了，胸脯也一直扑通扑通地跳起来，真诚地说："太感谢你了，明年的学费，看情况吧，家里能克服，就不必麻烦你了，我到学校看一下，能利用星期六、星期日赚点学费，你就少负担了，但今年你对我的支持，我就会终生难忘的。"

健健说："不必再谢了，我们是同吃一地粮，同烧一炉香的发小儿，这么客气可就生分了，小时候常在一起玩，我现在经济力轻松一点，你们困难一点，这是暂时的，谁叫我们在同一个村呢？"

接下去，张海了解健健公司经营的情况。

健健说："公司里的经营，这几年都是我为主，我爸为辅，他退二线去了。我们总公司里现在有我、会计和推销员共六个人。我们总公司之下，办一个瓷砖厂，工人三十多人，有一个厂长和两个技术员，专门注册一个牌子，叫飞达瓷砖，专门生产五种规格的瓷砖，但他们不理出卖的事，由我们总公司负责管理和推销。现在最头痛的是三角债，说钱，公司里今年还好，年营业额达到八千万，但被拖欠有近二千万，接下去的任务，我们就是催款回收，因为公司底下也要买原料、发工资和费用。"

张海听后说："桐花万里丹山路，雏凤清于老凤声。你爸爸现在不行了，你能独立管理这么大的公司，已经很不简单了。"

健健说："我也是一边摸索一边管理，很吃力的。"

在谈及志生的病时，健健说："我准备再几天转到市医院去住，那里条件好，如果能治疗好的话，花多少钱，我都舍得花，也一定要花，做儿子的，只能尽到这个责任，其他的没有办法了。"

张海说："这已经很好了，很难得了，志生是位老实人，儿子能这么尽孝，已够了，谁能保证自己一生无病无灾呢？有家属陪伴，尽孝，减轻病人的痛苦，安然地度完一生，这才是最真实的。"

之后，健健便回忆起发小儿与萍萍在一起玩的事。

　　健健说："有一次，可能那时萍萍才七八岁吧，萍萍发现岸上有一朵开得很美的花，想把它摘下，结果花没有摘下，手被旁边的一棵野草刺了，血都流出来，萍萍疼得坐在地上哭，我发现后，想帮她要把刺拔出来，但刺断在肉中，我便赶紧陪萍萍回家去。"

　　健健的话，增加了他们之间的情愫，萍萍听了，笑了，说："记得，记得，那时我刚要读小学，还不知道那种花叫什么名字，被轧后，现在才知道它叫野丽春花，花开得特别漂亮，有朱红的、鲜粉的和雪白的，回家后，张大婶骂我说，叫你别乱跑，现在手又被野花轧了。说着，张大婶拿出针，帮我把刺挑出来，这次印象我特别深刻。"

　　健健听了，也笑了。这时，已中午十一点多了，张海对萍萍说，我们走吧！该回家了！张海和萍萍都站起来了，健健要留张海和萍萍在公司吃午饭，萍萍和张海怎么说也不肯。健健只好问萍萍："你什么时候去报到，我到大么村接你去镇车站。"

　　萍萍说："不用了，现在交通方便了，我后天早上九点去枫亭车站，票买好了。从枫亭出发。"

　　健健说："我公司有小车，我到大么村接你到车站，我准时去。"

　　萍萍看着健健，爱慕之心油然而生，笑了，说："好，好，我等你。你的电话呢？"

　　健健马上告诉萍萍他公司的电话、家里的电话和他自己的电话。

第三十六章

大么村的九月份，天气多变，但景色依然壮观美丽。

今天，太阳早早就爬上天空，在大地上涂上了一层明亮的光辉。远处的山顶上，漂浮着一团灰色的浓云，中间张开了一个可爱的嘴唇，像在等待着谁来接吻。近处的田野上，秋收后新插的苗儿，已经一片绿油油了，像刚刚被油漆过绿丹似的漂亮。道路的两旁，那些不知名的野花，竟不知秋天已经来临，还敢散发出诱人的香味。村前村后几棵苗壮成长的大松树，也不怕秋天的疾风，仍然以绿枝绿叶笑对着季节的变化。就是村庄的高楼新屋上，那些调皮的麻雀儿们，还是那么高兴地跳来跳去，不时发出咕咕咕和叽叽喳喳的叫唤声，像组成一曲和谐动听的清晨交响曲！

多美的大么村清晨啊！

今天，是萍萍要去福州，然后乘坐火车到达合肥去报到的日子，一大清早，萍萍就起床了，穿上一套肥瘦儿适中的新的确良衬衫和蓝黑的长裤，头发梳好后在脑后盘成一个纂儿，还有那白色的凉鞋和袜子，太漂亮了。特别是那件衣服，短袖的，白色的底色，上面分布许多蓝色的小花朵，小花朵像新鲜的玉兰、碎碎的，香香的，若把它抖下来，它就会像一地的珍珠闪烁，妙趣横生，清新夺目，引人入胜。

萍萍洗脸漱口后，高高兴兴地坐在厅上的椅子上，等着时钟滴滴嗒嗒地向前推移，当时间跑到八点三十分时，她就准备出发了，多么激动啊！

张海、小双和灵灵，也一个接一个地都起床了。

灵灵早在前几天就开学了，今天是星期日，他在家中，也要送姐姐到车站去。

小双忙了一阵后，端上一碗肉片线面汤，两个熟鸡蛋和一碗小干饭，说："萍萍，趁热吃，吃完了就要去车站了。"

萍萍看了一眼，皱着眉头说："妈妈，早餐又煮这么好的给我吃，这几天我都吃腻了！"

小双说："萍儿，快吃，今天是你要离开妈妈独立生活了，妈妈怕你路上饿了。"

萍萍说："到处都是店，还怕挨饿了。"说着，就坐下来吃起来。小双又喊："张海，灵儿，稀饭熟了。"

于是，一家人都围在桌子上吃起来了。

萍萍吃完，说："妈妈，我要去队长家里踵门道谢！"

张海说："去，要去，我也想叫你去一趟。"

萍萍就出门了。到了老队家，萍萍站在门口喊："队长在家吗？"

老队和老胖在屋里，听到声音都跑出来了，看到是萍萍来，老胖马上迎上去，高兴地牵着萍萍的手，说："我们知道今天早上要走了，我们也会过去送你的。"

萍萍说："我再一会儿就要走了，特地来向你们两位老人辞离，感谢你们为我出了这么大的力气，演戏又花了三千元，谢谢你们了！"

老队、老胖听了，乐得哈不上嘴，说："太好了，太好了，村里是你第一个考上大学，还是全国重点学校，名牌学校，我们替你高兴了，祝你一路平安，再接再厉，学业有成，为国贡献。"

萍萍说："好的，好的，请你们两位老人注意身体健康，快乐幸福。"

老胖把萍萍的手握得紧紧的，笑着说："好，你好，我们好，大家都好。"

萍萍说完，站着和老胖又谈了一会，说要走了。老胖还是牵着萍萍的手，和老队一齐送萍萍回家，走到门口，萍萍见门前栽种着几十盆花，很新奇，就过去看了。老队的屋前栽种了许多花，阶柳庭花，清静幽雅，十步之内都会闻到飘逸的花香。

萍萍问："多美啊，这盆叫什么花？"

老队说："这叫五色梅，别名叫五彩花。"

萍萍说："花朵开得多么艳丽啊！"

老队说："这种花，不但开花美，其根还具有清热解毒，散结止痛作用，其叶、枝也是药，可以用于皮炎等病的辅助治疗。"

"是吗？"萍萍答着，又指着一盆花，问："这叫什么花？"

老队说："叫翠菊，别名叫八月菊，但它花不是单单八月开，而是从五月份开始，一直可以开到十月份，花色也很多。"

萍萍说："好美啊，花朵似半球状，你家一共栽几盆花？"

老队说："一共三十盆，有迎春、牡丹、海棠、石榴，再就是玫瑰、月季、灯盏花、红梅和虎头兰等等，老胖现在没事干，生活好了，就栽几盆花消磨时间。"

萍萍说："真好，我春节回家，再来看花。"

老胖说："你要走了，不然就带几盆回家。"

萍萍说："不用了，不用了，我能见到这么多品种，就心满意足了。"

说着，远处就传来了姑娘们嘻嘻哈哈的笑声，原来，是萍萍初中时的同学，来送萍萍来了，共八个人，她们知道萍萍今早要走，约定一起来送行。

萍萍见了，忙跑过去，高兴地和她们牵手，一边聊，一边回家去了。

到了家里，见吴大妈、永福夫妻、陈建东、陈培元等很多人都在屋里谈笑风生，等着给萍萍送行。大队支部书记张仁明、副书记吴伯亮也来了。萍萍赶紧进来问大家好。

不一会儿，老队和老胖也来了。包括女同学们，共有二三十人，连坐都没有地方坐，大家都站着，屋前屋内到处充满了欢乐的祝贺声和嬉笑声，气氛显得非常热闹，又非常激动人心。

几分钟后，健健开着本田小汽车就到门口了。调了车头后，就停在门口。健健出来了，他今天没有打扮得惊天动地，排山倒海，像有钱人那样，西装革履，皮鞋发亮，头发抿得油油的，而是打扮得很得样子，整洁，大方，头发梳得整整齐齐，穿着一件打眼的白衬衣，鞋子倒换成了凉鞋，穿一双灰色的袜子，配上他那高挑儿的个子，更显得飘逸，端正，楚楚动人。

老胖走过来，开玩笑地惊叫起来："健健，萍萍，真像天生的一对，好登对啊！"

满屋子的人听见了，都不约而同鼓起掌来，笑开了。

萍萍是个知书达理的姑娘，她不好意思地看看健健，笑了，没有说话。

健健也不好意思地看看萍萍，笑了，问萍萍："几点的车票？"

萍萍说："九点二十分。"

健健说："该上车了。"

于是，张海、小双和灵灵，带着萍萍的行李，从屋里出来了，上车了。

萍萍最后一个上车，车旁围着送行的人，不停地向萍萍挥手示意，祝萍萍一路顺风，平安快乐！萍萍也不停地向大家示意告别。几个女同学舍不得萍萍走，看到萍萍上车了，眼泪就扑簌扑簌地掉下来，萍萍见了，眼泪也出来了，她又下车来，和同学们热情地拥抱后，又上车了。

别离了，大么村，别离了，老乡们，别离了，亲友同学们。

健健的车子发动了，终于向前方驰去……

萍萍上大学，这是大么村的一件喜事，但萍萍上大学后的一星期，大么村却传来了一则坏消息，这就是陈寿星去世了。

陈寿星早在前几个月就查出肺癌。当时，他先是咳嗽不止，吃很多止咳药都无济于事，还伴有胸痛、咯血和发热等症状，本以为是感冒，拖了几天不见好才到医院去检查，结果一检查就发现是这种病。医生问他家史，他说他父亲他爷爷也是肺病而死，这就极有可能是遗传性疾病了，但不管怎样推测，检查后又复查，还是这种倒霉的病，这就准确无误了。

年龄七十好几了，又得了这种病，这意味着什么，陈寿星心中是清楚的，如尽力治疗，花上几十万元钱，虽可延长生命一二年，但还是死，这值得吗？所以只能办理住院做一般治疗，贵的药、进口的药都不用，反正，人到了一定年龄，不是这种病就是那种病，人总是要死的，药物能起到减轻病人的痛苦就很好了。

陈寿星只住院三个月时间，后就在海亭镇商品房里住。这期间，蔡红玉把店关了，带着四岁的儿子陈世杰来伺候他。陈寿星的女儿陈秀华一家人，虽然也经常来看病，但陈寿星由蔡红玉护理，这是当然的事，谁叫蔡红玉是陈寿星妻子呢？而蔡红玉也知道，这是她无可推卸的责任，她在结婚时，就已经考虑到有这么一天了。好在陈寿星六十九岁了那年，又生了一个陈世杰，使蔡红玉不至于孤单，心中有了安慰。陈秀华因是女儿，有了蔡红玉主持，她就轻松多了，不然，这个担子就落在陈秀华身上。

如说治病的钱，家里还是有一点点的。大富由命，小富由勤。陈寿星在买了套房用去近五万元钱后，这几年又积累有近十来万元钱。但不想到，在这次疾病上都用掉了。陈寿星是聪明了，他不同意蔡红玉借很多钱来为他治疗，到头来，他照样死定了，蔡红玉还得还债，又得养小孩，这是陈寿星多次提及，也是不愿意看到的事。

陈寿星在病重时，外面就传来将开始火葬的风声，但火葬那时还没有实行，因此他就决定把自己安葬在与其前妻同穴的坟墓上。陈寿星前妻名叫蔡亚妹，在一九六０年就去世了。当时，正值国家困难时期，岁比不登，粮食十分紧张，每家每户只能吃半饱，以菜补饥，很多人因此得了水肿病，蔡亚妹就是这时得了水肿病死去，死时年龄还不到四十岁。蔡亚妹死后，秀娟和秀华才五六岁，七八岁，陈寿星又被评为四类分子，家庭生活之苦，是常人难以想象的，就是现在提起，秀华仍是泪流满面。所以蔡亚妹的坟墓，除了采用最便宜的棺材外，几乎是不花钱埋葬了。陈寿星这次有钱了，过意不去，就花了一万多元重新修成两人葬的石头坟墓，占地面积扩大了十来倍，委托蔡永福负责施工建造了一个月，坟墓就建造在大么村的后山上。这点，陈寿星在与蔡红玉结婚时就已经说明了，蔡红玉也知道自己的身份，也就听从陈寿星决定不计较这事了。

病重时，陈寿星考虑最多的是家产的分配问题，他怕他死后，秀娟的儿子蔡明辉、陈秀华、蔡红玉和儿子陈世杰因家产闹翻了脸，所以，在他病殁时，他就叫来他们分配了遗产，并一溜歪斜地写下遗嘱，再由陈秀华、蔡红玉和蔡明辉签字如下：

遗嘱

立遗嘱人：陈寿星，男，一九二四年六月二十三日出生，现住福建海亭镇胜利小区 302 房。

我与蔡亚妹于一九五二年结婚（蔡于一九六〇年病故），生有两个女儿，长女陈秀娟和次女陈秀华。陈秀娟于一九七九年去世，生有一男孩，名蔡明辉，现年二十二岁了。陈秀华生有一男孩，名蔡明煌，现年十六岁。一九八五年，我六十二岁，与二十八岁的蔡红玉结婚，婚后购有海亭胜利小区三〇二房一套，并有一男孩，名陈世杰，现年五岁。为避免日后女儿、外孙子、儿子和妻子对我祖传在大么村的房屋和在海亭新购套房发生纠纷，特立如下遗嘱：

一、我在海亭镇山顶委员会大么村 87 号的祖传房屋，占地面积一百八十平方米，包括围墙内空地，全部由我外孙蔡明辉继承。

二、海亭胜利小区三〇二房，面积一百二十平方米，我与蔡红玉各半，我的一份由儿子陈世杰继承。

三、我治病期间所欠的医疗费和埋葬费，由蔡红玉承担偿还。

立遗嘱人：陈寿星（签字盖章）

同意人：蔡红玉（签字盖章）

陈秀华（签字盖章）

蔡明辉（签字盖章）

一九九六年九月二十七日

在这份遗嘱中，陈寿星之所以要把大么村的房屋全由蔡明辉继承，这个，陈寿星是经过深思熟虑的，因为秀娟和秀华是同胞姐妹，秀娟是蔡明辉的亲妈，秀华是蔡明辉的后妈和姨妈，蔡永福是蔡明辉的亲爸，房屋理应留给蔡明辉继承，如重建，蔡永福和陈秀华是会出钱出力的。这样，蔡永福和陈秀华新翻建的三层楼，秀华和永福才可以继承给蔡明煌，如此处理，就可以做到一家人各有所居，避免了家庭内部的遗产纠纷。

陈寿星在病重危急时，对家人说："落叶归根，请把我尽快移到大么村去吧！"

陈秀华说："好，好。"就和蔡红玉按陈寿星的要求，把十多年没有居住的房屋大扫除了一次，之后，就把陈寿星移回到大么村老家居住。在这一段时间内，家人们白天夜里都在陈寿星家，轮流着伺候陈寿星，一家人很团结，直到陈寿星去世。

陈寿星去世后，丧事的处理由蔡红玉、蔡明辉、蔡永福和陈秀华四人主持，一切都按当地风俗办理。陈寿星算是很幸运且有子孙照料去世的老人了。

白事办理完成后，蔡红玉就带儿子陈世杰回到海亭胜利小区居住，蔡红玉又继承开店经营草药，日子过得还很稳定。

但这里要说的是蔡明辉。

蔡明辉参军后，没有几天就按陈春英说的办法，把信寄给陈杉杉转陈春英收，但几天后，收到的却是杉杉说陈春英跳楼已死的消息，并详细说了事情经过。

这突然的噩耗，对于蔡明辉来说，打击太重了，甚至一个堂堂的男子汉，也流出了痛苦的眼泪，影响了他在部队里的操练，情绪十分低落，班长和排长知道此事后，很同情他，对他从各方面开导他，但都改变不了蔡明辉苦苦思念陈春英的心情，甚而变得有点失魂落魄，死气沉沉，在各方面都不想争取，不求上进，只想回家。于是，到了两年义务兵后，蔡明辉就退伍回乡了。

回乡后，蔡明辉才二十啷当的人，正是年轻力壮的时候，本来活泼的人，变成了精神蔫不唧的，性情郁郁悒悒的，经常一个人步行到陈春英坟墓前呆坐，一坐就是一二小时。都说"情人眼里出西施"，这真的还是如此，尽管春英相貌平常，但明辉总觉得她像西施一样美，还把陈春英的照片放大，挂在墙上，每天看，经常看，呆呆地坐，呆呆地想，直到三更半夜了才睡觉，早上红日三竿高了还不起床。蔡永福知道后，多次和他谈话，劝他人生的路还很长，这才是起步，要尽快从悲痛中走出来，重新打开生活的风帆。但蔡明辉在失去爱人的这种长痛，已蹉跎快三年了，心中还只有陈春英一人，时常一个人坐在门口，每当看到春英最喜欢吃的东西时，就想起春英，每当看到谁穿的衣服颜色和式样和春英接近时，也想起春英，每当看到路人的长相和春英的花容月貌相似时，更想起春英，真是时时回首昔日情，唯有春英是个宝。蔡永福和陈秀华怕他在神经上想出毛病，轻声细语地劝他忘记过去的事，到风景区去浪荡开心一下，但他没有闲情逸致去游览，不肯去。直到有一天，搭鹊桥的阿姨给他介绍一个姑娘，蔡明辉的情绪才开始波动，重新走进阳光的大道上。看来"相思病"最好的药，只有用情爱来调节了。

这个姑娘是隔壁村人，名陈诗琦，二十岁，肥腴，妩媚而又端庄，中等身材，皮肤白润，大而亮的眼睛，通体洋溢着少女的健美，像一朵晨光下的花骨朵。她初中毕业后，就不读了，到镇上鞋厂去打工。父母均为农民，家中还有一个弟弟正在读书。正值婚龄的好时光，媒人常来她家说媒，但她均不肯随便出嫁，很会挑肥拣瘦。这天，媒人听说蔡永福有个儿子参军回来还未找对象，就特地来找蔡永福说媒，要介绍给蔡明辉。

蔡明辉在了解女方情况和看了她的照片后，没有反对。媒人就和蔡永福谈了女方父母要聘金一万元等条件，蔡永福答应了。媒人即向陈诗琦介绍了蔡永福的家庭情况，陈诗琦在知道蔡明辉是复退军人，今年二十二岁，初中毕业，家中有个弟弟，已建了四层楼的新屋，父亲蔡永福办养鸭场，一年纯收入七八万元，另有外公陈寿星遗留给蔡明辉的旧房屋约有一亩地皮的深宅大院时，考虑到蔡明辉的家庭条件不错，就答应了。没几天，经媒人从中搭桥，蔡明辉和陈诗琦第一次在镇上的酒店里见面了。见面后，蔡明辉对陈诗琦的为人和谈吐等各方面都很好感，于是双方就确定了订婚时间。订婚后不到两个月，蔡永福就给了女方聘金，女方父母也给了陈诗琦金戒指、金手镯、电视、衣服、现金等东西，基本上把聘金都花了，将陈诗琦出嫁了。

蔡明辉闪电式结婚后，这时候才重新鼓起生活的风帆，人也变得懂事多了，他和陈诗琦帮父亲养殖、出售成品鸭，并扩大了养殖场和养殖数量。但蔡永福不熟悉肉鸡、蛋鸡和蛋鸭的养殖方法，怕出事故，就专门从事"正番"鸭的养殖，成为一家有四个人专门养殖鸭场的专业户，养殖的鸭子从开始的一年几百只增加到一万多只，成为全镇最大的鸭场，年净收入在十几万元。

第三十七章

陈寿星去世的时间是一九九六年年底，很快，时间就到了一九九七年的春节。

一九九七年的春节，是二月七日。这天，是中华民族一年中最隆重的传统佳节，已有四千多年的历史了，它是从虞舜时期兴起到现在的。在春节期间，全国各地民众均有举行各种各样、带有各地浓郁特色的庆贺活动，特别是正月十五日的元宵节，更加集中体现了中华民族各地的信仰、愿望、追求、饮食、祈福、禳灾、信神、娱乐和文化等特点，到处洋溢着一片热闹非凡、喜气洋洋的气氛。

大么村属于海亭镇，但离仙游枫亭镇较近，每当枫亭在正月十五日游灯时，大么村这带的人都会蜂拥去观看这个全国出名的夜晚游灯节日。

福建枫亭的元宵游灯，至今已有千年历史。据史料记载，早在北宋时期就有，盛行于宋庆历至宣和年间，并流传有"香涌太平港，灯耀青螺峰"和"明月满街流水远，春灯入望众星高"等诗句。明崇祯年间，时任副都御史的枫亭林兰友奏请皇帝曰："微臣家乡元宵元灯会不逊于皇都，恭请陛下届时驾临观灯"，因得到崇祯皇帝的应允，在当时就轰动了京城，使枫亭游灯更加受到盛赞，并以气势恢宏，工艺精湛，地方特色浓厚而誉满海内外。2008年，枫亭元宵游灯已被国务院列为国家级非物质文化遗产名录。现今的枫亭游灯，有5个夜晚，节目比以前更加丰富多彩，游灯队伍浩浩荡荡有一公里之长，全程慢腾腾地游走3公里路程。正月十五这一夜观看的人数更是不计其数，可谓人山人海，街道两旁前头的观众，象挤电梯一样地站满了人，比肩而立，甚至每年还有从东南亚、美国、匈牙利和澳大利亚等国家的朋友也纷至沓来，不远千里来此观摩拍照，一饱眼福。真是：火树银花元宵节，枫亭处处都是春。千家万户齐游灯，枫江两岸不夜深。

游灯之夜，"灯火满月万里明，烟花笑声冲云霄。"枫亭街道上，家家张灯结彩，灯火辉煌，皎洁的月色，明亮而洁白，把枫江两岸映托得更加粲然夺目，人们喜气洋洋，载歌载舞，春风满面地沉浸在一片欢乐的气氛中。

大约晚上七点，随着铳枪三响，游灯开始了。这时，"满街珠翠游村女，沸地笙歌赛社神。"在一片地动山摇的欢呼声中，游灯队伍先是鼓乐喧天，鞭炮齐鸣，由装饰漂亮的小车车队像迎接外国贵宾来临似的，缓慢地行列上街，散开道路。

先是开道方队豪迈前行。他们抬着"兰友游灯"和"祖国江山一片红"等巨幅大彩图，举着五彩缤纷的圣旗、彩旗和虎头牌，气势磅礴地浩荡行进。紧接着，就是女子仪仗队。这些女子仪仗队由百人如花似玉的女子组成，她们一式服装，个个浓妆艳抹，打扮得花枝招展，在仪仗队前导上下挥动引枪的带领下，把欢乐鼓敲打得惊心动魄，气吞山河，一开始就把游灯气氛推向了高潮。

接下去是游灯方队。游灯方队山呼海啸般地从前面走来，最前面的是蜈蚣灯。这蜈蚣灯形状像一只巨大的蜈蚣，是采用竹片、竹篾、木板和布料等材料制成，也有采用两张胶合板连接制成的。一个蜈蚣灯长约六米，宽约三米，配上灯泡约三百个，电条十条和日光灯若干，须由八名年轻力壮的小伙子轮换高擎，特别是那几架蜈蚣灯蠕蠕而动，半卧前行，像一阵阵波浪翻滚扑面而来，其闪闪发光交相辉映的奇特壮观和高大庄严的形象，真叫人赞叹不已！和这几架蜈蚣灯一样大型的架灯，还有"欢度元宵灯""天官赐福灯""振兴中华灯""科技时代灯""安定团结灯""太平盛世灯"和"龙凤呈祥灯"等，品种够你大开眼界了！

蜈蚣灯之后，是花盆菜头灯。花盆菜头灯架是用木板制成大架子，整个架子宽约七十公分，高五十公分，装饰上油茶树或榕树以及刚盛开的桃花丛，然后又缀上纸蝴蝶或鸟之类的动物，并把约三十个白萝卜精雕细刻成各种图形的飞禽鸟兽和花卉，装饰在盆中和树枝上，配上用干电池发电的小灯光几十盏，形成一盒奇光异彩，色彩斑斓的盆景，就像花鸟云集在这蔼蔼树丛之中，在月白风清的元宵节中与人类共度温馨的春夜。当然，这些白萝卜是由民间的斫轮老手才能雕刻得这么纤毫毕现，栩栩如生，以此你又不得不赞佩这些能工巧匠们的精湛雕刻技术是多么出神入化！另外，和这花盆菜头灯相似的花盆灯，还有灿烂夺目的"孔雀开屏灯""双凤戏牡丹灯""龙凤呈祥灯""鲤鱼跃龙门灯"和"白菊傲霜灯"等几十个花盆，那些争芳斗艳的各种花灯，那巧夺天工的装饰技巧，那精美绝伦的灯艺，真叫人赞不绝口！

在花盆菜头灯之后，松树伞灯又出来了。这松树伞灯，也是独具匠心，它以小巧玲珑和绿色顺眼而独具特色。松树伞灯选择下大上尖叶枝并茂的松树为主干，须采用高约二米的松树为佳，剪去多余的树叶成伞状，并分层挂上小彩灯，一般可挂四十至五十盏灯泡，只要一人支撑即可行走，灵活方便，排成长长的一队，也是十分漂亮清新，翠生生郁葱葱得令人陶醉。

松树伞灯之后，小型的花担彩灯又接上来了。这花担彩灯采用两只圆形的小竹篮子，里面装上由山上刚采集回来的有赤、橙、黄、绿、青、蓝、紫的七色野花或人造花卉，并装上小电泡发光。它的特色是花篮里的花姹紫嫣红，青翠欲滴，一从丛，一球球，一团团，丹红的，紫绿的，雪白的，都在笑靥迎人，十分绚丽可爱，还能散发出馥郁的香味，给人心旷神怡，好像就要醉倒在花下的感觉，它既显现出春暖百花开，处处闻啼鸟的景色，也似乎在向你说，"这边风景独好！"真是"美哉轮焉，美哉奂焉！"把"游灯"这一含义，反映得更加淋漓尽致。它的另一个特别是专挑七八岁或五六岁的天真可爱的金童玉女挑，并给他们粉妆标眉，身穿彩衣，打扮得花红柳绿，头也饰带鲜花，鲜花上又装上小灯泡发微光，忽暗忽明，像小神仙、小仙女刚下凡，生气勃勃，尤其是这几十人的幼儿挑得颤颤悠悠，婀娜多姿，又伴随着美妙的儿童乐曲，更给生机盎然的气氛增添了活生生的浓厚色彩。

看到此，你可能认为游灯方队到此结束了，然而，"火树银花元夕夜，彩灯万盏熠霞流。"紧接在花担彩灯后面的，还有六角灯、塔灯、走马灯、谜灯、龙灯、凤灯、月兔灯、玉珠灯和琉璃灯等几十种，真的叫人看得眼花缭乱，目不暇接！难怪有人高呼："枫亭游灯绝了，比省里的花市展览品种还多着呢！"

但更精彩的，是在游灯方队后，大型的百戏彩架方队又接续了上来。这百戏彩架方队，是枫亭游灯中的精华部分，一个架约长三米，宽二米，高三米，是枫亭人民殚精竭虑，经过呕心控肚设计出来的精奇彩架。每个彩架都配备有镶着璀璨金边的多条彩色日光灯，断路灯若干条，能放出灿烂的奇光异彩，后景是精心制作和绘画的大型景色，如楼台亭阁、碧水青山、高山流水和古井喷泉等大自然彩景，五光十色，景色魅人，蔚为壮观，年年各异，独具一格。其品种之多，也令人咋舌！有"昭君出塞""西湖赠伞""龙虎奇缘""西厢听琴""皇家招婿""牛郎织女""春草闯堂"和"海峡女神"等数十个架鱼贯而来。它们的每一个架灯中，就有一个美好的民间传说或故事。它们一架当中，就得由三四个豆蔻年华的男女扮演，经过精心化妆并穿上古代衣裳，艳美绝俗又形象逼真，坐在高达几米的铁支架上，看似摇摇欲坠就会掉下来，又稳如泰山地安然坐着，实是扣人心弦又惊险奇特，其特色的装饰和设计，令人惊叹不已。难怪有的观众看到此，又高叫起来："哎哟，这真是民间艺术和杂技的大组合啊！"

说到这里，你可能感觉到枫亭游灯，原来都是灯，太单调了！这个，设计师们早已想到了，他们在一队和一队之间，又把大钹队，腰鼓队，军鼓队和十音八乐队穿插其间助阵，那鼓、锣、钹、锵气壮山河的声音，那军鼓、腰鼓穿云裂石的响声，那十音八乐金声玉振的音调，汇总成一个如万马奔腾，百鸟高歌的欢乐场面，顿时使整条街地动山河般地振荡起来，给人一种既激动人心又神怡心醉的感觉。

接下去，稍等一会儿，哇塞！"龙舞"和"狮舞"又出来了。龙舞和狮舞虽然较一般，是每年必有的节目，但枫亭的这条龙特别粗特别长，要八至十人身强力壮的人才能一齐飞跃跳动，摇头摆尾，尤其是龙头忽东忽西，忽上忽下快速表演时，它就像真龙一样地腾云驾雾起来，令小孩特别爱看。而舞狮又别具一格，这"狮"是用纱绒线缀制而成的，更似真狮，看到两个人一前一后地蹦跶起舞，仰头坐地，还要跳上桌子又跳下桌子的协调演技，着实也会令人见善若惊，欢声雷动地拍手称赞！确是"年到元宵灯火燃，龙腾狮舞夜难眠。"

看到这里，足足要站近两个小时。然而，就在这当儿，更精彩的表演还在后头呢！这就是文艺方队的演出。文艺方队的表演有时尚舞蹈，蚌舞，小丑队，"公负婆"和"春江摇橹"等小品节目。这些舞蹈和小品代代相传又代代更新，其构思之新颖生动，语言之滑稽幽默，舞姿之轻快飘逸，动作之千姿百态，演技之高超绝俗，真会叫人捧腹大笑又拍案叫绝！

是的，枫亭元宵十五的游灯，热闹非凡，真是"千门开锁万灯明，正月中旬动帝京，三百内人连袖舞，一时天上著词声。"直到晚上约十一点回游后，她才在一片热烈的鞭炮声中结束了，但它汇集了篝火、社火、游神、游灯、古巫、棕轿、傩舞等多种古典文化和民俗文化，以独特的展现，显示了枫亭人民智慧和文化水平的深厚，堪称是灯艺、曲艺、舞蹈、戏剧、杂技等多种艺术和历史文化、时代文化融为一体的表演，无可非议地成了中国元宵夜游灯的"天下第一游"，实是古人于右任所说的"壮哉枫亭，元灯是竟！"

就是在春节和枫亭游灯之际，海亭镇附近百店生意兴旺，道路上车流如水，到处是回乡未去上班的人，萍萍所在的学校，也放寒假了，这时候她也回到大么村来过春节了。

萍萍自从去合肥读书，在车站与家人及健健离别后，就一路坐车赶到中国科技大学报到了。萍萍刚进学校，像刘姥姥进了大观园，什么都有趣。报到后，她不但高兴地告诉父母亲一切事情办理顺利的消息外，还向健健说了合肥的街道如何宽大整洁，学校如何之大和景色如何之美，并一再感谢健健对自己的支持。接下去，她经常牵肠挂肚的，就是父母亲的艰难生活、健健公司的生意和志生的病况，所以，一有空，她就接长不断地会给家庭和健健打电话，了解家里的事以及志生的近况。这次一回来，她又挂电话给健健说："健健，我已经回到大么村了。"

健健回话说："哎呀，你怎么不告诉我一声，我到车站去接你。"

萍萍说："我麻烦你的事情太多了，我不敢打。"

健健说："你把我看成什么人了？下次回来一定要打电话。"

萍萍说："好，好，你爸爸现在的情况如何？"

健健说："情况很不好，命若游丝了，昨天医院来了病危通知书，我现在就在医院里，准备把他运回去。"

萍萍说："病危了？太可惜了，年龄才五十多岁。没有他，就没有飞达公司，他是改革开放好政策后的第一批受益者，我马上过去看他。"

健健说："好，我等你。得了这种病，没办法治了，但我们尽量用好药，以减轻他的痛苦，使他活得快乐，多活一天也好。"

是的，人来到这个世上，是一次偶然的机会，但离开这个世界，是一件必然的事。既然生老病死是人生命的规律，那么，为什么大部分人要逃避死，争取多活一天都好呢？这是因为人想在世时活得幸福，活得快乐，活得漫长。

杨志生自从检查出得了肝硬化晚期后，伟霞和健健就积极治疗，在海亭医院只住了三天，健健就把他转到市医院去住，到现在已半年了。在这期间，伟霞固定在医院伺候，健健跑来跑去，常到市医院看父亲。但得了这种病实在难治，越治越重，每况愈下，到这两天，几乎是昏迷一阵，醒来一阵，人也瘦得一身骨头两层皮，本来健壮肥胖的身体，足足有一百七八十斤，现在瘦到只有上百斤了。虽然健健和伟霞不惜重金，买来了很多进口的药物，以减轻他的痛苦，但这两天医院还是通知他病危了，要家人把志生运回家中。

第二天凌晨，萍萍还在睡，健健的电话就来了，说："我爸爸刚去世。"

萍萍看了看时间，正是早上五点半，说："我刚回来一会儿，他就去世了，我马上过去。"

萍萍放下电话，立刻起床了，告诉了爸爸妈妈，也挂电话告诉了老队。一会儿，全村人都知道这事了。

张海和小双早饭后，便和队长一齐去健健家帮忙了。村里的人，很多人都过去看望和帮助伟霞料理志生的后事。

志生的丧事，家里人早已有所准备。志生去世后，丧事搞得很隆重，雇了两队吹鼓手，前头一队，后头一队。送行的人，有两百多人，花圈足足有四五十圈。小双和张海这两天都在健健家帮忙，直到一切办理妥当才回家。出葬那天，萍萍也买了花圈去送行。志生的坟墓，就在大凤山山脚，由于这个时候火葬法刚刚要出台，志生去世在先，就土葬了。志生去世后，最苦的是伟霞，她哭得死去活来，怪可怜见儿的。

志生去世离春节只有七天时间，也就是农历十二月二十三日。这年，健健家的春节过得很萧条。志生刚告殂，家人难免寸心如割，家中没有音乐没有欢乐，也不放鞭炮，这是大家都理解的事。

到了正月十三日，也就是一九九七年二月十九日，突然传来了敬爱的邓小平同志逝世的噩耗，它振动了全国人民，也振动了处在山旮旯儿的大么村。

当天，中共中央、全国人大常委会、国务院、全国政协、中央军委发出《告全党全军全国各族人民书》。

接下去几天，全国各地隆重举行追悼大会，怀念哀悼邓小平同志。二月二十日，县市各界沉痛哀悼、深切缅怀邓小平逝世。这天，大么村村委会也在大队部举行追悼活动，默哀一分钟，怀念这位具有传奇色彩的老人，缅怀这个永远被人民铭记在心的时代人物。没有他，就没有改革开放新局面的中国，也没有山顶村委会现在高楼林立、粮食丰收，人们幸福生活的今天，所以，队长带领张海、永福等一大帮大么村人都去参加追悼活动了。健健和萍萍知道后，两人也一齐到大队部参加了默哀仪式。

默哀仪式后，萍萍发现健健近来操劳多，情绪低落，说："健健，我再几天就要回学校了，明天我们到九鲤湖去玩一趟，开开心，好吗？"

健健答应了，说："好，我开小车去。"

萍萍说："行，我们明早八点在枫亭车站取齐出发。"

大么村地处偏僻处，如要旅游，较近的地方，要么到厦门鼓浪屿，要么到泉州的开元寺、清源山、东西塔等地，或到漳州的客家土楼、关帝庙、南山寺等地去游览，更近一点的，就是仙游的九鲤湖了。但九鲤湖虽然近，萍萍和健健都没有去过，所以萍萍想去九鲤湖玩玩。

九鲤湖是仙游县"四大景"之一，坐落在仙游县钟山镇，距县城三十一公里，海拔五百九十米，是一个天然的石湖，素有"九鲤飞瀑天下奇"之美誉，它与武夷山、玉华洞并称为"福建三绝"。九鲤湖的四周，横峰侧岭，巍峨雄壮，林木葱茏，千岩竞秀。怪石嵯峨，瀑漈泱泱。融林、水、石于一体。它有十来个特别引人的石头，每一个石头都有一个美丽动人的传说，能写成一本书。九鲤湖遍布奇形怪状的溶穴，有的似锅、似瓮、似脸盆，有的如葫芦，像脚印，传说这是仙人在此炼丹时留下的遗址。溶穴很深，听说曾经有人从溶穴里倒进染有红颜色的稗谷，后来在莆田三江口木兰溪入海处发现到这些红稗谷，以此可知这些溶穴到底有多深？但驰誉海内外的，还是这里的九级瀑布群，有雷轰漈、瀑布漈、珠帘漈、玉柱漈和将军漈等九漈。每漈相隔近者只有四五百步，远者竟有二十里路，瀑布过处皆两山夹峙，奇胜不可名状，瀑布大的有一百多米，小的也有三四米，有的倾泻而下，恰似银蛇飞舞，有的汩汩而流，象奏出一曲雄伟的交响乐，其中最美的是"瀑布漈""珠帘漈"和"玉柱漈"。"瀑布漈"的水从半空飞奔下来，像千万把银扇同时张开，波光粼粼，发出震耳欲聋的响声，好像要把群山撕裂，使观者不禁想起李白在庐山观瀑时写下"飞流直下三千尺，疑是银河落九天"的著名诗句。"珠帘漈"也名扬天下，它飞溅着千万串似断了线的珍珠，霎时落进不见底的深渊里，像织成一块天大的垂帘吊在半空中，其气势之磅礴，真如万马奔腾。而"玉柱漈"，水从山顶贴着石壁滑下，像从天上飞泻下来，悠悠晃晃地飘落在白龙潭中，与潭水交映生辉，发出苏苏沙沙的音响，时而像刷刷的急雨鞭打潭心，时而又变成幽咽动听的低唱，在阳光的照耀下，它放出了道道彩霞，炫人眼目，一团团水花，把四周溅得格外清新……

第二天早上不到八点，健健的小车便停在车站的旁边等待萍萍的到来。一会儿后，萍萍到了，健健问萍萍："你跟你妈说你要去九鲤湖吗？"

萍萍笑了，说："我不好意思说我们要去旅游，说我今天要到同学家去玩一天。"

健健也说了，说："我妈只知道我要上班去。"

说着，健健就在车站旁边的小超市里买了面包、饮料和水果等茶食，一齐上车开走了。

车子开了近一个小时，才到达钟山镇的九鲤湖，这时，才早上九点钟，太阳刚刚把九鲤湖照得一片温暖。冬天刚刚过去，初春已经来临，九鲤湖附近到处充满了春意的气氛，四周一片翠绿，草木茂盛，桃李荫翳，青翠欲滴，宛如笑着在等待来旅游的人们，到处散发着馥郁的野花香气。在道路两旁，树叶繁茂，不知名的花儿在草被上异常娇艳明媚。成双成对的鸟儿，时而闪电般地俯冲下来，时而又站在高树上叽叽喳喳地招呼它的同伴。在露珠晶莹的花草树叶丛中，蜂蝶随香，还有那些不知名儿的蝉儿，用它那稚哑的嗓门，轻轻地嘶叫着。这里今天没有风儿，一点冷意都没有，而晨雾在这高山上，依然岚烟飘渺，四下子白茫茫的，蒙蒙地笼罩着这里的一切，使人更觉得这里的宁静和空气的新鲜。

健健的车子停在九鲤湖风景区的门口，买了门票，又到旁边的小吃店里和萍萍一齐吃了兴化米粉，就进风景区了。他们逐一看了蓬莱石、瀛洲石、羽化石、玄珠石、龙擦石、枕石等，又观看了摩崖上的题刻，道教名观，艺术建筑和文物古迹二十多处。看了这些"天子万年""第一蓬莱""碧水丹山"和"飞雨奔雷"等等历代名人的题刻，觉得它们真是古朴大方又遒劲洒脱。这些九仙观、水晶宫和玉皇楼等，真是金碧辉煌又气势恢宏。这些何仙宫、全竹庙和更衣亭等，真是玲珑精雅，绚丽多彩。接着，他们又观看九漈瀑布群。九漈瀑布群全长10余公里，沿途悬崖夹峙，蜿蜒曲折，十分引人入胜。他们从第一漈的"雷轰漈"，一直看到瀑布漈、珠穴漈、玉柱漈、石门漈、五星漈、飞凤漈、棋盘漈和将军漈，惊叹祖国的山河真是如此多娇和美丽动人，直到他们看得走不动了，萍萍说："太累了，我们休息一会儿吧！"

于是，他们就找了一块干净的草地，坐下，边吃饮料边聊起来。萍萍靠在健健的肩膀上说："你妈要是知道你今天和我到九鲤湖来玩，会不会反对呢？"

健健说："不会的，她上次还不是支持我和你订婚吗？"

萍萍说："上次是上次，上次还不知道你是个心地好又诚实的人。"

健健说："这么说，现在你是爱上了我。"

萍萍说："对，那还用说，我现在确实爱上了你这个白马王子，你呢？"

健健摸着萍萍的脸蛋，说："我当然也爱上了你，但是……"

萍萍坐直起来，严肃地问："但是什么呢？"

健健说："在爱情的道路上，当你遇到自己最爱的人时，往往上天会捉弄人，残酷的现实生活会因某种原因迫他们各奔前程，最终以伤心的心理离开了自己所爱的人。"

萍萍说："你这是什么意思？"

健健说："你现在是重点学校的高材生，将来是白领，我是农民，地位的差距，恐怕不允许我们在一起，尽管双方都很爱，但现实是现实。"

萍萍说："春兰秋菊，各有专长。梅花优于香，桃花优于色。婚姻道路上，只要双方感情合得来，就是幸福，没有女贵男贱或男贵女贱之分。现在，男女平等了，已不适用男尊女卑那一套了，你不要自暴自弃放弃我的追求，我愿意和你过一辈子，哪怕你以后身无分文，我也心满意足，你不要想得太多了。"

健健说："这不是我想得太多了，现实生活中，男贵女贱的婚姻到处都有，但在这个世界上，女贵男贱的婚姻，几乎没有，我不得不想，我们心心相爱，但到底以后我们在一起，会不会长久？"

萍萍气了，说："我不允许你这么想，女方比男方强的家庭，多着呢，再说，你是企业家，你什么时候都比我强，怎么我会比你强呢？我们现在就是一家人，我们会一生一世在一起的。"

健健看萍萍有点气了，让步了，知道萍萍是一片冰心地追求自己，不能让萍萍失意了，因此，说："好，好，不要生气了，我听你的，我们会一生一世在一起的。"

萍萍这才转气为喜，对健健说："说一声，我爱你。"

健健吻了萍萍的脸，说："我爱你。"

萍萍这才站起来，说："时间不早了，我们该回家了。"

健健看了看表，已下午四点了，说："好，好。"

说着，健健和萍萍就手牵着手，一起向门口走去……

第三十八章

　　萍萍寒假后回学校才几个月，张海家的喜事又来了，这就是这年年底，灵灵正积极准备参加高考，国家的征兵任务出来了，在校的灵灵体检合格了，被部队招收去了。

　　好树结好桃，好葫芦开好瓢。张海培养的两个孩子都很出色，萍萍是班里的学习委员，而灵灵是班里的班长，又是优秀生。灵灵体检时，部队招收的负责人，眼睛就钉上了灵灵，每关跟随，灵灵体检合格了，部队招收的负责人比谁都高兴。

　　说实在话，部队特别喜欢招收像灵灵这样学业出众、堂堂正正的相貌，身上蕴蓄着旺盛活力的高中优秀生。灵灵这几年不但读书好，人也很健康，且体高近一米八十公分，体重也有一百三十斤，五官端正，人斯文斯文的，人人看了人人爱，挺吸引人的。

　　张海很开明，知道灵灵被部队招收了，很严肃地对灵灵说："好，保家卫国，人人有责，男儿当为国流血，国家需要人，你去吧！"

　　但小双听了，眉头却系了个大疙瘩，说："要是打仗呢？"

　　灵灵当即知道妈妈舍不得他，说："妈，不要紧，如果我战死，家里还有姐姐照顾你们。"

　　小双不高兴了，说："你怎么第一句就说战死呢？你们两个孩子都是妈妈的心头肉啊！"说着，小双眼里就溢出泪花。

　　但张海对小双说："去吧，祖国在呼唤青年人，让他去吧！'捐躯赴国难，视死忽如归'，这是有志气青年应该有的精神，儿子有这种为国献身的决心，说明我们没有白养他了。"

　　小双擦了擦泪水，说："好，去吧，国家兴亡，匹夫有责，妈妈支持你。"

　　接下去几天，小双每天买回肉和鱼，煮了很对味儿的菜给灵灵营养，总是七碟子八大碗地摆了一桌，并坐在灵灵身边看着他吃，爱他如宝地说："你再几天就要离开父母独立生活了，要懂得自己保护好自己的身体。"

　　灵灵说："妈，我知道了。"

　　小双依依不舍地又说："你去后，每星期要记得写一封信回来。"

灵灵说："记住了。"

小双又说："去了，要好好争取，听领导的话，争取当上军官。"

灵灵说："好。"

这时，小双脸上才漾出了笑纹。

小双没有什么话可说了，望着自己十月怀胎的孩子，现在变成这么高这么壮了，再几天就要离开自己身边了，不觉得睫下突然缀出一颗颤悠悠的泪珠子，说："钱带一点去，万一有用。"她怕灵灵肚子饿了或什么事，身上没有钱。

灵灵说："妈，你别再担心这担心那了，部队里每个月都有发零用钱，我一分钱也不必带去，家里还困难，你们留用吧！"

几天后，灵灵就要去参军了。村委会里非常热闹，锣鼓喧天，鞭炮四响，欢送的队伍前，抬着一个"欢迎张灵灵光荣参军"的横标，灵灵接在后面，胸襟上戴着一朵大红花，男女三四十人乘坐三部手扶拖拉机，一路锣鼓响地把张海和小双一并欢送到镇政府去。

到了镇政府，部队首长拿出军装给灵灵换上。哇塞！换上军装的灵灵更加英俊了，高高的个儿，健壮的身体，在那浓黑的眉毛下，有着一对明亮的大眼睛，还有带着一点儿稚气的嘴巴、鼻子和面容。他长得英气勃勃，威风凛凛，有着松树那样挺拔的姿态，有着白杨那样昂首云天的气概，多庄严啊！

各村应征的青年到齐都换上军装后，镇武装部部长发表了简短的讲话，随后，就是应征青年与亲人们辞离告别，会场上沉浸在一片难分难舍的离别泪中。张海和小双，此时看着就要走的灵灵，千言万语涌心头，倒久久说不出一句话来。最后，只见小双眼里充着泪花，对灵灵说："上车吧，灵灵！"可是，此时的灵灵，却突然眼泪从眼里溢出，对张海和小双说："爸爸，妈妈，我要走了，请你们多保重！"于是，灵灵上车了，应征青年一个接一个都上车了，在部队首长和应征青年不停地向亲人们招手致意下，车子终于向前方的军营驰去。

一九九七年冬至是新历十二月二十二日，二十五日是圣诞节，一星期后，就是一九九八年元旦了，所以，灵灵此次去参军，既要到部队过九七年的冬至和圣诞节，又要过九八年的元旦，实在太碰巧了！灵灵走后，家里只剩下张海夫妻两人了，而萍萍又说九八年的寒假要到同学家里去过，那么，家里就更冷清了。

萍萍是应班里最要好的女同学胡冰冰邀请去的。胡冰冰家住武夷山山脚，其父是退伍军人，其母为医院护士。萍萍是旅游爱好者，听说冰冰要邀她到家里去玩，又要去武夷山观看九曲溪、天游峰、桃源洞、虎啸岩、一线天和水帘洞等景区，她高兴地答应了。

张海这一年多的家庭经济有所恢复，自从萍萍上大学后，张海不但把好心人杨小卫和吴大妈等人自动借来的钱归还给他们了，还经过夫妻两人的奋斗，还了家庭债务一万多元。但尚余下的五万多元债务，仍沉重地压在他们的身上，使他们的思想负担很重。考虑到两个人的年龄日益增多，体力上已渐渐无法从事出卖劳力和下乡叫卖苹果的繁重职业，所以经过多天的观察和准备，张海夫妻决定到镇街道上去租店面经营炸油条和炸油蛎饼的职业，一则这生意成本低，二则无需夫妻两人各自奔波，可以在一起生活，三则如顺风顺水的话，一天也能赚一二百元钱。因此，从这个时候开始，张海夫妻转行了，开始了新的职业和生活。

但想想起来多可怕！自己现在已是过了半辈子的人了，奋斗了这么多年，除了家庭生活开支和培养两个孩子外，至今仍四壁萧然。再想想到还清家庭债务后，自己的年龄又要增加几岁。那么，一生能有几年好日子过呢？做人就是这样，一辈子拼命奔波，就为了钱，为了生活，拼到能吃好、住好，有钱了，人却老了，又要准备坟墓了。人奋斗了一生，对社会有成就和贡献的，留名于世，受人爱戴，但千千万万的大多数人死后，有谁会知道这些普通人的名字呢？

好在炸油饼还有一线生机，从一开始生意就红红火火，吃的人买的人接二连三，每个月还可以赚得四五千元，为张海夫妻从此过上安定的生活开创了一条道路。张海想，怎么自己不早想到做这生意呢？要是早走这条路，自己就不会欠下这么多债，过得这么累。但也好，弯路走了一圈，现在总算自己走上了这条较稳定的生活之路。

这时候，小双已五十岁了，按规定办理了退休手续。说是退休，其实是国家保险产生的结果。社会保险是由政府举办的，记得在80年代后期和90年代初就开始实行了。它是指一种为丧失劳动能力，暂时失去劳动岗位或因健康原因造成损失的人口提供收入或补偿的一种社会和经济制度。社会保险的主要项目包括养老保险、医疗保险、失业保险、工伤保险和生育保险。小双单位是从90年代初开始缴纳的，当初开始时一个人一年只交十多元钱社保费，由单位缴纳百分之八十，个人缴纳百分之二十，以后随物质涨价，社保费逐渐增加，到小双单位倒闭后，这社保费由小双自己缴纳，每年交几百元到最后几千元不等，直到退休。退休后，由于小双是"知青"，工龄可能都算进去，但每个月开始时只领六百元，第二年近七百元，第三年八百多元左右，以后每年递增。当然，小双也办理了医疗保险，这是国家好政策发挥的效果。但张海就没有这笔钱，因为他是个标准的农民，只能依照农民政策办理待遇了，这些苦处，张海除了向知心人老队说说外，还讲给谁听呢？

老队现在的年龄也已七十多岁了，和老胖两人都是农民，没有社会保险退休金，现在两人都无法干重活了，只能靠两个儿子赡养了。老队的大儿子开手扶拖拉机已二十几年了，大的儿媳妇在鞋厂打工。二儿子到街上开杂货店，二儿媳妇在健健办的瓷砖厂打工。因此从老队七十岁后，两个儿子头两年每月给老队夫妻各两百元赡养费，第三年以后随着物质涨价，赡养费也增加了。好在老队夫妻没有什么大的疾病，身体还硬骨，两个儿子不必在医疗费上为他们付出了，但老队是个闲不住的人，这几天，为了村里能修成一条水泥路，又苦苦计划思索中，希望村里的这一项公益事业能尽快完成。

老队想，农村村路是公益性很强的公共基础设施，它和农村公路一样重要，是属于典型的公共物品，是农村生产生活，农村经济社会发展的基础。谚语说："要想富，先修路。""公路通，百业兴"。确是如此，农村村路已在农村经济社会发展中起重要作用，也是全面推进农村小康社会建设的重要前提，因为人民的生活水平提高了，开车出行需要更加便捷的交通。经济建设走入了快车道，也需要分流好各路车辆。经济的发展，更要求有良好的道路做保障。考虑到别的很多村，已经集资建成了村路，咱们大么村能不能集资也建成一条大路呢？

算一下账，队里自建成机砖厂后，第一年由陈伟福承包，由于陈伟福被枪毙了，机砖厂不但四千元的承包金没有了，又亏本了贷款两千一百元。第二年由陈建东承包六千元。第三年还是由陈建东承包，承包金八千元。第四年由杨志生承包，承包金九千元。第五年由张海承包，承包金一万元。总计三万三千元，减去亏本两千一百元，实还有三万零九百元，加上陈寿星献款八千元，共计三万八千九百元。

老队因此征求大家的意见。大家都说修路是迟早的事，能修成路，大家都有责，对大家都有利，迟修还不如早修好。但说起来容易，干起来就难，公家的钱只有不到四万元，钱要从哪儿来呢？于是老队就召集队委研究，又具体测量了路的长度。有人说，路面按二级公路的厚度计，宽四米就够了。这条路长四百五十二米，一个村现有近五百人口，一个人口出五百元，这条路就舞起来了。有人说，这几年芦柑收入了近四百万，大家富起来了，盖上了房子，社会也变得有劳力就有钱了，经济力大家都较强，若发动集资，现在全村有六十多户了，不是以前的四十多户，可以提出按户出资，如路面建成四米，一家出两千元，就可以收入十八万元，加上公款四万元，就有二十二万元，事情就解决了。但有人提出反对，原因是若按户收，现在有的去年才分家，一家才二三口人，却要承担和一家七八口人一样多的修路费，是不公平的。若按人口收，大家的经济力不同，经济力差的人和富人出的钱一样多，穷人的压力就大了，要是他说确实无钱，暂欠，你要怎么处理？似乎也不大合理。所以，最好的办法是向村里的四家企业提起，看能不能得到赞助，不够的，再集资一点点就容易得多了。

此话说得有理，因此，队委几个人一起去找饲料厂、家具厂、养鸭场瓷砖厂。

饲料厂开办至今已十来年了，从起初的跃跃一试到现在的稳定生产，已十分不容易了。但在最近几年中，由于各地的饲料厂林立起来，市场上的饲料品种和数量已经饱和，加上竞争十分激烈，有的企业更上一层楼，采取了蒸汽来完成调质过程，但陈建东的饲料厂里设备变成老化，几个环节甚至出现七处冒烟八起起火的问题，煞是伤脑筋，使陈建东无法扩大生产，能保持在月产三百吨左右已很不错了。因此年收入也降了，稳定在十四五万元左右。但好在陈建东生产的饲料是老牌的品种，质量上没有出现什么毛病，市场上还能接受，要是新办的企业，在饲料方面发展就难了，且全国大型的饲料厂，成本利润压得更低，别的工厂一生产出来就会马上碰上销路和价格的问题。

但陈建东很支持村里修路，表示愿意出三万元赞助。

吴永康办的红木家具厂，也十来年了。总的情况和陈建东办的饲料厂情况差别不大，主要是销路上难。改革开放头几年，红木家具还是较新鲜的职业，销路还行，节日和春节期间推销得最多，但后来，全县类似办起的家具厂多了，特别是仙游榜头镇这几年突然大兴红木家具厂，有几百家之多，产量品种更多了，销路就更难了。吴永康办的家具厂，在成本上没有优势，在质量上也胜不过人家，所以，这两年的产量倒下降了，好在生产茶盘等用具还好，还不至于倒闭，但收入明确下降了，从一年中最多收入六十万左右，下降到目前不到二十万，还在降，如没有新的措施，看来是支持不过三两年了。

但尽管如此，吴永康还是表示愿意出两万元，以支持村里修成大路。

蔡永福自一九八八年办"正番"养鸭场至今，也已十年了。十年来，从起初的低成本到现在的大投资，从起初养殖几百只、几千只发展到现在的上万只，可谓是一路顺风了，这主要得益于他老经验，从各方面严防死守，把好关，所以鸭子长势好，死亡少。刚好那几年"正番"鸭在市场上的价格一直涨价，使蔡永福这十多年来总净收入超过百万，但去年就不行了，由于养殖的人太多，市场上的价格突然下跌，几乎只能保本，如是新手，包括新添置的固定财产投入，恐怕只能亏本了。所以，今年蔡永福的养殖数量大量减少了，仅养几千只，似乎等待碰碰运气了。

蔡永福听到要修村路，十分赞同，表示愿意赞助两万元支持。

杨健健瓷砖厂的情况最好。90年代，由于全国到处基建，村村需要瓷砖，磁砖就成了不可或缺的建材之一。特别在这个时候，镇上有能力生产的瓷砖厂才三家，而健健的瓷砖厂在规模、质量和名声上都比另外两家好，所以就红得发紫，场地在不断扩大中，机器在不断更新中，工人从原来的只有三十多人，扩大到现在的六十多人，资金投入从起初的几十万元，增加到现在的近八百万元，增加了二十倍。公司在销路上，除了飞达总部批发外，在城关又成立了一家批发部，产量远销附近的各个村镇及外地，年销售量这两年都稳定在八千万元左右，年净利润达八百万元。

健健知道要修村路时，想了想，算了算，认为，独富独贵，君子耻之。自己过上了好日子，这是政策好，一定不能忘记村里的发展，所以，他说：

"路面现在一平方米造价差不多要八十元左右。既然要修了，修成四米宽的路太窄了。树大好遮阴，路大好跑马，起码路面要十米宽左右。一个村路长四百五十二米，估计要三十六万，扣除公款四万元，再扣除陈建东、吴永康、蔡永福三人赞助七万元，还需二十五万元，由我包圆了。"

健健的话，口碑载道，得到全村人的赞扬。他把路面宽四米，扩大到十米，提出不够的二十五万元，由他全部出了，充分显示出健健雄厚的实力和助人为乐的慷慨举措，难怪张萍萍没有钱读书，他一个人就包揽下来了。这样，村里修路的钱，就不必再由全村人集资了。没过几天，老队几个人就和镇企业工程队谈成协议，以三十六万的价格包工包料给镇企业工程队，并规定在一个月内完工。

很快，工程队的挖土机等就轰隆隆开进村里来了。经过挖掘、平整和铺路，村里的这条四百五十多米长的村路就建成了，变成了一条崭新宽阔平坦的水泥路，圆了大么村人们的梦！

大路修成后，老队又发动大家在路两边间隔栽种上各种树苗。另外，各家又自费在门前铺上水泥与大路连接，形成了一个家家有路走，户户可通车的幸福村，特别是通往这几个工厂的路，不再是沙石路了，全部变成了水泥大路，顿时使村景焕然一新，如果萍萍和灵灵回家，还以为自己走错了路呢！

第三十九章

　　灵灵终归是学校高中生中的优秀生、班长，他在杭州当义务兵两年后，以高分的成绩被中国人民解放军通信指挥学院录取，并公布在报纸上，这意味着，灵灵从此将进入部队军官的行列，不久的将来将是一位军官了。这年，正当灵灵将要去军校读书前，他从杭州乘坐火车回家乡大么村探亲。

　　家乡的山坡不嫌陡。已经两年了，灵灵的心，总是牵挂着村亲和家里人。

　　大么村还是大么村，属于海亭镇的山区村，但从交通上说，它与仙游枫亭镇车站更近，所以大么村人出外，大都是从枫亭出发，但不管从海亭镇或枫亭镇到达大么村，原本都是沙石土路，路凸凸凹凹的，车要颠簸很久才能到达，现在变成水泥大路，路平平的，宽宽的，从枫亭只要半小时就能到达，节约了一半时间。灵灵到达枫亭车站后，即坐出租三轮车到大么村，这时，他才亲眼看见了爸爸妈妈说各村的村路都修成水泥路了，他兴奋极了，两年，才两年，家乡变化得认不出了，变化太多了，变得太美了！

　　灵灵也变得成熟多了，鼻子是鼻子眼是眼，整天太阳晒，原来白润的皮肤现在变得黑红黑红的，一副方形的脸盘上，广阔的前额下是一对黑黑又浓的眉毛，隆起的鼻子下面是一张潇洒爱笑的嘴巴。他穿着整齐的军装回家，从高大魁梧的身体和穿着上看，给人一种威武雄壮的感觉，既有着严正的军人风度，又充满了血气方刚男性的魅力。

　　灵灵回乡探亲了，大么村沸腾了，大家都想来看灵灵一眼，有坐摩托车来的，有走路过来的，有男的，也有女的，有老的，也有少的，特别是那些年轻的姑娘们，更被迷得魂飞神散。的确，自解放后至今，灵灵是大么村出来的第一个军人大学生、预备军官和在部队入党的共产党员，这是家庭的骄傲，也是大么村人的骄傲，人们怎么能不高兴呢？真是小庙里来了个大菩萨，老队和老胖听说灵灵回家了，也迫不及待地赶来看灵灵了。张海的家中，又一次挤满了人和充满了欢笑声，大家问长问短，问部队里的生活，问外面世界的热闹，像哥伦布发现新大陆似的，无不充满了神奇的向往。

　　张海和小双看到儿子变得如此成熟、健壮和知情知理，高兴得喜跃抃舞，看

— 218 —

着灵灵向大家解释这解释那，听得津津有味，直到老队说："小双，灵灵刚回来，晚上该好好煮几道菜庆祝一下。"这时，小双才去冰箱里翻看早已准备好的肉鱼，检查一下需该再补充什么更合口味的东西。

晚饭的时候，小双忙了一阵子，煮了六道菜，有肉、有鱼，还有海蛎等。张海平时很少饮啤酒，今天晚上也特地从村小店里买来两瓶骋怀痛饮。冷冷清清的只有夫妻两人生活的家庭中，今天晚上突然热闹起来，使一家都沉浸在欢乐的气氛中。

可是料想不到的事发生了，到晚上十二点的时候，张海第一个感到胃肠不适，又是吐又是拉肚子，张海厕所里还没出来，小双又开始里急后重，面色如土，灵灵是最后一个，也出现呕吐和肚子痛，三更半夜的，急得张海、小双不知所措，马上挂电话叫来老队长和永福帮忙，老队长见情况不妙，急忙挂电话叫健健开来小车，把三个人都运到镇医院去。

90年代后期的海亭镇医院，处在改革的十字路口上，因为街道上，允许开业的医疗机构很多，各村都有赤脚医生诊所，所以医院里病人少，入不敷出，连工资都难于发放，因为轻的病人，就在赤脚站和街道上的医疗机构看病，便宜。重的，都跑到县医院和莆田去，再则，海亭医院里医疗设备落后，科室又少，没有急诊科，只有外科、内科、牙科、B超室、透视室、检验室和药房，好在外科和内科夜间有开业，还能收一些急诊病人，这是人人知道的事，所以健健的小车，就直接开到内科去。

内科里电灯很亮，但病人少，静悄悄，大家都睡了。健健一到，就大声喊医生，值班室里就出来一个女医生，穿着医院里的白大衣，询问经过和检查三人的血压和心脏后，来不及检查其他项目，知道是吃没有煮透的海蛎引起的急性食物中毒，连忙叫醒了值班护士，登记，开单，办理入院手续，当登记开单到灵灵时，灵灵说："名张灵灵，男，二十一岁，部队军校就读生……"，这时，女医生眼里一亮，抬头望了灵灵一眼，问："哪个部队的，在哪个学校？"灵灵说："杭州部队，刚考入还未去读，通讯指挥学院。"这就引起了女医生的注意，因为灵灵晚上洗澡后，换成了便装，女医生还以为是大么村农民。女医生开单后，三个人就分了床位，要挂瓶了，护士就开始忙起来，女医生静静坐在办公室里。

急性胃肠炎，最有效的办法不外乎挂瓶了，挂了一会儿，三个人的肚子就轻松多了，到下半夜约三点，大小瓶一个人挂了三瓶，就好了许多，不再拉吐和肚子痛了，避免了一场突来的灾难。

这一夜，健健、永福、老队三人都没有睡觉，一直坐在床头陪着看打吊针，队里的陈建东、陈达明等十来个人，知道后也连夜骑摩托车赶到医院。

第二天早上七点多，医院要换班了。

女医生刚洗完头发，正参着头发通风，但她例行来查房了，询问了张海和小双的病情后，说："我开一点药你们带回去吃，今天早上你们可以出院了。"女医生肯这么说，张海和小双都很高兴。当查到灵灵时，女医生问："病好点了吗？"灵灵说："好多了。"这时候，灵灵才注意到眼前的女医生这么年轻又这么漂亮，心想，怎么昨天晚上就没有注意呢？女医生听灵灵这么说，即递给灵灵一张她的名片，说："你也可以带两天的药出院了，有事请挂电话，这是医院里的值班电话，下面是我的呼机。"当时，社会上还没有手机出售，只有"大哥大"。灵灵一边说："好，好，谢谢你了。"一边看了一下名片。名片上名字叫林雪怡医生。看完，灵灵就把名片装进口袋里。只听见林医生说："不用谢，你们可以准备一下，取药后可以办出院手续了。"说完，林雪怡医生就走了。

张海、小双和灵灵，回到大么村的第二天，病就全好了。但不知怎了，这几天来，灵灵的脑海里经常显现出林雪怡医生的身影来：

身条儿高挑，修长，大眼睛，眉毛长，浓黑，脸庞白皙，身穿白制服，头发刚洗过，参在后边浓厚乌亮，像黑色的瀑布似的头顶倾泻而下，有一缕扑鼻的法国香水飘忽过来，沁人心脾，给人一种仪态端庄、温柔大方的感觉。她不胖也不瘦，洋溢着年轻人的朝气蓬勃，像一朵盛开的花朵，穿上医生白服，清纯得更像一朵白玉兰。

几天后，灵灵在家无聊，想去海亭镇上街道去遛一圈。张海即借来了摩托车让灵灵骑。灵灵吃完早饭后，就骑车出行去了。

到了镇街道，灵灵玩转了一大圈，正准备回家时，想起妈妈交代他顺便带几张风湿膏回来，他就进了旁边最近的一家诊所兼药店去，当他进去后，灵灵愣了，店里的医生怎么是林雪怡？

林雪怡医生见是器宇轩昂的灵灵来了，很高兴，问灵灵怎么来了，并请灵灵坐，和灵灵聊起来了。

原来，镇医院由于这两年病人省，几近亏损，造成医生护士的工资都难于发放，急需改革才能生存，但要如何改革呢？大家心中无数，意见不一，为此，镇医院为解决这个僵局，经县卫生局同意，当即决定将院内所有的科室都承包给各科室的医生护士，另外，由于人员过剩，医院开了动员大会，动员医生护士们对外发展，鼓励医生护士在街上开设诊所，以减轻院内医生护士过多和无法发放工资的困难。

当然，医院承包的作法是违规的，因为当时上面就有文件下来，规定医院不得承包。但不包也不行，有人想损公肥私，加上改革开放了，私人可以办医院了，这就造成医院这几年年年亏损，虽说当时的管理规章制度越来越多，越管越严，但执行起来就是难，叫谁拿一条皮鞭白天黑夜跟在那么多医生护士后面监督呢？因此，到了不包也得包的时候了，再不包，医院就要倒闭了，既然连工资现在都难于发送，就只能"民以食为天"，顾不上违规不违规那么多的事了？况且，大医院都承包了，还说一个镇医院。

动员大会后，镇医院像炸了锅，沸腾了，但问题出来了，护士们都争着好的科室，因为科室好，赚钱就容易。医生基本不变，因为外科医生还是外科医生，牙科医生还是牙科医生，总不能外科医生到牙科去，牙科医生当外科医生给病人治疗。因此，争得最厉害的就是护士了，因为护士可以在外科，也可以在内科上班，还可以在其他需要护士的科室上班，争到最后，变成大家都要讨好院长，由院长说了算和行使"生死权"了。还有，如各科室的承包金要定多少？人员要几个？责任怎么分配承担？奖金要如何发放等等一大堆问题都需要解决。这样，无形中就更扩大了院长的独裁权和灵活变动性，他的话，他的决定，就是这个医院的政策了。

当然，在这种情况下，也有医生护士自动结合到镇街道上开诊所兼卖药赚工资求生存。海亭镇这时在街道上突然就成立了五个医院门诊部。林雪怡医生由于刚毕业，去年年底才到这个医院来，科室中没有人要，不受欢迎，就想下海到街道中来试两年，希望通过自己的一番拼杀，能在街上站稳脚跟。若两年后无法生存，就回医院去。林雪怡医生的"海亭镇医院第六门诊部"的合同就是这么定的。合同规定：医疗事故责任的赔偿费自费；租金自付；医院除了供应三千元的药品和一个牌子外，其他的投资概由承包者自己负责；护士的工资由承包人承担；每人每月须向医院上交两百元管理费；承包者的工资自负等等。

"所以，我就承包到这条街上来开门诊部，这两天租了这个店面，一个月六百元钱，昨天就开始整理医疗器械和药品，布置店面，现在还在忙，牌子还没有挂出来，准备后天开业。"林雪怡医生说。

"原来在基层当医生也这么难。"灵灵说，"现在干什么工作都不容易。"

林雪怡说："就是。在学校读书时满心希望救死扶伤，不想到出来才知道社会这么现实。"

灵灵问："像你这个条件，以后可以调动到别的单位吗？"

林雪怡说："可以，我是正规医学院四年本科生，到别的医院也行。"

灵灵说："真文凭就是真文凭，到什么地方都会被录用，就像是金刚石，落入大海中再捞起来，也还是光辉夺目。"

不消说，灵灵这时已经对林雪怡一见情深，很佩服她的勇气和能力。他想，四年后，他军校毕业了，到部队有一官半职了，按规定可以带家属，家属有工作的，可以调动。再说，现在找对象也难，找一个好工作的更难，就说："你能不能等四年，我毕业了，再把你调动。"说着，又觉得自己刚才的话太唐突了，又问："你有男朋友了没有？"

雪怡知道灵灵的意思，哈哈地笑起来，说："还没有男朋友，好，四年很快就过去了，我们交一个朋友吧！不过……"

灵灵说："好。"于是把自己家庭的电话号码抄给雪怡，问："不过什么呢？"

雪怡回眸一笑，说："我看了你的年龄，才二十一岁，但我比你多三岁，而且，我吗，长得土气野猫的。"

灵灵刷刷地笑起来，说："不要紧，年龄不是距离，爱情才是基础，只要两相情愿，就能永结同心，而且，你长的够出众了，是我的心中人。"

雪怡听了，高兴死了，说："好，好，你会不会变？"

灵灵说："不会的，哪怕是海枯石头烂，猴笑柏叶落，我也不会变心！"

干柴烈火，就这么一拍就合。灵灵的话，使雪怡心中感情的藤蔓迅速萌芽蔓延，她的话匣子被拉开了，她一脑儿地把自己的家庭情况讲给灵灵听。

林雪怡是本县城关郊外人，她父亲名林德文，母亲名陈明英，均为农民。林德文现年五十二岁，是村里的赤脚医生，从一九七０年从医到现在，已三十年了。赤脚医生是20世纪60—70年代中期开始的，他是农村中没有固定编制，经乡村或基层政府批准，在医护专业短期培训后，具有一定医疗知识和能力的医护人员，受当地乡镇卫生院直接领导和医护指导的医务人员。他们的特点是：亦农亦医，兼职医疗人员。到一九七七年年底，全国有百分之八十五的生产大队实行了合作医疗，赤脚医生的数量一度达到一百五十多万名，直到一九八五年一月二十五日《人民日报》发表《不再使用"赤脚医生"名称，巩固发展乡村医生队伍》一文时，赤脚医生的名称才开始称为乡村医生。林德文自从当赤脚医生后，三十年间治疗过成千上万个病人次，无出一事故。农村的赤脚医生其实就是全科医生，不管什么病都看，都治，发现重病人就叫病人去大医院，如此，赤脚医生就有外科、内科、护产科和五官科等医疗经验，挂瓶更是常事。林雪怡是家中的独女，因为生林雪怡后，就强调计划生育，林德文就不能再生育了。林雪怡从小就接受父亲的指导，从十六岁就能帮父亲挂瓶、拿药，熟悉医学病例很多，加上后来考入福建医科大学，经过四年的专业理论学习和培训后，对常见病就更加熟悉了，所以，现在分配到海亭医院当内科医生，她虽年纪轻轻，才二十来岁，已能独立行医了，这与家传家教有很大的影响。

灵灵听了林雪怡的家庭情况介绍，发现她本来就是在行医家庭，所以能不依靠老医生，自己就能独立开处方行医，甚感佩服，对自己今天能认识到这样一个医生而高兴。

林雪怡顺便也了解了灵灵的家庭情况，知道灵灵还有一个姐姐正在中国科技大学读书，是很了不起的 985 大学生，十分敬佩，又知道灵灵的爸爸至今还欠债五万，很是同情。

这一次见面，两人直谈到中午，雪怡要留灵灵在这里吃饭，灵灵不敢，说家里煮好了。临行时，灵灵问："明天你忙什么，什么时候正式开业？"

雪怡说："明天准备雇一个人来贴壁纸，再两天就要开业了。"

灵灵说："我左右闲着没事，明天我来贴吧！"灵灵从来没有贴过壁纸，又想明天再来，就这么说。

灵灵说："不要紧，我来试试看。后天，你还没有开业，我们到湄洲岛去旅游一趟，行吗？"

月里嫦娥爱少年。雪怡听了，高兴得就要跳起来，说："好，好，后天我等你。"

第四十章

灵灵回到家中，已吃中午饭了，小双问："你去哪儿了，这么迟才回来，风湿膏买了没有？"

灵灵这时候才记得忘了买风湿膏，只好照实说了，并说遇见雪怡的事。

小双听了很高兴地说："这真是坏事变成了好事，要是那天我们没有去医院，还会不会碰见林医生呢！"

灵灵说："我们谈了很久，互相了解了很多，现在我们是朋友了，她比我大三岁，明天我还要到她店里去帮忙。"

小双锻然而笑，说："你有了女朋友，我们就放心了，明天去吧！"

小双又说："大三岁，我无所谓，只要人好，和你合得来，我就满足了。"

张海回来了，小双便把这事讲给了张海听，张海知道后，高兴地说："两人孩子长大了，都懂得自己找对象，我们不要费劲，也不要媒人就有儿媳妇和女婿了！"

小双说："谁会和你一样傻瓜，三十岁了还笨口笨语的，不懂得谈恋爱找老婆。"

张海听了，只是傻傻地站着笑着。

第二天，灵灵吃早饭后，又要去雪怡店里，张海要去再借摩托车，灵灵说，不用了，来回都有出租车，差不了几块车费，别去麻烦人了。说着，就出门去了。

灵灵到了海亭镇街道上，街道上的店面大部分已经开了，雪怡的店，租在离医院较近的街头，也已经开了。

灵灵来了，雪怡说："我怕你太累，雇一个人来贴壁纸，隔一会儿他就来了。"

灵灵说："我干什么呢？"店里的办公桌、椅子、挂瓶的架子都有了，柜台在前一天雪怡就从城关家中运来了。店门前的"海亭镇医院第六门诊部"的牌子还没有挂上，广告店里说要再一天才能完成。药物也从医院里领出来了，已经排好放在玻璃柜台中，可以出售了，似乎什么东西都放差不多了，灵灵因此这么问。

雪怡说："等雇工来了，我们到超市去买厨房用品，有高压锅、煤气灶、碗等用具。还有液化气和米、面、配料等还没有买，我们一同去吧！"

灵灵说："好，好。"

一会儿，雇工来了，雪怡即把纸和原料交给雇工了，具体说明了要怎么贴，就陪灵灵一起上超市去买厨具了。

一直等到有十来点了，雪怡和灵灵才用三轮车运回了高压锅、煤气灶等等一大堆厨房用具。雪怡租用的厨房，就在店的后面，独立一间，安装好了，又叫人运来液化气，已是十一点多了，这时，雪怡和灵灵才忙于洗菜煮面了。

雪怡煮的面很好吃，有肉有花蛤有菜有鸡蛋。灵灵吃得津津有味，赞不绝口地说："好吃，好吃。"

雪怡笑了，说："我也不会煮，是学别人的。"

灵灵说："我对煮饭一事还一窍不通，你真行，以后坐月子不怕没有吃的。"

雪怡装了一个鬼脸，莞尔一笑，说："以后坐月子还得我自己煮？"

灵灵笑了，说："对了，对了，以后你坐月子，该我妈妈煮。"

雪怡也笑了，把灵灵吻了一口，说："你说得真逗！"

雇工贴纸是包工的，伙食由他自己负责。壁纸一直贴到下午近三点才完成。雪怡和灵灵午饭后，就一直在看雇工贴壁纸，直到贴完为止，灵灵才回家去了。

第三天，是灵灵和雪怡约定要去湄洲岛旅游的日子，灵灵很早就起床，往窗上向外看了看天气：

天上，万里碧空，飘着朵朵白云，这些白云，有的几片连在一起，像海洋里翻滚着的银白色的浪花，有的重叠着，像层峦叠嶂似的。太阳早早就出来了，如同熊熊燃烧的火焰，把它的光芒倾泻在大地上。它告诉人们，今天又是一个炎热的日子，出行旅游的，一定要戴好帽子多喝开水。

灵灵下楼来了。小双也紧接着下楼来了，她手里拿着一个宽、长五公分，四方形，一寸多厚的红色小盒子，递给灵灵说："今天你们要去旅游了，我昨天买了这个金戒指，你给雪怡带上，当作你给她的订婚物吧！"

灵灵打开一看，盒子上面写着"珠宝首饰"四个字，里面装着一个金闪闪的金戒指，说："妈妈，你特地去买的？"

灵灵激动得说不出话来，小双说："装进包包里，今天给雪怡带上，雪怡就是我们的儿媳妇了。"

灵灵说："好，好，你考虑得比我还具体。"

小双说："女人最大的安慰，就是带上它，它不在于钱，在于你一片真诚的心。"

灵灵无话可说了，小心地装进包包里。

小双又拿给灵灵五百元钱，说："有钱好走路，大方点，别小里小气的。"

灵灵说："妈，我口袋里还有几十块。"

小双说："几十块不够花，带去吧！"灵灵即收了，洗脸漱口吃早饭后，就出发了。

灵灵到了车站，见雪怡已在车站等候。雪怡见灵灵来了，便站起来，两人便在车站候车室坐着等着，七点的时候，两人便从枫亭车站去莆田汽车站。到了莆田汽车站，又坐车去文甲码头，然后就买了船票，从文甲码头向湄洲岛去了。

湄洲岛，位于福建莆田市秀屿区湄洲镇，在莆田市中心东南四十二公里处，距大陆仅一点八二海里，是莆田市第二大岛，也是妈祖的成神地，一直以来都是沿海信众的朝圣之地，有"东方麦加"的美誉。湄洲岛年均气温在21℃，海岸线有三十点四公里，包括大小岛、屿、礁三十多个，距台湾省台中港只有七十二海里。岛上景色优美，有随处可见的奇特巨石，以及宽阔细软的沙滩，是度假旅游的胜地。

一九九二年，湄洲岛经国务院批准为国家旅游度假区。湄洲岛具有得天独厚的滨海风光和自然资源，蓝天、碧海、阳光、沙滩构成浪漫旖旎的滨海风光，有十三处总长二十公里的金色沙滩，还有连绵五公里的海蚀岩。岛上有融碧海、金沙、绿林、海岩、奇石、庙宇于一体的风景名胜二十多处，形成水中有山，山外有海，山海相连，海天一色的奇特自然景观。

今天的天气特别热，太阳晒得够瞧的，灵灵和雪怡各戴着太阳帽，手牵着手，走进了湄洲岛风景区。但尽管天气炽热，来参观的人还是比肩接踵。他俩从上午观看了妈祖祖庙，南轴线海上布达拉宫，日文坑海上垂钓，九宝澜黄金沙滩和金海岸沙滩，下午观看了陆岛交通码头恒温海水游泳馆，跨海海道，湄洲岛国际海岛生态植物园，又观看了湄洲岛潮音和鹅尾神石，已是傍晚了，两人累得真够受的，雪怡说："还有很多很多，一天来不及看了，我们该回家了，再一天再来。"灵灵说："好，好。"

于是，他们到湄洲岛吃了特色小吃"湄洲鱼饭"后，便顺便到天妃公园走一走。

天妃公园名声已出来了，但地盘内还未动工建设。这个公园占地面积一百五十亩，总投资半亿，规划建设故里遗址区、岸刻景观区、吉祥文化区、民俗风俗区、敬祖祭祀区等，融妈祖文化、自然景观、园林艺术于一体，可惜他们太早来了，但路边的花丛地上，有许多种特别引人的花朵，一丛丛，一球球，丹红的，绿紫的，米黄的，雪白的，美丽极了。雪怡极感兴趣，便去采了一朵不知名的花朵，捧在手心里，它竟然战战兢兢地，似乎不胜娇羞，花香袭人。灵灵闻了一下，像要醉倒在这朵花下，闭上眼睛，深深地吸了一口新鲜空气，很有滋味地回忆说：香喷喷的，好美啊，太引人了！又散步了几步路，还没建设的公园里就芳菲满园，蝶飞燕舞，野花散发着馥郁的香气又款款飘来，那些鲜红浓丽的小花朵，在傍晚暮色的刺激下，闪烁如火，把这一片浓绿的草地点缀得秋意盎然。

过了一会儿，他俩便选择在一处干净的草地上躺着休息。

晚上，天上明月澄莹，地上皎洁如银，那一圆月，像一个羞答答的姑娘在云层里钻出躲入，静静地窥视着世间鲜为人知的各种秘密。他俩累了，在安谧的羞涩的月儿下躺着，静静地沐浴着天上精华的美光，听着远处风儿传来的瑟刷瑟刷的音乐声，热情地在草地上拥抱着，接吻着，把所有美好的情愫都融化在月光下，并随着呼吸的进出，倾听着对方情丝万缕的心扉。

片刻后，雪怡说："灵灵，你听听我的心跳，它在说什么呢？"

灵灵即喜乐乐地趴在雪怡的胸上听，那种快乐，那种刺激和那种甜蜜的爱，逗得雪怡咯咯咯地笑起来，说："听出来了吗？"

灵灵摸了摸雪怡那软绵绵的胸膛，说："听出来了，听出来了。"

雪怡说："听到什么了吗？"

灵灵说："它在说，我爱你。"

雪怡绷不住丁吟吟地笑了起来，亲了一下灵灵的脸，说："猜对了，猜对了。"

这时，灵灵记起了戒指的事，便坐起来，打开包包取出戒指，把雪怡揽在怀中，给雪怡戴上，说："多合适啊，这小小礼物，就当作我的订婚物吧！"

雪怡看了看，依偎在灵灵顾伟的身体上，心里乐得像开了花，高兴地说："对了，太好了，我要的是你的这个爱。"又问："我们的事，你跟你爸妈说了没有？"

灵灵说："我爸妈已经知道我们的事，他们说你很好。"

雪怡说："公开吧！巴掌遮不住老阳，让大家知道我们今天订婚了。"

灵灵说："好，好。"

雪怡说："时间不早了，我们在这里盘桓了一天，该回家去了，不然晚上回不去了。"

灵灵说："行，行。"

至此，他俩在湄洲岛览胜后，就手牵着手，到码头坐轮渡回莆田了。直到当晚十点多钟了，他俩才一路赶车，回到枫亭车站。

第二天早上，灵灵刚吃完早饭，电话铃响了，灵灵接了，是雪怡的来电。雪怡说："我刚才把订婚的事，跟我父亲说了，我父亲很高兴，叫我们今天上午到我们家一趟，爸爸妈妈想认识你一下，好吗？"

灵灵说："你不是今天要开店吗？"

雪怡说："婚事比开店重要百倍啊！今天不开店了。"

灵灵说："好，我马上到你那儿去，到城关只要半小时。"

灵灵放下电话，就向张海和小双说了。张海小双都说："好，要去见面一趟。明天，也请雪怡到咱家一趟。"

灵灵说："好。"即拿了包包，出发了。

到了海亭车站，灵灵找到雪怡后，便和她一齐乘坐公交车去城关了。现在交通很方便，到处都是车和水泥路，一会儿，两人就到达城关站了，雪怡又叫了三轮车，和灵灵一齐去城郊家里去了。

雪怡的爸爸林德文知道雪怡和灵灵马上到了，就不去诊所上班，叫老伴陈明英也要在家里等，并交代老伴，中午饭就到店里去叫七八盘菜来，并通知几个邻居和附近的几个亲戚一齐来。

林德文是个重感情的人，对女儿的事，特别关心，听说海亭医院亏本了，要科室承包了，他就叫女儿暂时办理停薪留职手续，回家两年再说。因为家里也是诊所，很忙，各种各样的病人都有，回家帮父亲忙，照样可以赚钱和熟悉专业知识，待海亭医院情况好转了再去上班。但雪怡不肯，说公办的还是好，应随大流，好不容易才争取到这个单位，就应该遵守管理，干一段时间再说还来得及。

林德文还是一个爱养花的人，家门口栽了几十盆花，有空就去照顾，把家养成一个像花园似的。

一会儿后，雪怡和灵灵的车就到达家了。

灵灵和雪怡今天都没有特殊打扮。灵灵穿的不是军装，是便装，短袖的T恤衬衣，黑蓝色的长裤和塑料灰冷鞋。雪怡也是穿平常穿的衣裳，短袖的微红色外衫，黑色的裙子和白冷鞋。但两人一看就是年轻人那种血气方刚和朝气蓬勃的样子，挺庄严的。

林德文和陈明英见女儿带男朋友回来了，眉开眼笑地迎上去。灵灵一见到林德文和陈明英，就叫"爸爸""妈妈"，使林德文和陈明英高兴得不知所措，忙叫他俩进屋坐坐。

林德文初见女婿长的这么年青，孩子气，细高挑儿又这么伟壮，满心欢喜，问灵灵家里的情况，问部队里的情况，问他什么时候开学，什么时候毕业，在哪儿读书，毕业了怎么分配等问题，当他知道灵灵的年龄比雪怡少三岁时，感到很新奇，觉得自己的女儿怎么长有这种魄力，能把这么年轻的男孩子吸引回来叫自己为"爸爸"呢？

林德文和灵灵交谈片刻后，雪怡就陪灵灵去参观自己的楼房。

林德文的这座楼房，才刚刚建两年，占地面积一百二十平方米，五层楼，都已装修完毕，配备上了空调、卫生间。各个房间里都非常明亮、干净，漂亮，大方和空气好。各个房间里都排列完整，有床、桌、椅等。这么大的楼房，一层四间，五层共二十间，叫谁住呢？一看就知道是一家有钱的人家。

雪怡陪灵灵从五楼一直看到底楼，各间各室都打开给灵灵看，看得灵灵眼花缭乱，说什么时候自己家里才能建成这个样子呢？但雪怡不嫌弃灵灵家穷，知道灵灵的爸爸还欠债，家中还是住几十年前的老房子，又在山区，却愿意跟灵灵过一辈子，做灵灵的妻子，这除了灵灵的人品外，还有什么能吸引住雪怡呢？看来，婚姻的关键，在于地位、学业、外貌和诚实，家资家产都是次要的。不然，一个百万富翁的女儿，一个医学院毕业的医生，怎么能放弃这么优越的条件，去追求一个没有家产，住在山区的军官呢？

中午的时候，林德文办了两桌酒席，一桌十个人，招待灵灵和邻居亲戚们，大家都祝贺林德文财丁两旺，能得到这样一位高知识的将来军官而高兴。灵灵也向大家祝贺，祝贺大家身体健康，万事如意！酒席边谈边吃，一直举行到下午快两点，灵灵和雪怡才又回到海亭。

第二天，张海和小双请林雪怡到家中来用餐。灵灵很早就到医院宿舍去，陪雪怡一齐到大么村去。

灵灵今早是坐摩托车去的。灵灵坐车时，雪怡抱着灵灵的腰，车子一直向大么村开去。

雪怡第一次到大么村，像刘姥姥进了大观园，什么都有趣，当看到路边农田里沉甸甸的稻穗时，她就叫灵灵下车，到田头仔细观看着这一望无边的稻田和颗粒饱满的谷子，说："我还是第一次看到农村这么广阔、这么丰收的景气。"当看到路边的野花时，她下车采了一朵往鼻子里闻一闻，说："多漂亮多香啊！"当听到灵灵说到郭兰美烈士的事迹时，她叫停车子，到郭大姐的坟墓前看一看，深深地鞠了一躬。到了大么村，看到宽阔的水泥路、密集耸立的高楼和路边屋前成林的树木时，她情不自禁地又感叹道："多美的山区村庄啊，真是国家的改革春风遍地开花！"

雪怡今天打扮得清新美丽。俗语说，七分姿色，三分打扮。雪怡天生丽质，稍一打扮，就更加楚楚动人了：微红暗花的短袖，蓝色带有条纹的裙子，裙子下面是一双棕色的大号袜子和白的凉鞋。轻轻粉抹的笑脸上面，明眸皓齿，又把头发绾成一条马尾儿盘在脑后，温柔、文雅又光彩照人，一看就知道是一个玉貌花容的年青读书人。

雪怡和灵灵到家门口后，张海和小双已经等了很久，见雪怡扑沙扑沙地走来了，像迎接贵宾似的把她迎进家门。一家人有说有笑，煞是热闹。雪怡一到家，第一句就是"爸爸妈妈好！"激动的小双眼泪都流出来了。

张海，小双和灵灵，陪着雪怡到楼上看房间，尽管很旧，很暗，但雪怡仍说：

"很好，很好，能培养出两个高材生的房屋，不简单，今后我们有钱了，翻盖了，不就是新房子吗？"说得大家都乐起来。

村里的村亲们，听说灵灵和雪怡订婚了，一下子就来了一二十人，大家都想来看看雪怡这个阳光的姑娘，因为大么村能娶得雪怡这样有正式工作的大学生姑娘，还是第一回。村里的一大群姑娘们，言笑鼎沸，心中既羡慕又好奇，像地球人看见外星人似的看雪怡，看看林医生到底长的啥模样？看看小双怎么会这么福气，不花钱就闪娶回来了一个儿媳妇。

张海今天请客，办了八桌，村上的人家，一户一个，这是村例。他不再像以前自己煮，而是由村委会边的饭店里预定了味道蛮嗲的八盘菜，叫中午时分由饭店里运过来。

一村人家，又一次聚集在了张海家中用餐，大家特别高兴，都知道灵灵与雪怡订婚了，今天在家里举办这个喜酒。灵灵和雪怡肩并肩，不停地向大家敬酒，气氛很快就到达高潮，红光满面的村亲们，都夸奖了张海夫妻培养的两个孩子，都是国家栋梁之才，这在村上是唯一的，比家财万贯还宝贵！

酒席一直吃到下午一点多才散场。

雪怡要回亭了，这时，她从包包里取出一大包票子，塞给张海，说："这两万是我平时攒下的存款，三万是我爸托我给你的，共五万，你们留着偿还宿债吧！"

雪怡的突然举动，惊动了全家人。怎么男方订婚没有给女方钱，女方反而给男方钱呢？张海小双哪里敢收这笔钱？

雪怡说："爸，妈，莲藕同根生，夫妻连理存。现在我们是一家人了，我在家里是独女，我爸是赤脚医生，收入多，家里建了五层大楼后，还有余钱，我爸说这钱和大楼今后都是我的，现在你们饱经沧桑、受苦受累够了，到头了，接下去不要再辛苦劳累了，因为孩子长大了，这五万元钱是我们的余钱，我们没有什么用，但对你们来说，欠债压力是很大的，我和灵灵既然成了夫妻，我就不能坐视不理了，请收下还债吧，债还清了，我们再一齐努力，把房子建成。"

灵灵也惊呆了，张着虎生生的大眼睛望着雪怡，眼泪都盈出来了。雪怡怎么拿钱来还债呢？前天他也只是介绍家庭情况时谈及爸爸欠债，雪怡竟把它当作大事来解决，这怎么能收呢？

雪怡说："既是一家人，有难同当，有福同享，这是应该的，现在接近二十一世纪了，我国男女平等，家庭的成员，都有义务为家庭的幸福平安出一份力，请收下吧！"

　　张海听了，心里怪不落忍的，但临了，他还是收下了。他眼圈发红，怎么也想不到，自己难以解决的债务问题，下一代替自己解决了，自己一辈子老实为人却欠下了这么多债务，下一代竟然能替自己还了。

　　宝剑锋从磨砺出，梅花香自苦寒来。从此，张海的家庭比以前生气多了，不但全部还清了家庭债务，更主要的是，家庭情绪的压力，从此得到了全部解放。

第四十一章

日子过得很快，刚刚还是眼前的事，现在已经过去几年了，难怪古人会说道，光阴似箭，日月如梭，真是的！萍萍就是这样，刚刚才去上大学，现在已经要毕业了。

在这四年间，萍萍的学费和生活费全由健健每年寄去一万元，已够花了，这既给了萍萍在学习时有了安慰感，也给张海减轻了经济上的负担。但健健认为，读书只能一个人来读，而学费可以由别人解决，是读书人以外的人可以代替解决的，所以读书和学费是两回事。健健认为自己有钱了，这是国家的政策好，自己才富起来了，像改革开放前，你有多大的本事，也只能在生产队出工赚工分，哪里家里有余钱呢？因此现在支援困难户读书，付给学费，这是自己的义务，应该的，是为了报答祖国，并不是自己的功劳，所以支援萍萍读书，并不能和萍萍的婚姻连在一起。现在，虽然与萍萍有恋爱来往，但是萍萍占了主动，对自己产生了爱，并不是自己内心的真实追求，自己内心所追求的，是一个漂亮、善良和低学历的姑娘，这样才能"德以配位"。但萍萍是高学历，自己是低学历，两者相差太悬殊了，门风不相对。若丈夫是高学历，妻子是低学历这是正常的，社会上基本上都是这样的例。但妻子是高学历，丈夫是低学历，两者相差大，这在社会上就很少有这样的例子。若是如此，最终的结果是，两人没有共同的语言，平常在一起没有话可说，变成了一个家庭生活枯燥，从而两人之间就会产生巨大的鸿沟。另一方面，就是男尊女卑的问题。男尊女卑，这是中国几千年流传下来的原则，所以旧社会才有一夫多妾和女子殉葬等制度。现在，虽然这些制度被打倒了，但似乎人们男尊女卑的思想还存在，所以，女尊男卑也似乎变成了人们在婚姻上可以接受的观念。

正是出于这一理解和认识，健健不敢娶萍萍为妻，头脑中产生了另外找一个低学历对象的想法。

但萍萍不这么认为。她认为，尺短寸长，各人有各人的长处和短处，婚姻找对象，女人主要看男方的诚实和健康程度就够了，至于地位和金钱是次要的，因为有了健康和诚实的男人，就能很好地过一辈子，至于地位和金钱，是"花花公子"，不是坏名声和钱够花就行了，因为这是男人运气和能力的表现，不是婚姻的基础。一生之中，不需要有很多钱和高的地位才能生存，只求平平凡凡，不求当官和发大财，衣食不缺能过上恬静的生活的就很好了。正因为如此认识，萍萍认为健健是位诚实的人，虽然现在不是一个腰缠万贯的人，但能赠钱给人上大学，还能献钱给村里修路，这就不是有钱人能随便办到的事。只有有钱又诚实，不自私的人才能办到，这一点，健健具备了。另外，健健长的健康，个子高大，这不是很好吗？至于自己学历高，健健学历低，也是正常的，社会上也不乏其事。如张爱玲的老师许地山，是我国的小说家和散文家，他有一个女儿叫燕吉，毕业于北京农业大学名牌学校，后来嫁给不识字的贫民魏振德，还把魏振德的户口也迁到南京，这时许燕吉已是南京研究所研究员，让丈夫魏振德到南京山上去放羊挣钱，不是一辈子也过得很好吗？都活到七八十岁。而所谓的男尊女卑，这只是旧社会遗留下来的看法和嫉贤妒能的心理反应，男女平等，为什么女人就不能比男人学历高呢？再说，高学历只是一个人读书能力的表现，不是一个人成才的标准，历代几百人几千人高考状元，有哪几个成为科学家呢？现实生活中，女人做高官的，她的丈夫的地位不如她的人不是很多呢？萍萍想，现任我县县长林素英，不是一个很好的例子吗？

解放初土改时，林素英二十一岁，长得漂亮，健谈，泼辣，笑容好，却看中同村的一位农民小伙子蔡明光。蔡明光人矮，不爱说话，文化程度只有小学二年级，但为人真诚老实，也许就是因为这个人真诚老实吧，林素英坚决地爱上他，并嫁给他。婚后，生有两个男孩子。后来，在土改时，林素英被挑选当上了公社妇联的一名女干部，开始有了小名声，村里人估计，这一对夫妻的婚姻不会牢固，因为一个性格开朗，爱参加社会活动，爱出头露面，一个却性格内向，爱静，嘴头没话，显得与世无争。到了文革期间，林素英青云直上，官至县里的一名科级干部，成了大红人，所以经常有绯闻飞来，风传林素英要离婚另嫁，但几年过去了，林素英不但没有离婚，还不断给家里寄钱带东西。改革开放后，林素英参加电大考试，成了电大大专毕业生，蔡明光依然在家种田，直到林素英当了县长，蔡明光还是一个农村种田人，但他们不是生活过得很幸福吗？一直到老吗？

萍萍想，这不是一个很现实的"女尊男卑"例子吗？现在的女子，高学历的女子到处都是，却不愿嫁给低学历的男子，为什么一定要做剩女，把自己毁于男尊女卑的约束中去，不能找一个健康诚实的低学历男子结婚呢？

正是由于这么理解，四年来，萍萍不放弃追求健健，不追求比健健更有钱地位的高学历男子。

萍萍在学校期间，至大二时，就不止一两人追求过萍萍，但萍萍始终放弃这些人的追求。其中，要算郭加喜最坚定最热烈的追求萍萍。

郭加喜，莆田人，在合肥职业技术学院读书。他是莆田市振兴公司董事长郭达湖的独子。振兴公司旗下有电器、超市和信息技术等商城，资产达五亿多，据郭加喜介绍，公司一天收入有五十万。

郭加喜比萍萍高一点点，装束非常整齐，衣服熨得有棱有角，头发抿得油油发光，夏天的季节，他也是皮鞋啷当的，风度翩翩地引人注意。

一天，萍萍在超市购物时，超市刚好缺零票，郭加喜接在后头，见到萍萍心动，主动要求收款服务员把萍萍的几十元货款算在自己户头上一并找零，不要硬币了。当年还没有手机收付款，萍萍即把购物款给郭加喜，郭加喜听到萍萍是同省人，也会莆仙话，倍加亲热，不肯收萍萍的钱，只要求能和自己交个朋友就很好了，并告诉萍萍他的宿舍电话号码和索要萍萍的联系方式，由此谈了几分钟后，郭加喜就和萍萍熟悉了。

郭加喜是郭达湖的唯一接班人。郭达湖表示，待郭加喜毕业后，即回到公司任职。那么，郭加喜成为振兴公司的负责人，是事理中的事了。郭加喜在熟悉萍萍后，就一直追求萍萍，为博其欢心，曾多次约萍萍到公园、超市玩，每次看中东西时，管它贵贱不贵贱，就要买了送给萍萍，尽管萍萍不敢收，一再表示一女不吃两家菜，自己已有健健对象，实负稚意，但郭加喜知道萍萍和健健还没有结婚，想自己是个亿万富翁，还比不上一个纨绔子弟吗？因此，仍然拼命争取萍萍，答应萍萍毕业后到他公司任职，年工资三十万，以后随时间的推移再增加，如成为夫妻，将委托萍萍为公司总经理，在结婚时，还会一次性转账给萍萍二千万钱作为零花钱，如萍萍答应放弃健健，他马上转给萍萍五十万作为学费和生活费的补偿。但萍萍念在健健曾在自己最困难时帮她一难，做人诚信老实，怎么也不肯答应郭加喜的要求，要和健健成家立业。

这时候，大么村人公认萍萍是健健的妻子。在张海和小双的心中，知道萍萍就是健健的人。伟霞也承认，萍萍就是她的唯一儿媳妇了。就连萍萍自己，心中也只有健健一人。但就是健健这时还是犹豫不决，老想着萍萍在各方面都很优秀，唯独学历太高了，比自己高的太多，不敢答应娶萍萍为妻。

思想复杂的健健，这时已二十六岁，到了该成家立业的时候了，所以，他暗中又恋爱了一个姑娘。

这个姑娘二十二岁，比健健少四岁，比萍萍少一岁，名陈静雅，相貌出众，体高比萍萍矮一点点，只读到初中毕业后就开始协助她父亲的瓷砖公司推销经营，和健健同一行业，因是健健公司的关系户，两人混得很熟悉。健健因为喜欢她，常偷偷和她到市里去逛街，看电影，逛公园，陈静雅也很爱健健，经常挂电话约健健出去玩。

但这事瞒不了母亲吴伟霞。伟霞在几次听到健健和陈静雅去市里逛街的消息后，就开始追问杨健健，并大发脾气，说萍萍已经确定了，不能再去追求别人，如果再跟陈静雅来往，就要死给健健看。健健没有了父亲，如今伟霞是最亲的一个人，不听也要听，尤其是伟霞说健健再敢和静雅来往，她就上吊给健健看，健健怕了，受不了这一关，只好又和萍萍好起来。

伟霞的心眼儿中只有萍萍这一儿媳妇，她也不保密，将健健和静雅来往的情况告诉给萍萍听，萍萍愣了，在一次和健健的电话交谈中，萍萍问："你到底是怎么想的？"

健健说："我想你什么都好，是理想中的人，但就是你学历太高了，我是小学生，配不过你，如果结婚了，社会上必然会对我们风言风语。"

萍萍说："你不要拿别人的鞭子抽自己，我们结婚，是我们两人的事，不管别人怎么说，我会对你好的，你在我家最困难的时候能解囊相助，助我们一臂之力，我永远记得，我不是忘恩负义的人，我会一辈子感谢你的，爱你的。"

健健说："我帮助你读书，替国家培养人才，这是应该的，没有什么功劳，但我们结婚了，大才必有大用，你毕业后，是大公司的白领，是人上人，受人尊敬，我呢？其实是大佛殿里的罗汉，一肚子泥，没有什么真才实学，不过是在小公司上班，小人物一个，我多没有面子，压力多大，这样的生活我要怎么过呢？"

萍萍说："我笨口拙舌的，不知要怎么说，这应该是我没有面子，不是你没有面子，我就不怕跌份儿，你倒怕丢面子，我喜欢你，我们过我们的夫妻生活，别人说了又会怎样呢？世上的婚姻，为什么一定要男的比女的学历高才行呢？你是富二代，有什么比不上人家呢？"

健健说："好了，我最后说一句话，如果有一天，我公司亏本了，变成穷人，到时，我的名誉全败了，变成了你的一个拖累，你还要我吗？"

萍萍说："你不要对我误会了，我不是这种人，我再次向你保证，不管你将来赚钱了还是亏本了，公司破产了，我都会和你一齐奋斗。漂母一饭，千金难买。你的恩情我一辈子忘不了。不管风吹雨打，我都会爱你一辈子的，你放心吧！"

三句好话暖人心。健健听了，心暖了，说："好，好了，你说的话，我放心了，再一天我们去办理结婚证吧！我也会爱你一辈子的。"

萍萍说："好，再一个月我就正式毕业可以找单位上班了，我毕业一回家，最大的事，就是我们两人到民政局办结婚证，结婚证办理完之后，我们就可以选一个日子举行婚礼了。"

通话结束后，萍萍将这对话内容告诉吴伟霞。伟霞听了很高兴，马上着手准备结婚用品。张海和小双知道后，也为萍萍准备嫁妆了。

可是，当一天郭加喜来电话时，萍萍告诉她将在毕业回乡后办理结婚证结婚的事后，郭加喜落魄了，这一夜，他都无法入睡，为无缘萍萍而痛苦了好几天。

一个月后，萍萍毕业了。郭加喜也毕业要回莆田去了，临行时，郭加喜为祝贺张萍萍和杨健健结婚，买了两套衣服赠给萍萍留念，一套是给萍萍的，一套是给健健的，二套衣服花了六千多，萍萍不肯收，说了很多话，但最终还是收了。

萍萍毕业了，这一天，她最大的事，就是和健健定一下两人去办理结婚证的时间。恋爱四年的人，今天终于谈圆了，萍萍和健健都很高兴，两人特地到酒店吃了一餐，定在后天星期一九点，两人一齐到民政局办理结婚证。

但是，人无千日好，花无百里红。人生路上，难免会遭遇到苦恼事儿的折磨。第二天早上八点，萍萍刚刚起床，突然电话叫早来了，萍萍接了，见是健健"大哥大"手机的电话，马上接了，却是一个陌生人的来电，问："请问这个手机的主人是你什么人？每天都有通话。"萍萍马上意识到不对劲，答："名杨健健，是我未婚夫，什么事呢？"

对方说："我是交通民警，请你快到海亭医院，你未婚夫出车祸了，头部受伤，不省人事。"

"啊！"萍萍听后，面色陡变，瑟瑟发抖，放下电话，救人的念头马上凌驾一切，她告诉伟霞和张海后，立时三刻就到村口，坐趴活儿的车赶去医院了。

这时候，灵灵在军校读书刚好放暑假也回家了。雪怡见灵灵回家了，每天早上去承包店里上班，晚上也回到大么村陪灵灵。两人听到张海说健健出车祸了，急忙起床，洗脸漱牙后，也没有吃早饭，就赶往医院了。

第四十二章

健健的出事，像青天打下一个霹雳，举止娴静的萍萍，这时像疯了似的，她拼死拼活地奔到医院手术室，见门紧闭着。外面的护士告诉她，病人由于脑出血，刚好市医院的医生今天来海亭，护救工作正在进行中。萍萍听后，恨不得马上闯进去看一眼，但手术室哪能进去呢？她急得心都要跳出来，坐也不是，站也不是，心里乱糟糟的，只能困窘地站在大厅窗口边垂泪呜咽。

飞灾横祸的消息传出后，大家都像头顶上打炸雷，极为愕然。一会儿后，医院里呱嗒呱嗒跑来了一大帮村里人，灵灵、雪怡、吴伟霞、张海、小双、队长、永福等人都来了。吴伟霞年多得子，是以特别怜爱健健，她一来，怕得魂飞魄散，站在手术室门前顿时号啕大哭起来，几近眩晕，不停地叫着："这要怎么办呢？是脑出血啊，这要怎么办呢？"此情此景，实在令人鼻酸。在场的村亲们虽都怀着怜悯之心，但玩儿不转，生米已煮成熟饭了，有什么办法呢？大家的心劲儿都希望健健能赶快好起来，但又惧说不出，只管站在那里沉重地叹息着。交通事故的事，大都出于俄顷之间，是不期然而然之事，谁爱呢？

大家等了很久，健健终于被送出手术室。众人都围过去看健健，只见他头部包扎着，手脚也多处受伤，面色憔悴，表情痛苦，一点儿知觉也没有，护士一边推着轮车，一边对萍萍说：

"都化验了，CT单，血化验单拿去，是脑挫裂伤，重度昏迷，请先去交两万元医疗费。"

萍萍和伟霞听了，两人直愣愣地望着一动不动的健健，万念俱灰，哀痛欲绝，两个突然又撕心裂肺地大哭起来。到了监护室，护士们忙着给健健调整呼吸机，安装心电图和挂瓶等。萍萍即要去交费，但自己卡里只有三千元，伟霞也只有带四千元，雪怡看见了，马上拿出自己的卡给萍萍，卡里有五千元，共一万二千元，萍萍只好拿去交了。

收费处的小姐见萍萍只拿一万二千元，说："还不够，还差八千元。"

萍萍说："明天我再来交。"

小姐说："快点，我们也要成本和工资呐！"

萍萍怆然泪下，说："我知道，我会交的。"

交完，萍萍就速回监护室。这天早上，她没有吃饭，一点东西都没吃，哪有心去吃早饭呢？张海买来了一碗面条，都糗了，她都不想吃，她老想哭。

她挂电话问交警，值班员说，七点左右，健健坐一部二轮摩托车，当时，他没有戴头盔，瞬息之间，不小心就摔到桥头的坡下，头部先落地，就昏迷了。几分钟后，交警随即叫来120救护车，又从健健的手机中查到萍萍的电话号码，就联系上了。

好好儿的一个人，灾难就这么突然发生了。一家人，只能这么地跟着吃挂落。真是铁人见了，也会伤心，石人见了，也会下泪。

一人出事家宅不安。出事后，萍萍的心像小鹿儿在心头乱撞，万分悲切，痛苦难言，昨天晚上，未婚夫还是有说有笑，活生生的，瞬间就不省人事，一句话也不能说，面对一个缠绵病榻的人，自己纵有降龙伏虎之力，能有办法吗？老天爷的安排实在太不公平了，太残酷了。要知道，他是自己挚爱的人，再几天就要结婚了！此时，她多么想呼天抢地地大哭一场。然而，萍萍忍着，因为她急需了解病情，要多久健健才能醒过来呢？因此，她就立刻去询问医生。医生说：

"危险期要一星期。三个月后，若人无法缓醒过来，有可能终身成为植物人，这要看他自己的恢复能力了……"

可能终身成为植物人？医生的话，萍萍铭诸肺腑，愁楚万分，如万箭穿心。夜阑人静之时，萍萍想，若终身成为植物人，这就意味着她终身只能跟一个不会说话，不会自力自为生活和静躺在床铺上的人在一起。这样，多少希望，多少憧憬，多少追求都将毁于一旦。她不追求名，不追求利，心怀恬淡，只求做一个平凡的人，度过一生，可怎么这么难呢？她本想，结婚后，丈夫办的公司能撑起一片浓郁的绿荫，保护自己，让她安安心心地在单位上班，培养孩子，有一个温暖的家，有一个男人宽阔的臂膀让她依靠，有个男人爱她，让她获得精神上的慰藉，过着安逸的生活。如今，这一切都可能成为不可能，成为一个梦。想着想着，她柔肠寸断，痛苦不堪，心里像被什么东西堵了，都透不过气来，又像被人捂住嘴和鼻子一样，憋闷得无法呼吸。她真不懂，为什么这泱泱天下，就容不了他这粒微小的浮尘，给她带来如此的灭顶之祸呢？现在，他那一副危若朝露的样子，没法给她带来一点慰荐抚循，反而把两人的爱情演绎成如此哀苦和凌痛的故事，啮噬得她肝肠寸断，生不如死。因此，她只能心中暗暗默祷，希望在几天之后，健健就能醒过来，好起来。

亲不亲，打断骨头连着筋。伟霞是健健的母亲，更是吃不下饭，只喝开水，不停地咽哭着。要知道，她几次怀孕均掉胎，好不容易保住健健这个胎，历尽辛苦才把健健从襁褓中抚养成人,这几多酸溜、几多劳累和几多心血,谁人知道呢!如今,丈夫去世了,唯有这一独苗,脱有个长短,不是断了香火吗?那么,自己人老珠黄,韶华已逝,空守这么偌大的高楼大厦,还不如死了更好。因此,她无能为力地把希望寄托在神灵身上,在健健床头上贴上神符和瑞签,以禳解驱邪求健健能安然脱险。

第二天萍萍烦张海和小双在医院里照顾健健,自己和伟霞到健健公司去,看能不能取到一点钱。萍萍和伟霞都不懂得公司里的底里,更不知道公司里每个月该付出多少和收入的情况,这些事,只有健健自己最清楚。好在公司里还有会计,会计员说,公司里有五个推销员,但他们只管自己能推销多少,赚多少钱,别的他们不理。厂里的工人有六十多人,但只管生产,不管出售的事。到目前为止,公司里尚有购进原料三百多万元,店里和仓库中的货物有一百多万元,营业额今年已达六千多万元,公司账头中的钱有七百多万,但全由健健控制,卡里的暗号只有他一个人知道,领不出来。外欠还有一百多万元,是个老问题,但只有办法慢慢回收,另外,健健还有一张私卡,钱有多少会计也不知。要吧,今天就挂电话跟外欠户联系,看能不能取回一些钱急用。

伟霞和萍萍得知这些情况后,知道无法马上领出现金,因不知道卡里的密码和卡放在哪里,也不知道健健到底身上留有多少现金,因此两人决定打开健健办公室里的抽屉。抽屉打开后,叨登了好久,除了一些材料,欠单和二张公司银行卡后,还有现金四千多元。

伟霞即挂电话给瓷砖厂了解情况。厂长说,这个月的工资还未发放呢,现在,健健出车祸了,工人们都知道了这件事,担心工资无法付给,今天有的人就不来上班了,大家议论纷纷,怕公司暂停营业,问题很大,不知道要如何处理?

伟霞又挂电话给客户公司。客户公司反而说,本来合同中规定每月供货,现在货源如果突然中断,公司要赔偿给他们违约金。至于欠款,他们只跟公司发生往来关系,他们还不清楚伟霞有没有这个代理权,所以钱不能付给伟霞。最后经过协商,说了好多话,只有三家答应先付十来万急用钱,其他的客户怎么说也不肯付。

但这三家答应的钱,只能打在健健公司的卡号上,这又成了问题,就是伟霞不知道卡的暗号。

所以,跑了一天,两人都无法弄到现金,只有从健健身上和抽屉里叨登出四千多元。但这四千多元付给医院还不够呢,而接下来的开支,要怎么办呢?伟霞和萍萍回到医院,伟霞急得抓耳挠腮,扒在健健胸前哭道:"健健啊,你别瘆人呐,都说大丈夫顶天立地,你怎么这么吓人呢?都说单面锣打不响,你怎么不和我共度这个难关呢？你快醒醒喽，我们共同想办法呐，你能不能开口说句话，哪怕是一句话也行，你要知道，你是杨家的唯一后嗣，若能李代桃僵，我情愿作你的替身呐，你不快快醒过来，我也会命送黄泉啊！"

但伟霞的号叫昊天不吊，健健还是一丝反应也没有，这又使萍萍泪流满面。萍萍懒怠再说什么了，她只能默默地守护着，默默地祈祷着，默默地把苦累吞进自己的肚子里。

最后，萍萍想到了郭加喜。现在，除了郭加喜有能力借钱给她，还有谁有力量借这么多钱给她呢？但要怎么开口？郭加喜多次向她求婚，她都说有了健健而不肯答应，如今健健成了这个样子，又没有结婚，郭加喜这个时候要是说，这是杨家的事，不是张家的事，要求萍萍放弃健健，该怎么说呢？另外，要以谁的名誉借钱呢？如以自己的名誉借钱，郭加喜要是说，何必呢？与你有什么关系呢？这时，自己要怎么说才合适呢？再说，海亭医院太小，应该马上转院，到大医院去医治，可能健健就会很快好起来的，但转院也要钱，要开口多少钱呢？

萍萍想了很多，过了两天，医院催款来了。且在医院里，一动弹就要几百元。迫于无法，萍萍只好向郭加喜开口了。

再说郭加喜毕业回乡后，他父亲由于身体欠佳，很想给郭加喜马上成家，由郭加喜来接替自己董事长的职务。所以经人介绍，他向郭加喜推荐了两个闭月羞花的女子，一是毕业于航空公司的姑娘陈婧文，一是毕业于福州大学的姑娘蔡乐涵，希望郭加喜能跟她俩接触谈谈，从中挑一个对象成家。此时，郭加喜正在与陈婧文在茶馆里聊谈，萍萍就来电了。

郭加喜见是萍萍的电话，边装无事边上卫生间去接。

郭加喜很惊讶萍萍家里发生了这件事，在了解情况后，没有推三阻四，爽直地，没有多问地慨然应诺，说："可以，要多少钱呢？"

萍萍答："五万元。"

"没问题，我下午马上汇，卡号呢？"郭加喜又问。

萍萍即说了卡号，但还款容易还情难。萍萍心田里怪不落忍的，说："唉呀，你待我一片真情，真不知什么时候才能报答，谢谢你了。"

郭加喜说："不用谢，咱们头顶一块天，脚踩一方土，理应相互帮助，涓滴之钱，何足挂齿？朋友间有困难，更应当支持。"

人就是这样，有的人很弯，会弯出很多话，有的人很直，会直接说出心里话。没有想到，萍萍考虑得太多了，爽直的郭加喜一下子就答应了。

郭加喜在接完电话后，又和陈婧文聊了一会，就停谈说有事，改天再碰头吧。其实，郭加喜知道，就陈婧文、蔡乐涵和张萍萍三个人来说，张萍萍在文化程度、体型、面貌和做人等方面都略胜一筹，郭加喜更爱张萍萍，所以，他与陈婧文和蔡乐涵变成应付态度，一心只想怎么才能和张萍萍谈圆。

萍萍接完电话后，即回到病房，把借钱的事告诉伟霞。在这关键的时候，萍萍能尽心尽意为杨家解围，伟霞心里是多么感激。

海亭医院住五天后，萍萍和伟霞便叫几位村亲，帮她们把健健运到莆田市医院去医治。因为莆田市医院里有两人熟悉的医生。但这时候的健健，仍不省人事，还是植物人。

进了莆田市医院，条件当然比海亭医院好，用药也多了，但医疗费更贵了。在医院时，正值夏热天，没有干活一身都是汗，好在病房中有空调，三个人住一间，温度还很合适，虽然不要换药，包扎了，但每天伟霞必定要给健健擦身几次，还要喂饭，大小便，翻身，寸步不离，萍萍负责换瓶，打针，拿饭，洗衣服和买东西，一天也没有多少时间闲着。两人照顾一个病人还可以，要是一个人，那就够忙了。

在这期间，郭加喜隔三差五就来医院看望一次。郭加喜与市医院同在莆田市内，车十来分钟就可以到达。他每次来，都出手不凡，不是买点水果什么给萍萍和伟霞吃，就是顺便打包饭菜过来，没有一次空手，还问萍萍要不要帮什么忙，这使萍萍和伟霞都非常感激。

很快，市医院又住院两个月了，药钱又花了三万多不说，健健仍然不省人事，无法醒过来。市医院医生说，不必再住院了，可以回家继续治疗，待他自己恢复过来，若恢复不来，医院目前也没有什么特效药。看来，这种病，相当难治，再转院也是这么回事，萍萍和伟霞商量后，只好雇车又把健健运回家去了。

但在医院里还好一些，因为可以和医生护士说说话，还可以和病人家属交流情况，现在回到家中，头几天村里来看望的人不断，几天后，渐渐就冷清下来了，除了灵灵、雪怡、张海和小双经常来外，其他的人就少了。面对一个一句话也无处诉说的人，到了晚上，村里鸦默鹊静，房间里就更加冷冰冰的，辗转不眠。好在萍萍从健健回大么村后，就在杨家住，和伟霞一齐同舟共济，互相砥砺，更番守护健健，家庭中还显得热闹点，要不然，伟霞一个人陪一个植物人，度日如年，那种痛苦啊，就更不用说了。

谚语说，病床前的人都挂三分病，确是如此。此时的伟霞，不知结果若何，夙夜的担忧，已使她晚间耿耿不能入眠，白天疯疯登登的，严重的神经衰弱，又使她常常"心中忧矣，视丹如绿"，看朱成碧。时常头发一边爹得不成样子，也不去打理，人经常办事丢三落四，忘了这忘了那，甚而导致左眼跳主财，右眼跳主灾，不恤人言。连煮饭时，米汤淤了一锅台，她也忘了，心中魂牵梦萦的是，如何才能逃出灾难，重回母子团圆，过上安堵如常的生活。因此，她把希望又一次寄托在老天爷的身上，整天忙忙叨叨的，三天两头儿就到宫庙佛寺去拈香求佛，以求神灵能助她一臂之力，乞灵健健能够好起来，摆出了一副完全听令摆布的样子，祈求得到老天爷的开恩，保住家里的这一根独苗。所以，很多事，诸如健健的动换，喂饭等等，只能由萍萍一人胡噜，亲力亲为了。幸好萍萍是打出来的铁，炼出来的钢，不然，这样的日夜操劳，有几个能抵挡得住呢？

因此，萍萍与健健在房间里睡，晚间万籁俱息时，许多事儿兜上心头，萍萍的思想就更加复杂了。是的，健健是个好人，仗义疏财，好善乐施，这不单单是四年来他无私地培养自己读完大学，更主要的是他为人诚实，信用，不骄傲，怕拖累人，之所以她才热烈的爱上他，但这旦旦誓言才刚刚过去，如今春秋正富的健健变成植物人，端倪莫测，她能与他"一生不管风吹雨打都在一起"吗？但想起他俩九鲤湖之游的恩爱，想起他俩公园里的窃窃私语，想起他俩恋爱时两人犹如双苗爱叶，感情十分要好的温暖，她只能坚决地说，我说话要算数，要永远爱他，不能在困难的时候放弃他，要一辈子爱他。这也像唇齿相依，唇亡齿寒，还有什么比这更密切的关系呢？但不知怎了，想到这里，再看看周围，山，依然巍巍而立，草，依然滴翠含青。然而，自己的心中人，却是植物人一个了，这时，一种不知名的痛苦又突然涌上心头，使她情不自禁地为自己的命运遭遇而悲痛欲绝地大哭起来……

萍萍伺候健健是没挑儿的，为了加意保护健健，她不但白天忙，每天半夜也要起床好几次，看一看健健有什么动静，看一看褥子有没有铺平，健健会不会被硌得难受，看一看房间里有没有蚊子，健健有没有被蚊子咬，还得绷劲儿给健健翻身。她记得，书上说，一八一二年夏，拿破仑率五十万大军入侵俄国，在撤离时只剩数千人，最终大败而归。大败而归的主要原因，就是败给一只小小的虱子。这种虱子特别可怕，可传染斑疹伤寒症和五日热等病症，结果造成了拿破仑侵俄的惨败。所以，蚊子和虱子同类，咬人之毒，不言而知，特别是古书上说，九月九，蚊虫叮石臼，她更怕了，生怕蚊子咬了不会说话的健健，因而，在这段时间里，她没有睡过一个囫囵觉，有时候只能闭目假寐，幸好自己是年轻人，还能忍着，要是老人，有几个担当得住呢？

而公司中的员工，这个时候，有的等待着，有的已跑到别的厂里去打工了，因健健的病，导致公司停工停产歇业了，大家都处在等米下锅的境地，却不知最后的结尾会如何。

第四十三章

萍萍和灵灵只差一岁，但由于灵灵参军两年，所以，萍萍大学四年毕业了，灵灵在军校读书才一年。照理说，萍萍这时候可以找工作了，当时一般的大学生，在社会上的月工资是一千多元，萍萍是科大毕业的，月工资三千元以上就不足为奇了。而且，再三年，灵灵军校也毕业了，在部队当官每月也有固定工资，加上了张海这时家里已没有了债务，夫妻两人在街上炸油条等月收入也很稳定，生活开始轻松了。但郎为半子，快婿健健的突然出事，又给张海小双造成了严重的思想负担。

俗语说，疼姑娘爱女婿，这是常情。正因为如此，一件心事像一座山，健健的病，使张海寝不安席，食不甘味。这时候，张海和小双不但思想复杂，心中暗苦，而且话语变少了，看上去郁郁寡欢的，有时两人甚至苦得连头也抬不起来，情绪的跌落，一下子从阳光灿烂的山顶上跌入黑暗的深渊中，好在灵灵这时候刚好暑假回家，家庭气氛还能热闹一些，不然，伤脑筋的事儿加上家庭冷清，张海和小双的情绪就更加糟糕了。

联了亲，心连心。雪怡自从和灵灵订婚后，由于医院里的宿舍是陋室，灵灵的家就成了雪怡的爱巢。灵灵上学去了，白天的时候，雪怡买了一部摩托车到承包的门诊部上班去，晚上的时候，她总是拨冗又赶回到大么村住，由于交通方便了，一路都是宽阔平展展的水泥路，从店里到家中，也只要半小时左右就能到达。

雪怡承包的门诊部，从开业到现在，已经一年了，也走了一条弯弯曲曲的路子。

初开的时候，门诊部的病人就不多，虽挂了"海亭镇医院第六门诊部"的牌子，在桌子的显眼处也放了个"医生坐诊"的牌子，但来看病的病人就是少，来买药的人也不多，就是感冒流行期，人家还是爱往大医院里跑，钱宁可往大医院里扔，扔几百元、几千元，甚至上万元之后，就骂，骂钱花得冤枉，骂钱被骗去了，但下次病钱还是往大医院里扔，就是不信你这个不像医院不像药店的什么门诊部。因此，月收入扣除成本，房租和费用后，剩下的，还不如每月在医院上班时的一千元工资。

这还不算，更甚者，门诊部进药，被人骗去一万元，给这本来就摇摇欲坠的门诊部，更增加了精神和经济上的压力。

这事是这样被骗去的：

照理说，她只是西医不是中医，不熟悉中药，但这天，偏偏来了一个推销"蛇胆"的药贩子，雪怡一听，连眼睛也不看一下，就说不要了，不要。但该药贩子有耐性，摇唇鼓舌，话说得又慢又殷，最后好说歹说，雪怡干脆就答应代销，该药贩子一口答应，便留下一些"蛇胆"，走了。

谁知，雪怡就这样上当了。几天后，两人买蛇胆的来店里贩卖，把这些代销的蛇胆买走了，促雪怡赶紧进货，说他们还需要这样的蛇胆。于是，雪怡就挂去呼机（当时手机还未通用）进货。如此两次后，到了月底，账目一结，雪怡的眼睛亮了，啧啧！单单这蛇胆的净收入，一个月就有五百元。

第二个月，照样如此。

第三个月，这两个买蛇胆的常客又来了，说他们从雪怡这里进货的蛇胆，在家里很好卖，今天欲多买一些，免得常常跑路。雪怡问需多少？他答：差不多一万五千元这个范围。雪怡没有这么多货，便挂呼机给那个药贩子，药贩子说：那么多数量，要现钱。雪怡便拧头向这常客说要现金买货。这常客说今天就先交两千五百元定金，再一天货来付清。雪怡考虑有两千五定金，就答应了。

不两天，药贩子就带来一万五千元金额的蛇胆，雪怡口袋没有钱，就向隔壁酒店暂借一万两千五百元，加上定金两千五百元，总共付给药贩子一万五千元，买回来了这批蛇胆，等待那两位常客来取。但谁知这个药贩子和这两个常客是同一伙的诈骗集团，从此，这两位常客就不来购买了，也没有其他人来买这些蛇胆。这样，雪怡就坠其术中，被骗了。蛇胆拿去化验，说是鸡胆和鸭胆，只好将这些"蛇胆"倒掉了，净亏了一万多元。

净亏了一万多元，这就意味着，不吃不喝，要花费近一年的时间，才能赚回这一万多元，雪怡为此呆坐了好几天。

又过了几天，雪怡开店门时，来了一个满脸忧愁、娇娇滴滴的姑娘，雪怡一看，她不是陈慕洁吗？马上问："你怎么到这儿来了？"

陈慕洁是海亭医院刚分配来几个月的护士，二十岁还不到，卫生学校毕业，人长的不高不矮、中等身材，老实、漂亮，脸皮皑如雪，一看就知道还只是一个孩子气的小护士。前几个月来时，曾分配在雪怡手下当护士，雪怡出来承包后，就不知道她现在安排在哪个科室。

陈慕洁说："我特地来找你。"

"什么事，尽管说。"雪怡看她有点胆怯的样子，问。

陈慕洁说："我失业一个月了，这个月工资只发给我半个月。"说着，就要哭出来。

"为什么呢？"雪怡急忙问。

"各个科室医生护士都满了，我安排不下，踢来踢去，院长说再等等吧，但我等了一个月，你这里收得下我吗？"

雪怡愣了，想来现在的护士，确实苦也，除了打针发药，输液输血，吸痰导尿，测量血压体温，写护理记录，背护理病历和监护等正常工作外，还要诸如抄录医嘱，管理东西，管理防火安全和登记科室账目等等非护理工作，成了医院的"保姆"。护士不但工资低，而且还苦、累、忙，责任重如泰山。常常上班的时候，由于病人多，事务繁、制度严，你就得摽着劲干，甚至要不停地小跑，即使跑的人有点晕头晕脑的，刚刚坐下，病人叫了，你还得立时三刻地去看看出了啥事儿。上班的时候，多脏的病人，你都得为他剪指甲，吸痰或者导尿等，即使病人急得发起脾气，你也得忍耐下去，细心为他重新操作或解释，不得有半点儿对病人抱怨的态度，因为医院里提倡"以病人为中心"，而不是"以护士为中心"，你想当护士，就得如此为病人服务，这是关系到医院的服务态度问题，是规定，不得违反。所以，不管是对是错，病人来了怒气，你都得笑言相待，否则就是服务态度不好，会受到一番严厉的批评或处分。护士取药配药和操作的时候，如同上战场，十二条神经的注意力都要集中，须知这是关系到人的性命问题，稍微不慎，造成的后果难以设想。金无足赤，人无完人，谁不会那这犯那的错误？但当护士不行，一千次，一万次的操作中，都得细上加细，不能出岔子，若出了一次差错，这一次或许就有可能危及病人的生命，你可能为此就要丢掉饭碗，甚至还要承担法律责任。护士的工作量又大得惊人，病人一多，这只能以护士的超负荷工作来完成服务，直到你累死了，或许才有什么荣誉称号给你家属送去一个，若没有累死，你还得上班，即使被表扬了，又能带来什么呢？是鼓励继续带病工作，还是能减轻护士们的工作量呢？护士又是最无规律性上下班的职业，临时变动是常事，医生都下班了，你可能还要按医嘱为病人忙碌一阵子，更苦的是上夜班，大医院分上半夜和下半夜班，小医院里，护士得从晚上五点一直上班到明天早上七点，是几个钟头呢？但是，护士忍下了苦，忍下了累，这其中的多少泪，多少汗，多少心血，又有谁知道呢？可是，就是这么苦的职业，人们还争着干，慕洁连一个月八百元的工资还无法赚到，医院人员过剩，为什么就不能过僧多饭少一点的生活呢？雪怡听得很痛心，又很无奈，觉得眼前这孩子又乖又可怜，怎么忍心打发她回院去呢？想了想，便说：

"你来吧，扩大药柜，变成药店来维持我们的工资，我们共同来克服吧，做到我有饭吃，你也有饭吃。"

陈慕洁听了，马上转悲为喜，说："好，我今天就在这儿。"

雪怡说："不要怕，不要急，我先和你到院长那里说一下，办理手续一下。"

陈慕洁说："好，谢谢林医生了。"

于是，雪怡就带陈慕洁去找院长了。

院长说："这很好，林医生肯收慕洁，我心头就宽慰多了，一医一护开店，更好。现在，明知上面一再说医院不能承包，但医院入不敷出，明知是违规，也得这样干，是没有办法的办法了。依我看来，现在不管是白猫或者黑猫，能抓到老鼠的，就是好猫，连大医院都被迫承包了，还说我们。再说，我们不能再按过去的老套子办事，要跟随形势改革，创新，把经济搞上去，做到能够赚钱了，再来考虑下一步改革方案。在我看来，你把门诊部改成半个药店，办法很好，门诊部还是门诊部，依然可以替人看病，打针挂瓶，混碗饭吃，应该没有问题，实在顶不住了，我们再想办法。"

院长同意了，因此，承包合同上又填写上了"陈慕洁"的名字，至于医院管理费，陈慕洁一人定为每个月交一百元。

这样，海亭医院第六门诊部的人员就有两人了：医生林雪怡，护士陈慕洁。

医院谈妥后，林雪怡即从城关家中再运来一个柜台，从医药公司又进了一批药，排上了柜台，变成半个药店了。陈慕洁就固定在柜台里卖药，若病人多时，或需要挂瓶，再由慕洁出来帮忙。

林雪怡告诉慕洁，对于工资，以八百元保底每月发给她，另外，多劳多得，如门诊部打针挂瓶多了，每月按三分之一的比例奖励给慕洁，门诊部的成本，由雪怡负责，慕洁不要出。慕洁听了，高兴得跳起来，说："姐姐真好。"

接下去，门诊部每月看病和卖药的人仍不多，有的月份收入更少，连基本工资都保不住。

但有一天，这种情况开始变了。这就是这天来了一个病人家属，拿着药单，说这是从福州省立医院开来的，但字写得很潦草，符号又多，问雪怡能不能看懂？雪怡看了看，说，可以。这个病人家属说，他住在街北，很近，他父亲陈其叶是运输管理站站长，得了肝癌，在福州治疗，近几天病危了，医院里叫家属运回家，并开了此药单，叫我们在家继续挂瓶，减轻病人痛苦。但单拿回来了，没有人能看得懂，笔迹难辨，与外星人写的字一样，加上那些医用记号、暗号和代号哩溜歪斜的，赤脚站里看不懂，不敢动手用药，就特地来请教雪怡。

的确，很多医生把病人的病或处方药用字母代替，像九娘娘的天书，谁也看不懂。加上笔迹潦草如英文，只有他自己知道，这就使人不得不口诵心唯了。像《健康报》上所言，国家医药督导组在一次督导检查中，发现某医生在处方单只写"CP"。"CP"是什么意思呢？督导组的专家无人知道，最后多方询问，才弄清是指"慢性胰腺炎"。"CP"是英文名称的前两个字母。可见,医生的符号,有得连专家都看不懂,更不要说草根阶层了。

得知雪怡看得懂后,他很高兴,马上要求在雪怡店里取药并为他父亲在家里挂瓶。雪怡说,好。就叫慕洁到医药公司去取一些药,因有的药物是病人的特殊用品,药店里没有卖。一会儿后,慕洁就回来了,配了药,雪怡即同该人一起去他家里为陈其叶挂瓶。以后每天都是这么挂,挂了十几天后,直到陈其叶去世。从此,一转二,二转四,附近从外地开药回来需要在家挂瓶的病人,很多都来请雪怡为其挂瓶,病人多了,雪怡就教慕洁配好药,然后由慕洁到病人家里去挂瓶。

常言说:"墙里开花墙外香。"可雪怡想,为什么要墙外香呢?只要"墙里开花墙里香"就够了。因此,她踏踏实实地从所在地做起,凡是街道附近有病人需要到家服务的,她都不惜劳苦地跑路,到病人家去诊疗看病、挂瓶或建议,为病人服务。

时间一久,雪怡成了"上门医生护士"的代号,许多人都慕名而来,甚至三更半夜也有人急挂电话来咨询。替临终或卧床不起或者没有钱住院的病人在家中为其打针挂瓶或护理,无意中开辟了一条路,使店里的生意忙了很多,用药也多了。慕洁也很勤快,吃得消的,她毫不推辞地去服务,收费又比医院低很多,引得衣衫褴褛的拾荒者也来打针,有时病人多了,就坐在店门板上等候雪怡叫号,渐渐地,第六门诊部的名声就鹊起了,街面儿上的人都逢人说项,夸奖雪怡的为人和技术,为雪怡开店打下了良好的基础。另外,由于时间久了,病人多了,人也来往多了,雪怡门诊部就成了一个路站,熟悉的人路过这里,有事无事都爱在雪怡门诊部坐坐,聊聊病况、聊聊家常短儿,倾吐衷肠。雪怡笑容好,性情婉顺,和蔼近人,为人乖巧,讨人喜欢,在短短的一年时间内,雪怡的名声越来越大,成了镇街道上家喻户晓,童叟欢迎的人,深受人们的爱重,门诊部的收入,因此也多了,既站稳了脚跟,又名声彰显。

生意靠人做,名声靠人扬。农村是个广阔的天地,许多农村中的人,为方便起见,愿意花钱雇车请雪怡到他家里为老人看病挂瓶,雪怡和慕洁也很勤劳和近人情,凡是不是很远的地方,她们都去,这使病人很高兴,要回到门诊部时,家属们还常常给雪怡她们送上一些地瓜、菜、豆之类的东西,关系变成了老朋友,并把雪怡能请到家,当作蓬荜生辉的事,这使雪怡和慕洁,一下子成了大忙人,整天跑来跑去不停,甚至傍晚人家已经关店了,她们还在忙着。

爱屋及乌。大么村的人,雪怡特别有感情,总是以亲人相待。俗语说,亲不亲,家乡人!乡里乡亲的,像一家人。亲向亲,三灾八难永同心。所以大么村人看病,买药,雪怡总是比别人便宜,这也许因为雪怡现在就是大么村人吧!大么村的人病了来找她，雪怡累得哼哧哼哧直喘气，多么没有时间她也挤出时间来为其服务，凡能省下来的钱，她就尽量为病人省。急得病人，她有时候就陪着到医院做 CT、血化验等检查，使病人对她很感激，很听她的医疗方案。有的病不是很急，她就在晚上回大么村时带药给他们挂瓶，顺便在他家里谈谈家事，时间一久，她对大么村乡亲之间的了解程度可以使人惊讶得咋舌。每个乡亲的出身，历史，人品，秉性及至他父母亲的小名，他妈是谁家的闺女，排行老几，文化程度，她都能说得明明白白，这家养了几只鸡，种了几亩田，有几口人口等等她都讲得出来，比张海还熟悉，雪怡的名字，因此成了大么村人人尊敬的人，并到处宣传，比雪怡自己贴了广告还灵得多。

第二年夏天，天气觸热，海亭镇上感冒的人很多，特别是小孩，发高烧的更多，需要打针或挂瓶，病才好得快。而小孩的吊针，特别是几个月小孩的吊针，特别难挂，赤脚站也难以应付，一般都叫到医院去，街上的几个诊所和私人门诊部，对之也笨手笨脚，不敢收治，而雪怡从小在家里就训练打小孩吊针，对挂瓶的事儿是一枝独秀，已成为斫轮老手，慕洁对小孩的吊针也很娴熟，所以，街道上诊所挂不进去的针，大都都移到雪怡这边来，加上自己来找雪怡看病治疗的人，病人就很多了，单是这一季这一项，要忙一两个月，一天要打近百针和挂瓶一二十人，忙得雪怡和慕洁两人连吃饭的时间都没有，有时更像陀螺在地上滴溜溜地转动一样。

但话说回来，当医生治病，也不是那么容易的事，特别是承包门诊部，规定医疗事故自负，这对承包医生来说，压力就很大了，不是技术过关的医生，一般来说是不敢自立门诊部对外看病的，特别是西医，因为各人的身体情况不同，年龄不同，症病不同，稍有不慎，出事故是难免的，出小事故还容易处理，出大事故就要赔钱，甚至赔命，尤其是打针打吊针，皮试好好的，药物产地，病人的体质不同，常会出现心跳、抽筋、出虚汗和人难受等等反应，这时候，要是技术不过关或者经验不足，就很容易出现事故。好在林雪怡对病人谨之又谨，用药非常小心，加上运气好，在承包两年内无出一个事故，否则，两年赚的钱，也可能赔在一个病人身上。由于雪怡门诊部都没有出毛病，医院里这两年又出了大小事故几起，影响很大，有医生护士自动要求到雪怡店来，但雪怡总以店铺大小，容纳不下人而婉转拒绝了。

到了第三年，医院的秩序还未完全恢复，雪怡硬着头皮和慕洁又承包第六门诊部一年。之后，由于华侨赠款给医院新建的门诊部大楼，住宿大楼等已完工，医院要搬迁到新单位去上班，随之，上级动新格了，规定了新的一套管理方案和改革措施，千方百计要整治好医院来为人民服务，雪怡就爱惜羽毛，也不敢再承包了，要求回新医院上班去了。

雪怡估计，灵灵就要毕业了，将是官员了，部队允许当官的可以带家属，她可以调动到新地方，和灵灵在一起生活了，所以心也宽慰多了。但这三年承包，雪怡算了算，自己卡里又有余钱近二十万元了。

第四十四章

冬去春来，又近一年了，但健健还是醒不来，弄得萍萍和伟霞心里七魄悠悠，不知如何是好。

这天，郭加喜又来电话，问萍萍："又一个月过去了，健健现在如何呢？"

"还是老样子，仍在床上，没有醒过来。"萍萍答。

郭加喜便讲了他邻居一个姑娘脑挫裂伤的事给萍萍听。

这个姑娘叫林晨佳，二十三岁，大专毕业，生得漂亮，前年与他邻居一个叫蔡永和的小伙子恋爱结婚。结婚这年，永和家里正在建房，他俩约定，待新房子建成后生孩子。到新房子盖得差不多了，一次，林晨佳高兴，想爬到楼上去看看，便上去了，但房子还没有全部盖好，有的还是搭竹架，谁知林晨佳不小心从二楼的竹架上掉下来。说来二楼离地面只有四米，但头部碰在石头上就昏迷了，随即家人把她速运往医院治疗，医生说是脑挫裂伤，起码要一星期后才能醒过来，但医院住了一个月，人还是醒不来，医生说不必再住院了，可以回家治疗待她自己恢复，但运回家一年了，林晨佳还是醒不来，尽管家人照顾得很用心，药每天喂，但最终骶部和髋部出现了褥疮，虽每天换药、包扎，还是越烂越深，最终发烧不退，无药可治死了。

因此，郭加喜问萍萍："健健植物人可能有一年了？"

萍萍说："于兹已有一年零两个月了。"

郭加喜啊了一声，说："人家一年不到都忍受不了，你们两个女人还不屈不挠地伺候，让我实在佩服。"

萍萍说："这是命呐！现在，他人还活着，不缺胳膊不断腿，吃饭、大小便都正常，我们舍不得让他死去，砸锅卖铁也要为他治疗。"

郭加喜又问："他现在背部有没有出现褥疮？"

萍萍说："才开始，有好几个地方，我们每天给他翻身五六次，让他侧着睡，背部通通风。"

郭加喜说："依我之见，褥疮一出现就麻烦多了，一年多了都醒不过来，我看没跑儿，没救了，若他还是醒不过来，你不但要花钱照顾他，更重要的是你的精力、青春和时间的消耗，你还无法去工作一天啊，要是自己累坏了，真的还是划不来，我看还是放弃算了。"

萍萍眉峰紧皱，说："救人一命，胜造七级浮屠，我的心不忍啊，是他助我改变了命运，没有他，我读不成大学了，他是我的恩人啊，再说，我们恋爱时，我表示不管风吹雨打，都要和他在一起，现在他病了，我要笃守诺言，尽力伺候他，不能丢盔弃甲逃跑。"

郭加喜说："为了一句承诺，你就心甘情愿地为一个男人去赴汤蹈火，实在可歌，可佩，可敬，至于拿钱给你读书，我不是也答应你吗？钱加倍还给他，不就一回事了结了吗？"

萍萍说："信为万事之本。做人应当宁失江山，不失信用。对丈夫不守诺言，做女人还有什么用呢？"

郭加喜听到萍萍雷打不动的回答，称赞不迭，心里更产生对萍萍的敬佩。他想，像这样的未婚妻才是难得的未婚妻，才称得上是孝顺和善良。打这以后，他隔三差五地开车到大么村来看望，向萍萍说，如医疗费不够，他可以再支持。萍萍很感动，觉得郭加喜是一个好人，世上很少有这样一个能为自己出大力的人。

这天晚上快十一点了，萍萍和伟霞正在用黄药布为健健罨伤口，消毒，换药，突然发现他感冒发烧了，温度计一测，是 39℃，她们惴惴不安，造次之间，萍萍马上找出感康给他喂上，希望温度能降下来，但至下半夜一点，她们又测了一下体温，温度跑到 40℃，这下她们急了，只好立刻挂电话叫来雪怡给健健打针。

雪怡打针后，说："听说有一种药叫'沙棘油'，很多人吃了效果还不错，记忆力和脑力迅速恢复趋于正常，不妨试试看，也许过一段时间能径情直遂。"

伟霞说："哪里有这种药？不然，什么钱都花了，什么药都用了，还差沙棘油一种药。"

雪怡说："我去打算，再一天，我给你们捎上。"

伟霞和萍萍都说："好。"

天亮后，郭加喜又来电话关心了，问萍萍，现在怎么打算？萍萍回答之后，就顺便说了健健昨天半夜发高烧的事。

郭加喜说："敝人以为，这只有你们能办到，要是别人，早就把健健放弃了。"

萍萍说："敝帚千金。这是我的命啊，我不怪他，现在，最当紧的事情，就是如何把病笃的健健救醒过来。"

郭加喜说："他不醒，你受苦受累，他撒手西去，也减轻他的痛苦，何不两全俱美呢？已经一年多了，你们不能死马权当活马医，别再耗着呢，还是快放弃吧！"

萍萍说："他活着，还有希望，他若死去，我会更痛苦的。"

的确，萍萍的话，是出自他内心的话，一点不假。或许，真正的爱情只有两种，一种是危难时刻，两人能生死相随。像著名历史学家、文学家吴晗和他未婚妻袁霞的爱情一样，在袁霞得了大病期间，吴晗能在九年的时间内尽心照料，真正做到了患难与共，至死不渝的生死情。另一种是能够白头到老，这也是很不容易的一件事，就像陈年酒酿，愈久弥香，虽然平时可能表面上磕磕碰碰，但爱总是深入骨髓，叫作生死相爱，最后两人到了八九十岁了，两人依然不离不弃。

这时候，郭加喜听了，急转弯道："若健健去世了，你就嫁给我吧，我不会让你痛苦的，我一定会爱你一辈子的。"

但萍萍说："不行，你是亿万家庭的独子，我配不上你，你还是尽快另找人吧，万一健健再几年也醒不过来，又不能驾鹤西去，你要怎么办？我可不能身骑两匹马，脚踏两只船啊！"

郭加喜说："那我愿意等你几年。"

萍萍说："不行，你不能这么想，要是十年呢？"

郭加喜说："我等十年。我已下了决心，若他能醒过来，我无话可说，若他撒手人世了，我娶你，因为你吃苦耐劳，心地善良，文化程度高，做人诚实，生得出众，是十分难得的人，我现在心中只有你了。"

可是，萍萍还是那几句话，说："不行，我不能造次行事，我舍不得放弃他，你还是另行打算吧！"

萍萍不再说了，放下了电话。

几天后，雪怡用电话联系，买来了'沙棘油'，萍萍从此开始给健健吃了。

且说健健的病，像十五的月亮，一夜不如一夜圆了，自从发烧后，他江河日下，背上的褥疮更加严重。长期的折磨，已使他都脱了相了。眼看大药、小药，她们都很顶真地用上了，沙棘油吃了这么多天，也不见效果。真是天下事不如意，十常八九！没有了底牌的萍萍，这时已感到健健确实没有一丁点儿希望了，且低烧不退，景况日非，命若游丝，犹如风中之烛，说不定什么时候就会命归黄泉，这时，萍萍和伟霞都已心力交瘁，无能为力，不得不考虑健健的后事。但如今墓地贵如金，一个床铺大的墓地要一万五千元，家中已经负债，要组织二三万元很吃力了，想来想去，萍萍不敢向郭加喜开口，向雪怡借了。

郭加喜知道后，说："早就该打算了，我说了这么多次叫你放弃，你就是舍不得，到头来，时间又过了三个月，又花了一万多元钱，还是祸及满门，好了，既然向雪怡借钱了，墓地的联系，动工，就由我替你们跑几趟。"

伟霞哭着说："墓地就建在海亭陵园吧，不建在大么村。"

郭加喜说："可以，放心吧，此事就交给我去摆划吧！"

萍萍和伟霞都说："可以。"

墓穴规模不恢宏。郭加喜很快就在海亭陵园联系了一块墓地，并马上动工，建成了一个和旁边别人坟墓差不多水平的花岗岩坟墓。墓碑上简简单单写道："大么村，杨健健之墓。"

坟墓是做好了，但萍萍和伟霞的心仍然不死，每天还是照常给健健喂饭、吃药、换药、翻身、挂瓶等，特别是沙棘油说明书上说要定时吃，她们一顿也没有漏掉。这时候的她们，思想更加复杂。萍萍每当想起他俩恋爱时的点点滴滴和无私寄钱培养她读书时，再想起健健现在的这个样子，眼泪又不由自主地掉下来。她想，只有在健健自己不能进食，她才会放弃，只要他还有一口气，她就要尽到自己照顾的责任。而伟霞仍是忙着求神求佛，烧香磕头，有时一个人坐在那里，呆呆地抽泣着，也不记得上顿饭吃了没有，吃了些什么东西。

这时，郭加喜想，健健去世已成定局，尘埃落定后，他和萍萍就是夫妻了，所以在电话里又对萍萍和伟霞劝言道："这是健健的命啊，他没有得到你们的福气，因此老天爷才要让他赶回去，但过去的事，就让它过去吧，人生之路，总是这样弯弯曲曲的，不可能一帆风顺的，人来到这个世界上，原本就是痛苦的开始，虽说生老病死，这是人生命的规律，然而，谁不贪恋活的精彩，活得舒服，活得幸福，多活几年呢？但到了上帝招你去的时候，谁也无法逃过这一关，多富的，多伟大，也过不了这一天，健健就是如此，他的命就是如此，请不要再为他痛心了。"

几天后，萍萍告诉郭加喜："吃还是好好的，就是低烧不退，褥疮更多更严重了。"

郭加喜说："这几天就可以放弃了，再一个月，我们就可以结婚了。"

萍萍说："不，健健走后，我情绪更痛苦，几个月也回不来。"

郭加喜脆快地说："好，几个月就几个月，我等你。"

可是，人有善愿，天必从之。天下事，有时候人在做，天在看，当老天爷看到感动时，奇迹就会发生。这也像斯托夫人说的，最长的路也有尽头，最黑暗的夜晚也会迎接清晨。这样傍晚，当萍萍给健健喂饭时，她突然谛视到健健一边吃，一边眼睛会动，还流出泪来。要说平时的时候，健健一年半来，总是眼睛闭着，有时候张开，也是目光无神，没有任何反应。可今天怪了，是不是健健缓醒过来了？她赶紧顺藤摸瓜，马上问："健健，健健，你是不是醒过来了？你能不能伸出舌头给我看一看？"

伟霞本呆坐着，听到萍萍的话，马上神清目爽起来，迫不及待地跑过去看。

种瓜得瓜，种豆得豆，萍萍的付出，终于感动了老天爷。就在萍萍的话刚说完，健健真的伸出了舌头给萍萍看，萍萍见了，马上意识到这是健健峰回路转了，又问："健健，你能不能说句话？"

但健健说不出话来，却会摇摇头，眼睛又转向去看伟霞，伟霞惊喜若狂，大叫："健健醒了，健健醒了。"

果然功不唐捐。多少个日日夜夜，多少心中的苦，多少心里话，要怎么向健健说呢？这时，伟霞再也控制不住自己的情绪，扒在健健的胸前，像牛吼叫，像雷击地，一个劲地大哭起来。

萍萍这时也倍儿精神起来。她放下饭碗，马上就到厅里向雪怡挂电话。

雪怡说："真像天方夜谭。我昨天看见他眼睛无神，现在就能转动了。这是缓醒过来的表现，是千年的铁树开了花，一年半了，是奇迹啊！时间不饶人，分秒赛黄金，你马上再把健健运到医院，让他快快好起来，我马上就过去。"

萍萍一时冲动，心劲儿飞上天，欣忭之下，马上又挂电话给郭加喜。

郭加喜听了说："什么？醒了？真的？你就是说破天我也不信，死了的灰堆能迸出火花，怎么可能呢？"

萍萍说："真的，我不骗你，一点不假。"

这下郭加喜似乎信了，说："是不是吃了沙棘油起的力道？"

萍萍说："可能是，神丹不如药对症，这药真好。"

萍萍不再说什么了，放下电话，登时挂电话告诉张海，并叫张海烦几个人过来，把健健马上运到市医院去。

健健有奔头了，张海知道后，心里马上宽展起来，兴奋地告诉小双，又叫永福、建东等几位邻里马上过来搭帮着把健健用面包车运到医院去。

医生看了看，问了问，说："精诚所至，金石为开，是醒过来了，现在，一切都好办了，又有新的药物了，这真的还是少有的例。"

从此，满天云雾散，伟霞和萍萍喜笑盈腮，笑声充满了病房，能睡安生觉了。海亭街道上，到处也充满了人们议论纷纷的评论声。

健健恢复得很快，两天后，不但眼睛能骨碌碌地看这边，看那边，而且能够遵从医生的指令张嘴，睁眼闭眼，做表情，脑力恢复的速度也很快，会哩哩啰啰地说几句话了，但手脚还只能轻微动弹，还处在残疾状态。

健健醒来后，对自己的峥嵘岁月，觉得恍如隔世，一切都变了，一切都变得那么新鲜，他不断地询问这询问那。

健健醒来了，像炸弹一样，消息在关系户中传开了。特别是大么村的村亲们，更加雀跃欢呼，每天都有村亲和朋友特地带一袋袋苹果、线面、鸡蛋和罐头等礼物来医院看健健。众人无不念叨道：健健的命，是萍萍给的。

张海和小双更是高兴。常言道，人逢喜事精神爽，月到中秋分外明。这几天来，张海说话马上有说有笑了，小双也高兴得手舞足蹈，他们万万没有想到，五百天日日夜夜的担忧，今天终于解放了。

郭加喜也常来医院，对健健说："烈火见真金。你能虎口余生，功在萍萍和伟霞，萍萍是一片丹心，伟霞是一片苦心，没有她两人这么多天不分日夜地照顾你，早就没有你了，你好以后，第一个就要感谢妻子和母亲，她们为你付出太多了，萍萍放弃上班的时间专门照顾你已近两年了，单是工资损失就有十几万元。"

健健听了，抽抽噎噎地说："不有百炼火，郭知寸金精……这一次灾难，没有萍萍就没有我……"

伟霞对健健说："是啊，郭加喜也很好，当时刚住院没有钱，是萍萍向郭加喜借五万元钱，至今还没有还。这么久了，没有雪怡几个月如一日地给你挂瓶养身，又买沙棘油给你吃，也没有你了，家里没有钱，就向雪怡开口，这么久来，家里已向雪怡借了六万元钱，你要一辈子记住他们的好。"

健健听了又流泪了，一直点点头，说："我……我记得……不到西天，不知佛大小……"

健健醒来后，不怪天，不怪地，只怪自己时运乖蹇，走背字儿，拖累了这么多人，他一定要尽力报答。

半个月后，健健的恢复已趋向正常，脚也从残疾状态变成撑着拐杖或由人搀扶能蹒跚鹅行鸭步数米了，又过了几天，健健配合锻炼，一天天地好起来了，手脚可灵活活动，其语言交流、思维能力和走路动作，基本上达到正常人的水平了。

第四十五章

平安就是福。健健出院回家后，家门口披红挂彩，鞭炮四响，以庆贺健健死里逃生。这几天，他家户限为穿，公司里，厂里的工人们和客户们纷纷前来看望健健，伟霞和萍萍忙于接宾和谢客。村里的姑娘们，也打扮得花红柳绿，成群结队而来，想看看病号的健健是啥个样儿。

时间往往是个疗伤的机器，有时候，时间的延长比吃药还灵。健健身体恢复利落后，首先就开始料理因病所欠的债务问题。原来，健健在计划办理结婚证和举行婚礼前，就已经存在建设银行五十万元现金，银行卡就放在健健衣柜的衣服里，但伟霞和萍萍只懂得到办公室去查账，哪里会知道健健把这张私卡放在衣柜里。健健首先从这张卡中取出十几万，用于偿还向郭加喜和林雪怡借的十一万元钱。

之后，健健和公司会计花了两天时间，整理出所有外欠户并开始一一追回，不肯还的或有异议的三四家，健健就动用法律诉到法院去解决，还清了瓷砖厂工人和公司职工的工资近三十万元，付清了还欠别人的原料款一百多万元，盘点了库存货物，上交了税收，对公司的经济进行了一次大结账，恢复了公司经营和工厂的生产，重新安排了对外业务，一切都朝好的方向发展了。

健健说，亲戚朋友十八家，丈人丈母是第一家。经过这次峥嵘路程后，他更加佩服萍萍的为人和真爱，为感谢萍萍的救命之恩，健健决定拿一百万给张海建房子用，因村里现在只剩下张海的房屋还没有翻新，希望张海也能住上高楼大厦。萍萍想到爸爸妈妈辛辛苦苦培养她和灵灵，至今还住破房，很过意不去，因此就答应了健健的这个主张。

张海和小双知道这件事后，很高兴，又舍不得动用女婿这笔钱，萍萍说："爸爸，放心用吧，都是一家人，不要舍不得，我马上也要出去赚钱了。"张海最终还是答应了。

几天后，张海就开始办理翻建手续，并与蔡永福联系，把家中的坛坛罐罐都暂时搬到他的新建房子中去住，就开始拆房动工了。二00三年，全国房价还没有涨价，有的才开始波动，大么村附近的机砖一块才一毛八分钱，水泥好的，一袋才二十五元，在这一年建房，原料、工资等还算是便宜的。

这一天，伟霞从日历上看到明天"宜疗病，结婚，交易，入仓，求职"，是个好日子，便催健健、萍萍该去办理结婚证了，说不能再俄延了。萍萍自从健健病后的一年多来，都在健健房间里独人住宿，现在健健病好了，健健和萍萍很自然就同居了。健健和萍萍明白伟霞的意思，想想那天要办结婚证时，第二天健健就出事了，至今已经一年七个月，该去办理了，就答应了。

第二天，风和日丽，健健和萍萍打扮了一番，就一齐坐健健开的小车到海亭镇政府办理结婚证了。结婚证登记办理后，两人正在兴头上，经萍萍建议，两人又坐车到枫亭镇塔斗山公园去游憩。

塔斗山上，这几年不断建设、发展，听说县里又投资上亿元钱在这里发展、扩建，那就会更加壮观了。如今，通往塔斗山的水泥路扩展得更宽了，路两边除了旧树的桉树、松树等外，又补种上了一些树苗，使路阴凉凉的，舒服好走多了。山上，塔斗山的塔边，又围起了用石头砌成的新栏杆，庄严多了。塔斗山半山腰的佛寺（会元寺），本来就建有天王殿、大雄宝殿、大悲殿和山门等建筑，现在又对旧的钟鼓楼装修，涂上了新漆，焕然一新，更加配套。综观整个会元寺，高低相间，错落有序，浑然一体，更加壮观了。塔的西面上，又开始新建和装修文昌阁、崇正祠等会心书院，显得更加气势雄伟，美轮美奂。登上塔斗山山顶，极目远眺，隔壁惠安县的南庄、莆田的东沙、枫亭镇东西南北的建筑，都历历在目，清新夺目。再观塔斗山的东边，海水、礁石、沙滩、渔舟、红日尽收眼底，动人心弦。山下的平原处，良田绿浪翻滚，鸟飞莺舞丰收在望，浩浩荡荡的枫江溪流，似白带环腰，婀娜多姿，直冲大海。塔斗山脚下，满山古木参天，绿荫遍地，野花争奇斗艳，健健和萍萍看了，真是心开目明，喜形于色，惊叹祖国河山如此多娇，绮丽壮观，两年不到这里了，塔斗山又变了新样，这不能不感叹祖国改革开放后的伟大变化，创景令人心胸开阔，矢口叫绝。

观赏了塔斗山的盛景后，这一对新夫新妻，就在避雨亭中边休息边喝饮料，但他们不再像恋爱时谈恩恩爱爱之语，而是谈成家立业后要如何把公司和工厂发展壮大。健健说，工厂里生产的瓷砖，在初开办工厂时，花了三千元买来了瓷砖生产配方，因此产品很受当地欢迎，现在，他想在这个基础上，扩大品种，生产出不同规格、不同颜色、不同花纹的多样化产品，把现在只产几种品种扩大到十来种，并考虑买回新的机械，制定更严格的承包生产责任制，并在公司中新设推销部，把货源开发到附近更多的地方，也向附近的县市推销发展，这样才能跟随改革开放的发展需要，才能增加收益。萍萍说，谈起做生意，我是个白板，但通过这次接触，我有两个建议，一是你认为出纳很重要，所以自己做起了公司的出纳。其实，公司里可以设一个小出纳，限制在一定范围内的金额由他付出收入，每天存款过账。公司里大的支付，由你盖章控制，即你做大出纳，这样，你就会省去很多时间来管理别的事情。二是你只管制定、完善公司里的大制度，大计划，公司里的事儿，可以派专人去管理，那么，你的工作量就会减少很多，不必那么费劲，可能效果更好。

这时，萍萍还讲了一个故事给健健听。

十八世纪时，英国人在占领澳州后，英国政府就决定将罪犯发配到这里来。为此，政府把运送罪犯的工作承包给私人的船只，并按上船罪犯的人数付给费用。为了多点收入，多装罪犯，船只老板就不顾船上的饮水吃饭，甚至故意不给罪犯供应饮食，结果运送三年来，平均死亡率达到百分之十二，高的达到百分之三十七，为此，政府就派人随船监督，并安排医生随船，又制定了每个罪犯的生活标准，可算想尽了管理办法，但这办法仍然失败，连政府派的医生也死了，对于不接受贿赂的监督员，船只老板就派手下人把他投入大海中去喂鱼。

为了扭转这一局面，政府即改变了管理办法，把原来以上船的人数付工资费用，改为按照安全到达澳洲的人数给船只老板付工资费用。不想到，这个管理办法马上就立竿见影了，船只老板不仅改善了罪犯的吃住等生活方法，还主动配备了跟船医生，使死亡率马上下降到百分之一以下，有的大船运送几百人罪犯，行驶几个月，竟然没有一人死船上。这说明，规章制度的改变，往往能收到预想不到的好效果，责任的承担情况决定了一个人工作的效力和结果。船只老板为了多赚钱，就必须按规章制度自觉保证罪犯能平安到达，否则就会前功尽弃。

健健听了，说，对，你说得有道理，这两个方面我马上改，再一天就马上雇一个出纳管公司的零星收付款，比如工资这方面，下个月就可以由出纳支付，我就不必亲为了，我只管公司大笔的付出收入就行了。另外，从今开始，我会在制度的制定上下功夫，具体的派人去执行，我就会省出很多时间应付别的业务。

萍萍说，这要靠你了，下个月，我准备寻找合适的单位去上班，如果你发展得很快很好，也许以后我就在你公司上班，不必夫妻分开了。

健健听萍萍说以后公司发展了，她就在公司里来上班的主张很高兴，也很爱萍萍能在自己身边，因而说："好，很好，我尽力争取吧，争取你明年就在飞达公司上班，做总经理。"

这一天，他们玩到中午时，才开车回家去了。回家后，伟霞问怎么会去这么久？萍萍说，结婚证办理好了，我们又到塔斗山公园去玩。伟霞说，难怪这么迟了，还有，你们要什么时候办婚宴呢？萍萍说，这个不急，再几个月还来得及。伟霞这时拿出两张请柬来，说，这是郭加喜托人拿来的，请你们再几天去参加他的婚宴。

原来，健健病好了，郭加喜见娶萍萍为妻已没有一点希望了，就不怄求了，但他并非和萍萍割席分坐，各奔前程，而是把萍萍当作腻友看待。唐太宗李世明说过，以铜为镜，可以正衣冠。以史为镜，可以明兴替。以人为镜，可以知得失。而郭加喜和健健相比，"得失"在哪里呢？平心静气而论，虽然郭加喜是个正人君子，但在仗义疏财上，也许比健健稍逊一筹。因为这么多年来，从来没有听说郭加喜父子曾向社会救灾救难捐过一分钱。

的确，健健病好了，郭加喜最大的损失就是失去萍萍这个恋人。无法吃到天鹅肉，这是他最心痛的事。婚姻就是这样，爱情是无法用金钱衡量的，当一个人坚定地爱上一个人时，用钱想改变他的追求，是很难的，郭加喜就是这样，想以两千万给予萍萍来引诱萍萍放弃健健，但萍萍还是放弃了两千万元钱去追求健健，这就使郭加喜不得不重新寻找新的恋人，以圆自己登上婚姻殿堂的美梦。

郭加喜的新恋人，不是他父亲介绍的陈婧文和蔡乐涵，而是毕业于莆田学院财务管理学的杨姿婷。在这三个人中，无论身高、体态和面容，杨姿婷都略胜一筹。

杨姿婷才二十四岁，刚毕业，当地人，讲一口标准的莆仙话，父亲是小学教师，母亲是邮政局的工作人员。杨姿婷容貌姣好秀媚，斯文、坦实、体态丰盈，在郭达湖公司手下的一次招聘会，与郭加喜相识，并以出众的面貌而吸引了郭加喜，郭加喜为此积极追求她，而杨姿婷在知道了郭加喜的身份后，更是主动而热情地爱上他，在头尾不到三个月的恋爱中，两人便日夜相随，同居，到杨姿婷怀孕了，郭加喜才马上举行婚宴。

郭加喜的婚宴，设在莆田市五星级宾馆的酒楼中，宽绰的婚宴客堂上，共办六十桌，筵席上有客人六百多人。有钱人办的酒席就是与一般人不同，烹龙炮凤，各种佳肴，其山珍海味的品种是常人很难体会到的奇特。健健和萍萍在参加了丰腴婚宴觥筹交错的接风后，郭加喜特别留他们参观自己的别墅，房间和新买的保时捷汽车。这些东西，别说别墅的高大优雅和与众不同的结构，也别说小汽车的高档和漂亮，单是结婚用的房间，金碧辉煌，华灯闪烁，流光溢彩，其室内一水儿都是昂贵的高档家具，其豪华的布置像瑶池一样。但郭加喜却感叹道："多贵多好的住宅和用品，都比不上有一个好妻子。健健得了萍萍，这才是最贵最大的财富。"萍萍笑了，说："健健的身价，只值得配上我这个笨货。"杨姿婷也在场，她知道萍萍的身世，听了，只是笑笑而已。

本来，郭加喜还想让健健夫妻参观商场超市等，但由于时间不允许，来不及了，健健和萍萍只好坐小车赶回家去了。要走时，郭加喜和杨姿婷一直送行健健和萍萍到大门口为止。

郭加喜婚宴后，就到二〇〇四年了。

二〇〇四年春节前两天，健健也在海亭酒店举办了盛大的婚宴。

当天傍晚，新郎健健和新娘萍萍坐着红绸装饰的小汽车，由另一部小汽车上面的乐队引导，来到酒店。

新郎穿着黑色燕尾的大礼服，手上戴着白手套，新娘穿着雪白的轻纱大礼服，浑身上下都用轻纱和素缎围绕着。新郎先下车，把新娘搀下车来，然后用手臂勾住新郎缓缓前进，男女傧相在两旁护送，孩子们和亲朋好友在后面跟随，缓慢地向酒厅步去……

健健今晚的婚宴共办三十桌，也请郭加喜夫妻前来参加，大家在欢乐的婚宴上举杯祝福新郎新娘喜结连理，白头到老，并向他们的父母送上诚挚的祝贺，婚宴一直举办到晚上九点多钟才结束……

二〇〇四年春，枯黄的大么村原野变绿了，新绿的叶子在枯树上长出来了，温柔的阳光对着每个人微笑，鸟儿在高楼上歌唱，花儿也开了，红的花，紫的花，还有各种各样不同颜色的花，都开了，昏睡的土地，都醒过来了。这时，萍萍已在福州找到了工作单位，是电子研究公司，月薪六千元，这是萍萍毕业后两年来，她第一次出去寻找工作。她将在二〇〇四年春开始，有了固定的工资收入，以后随着时间的推移和工作能力的发挥，萍萍的工资将是八千到一万，甚至年薪五十万以上了，真是万般皆下品，唯有读书高！

这年秋天，灵灵军校也毕业了。一毕业，时运亨通，即分配在福州部队当上了排长，没有几个月，就升到副连长了。谚语说，青春时期，万紫千红鲜花开！确实如此，自从灵灵参军，考上军校，到升为排长、副连长，真像鲜花一样，万紫千红人人爱。部队里升官快，特别是军校毕业的学生，说不定再十年二十年，灵灵就是师或军以上的干部了。

灵灵和萍萍的出现，引起了大么村人折节读书，对学业十分重视，从此大么村变成了一个钟灵毓秀的地方，每年都有几个榜上有名的大学生，成为了各行各业杰出的芝兰玉树。现在，萍萍和灵灵两人的兰桂齐芳，功成名就，使张海一家可称得上是兰薰桂馥，人丁兴旺了。

灵灵当了副连长后，部队里按规定分配给他一套二房一厅的住房，雪怡和灵灵办理了结婚证，从此两人落在蜜缸里，夫妻间琴瑟甚笃。常言道，人生处处是青山，自灵灵升为副连长后，部队来函了，林雪怡因此从海亭医院随军调动到福州市里从医，真是喜上加喜。林雪怡要走时，欲给张海二十万元积累钱用于协助建房，但张海说，健健已拿一百万元够花了，就不肯再收林雪怡的钱，后来，林雪怡好说歹说，留十万元给张海作生活费。张海从此过上安生的日子，生活上有了活儿，比神仙还安乐，成了大么村位望通显的家庭和有头有脸的人家。张海说："岁月不居啊，现在，我已望六之年了，可以享受村夫野老的幸福生活了。"

第四十六章

　　二OO五年国庆节，是中华人民共和国成立超过半世纪的盛大节日，祖国的江山，到处草绿花开，经济发展，世道太平，人民生活幸福，到处显现出一派欣欣向荣的景象，人们载歌载舞，沉浸在一片安定欢乐的气氛中。特别是国家改革开放以来，祖国发生了翻天覆地的变化。这翻天覆地的变化，取决于国家政策的英明。今昔对比，变化何啻天壤之别。而老百姓生活的最大变化，就是人民生活水平显著提高了，跨进了小康生活的门槛，到处是高楼大厦，道路四通八达，科学飞跃发展，祖国建设蒸蒸日上，社会的泰山之安，更加显示出共产党和人民群众的和谐团结。

　　但就在这一年，大么村的饲料厂经过多年的奋斗，从开始的供不应求到市场销路的饱和，从市场销路饱和到销路下坡，再到现在的亏本倒闭，走过了十七八年的年头。之所以现在亏本，还在于去年大量从东北购进玉米等原料后，玉米价格就开始跌价，并跌到底，使陈建东生产的饲料价格也被迫跟着跌价，最终导致工厂关门倒闭。

　　大么村饲料厂倒闭后，吴永康办的红木家具厂也出问题了。这是因为这几年红木家具厂到处林立，特别是仙游县榜头镇的红木家具厂一再增加，成为"红木家具镇"，导致吴永康的家具厂，在原料价格和销路上都无法与他们竞争，又没有什么独特的质量技术和出售价上的优惠，以致工厂发生严重的滞销而被迫停止营业。

　　蔡永福养鸭场这几年的情况也不好，原因是镇上好多家开始办养鸭场，不但饲养"正番"地方鸭，还饲养北京鸭、番鸭等食鸭子，也有办养鸡场的，就在山顶村委会别的队里，就有两家养鸭场，这就导致肉鸭的价格竞争而一降再降，甚至明知自己亏本也被迫卖出，这样，蔡永福就仅养几百只赚工资而已，到今年，干脆不养了，蔡永福和蔡明辉就出外打工去。

　　但健健办的瓷砖公司，这几年正赶上好时机，因为二十世纪后期到二十一世纪初，全国的基建大兴，楼房到处更像春笋而起，海亭镇和全国各地一样，这时商品楼和私家房更是层出不穷，造成建筑材料大涨，水泥、沙、机砖和钢材等建材供不应求，当然，瓷砖也成了热门货，家家装修都大量需要，所以，健健办的瓷砖公司赶上发财时，年销售量破亿，年净利达到千万以上，还在增长。

就在这一年国庆节，张海新建的五层高楼经过近一年多的基建和装修，已经完工并搬进去住了。新建的这座楼房占地面积一百二十平方米，外墙贴上白瓷砖，内墙是中档装修，又高大，又亮堂。五层楼中，除了底层，其他四层均有卧房、厅、卫生间和厨房，壮观、漂亮、整洁。除此之外，每层的家具均已添置完毕，与原来破旧的二层楼相比，真是两个级别、两个世界的差别。若从外面看，新建的高楼就在路边，前面就是宽大的水泥路，交通方便，风景清幽。张海和小双在晚年的时候，能享受住上这么富丽堂皇，安静舒服的楼房，真是他们意想不到的事，这首先就要感谢女婿慷慨的支持和帮助。

吉人自有天相。这时的张海，萍萍和灵灵每个月均给张海五百元生活费，共一千元，加上小双退休金和建房后余下的三十万元钱，张海完全可以幸福生活了，不必再为钱操劳了，真是十年宝贵轮流转。因此，他们停止了在街上炸油条的生意，除了田里和自留地农事外，他俩就在家游玩和协助大队部做一些公益的事务。

大队部里有一老人会，每天，无事干的老人均在这里聚集打扑克，下象棋，聊新闻度日，除此之外，老人会还有一个阅读室，几年间，已收集了不少各种各样的书籍供大家阅读。大队部张仁明书记深知张海的家史和文化程度，便动员张海能协助管办这个阅读室，张海答应了。张海答应后，把阅读室扩大成两间，把六千多册书籍分成历史名人、政治法律、地理旅游、文化教育和医疗、科技、经济、军事、文学等十几类，自己又献给大队部两万元，用于添置高考语文、数学等阅读书籍，还在阅读室内备好桌椅和茶水，免费向外开放。

汗水浇开幸福花，辛勤耕耘结硕果。张海的几个月心血，简直把这个阅读室办成了一个文化站，使它成为青少年节假日的乐园，社会实践理论的基地，青少年健康成长的摇篮，老人青年知识来源的仓库，荣辱观的教育地，从而成为先进文化、先进思想和科技发挥的传播站。社会影响日益扩大，社会好评赞不绝口。张海说，自己虽已是花甲之年，一生无所建树，但东隅已逝，桑榆非晚，只要自己有能力，他还是想为社会办一些事情的。

此事传扬出去后，前来光顾和读书的人越来越多，特别是高、初中毕业生，更是常常前来阅读和借书。县里、镇里知道后，县委宣传部、县文化局等单位的领导曾多次来这里参观、指导和表扬，授予的奖状和名誉牌匾有二十多张。张海的名字因此成为办好事的名片。

这个时候的小双，家庭条件优越了，不愁吃不愁穿了，再不要泥里来水里去，每个月有固定收入，精神面貌与以前大不相同了，人也变得年轻多了，近六十岁的人，看上去像五十岁的大姑娘一样，穿戴也整洁漂亮多了，再不是卖苹果时穿的那几件破烂半旧的衣服了，面容也不是当时的愁眉苦脸，而是白中带红的微笑型，无事时，她总是爱和邻居聊聊天，在家看看电视，过着神仙般的幸福生活。

二〇〇五年年底的时候，幸福的村庄又迎来了大喜事，这就是延续了2600年历史的农业税取消了。即二〇〇五年十二月二十九日，十届全国人大常委会第十九次会议高票通过决定，自二〇〇六年一月一日起在全国废止《农业税条例》，取消除烟叶以外的农业特产税，全部免征牧业税。

据史料记载，农业税始于春秋时期鲁国的"初税亩"，到汉初形成制度。新中国成立以后，第一届全国人大常委会第九十六次会议于一九五八年六月三日颁布了农业税条例，并实施至今。

农业税是国家对一切从事农业生产，有农业收入的单位和个人征收的一种税，俗称"公粮"。废止农业税条例，意味着在我国沿袭两千多年的这项传统税收的终结，它不仅减少了农民的负担，与农村税费改革前相比，人均减负了一百二十元左右，更体现出现代税收中的"公平"原则和"工业反哺农业"的趋势，标志着中国进入改革开放转型的新时期，并减少了城乡差距，减少了社会矛盾，让农民这个群体能真正富裕起来。

农业税的取消，中国农村的农民沸腾了。山顶村委会几十年没有举行联欢晚会，也决定二〇〇六年春节元宵时，在大队部举行一场联欢会，以庆祝农业税被废止的这个难忘的日子。因此，物色到李小双这个年轻时在学校会唱歌会跳舞的角色。李小双马上答应了大队部发出的这个邀请，积极参加了由多位能歌善舞的年轻姑娘组成的演习队伍，以庆祝这个盛大的节日。

但谁也没有想到，几十年了，袅娜的舞姿、高超的动作，小双却没有忘记，在演练中，她的表演，更是玉树临风，绰约不群，那种优美的舞技，仍像湖水里飞起的白天鹅一样漂亮，那种身体翩翩起舞的双臂摆动和举手投足，仿佛像田野中飞旋的雪花，把人带入月地云阶的境界，特别是那扣人心弦的演唱，在旁观看的人更是个个听得如痴如醉，无不击节叹赏，称赞不已，大家都在等待着春节过后大队联欢会这一天的快快来临。

明珠出老蚌。这时，萍萍怀孕了，雪怡的肚子，也一天天大起来了，但张海至今还没有办一顿喜酒呢！因此，张海决定，在临春节时，他决定举办灵灵和雪怡的婚宴及新楼落成的合并喜酒，以感谢村亲们这些年来对他家的关心和支持。

婚宴这一天，傍晚的时候，萍萍和健健来了，灵灵和雪怡穿着结婚衣服也来了，村亲们来了，郭加喜夫妻也来了。今天，郭加喜特地带来了一部高档的照相机，大家争着拍照，首先是四十多人村亲们的集体照，再是萍萍和健健、灵灵和雪怡、张海和小双、张海一家人的集体照。然后，郭加喜和众人又登上高地，给大么村拍了几张村景。

照片拍完后，大家看了看，有人高叫起来，说：改革开放前的大么村，和改革开放后的大么村村景，变化太大了，简直是天地之差了。

有人又特地回家拿当年郭大姐来发动脱贫时，镇上的照相员在拍海亭镇政府发布的《安民告示》时，顺便拍给村民的那张"大么村村景"对比一下，简直不敢相信了。

过去的大么村，房屋低矮，破烂，人和鸡鸭同住一间。村里只有一条小土路，路面坑坑洼洼，净是石头子儿，疙疙瘩瘩的，很不好走，一到下雨天，路上就汪出一些水，泥土踏满脚，直到雨停了一天，路上仍是湿湿的，村民们都不敢出门。村路上也没有电灯，一到晚上，黑咕隆咚的。家里大家都点着煤油灯，光线荧然，连小孩晚上都不能做作业。但公共厕所却有五个，有男的，也有女的，苍蝇成堆，蚊子横飞，臭气冲天。那时，粮食紧张得要命，大家每天吃麦糊，饥肠辘辘却身无分文，饿得前胸贴后背，这是经常的事。节日一到，稍为煮点好吃的，小孩就站在灶边垂涎等待，一天到晚，又要拼命地出工，赚工分，没有闲过，换回来的是吃不饱，破衣破裤，但还要经常晚上开阶级教育会、批斗会、农业学大寨会。家家户户都没有电视、电话，一个村里只有五部脚踏车，买脚踏车还要票证，开后门，买肉要肉票，买糖要糖票，买火柴也要票，连点煤油灯用的油，也得煤油票，还有很多东西需要票，捆得大家苦不堪言。

现在真个变了，这个地图上忘记标明乡村的大么村呢，再也不是山旮旯了。改革开放前，大么村原是破瓦颓垣拢共只有四十三户人家，近三百人，现在有的已经分家了，有六十多户，共近五百人，都渐臻佳境了。到达大么村的道路，现在一式都是水泥路，宽阔平展展地。路上的路灯，把大么村照得俨如白昼。家里通宵达旦都有电灯，有电话，手机也开始有了。房屋除了已去世还未翻新的外，全村全部都已盖上了新房，都是水泥机砖结构的，没有一层楼的，最少的有两层楼，多则七层楼，普遍是四层，五层，大小有六十座。大么村当年在路边种的树，已下足了基肥，现在疯一样地飙着长，蔚然成林，树叶盖过了大路。村里的两边，四下里都是茂林修竹，琼楼玉宇，使这些楼房坐落在绿树的掩映之中，分散在平坦宽大的水泥路两边，有的鳞次栉比地相依着，有的独占一方摆开着，几如雨后春笋，争先扬威，美极了，真似天堂仙境，俨如花园似的，配合大么村上那些漫山遍野的姹紫嫣红，大么村显得更加五彩缤纷，既恬静又庄严。现在，大么村虽然没有海亭和枫亭街道上的紫陌红尘，但村里已经有了小汽车四部、摩托车三十多部，够热闹繁华了。随着时代的进步，不久的将来，摩托车可能就被小汽车代替了。而且，村里再没有公共厕所了，没有苍蝇和蚊子成堆的现象，各家都有室内卫生间。家家户户普遍有了电视。粮食也丰收了，有余粮了，大家都泡在蜜罐里，不要再过着粗衣粝食的生活，也不要成天盯着鸡屁股来改善营养了，吃香的，喝辣的，都有了。到处都可以打工赚钱，不必困在生产队出工了。各家的冰箱里都有肉、鱼、菜，满满的，都不想吃了。大家都有好衣好裤穿，不想穿的衣服都被扔进了"旧衣服回收箱"中，再不要穿七补丁、八块头的衣服了。只有姑娘们还穿着破裤，不是裤前故意挖几个洞露出肉，就是裤边故意弄成参差不齐的，但这是为了美在武装自己啊！

大么村变了，人也变了。大么村巨变折射出我国社会的改革发展。人们在不知不觉中，从改革开放初到现在二十一世纪初，已度过了近三十年时间，真是急景流年一瞬间。现在，大么村的男女老少，在改革开放前是青菜色的脸，现在已变成像花园里的蜀葵花，朵朵盛开，红润艳丽。但人变得最厉害的是妇女们，特别是姑娘们，往年，大么村的妇女上街，头上戴着斗笠，灰头土面的，穿着补丁的破旧衣服裤脚一边长一边短地上街，连年青姑娘和少妇，也不讲究自己的打扮和服装。可如今，不一样了，爱美之心，人皆有之，妇女出门，特别是姑娘，讲究得无话可说了。一起床，洗洗刷刷之后，第一件事就是把自己打扮的花红柳绿，然后，对美镜子换衣服，换了一件又一件，不是觉得花纹不漂亮，不顺眼，就是嫌式样太老化，过时了，直到换成自己满意的服装为止。临出门时，短不了粉黛化妆一翻，照照镜子，拍打一些红的、白的面粉在脸上合适的位置，也不会忘了带上金手镯，别上新奇的发簪，这才骑着摩托车雄赳赳地上街去了。

老队长也来了，老队长经过几十年岁月的洗礼，现今已八十多岁了，仍然不用拐杖步健如飞，神清气爽，鹤发童颜，人们都夸他好福气，能吃到一百多岁。但队长笑了，说，人老了，什么叫福气？孩子成家平安，自己少病没灾就叫作福气。古书上说，"人生七十古来稀，七十三、八十四，阎王不请自己去。"我能活到如今八十多岁了，已是幸运中的幸运了，再不能像寺里的观音菩萨，年年都是十八岁了。想想中国皇帝几百个，长寿的也就七八十岁，上百岁的只有南越皇帝赵佗一人，最短命的万岁是汉殇帝，是个婴儿，才出世几个月就死了，我能活着看到改革开放后国家的兴旺和人民生活的幸福，就是死了，也是问心无愧的。

张海的一家，从此不再是村里唯一的负债户了，和其他村民一样，全都翻身了，脱贫致富了。他看了看改革开放前大么村的村景照片和改革开放后大么村的村景照片，深有体会，大声道：

"我略撮几句话。大家好，今天晚上，在我家就要举行张灵灵和林雪怡的婚宴和我们大楼落成的合并喜酒，在此，我首先应该感谢村亲们和朋友们这些年来对我家的关心和帮助。

大家知道，分田到户承包和农村扶贫政策，这是国家正本清源的两大农村措施，它们将世世代代为人民所赞扬、所拥护，也是全国农民奔向小康道路的伟大创举和有力保证，三十年来大么村的巨变，就是有力的证明。

现在，我们大么村的经济力，是改革开放前大么村的几十倍，这是因为分田到户承包后，粮食增长了，大家有了余粮；扶贫工作组扶持我们种植芦柑，几年间收入了近四百万；村里办起了饲料厂、家具厂、养殖场和磁砖厂等企业，还有公家的机砖厂，单是这四大企业十来年的工资支出和机砖厂的工资付出，大么村的劳力就有八十人左右收益，这几年一个村年稳定收入工资有一百五十万左右，十年间起码约有一两千万以上，正是这些巨大的收入，改变了大么村，使大么村富起来了，有粮了，有房了，有职业了，有收入了，且在文化教育方面，也出现了重点学校的大学生，打破了大么村百年来不出大学生的事实，赶上了富国强民的队伍中，因此，我们躬逢这个盛世，一定要好好珍惜这个伟大时代的改革机会，争取在数年后步入小康生活水平的社会中。

但我们必须认识到，我们的脱贫和成绩才是开始，不是终点，而是新奋斗的起点，所以，重在提高抗风险的能力，建立起稳定的利益联合机制，充分认识到脱贫工作的艰巨性，确保大么村稳定发展，稳定增收，这才是最主要的。因此，衡量一个国家的好坏，该国人民的生活幸福，这是一个硬指标。现在，中国时局平靖，世道太平，安定自由，没有战争，人民吃鱼吃肉，住高楼大厦，过着美衣玉食的生活，还不幸福吗？美国吹捧自己的制度是世界上最好的，美国人民的生活比中国人民幸福吗？这个最有发言权的是我们中国农民，因为中国农民占了大多数。所以，我们应该感谢伟大的祖国，没有祖国的繁荣强大，就没有如今的我们。"

大家听了，都说："对，张海说得对，两张照片的对比，就是最鲜明的巨变，谁能说改革开放的好政策，没有给老百姓带来实实在在的变化呢？"

老队说："大家说得对，张海说得对，没有强大的国家，就没有人民安定幸福的生活，今天晚上的宴会上，我们就讴歌伟大的祖国吧！"

大家都鼓起掌来，说："对，今天晚上我们就放《我和我的祖国》这一首歌吧！"

照片照完后，大家都回到宴会席上，张海今晚共办三十桌酒席，随着震天动地的鞭炮声响，张海家的酒席开始了，大家在灯火辉煌的大厅中，举杯欢庆，"我和我的祖国，一刻也不能分割……"的歌声，撩亮有力，激昂鼓人，一阵又一阵的歌声向大么村的田野冲去，向天空冲去，向世界冲去……